MISS
GUGGENHEIM

Si tienes un club de lectura o quieres organizar uno, en nuestra web encontrarás guías de lectura de algunos de nuestros libros. **www.maeva.es/guias-lectura**

Leah Hayden

MISS GUGGENHEIM

Peggy Guggenheim, la galerista
que cambió el mundo del arte

Traducción:
María Dolores Ábalos

MAEVA

Título original:
*Peggy Guggenheim. Sie lebte die Liebe und veränderte
die Welt der Kunst*

© Aufbau Verlag GmbH & Co. KG, Berlin, 2020
(Published with Aufbau Taschenbuch; Aufbau Taschenbuch
is a trademark of Aufbau Verlag GmbH & Co. KG)
© de la traducción: María Dolores Ábalos, 2022

© MAEVA EDICIONES, 2022
Benito Castro, 6
28028 MADRID
www.maeva.es

ISBN: 978-84-19110-24-4
Depósito legal: M-4300-2022

Diseño e imagen de cubierta: www.buerosued.de sobre imagen de:
©Ildiko Neer/Trevillion Images
Preimpresión: MCF Textos, S.A.
Impresión y encuadernación: CPI Black Print (Barcelona)
Impreso en España / Printed in Spain

Para Giancarlo

Venecia, 1958

EL CASCO NEGRO y pulido de la góndola se deslizaba sin esfuerzo por la superficie de color turquesa. Sin hacer el menor ruido, el gondolero hundía el remo en el agua con unos movimientos gráciles y eficientes. Lentamente iban dejando atrás los palacios del Gran Canal. Ya se veía el puente de Rialto. Su piedra, normalmente tan blanca, lanzaba destellos amarillos a la luz del sol vespertino y contrastaba con el cálido ocre y carmín de los palacios colindantes.

Peggy iba reclinada sobre un cojín en la parte trasera de la embarcación. Con la mano derecha acariciaba un cachorro de *lhasa apso* acurrucado en su regazo; deslizaba con suavidad los dedos del brazo izquierdo, que llevaba estirado, por la superficie del agua. Lucía un vestido veraniego largo y blanco, adornado con unas perlas en forma de gotas y unos delicados bordados, que le resaltaba el bronceado. Escondía sus vivarachos ojos tras unas extravagantes gafas de sol cuya montura blanca se asemejaba a las alas de un insecto. Los venecianos llevaban años acostumbrados a ver a aquella mujer tan peculiar en su góndola privada, y Peggy sabía el nombre que le habían puesto: *l'ultima dogaressa*, la última *dux*. A ella le divertía el apodo. Obsequió al hombre que iba sentado enfrente con una sonrisa cariñosa.

—Cómo me alegro de que por fin hayas venido a visitarme, Frederick.

Frederick Kiesler asintió con la cabeza. Era un hombre delgado y menudo, con unos ojos penetrantes y el pelo ralo y gris. Ese día también iba muy acicalado, con traje y pajarita. Peggy no lo había visto nunca vestido de otra manera, pues, a diferencia de ella, que no siempre se tomaba la moda muy en serio, Kiesler le concedía gran importancia a su aspecto exterior. De hecho, el cansancio por el viaje de Nueva York a Venecia solo se reflejaba en su rostro.

—Tenía que ver qué había sido de tus cuadros después de que cerraras tan mezquinamente mi galería de Nueva York —dijo él; en su sonrisa había un atisbo de reproche.

—¿Tu galería? —Peggy se echó a reír—. Querrás decir más bien mi galería.

—Está bien. Pero yo fui el arquitecto que la construyó y a día de hoy tú sigues siendo famosa por su diseño.

Peggy hizo un gesto de asentimiento.

—Tienes razón. En realidad, *Art of this Century* era nuestra galería.

Kiesler guardó un momento de silencio. Paseó la mirada por el agua verde del canal y se detuvo a contemplar los palacios de ventanas góticas y el rico colorido de los postes de amarre. Luego dijo:

—Menudo sitio tan bonito te has buscado. Desde luego, Venecia es más pintoresca que Nueva York. Y tú siempre dijiste que querías regresar a Europa cuando terminara la absurda guerra. Sin embargo… —Suspiró—. Sin embargo, lamento que cerraras la galería de Nueva York. Sin ti el mundo del arte ya no es el mismo. —Hizo un gesto para quitar importancia a sus palabras—. Pero ¿qué estoy diciendo? Solo a mí se me ocurre hacerte reproches. Lo importante es que te vaya bien aquí.

—Y me va bien —corroboró Peggy—. Después de los años tan agotadores que pasé en Nueva York, la tranquilidad y la belleza de esta ciudad me sientan de maravilla. Y no sabes la cantidad de gente que viene a diario a visitar mi palacio para ver la colección. A veces me siento desbordada; entonces me limito a cerrar la puerta y no dejo entrar a nadie. —Se rio con malicia.

Entretanto, la góndola había llegado a la amplia curva del Gran Canal y se disponía a pasar por debajo del elegante Ponte dell'Accademia. Ante ellos se alzaba la majestuosa iglesia de Santa Maria della Salute, cuya soberbia cúpula marcaba el punto en que el Gran Canal se abría a la laguna.

—Enseguida llegamos —dijo Peggy—. ¿Puedo presentaros? El *palazzo* Venier dei Leoni. ¡Mi palacio! —Kiesler se volvió para mirar mientras la pequeña barca ponía rumbo a un edificio blanco de muy escasa altura en comparación con los demás—. Se construyó en el siglo xviii —explicó Peggy—. Pero se les acabó el dinero y solo levantaron una planta. Aunque precisamente por eso me gusta tanto. En la azotea se pueden tomar deliciosos baños de sol.

Kiesler soltó una carcajada.

—Como arquitecto estoy pensando más bien en mis colegas, cuyos clientes de repente dejaron de pagarles. —Guiñó un ojo a Peggy.

Entonces el gondolero amarró la embarcación y los ayudó a subir a la pasarela. La entrada del palacio estaba flanqueada por dos leones que daban nombre al edificio. Dentro hacía una temperatura muy agradable. Peggy dirigió a Kiesler por varias habitaciones hasta que por último abrió la puerta de un gran dormitorio. Este dejó la maleta y echó una ojeada a su alrededor. Detuvo la mirada ante un cuadro un tanto enigmático que colgaba encima de la cama.

—Max Ernst, *El atuendo de la novia*. —Kiesler sonrió y se acercó a la pintura que tan bien conocía. Representaba a una mujer de cuyos estrechos hombros colgaba un manto rojo por el que asomaba la cabeza de una lechuza. Una especie de hombre-pájaro, más pequeño y con un largo plumaje verde, señalaba con la punta de una lanza el sexo de la mujer. Se volvió hacia Peggy, que aún seguía en el marco de la puerta—. Gracias por alojarme en esta habitación. Este ha sido desde siempre uno de mis cuadros favoritos de Max.

Ella asintió ensimismada.

—Sí, es precioso. Uno de los primeros que le compré. En 1941, en Marsella, el día en que todo empezó entre nosotros. Y eso que enseguida intuí que la novia era su amada Leonora. —Le guiñó el ojo y volvió a mirar el cuadro—. A veces, ni yo misma me lo creo. Fue una época tan emocionante.

1941

1

La cuesta se empinaba cada vez más y a Peggy le costaba respirar. Cuando llegó a un recodo del camino, se detuvo. A su derecha, el pedregoso paisaje de pequeños pinos piñoneros descendía hacia el mar. No podía apartar la vista del gris claro de las rocas, el jugoso verde de las flores y, al fondo, el mar de color azul oscuro. Inspiró profundamente el aire impregnado por el aroma del tomillo silvestre, el romero y la lavanda. ¡Cómo amaba esa costa! La mirada de Peggy siguió paseando por el rocoso acantilado hasta posarse en la resplandeciente ciudad blanca. A aquella hora, Marsella dormitaba somnolienta bajo el ardiente sol del mediodía; solo un buque de guerra gris atracado en el puerto recordaba que esa impresión tan apacible era engañosa. Dejó de contemplar el paisaje, miró la hora y se asustó. ¡Llegaba tarde! El polvo arenoso se arremolinaba a su paso apresurado por el camino. Ya no podía faltar mucho. Allí, a las puertas de Marsella, se encontraba la villa Bel Air, donde tenía una cita a la que llegaba con cinco minutos de retraso. Pero, en su opinión, la puntualidad estaba sobrevalorada. Sonrió al acordarse de que en su familia casi nadie era del mismo parecer.

Al fin llegó a la villa, un sólido edificio de tres pisos con grandes ventanales rodeado de un jardín y unos plátanos de sombra de gran altura. La puerta del jardín se abrió con un chirrido y Peggy entró. El jardín estaba muy asilvestrado. Bajo sus zapatos crujía la grava entreverada de maleza. La fachada marrón rojizo de la casa y las contraventanas verdes tenían el revoque desconchado. Se alisó con una mano la falda, que le llegaba hasta la rodilla, mientras con la otra tocaba el timbre. No tuvo que esperar mucho tiempo.

—¡Peggy! —Un hombre delgado con el pelo castaño oscuro y gafas redondas abrió la puerta—. Pase. La estábamos esperando.

—He calculado mal el tiempo que podría tardar en llegar hasta aquí. —Sonrió a modo de disculpa y Varian Fry le devolvió la sonrisa.

—Aquí el tiempo es lo único que nos sobra. —Ella sabía a qué se refería—. Max la está esperando. Creo que está en el jardín. Un momento.

Fry la dejó sola en el oscuro vestíbulo. Peggy se acercó al espejo que había encima de una chimenea de piedra y se miró. Para ser una mujer de algo más de cuarenta años, se la veía muy juvenil. La melena negra le llegaba casi hasta los hombros. Tenía la cara y los brazos bronceados por el sol, haciendo juego con los ojos de color castaño oscuro. Incluso la nariz, quizá demasiado grande, llamaba menos la atención en la penumbra del vestíbulo. Peggy se apartó un mechón de la frente. ¡Menos mal que no la veía así Benita, su hermana mayor! Un vestido normal y corriente, una sencilla gargantilla, el polvo amarillo en los desgastados zapatos de escaso tacón… Así no se vestía ninguna Guggenheim. Pero su hermana preferida había muerto al dar a luz a su hijo, y ella no le concedía ningún valor a la ropa cara ni a las joyas. Necesitaba el dinero para otras cosas. Para el arte.

—Venga por aquí, Peggy. Lo he encontrado. —Fry había regresado y la acompañó a cruzar un comedor grande que daba al jardín.

Max Ernst se hallaba debajo de un plátano muy alto, junto a su caballete. Les daba la espalda.

—Trabaja sin interrupción. Supongo que lo hace para olvidarse de cómo le ruge el estómago. Nuestras raciones son poco abundantes. —Fry se echó a reír, pero ella sabía que no hablaba en broma.

Después de darle una palmadita en el brazo, bajó los escalones de piedra que conducían al jardín. Avanzó con cautela, para no molestar.

—Sé que está ahí. —Max dio un último retoque al cuadro, metió el pincel en un bote con aguarrás y se volvió.

Peggy le tendió la mano.

—Señor Ernst, no quisiera interrumpirlo.

—No lo hace. Habíamos quedado y… —Miró la hora—. Me ha permitido trabajar más tiempo del esperado. —Peggy se puso a su lado—. ¿Qué ve usted? —La observó con los ojos entornados.

La mujer ladeó la cabeza y contempló detenidamente el cuadro, que estaba pintado con una técnica desconocida para ella.

—Un paisaje yermo —dijo al fin—. Parece cenagoso, pero, al mismo tiempo, petrificado. Y varios seres vivos de aspecto entumecido.

—Yo lo llamo *Europa después de la lluvia*.

—¿Después de la lluvia? Querrá decir de la guerra, supongo. —Peggy se acercó más—. Como esto siga así, de Europa solo quedará un paisaje desértico y desolador.

—Y precisamente por eso está usted aquí. —Max sonrió—. Venga para acá; ya he preparado agua y unos vasos. Me gustaría poder ofrecerle algo más exótico, pero estamos a la cuarta pregunta.

La llevó a una mesa de madera colocada entre dos plátanos y se sentaron. Max sirvió el agua y se quedó mirándola. Se sintió contrariada al notar que se ruborizaba ante la franca mirada de aquel hombre. Enseguida rompió el silencio.

—Bueno, pues al fin nos vemos otra vez. ¿Cuándo lo visité en su estudio de París?

—Hace dos años.

Ella sonrió con malicia.

—Fui a verlo para contemplar sus cuadros y, sin embargo, compré uno de su pareja, de Leonora Carrington.

—Ya no estamos juntos —dijo con una voz áspera, pero al instante recuperó el aplomo y distendió el rostro al añadir—: Ingresé tres veces en prisión. A la tercera conseguí darme a la fuga. Pero cuando por fin volví a Saint-Martin-d'Ardèche, Leonora había vendido nuestra casa y se había marchado. No tengo ni idea de dónde se encuentra ahora. Se llevó consigo varios cuadros míos; los otros seguían repartidos por las distintas habitaciones. —Peggy lo miró consternada, pero antes de que pudiera contestar algo, él cambió de tema con un gesto enérgico—. Pero bueno, eso es agua pasada. No tiene ningún sentido darle más vueltas. No al menos en esta tarde tan bonita. Volvamos, pues, a lo nuestro. —Le sonrió—. Aquí estamos sentados en este precioso jardín, corre una suave brisa del mar y usted ha venido para ver mis cuadros... y esta vez a lo mejor hasta me compra alguno. —Le guiñó un ojo y ella le devolvió la sonrisa.

—Si es que está dispuesto a desprenderse de ellos.

—Puede llevarse todos los que quiera. Por lo que he oído, con usted estarán en la mejor compañía posible. —Peggy alzó las cejas y él continuó—: Corre la voz de que, en este último año, ha reunido una colección muy notable. El nombre de Peggy Guggenheim es conocido en todos los estudios de pintura.

—Lo sé. Si hace unos años alguien me hubiera dicho que algún día me iba a gastar hasta el último centavo en arte, me habría echado a reír. Pero una vez que empecé, ya no pude parar. —Se rio de sí misma—. Es como una adicción. Cuando veo un lienzo o una escultura que me gustan, me los tengo que llevar. Aun cuando en tiempos como estos suponga una dificultad añadida. Y es que ahora estoy intentando organizar un viaje a Nueva York con mi exmarido y nuestros hijos. Aquí, en Europa, la situación ya no es segura, sobre todo para una judía. Hasta ahora me ha protegido mi pasaporte americano, pero tengo la sensación de que eso puede cambiar de un momento a otro.

También Max parecía preocupado.

—Yo tengo un hijo de mi primer matrimonio, Hans-Ulrich. Su madre es judía. Por suerte, él lleva ya unos años en Nueva York. Desde entonces se llama Jimmy. —Rio inseguro, como si todavía le costara acostumbrarse a ese nombre.

Peggy interrumpió su risa.

—Seguro que así se las arregla mejor al otro lado del charco. —Lo miró fijamente—. ¿Y qué hay de usted? Varian Fry me ha contado que también quiere ir a Nueva York.

Max se encogió de hombros.

—Sí, como todo el mundo. Fry y el Comité de Salvación están haciendo todo lo posible para conseguirme los papeles necesarios. Mientras tanto, sigo aquí, encerrado en Bel Air como en una sala de espera. Pero al menos tengo cierta seguridad. Ojalá la estancia aquí no fuera tan larga y penosa.

Peggy asintió con la cabeza. La idea de volver a ver a Max Ernst en Nueva York le resultaba sorprendentemente agradable. Lo miró con disimulo. En su rostro de rasgos bien marcados destacaban unos ojos azules que parecían percibir hasta el más mínimo detalle de cuanto lo rodeaba. Cuando sus miradas se cruzaron, Peggy tuvo la sensación de que él era capaz de leer sus pensamientos más ocultos. Aunque solo le llevaba un par de años, tenía el pelo cano, con el que ahora jugaba el viento procedente del mar. Era de constitución delgada pero musculosa. De repente, se levantó.

—Dejemos de hablar de nuestra desdichada situación, que solo sirve para ponernos cada vez más melancólicos. Va siendo hora de que abordemos asuntos más importantes. —Le tendió la mano y sonrió—. Venga conmigo, he preparado unos cuantos cuadros. Usted ama el arte y yo pinto. Sería ridículo que dejáramos escapar esta oportunidad. —Le sostuvo la mirada, a juicio de Peggy, un poco más de tiempo del necesario. Esta se echó a reír. Max no podía adivinar que ella, por primera vez desde hacía años, se sentía nerviosa en presencia de un hombre.

La llevó al otro extremo del jardín. Después de rodear un seto, ella se detuvo. En un árbol de escasa altura, Max había colocado varios cuadros, algunos de los cuales colgaban de las ramas. Era un espectáculo inusual y la mezcla de colores y estilos, enmarcados por el verdor del follaje y la hierba, tenía algo de sensual. Peggy se quedó sin habla. Para ella el arte nunca había sido un negocio. Había adquirido su primera escultura solo porque el roce del metal pulido le había tocado alguna fibra. La mayor parte de los mecenas de arte compraban porque se lo podían permitir. Querían que se hablara de ellos o bien adquirían obras artísticas para luego venderlas a un precio más alto. Peggy, en cambio, coleccionaba porque las obras desencadenaban algún sentimiento en su interior. Sumergirse en un cuadro era como descubrir un mundo nuevo, como si su cuerpo reaccionara ante el lenguaje de las imágenes. Ahora observaba con atención un lienzo cuyo centro lo ocupaba una mujer con cabeza de pájaro. Aquello era surrealista, onírico, un jeroglífico sin solución. Si aquellos eran los mundos que poblaban la mente de ese hombre, entonces… Dejó su pensamiento sin concluir y se volvió hacia Max.

—¿Cómo se titula este cuadro?

—Yo lo llamo *El atuendo de la novia*.

—Quiero comprarlo. Pero no solo este.

Ernst la miró sorprendido.

—No me ha preguntado por el significado del cuadro. Por lo general es la primera pregunta que me hacen los compradores.

—La mía no. —Peggy pasó con cuidado los dedos por la cabeza de lechuza, roja y lanuda, de la mujer-pájaro y se volvió hacia él—. Si me dice qué sintió al pintarlo, con eso me conformo. Entonces ya no tendré que sondear mis propios sentimientos.

Max Ernst la miró con curiosidad.

—Es usted... muy particular. Confieso que me la imaginaba distinta.

—¿Una rica heredera de los Guggenheim que colecciona arte porque ya tiene bastantes zapatos? —Esbozó una sonrisa irónica.

Max asintió con timidez.

—Algo parecido.

Durante un momento se miraron a los ojos. Luego, ella apartó la vista.

—Debería irme ya. —Peggy dio media vuelta y se dirigió hacia la casa.

De repente, le entraron las prisas. ¿Acaso era miedo? ¿Miedo ante la ansiedad que ya se cernía sobre ella? Max Ernst la alcanzó. Atravesaron la villa sin decir una palabra. Solo al llegar a la puerta del jardín, él la retuvo agarrándola del brazo.

—¿Cuándo volveremos a vernos?

Sus ojos azules habían adoptado una expresión seria. De repente, a Peggy le desapareció el nerviosismo.

—Mañana a las cuatro de la tarde en el Café de la Paix —dijo en voz baja.

Rápidamente se volvió, bajó por el polvoriento camino y se internó en el aire impregnado de lavanda y en la tardía luz vespertina.

2

Peggy se sentó a una mesita redonda en la terraza del Café de la Paix. Aunque todavía era pronto, no paraba de mirar el reloj. Hacía ya un par de años que no esperaba una cita con tanta impaciencia. Desde aquella vez en París, cuando se enamoró del escritor Samuel Beckett. Pero, muy a su pesar, aquello nunca pasó de ser una aventura amorosa. Tal vez fuera esa una de las razones por las que, en los últimos años, se había dedicado al arte con todas sus fuerzas. El aleteo de las mariposas en la tripa, y para colmo por culpa de un hombre al que apenas conocía, la desconcertaba.

Procuró desviar sus pensamientos y concentrarse en la animación que reinaba en el Puerto Viejo de Marsella. Durante aquellos meses que llevaban en guerra, la ciudad estaba a rebosar de gente. Cientos de refugiados procedentes de toda Europa bajaban a diario de los trenes en la estación de Marseille Saint-Charles con la esperanza de poder abandonar el continente desde allí, el extremo más meridional de Francia, en alguno de los grandes barcos que zarpaban de la ciudad. A ello se añadía que la cercanía con el norte de África convertía Marsella en un punto militar estratégico.

Cerca de Peggy se hallaba sentado un grupo de legionarios que ella reconoció por el quepis redondo. Pero también se veían por todas partes soldados de otros regimientos africanos del ejército francés: marroquíes con el fez rojo, senegaleses negros y zuavos argelinos vestidos con bombachos rojos.

«Todos forman parte de este torbellino —pensó Peggy, que no dejaba de sorprenderse—. Un torbellino que nos ha atrapado a todos. También a mí y...» Algo le hizo sombra y alzó la vista. Ante ella estaba Max Ernst. Sobre los hombros llevaba una larga capa negra que destacaba entre la rica variedad de uniformes exóticos. Ella se levantó y él la besó en las dos mejillas. A través de su blusa ligera sintió las puntas de los dedos de Max entre los omóplatos.

—¿En qué estaba pensando en este momento? —preguntó él con cara de pícaro.

La mujer hizo un gesto para restarle importancia al asunto.

—Bah, solo en que estamos todos atrapados en una especie de torbellino. Y me temo que, cuando esto acabe, ya nada será como antes. Para nadie.

El pintor asintió. Todavía seguía de pie.

—¿Puedo convencerla para que demos un paseo? —Se volvió y señaló la costa cercana y rocosa—. Conozco un bonito camino que recorre el litoral, donde uno puede evadirse del tumulto y del caos. —Abrió un poco la bolsa que llevaba y por ella asomó el cuello de una botella de vino tinto—. Me he ocupado de traer provisiones a modo de agasajo y, por lo que veo, usted figura entre las mujeres que prefieren el calzado cómodo.

Ella se ruborizó. Con todo lo que había que organizar, y todos los planes y las ideas que la asaltaban, los zapatos y la ropa eran a menudo, en efecto, lo último en lo que pensaba.

—Me parece una idea maravillosa.

Se levantó. Ernst fue abriéndose paso hacia una parada del tranvía. Cuando este llegó, un grupo de gente los empujó contra las puertas.

—¿Querrán ir todos al camino de la costa? —le gritó Peggy por encima de la cabeza de un hombre sudoroso.

—Espero que no. —Max se encogió de hombros simulando desesperación.

Mientras el tranvía recorría todavía el centro de la ciudad, los dos iban apretujados como sardinas en lata dentro del sofocante vagón. El tranvía empezó a vaciarse al llegar a los barrios de la periferia. Cada vez se subían menos pasajeros. Encontraron un sitio junto a la ventana y fueron mirando las calles. Allí, lejos del centro, ya no había suntuosos edificios clasicistas ni amplios bulevares; tampoco flanqueaban las calles plátanos de elevada altura. Los cafés y las tiendas eran pequeños y modestos; las calles estaban más sucias. Luego llegaron a las afueras de la ciudad, y a partir de ahí todo el camino era cuesta arriba. Las casas, cada vez más bajas, iban escaseando. Prados de árboles frutales se alternaban con viñedos. Al fin, el tranvía terminó su recorrido. Aparte de ellos, solo quedaban otras dos personas en los vagones. El conductor se apeó, se estiró y bostezó.

Peggy siguió a Ernst, que ya había echado a andar. Un agradable viento les refrescó la cara bañada en sudor. Él se quitó la capa y se la echó con desenfado sobre los hombros. Después de recorrer un pequeño tramo de la carretera, se metieron por la parte trasera de una granja y tomaron un sendero trillado. A los pocos cientos de metros empezaba un camino por la costa con unas vistas impresionantes del paisaje verde y rocoso que rodeaba la blanca ciudad.

Durante un rato anduvieron sin hablar el uno junto al otro. En el repentino silencio, tras el barullo y el griterío del Puerto Viejo y los apretujones del tranvía abarrotado, Peggy podía oír hasta el crujido de las piedrecillas bajo sus pies. Los grillos cantaban en las matas de tomillo silvestre. Le habría gustado preguntarle a Ernst por la vida de su hijo en América, por su primera mujer, que era judía, y, sobre todo, por Leonora Carrington. Pero guardó silencio. Le pareció que las preguntas no tenían cabida allí arriba, en aquel paisaje intacto desde el que se divisaba el mar azul oscuro. Y sabía que eso era exactamente lo que él buscaba cuando le propuso dar el paseo. Necesitaban distanciarse de las preocupaciones que tanto los atormentaban, de la sensación de continuo estado de excepción, de la guerra.

Cuanto más caminaban, más se iba tranquilizando. El paisaje y el colorido surtían efecto, acallaban las voces que había en su cabeza. Ernst se detuvo en un rincón con unas vistas especialmente bonitas y se volvió hacia ella.

—Gracias por el silencio —se limitó a decir.

Peggy se rio por lo bajo.

—No puedo asegurar que sea una persona particularmente silenciosa. Pero aquí, en plena naturaleza... —No siguió hablando.

—Se me ha olvidado traer la manta. —Él sonrió como disculpándose mientras dejaba la bolsa.

—No importa, siempre que haya traído el sacacorchos. —Le guiñó un ojo e hizo amago de sentarse.

Él se rio, la agarró del brazo y la levantó de nuevo.

—No tan aprisa.

Desplegó la capa negra y la colocó en el suelo. En el fondo, ella agradecía el gesto. Se sentaron. Luego abrió la botella de vino, sacó dos vasitos de la bolsa y los llenó.

—Dejemos atrás la tontería de llamarnos Ernst y señorita Guggenheim. —Alzó el vaso—. Soy Max. —Peggy entrechocó el suyo con suavidad.

—Chinchín, Max. —Dieron un trago y luego Peggy dejó el vaso a su lado—. Hay una cosa que te quiero decir. Y espero que no te tomes a mal mi iniciativa. —Max la miró sin comprender—. Anoche estuve haciendo indagaciones. Y existe la posibilidad de que te unas a nuestro pequeño grupo para ir a Nueva York cuando recibas los papeles. Tenemos la intención de volar con el avión Clipper de la Pan Am. La fecha todavía no es fija, ni siquiera nosotros tenemos todos los documentos. Los Clipper parten de Lisboa. ¿Qué te parece?

Durante un momento, Max la miró en silencio. Su mirada era difícil de interpretar. El viento azotaba los mechones blancos de su cabello en todas direcciones. Luego la tomó de la mano y se quedó observando los delgados dedos.

—Nunca he creído en las casualidades —dijo al fin—. Y nuestro encuentro, precisamente aquí y ahora, es solo una prueba más de que no existen. —Sin prisa, se llevó la mano a la boca. Le rozó con los labios el nudillo del dedo meñique; luego, el del dedo anular, sin apartar la vista de ella. Instintivamente, Peggy se inclinó hacia delante. Max acercó la cara. Le acarició con los labios su mejilla derecha; después la izquierda. Luego le rozó la boca con suma delicadeza. A ella se le despertó un deseo salvaje de besarlo apasionadamente. Pero los labios de él de nuevo se separaron de los suyos—. Va todo tan aprisa… —dijo mirándola a los ojos.

Peggy le devolvió la mirada. Tenía razón. En los últimos meses, los acontecimientos habían ido precipitándose en su vida. La huida de París, el intento de abandonar Europa… Y ahora ese hombre al que apenas conocía. ¿Cómo acabaría todo aquello? ¿En qué podría desembocar? Pero esas eran preguntas que se habría hecho Benita. Su hermana siempre tenía los sentimientos perfectamente controlados; en su vida no habían existido nunca las decisiones impulsivas y viscerales. Ella era distinta. Jamás le habían importado las convenciones ni tampoco se planteaba nunca qué le depararía el futuro. Solo sabía una cosa: deseaba a ese hombre, ese beso. Enterró las manos en su pelo. Lenta pero resuelta, atrajo la cara de Max hacia la suya hasta que sus labios se encontraron.

3

CONTEMPLÓ CÓMO LOS dedos de Max toqueteaban nerviosos un botón de la camisa. En la última media hora se había mirado ya varias veces en el espejo de la habitación del hotel de Peggy para colocarse bien la chaqueta y estirarse las mangas, como si esos pequeños gestos pudieran influir en el transcurso de las horas y los días venideros. Peggy se colocó detrás de él y sus miradas se encontraron en el espejo.

—Todo irá bien, estoy segura. —Procuró dar a su voz un tono firme—. Dentro de una hora nos encontraremos en la entrada lateral de la estación. Allí nunca hay policía; ya verás como todo sale bien.

Max meneó débilmente la cabeza.

—Ya sabes que Marsella no es el problema. Mi salvoconducto está en orden. Aunque me parara la policía, no pasaría nada. —Hizo un gesto de contrariedad—. Pero ese maldito visado de salida… Si me registran los agentes de la frontera española, y seguro que lo hacen…

—¡Max! —Peggy se puso a su lado y le agarró los dos brazos—. Tenemos que confiar en que acepten el visado. Todos los días registran cientos, si no miles, de ellos. Es probable que no los miren con detenimiento. Confía en que todo irá bien. Dentro de dos días llegarás a Lisboa y me esperarás allí.

Max respiró hondo.

—Bien. Qué remedio me queda. Haré de tripas corazón. —Le dio un beso fugaz—. Nos vemos enseguida en la estación.

Durante un segundo se miraron en silencio, luego él dio media vuelta y desapareció por la puerta. Peggy se desplomó en la cama. Ahora que Max se había ido, ya no necesitaba hacerse la fuerte y podía entregarse a sus propios temores. Max tenía razón. El visado de salida no estaba en regla, pero no iba a conseguir uno mejor que ese, adquirido gracias a Varian Fry y el Comité de Salvación. Ahora o nunca. Tenían que arriesgarse. Peggy suspiró. Ojalá hubieran podido viajar juntos a Lisboa. Pero eso era imposible. Ella tenía que esperar a recibir el dinero que había pedido al banco, con el que pagaría los billetes del avión. Y aquello podía tardar perfectamente otras dos semanas. Le parecía una eternidad. Desde su primer encuentro se habían visto siempre que podían. Max había ido a visitarla incluso a Megève, donde había conocido a sus hijos, Sindbad y Pegeen, y habían pasado buenos ratos juntos. No hablaban nunca de lo que había entre ellos, todavía no habían intentado poner un nombre a su relación, pero desde hacía un par de semanas Peggy tenía claro que se había enamorado de él.

De repente, llamaron enérgicamente a la puerta.

—¡Policía! ¡Abra!

Se sobresaltó. ¿Tendría algo que ver con Max? ¿Guardaría relación con que en los últimos días había pasado varias noches con ella en el hotel, a menudo sin permiso? Ahora no podía ocurrir nada que pusiera en peligro su viaje a Lisboa antes de que hubiera comenzado.

—¡Un momento! —Procuró darle a su voz el tono más despreocupado posible; se alisó rápidamente la falda y la blusa, y abrió la puerta. Vio a un hombre que no parecía un policía. En cualquier caso, no llevaba uniforme. Era bajito y rechoncho, tenía el pelo ralo y lucía unas gafas de concha que les daban a sus ojos oscuros un aire muy lejano. Sin decir una palabra, se abrió paso casi rozándola, entró en el dormitorio y miró a su alrededor.

—¿Es usted Peggy Guggenheim?

—¿Qué se le ha perdido aquí?

—Su salvoconducto. —Aquello no sonaba como una petición. Peggy notó que la sangre le subía a la cara. El salvoconducto necesario para moverse por Francia había caducado hacía meses. La fecha original del documento la había corregido provisionalmente a mano. Durante un momento sopesó la posibilidad de hacer como que no tenía salvoconducto, pero más valía uno con la fecha falsificada que ninguno. Rebuscó nerviosa en el bolso. Para entonces el papel del documento estaba manoseado y quebradizo. El funcionario le echó un vistazo. Al instante, su gordo dedo índice señaló la fecha sobrescrita.

—Eso lo hicieron los agentes que me expidieron el documento —mintió Peggy—. En lugar de darme un salvoconducto nuevo, se limitaron a cambiar la fecha a mano. —Qué disculpa más tonta. Notó calor en las mejillas, pero de repente el hombre le devolvió el papel. Al sentirse aliviada, fue a decir algo, pero la mirada del policía la disuadió. Sin decir una palabra, escrutaba el rostro de Peggy. En los rasgos de la cara del hombre había cierta malicia.

—Tiene usted un apellido interesante... Guggenheim —dijo alargando con deliberación las sílabas. Luego añadió enseguida—: ¿Es usted judía?

La pregunta le sentó como un puñetazo en el estómago. ¿Podía estar ocurriendo eso realmente? ¿Allí, en su propia habitación del hotel? ¿Tan sencillo era? Una y otra vez había oído decir que la policía francesa que colaboraba con los alemanes detenía a los judíos. De repente se acordó de lo que le había dicho Max que hiciera si se presentaba un caso así: «No admitas nunca que eres judía. Di que eres americana».

—Soy americana —dijo Peggy intentando otorgar a su voz un tono firme y seguro—. Dentro de poco regresaré a Nueva York y...

—Un apellido verdaderamente interesante —la interrumpió el funcionario.

—Mi abuelo era de Suiza. Es un apellido suizo. —Para su propio asombro, en su respuesta no había inseguridad, sino enojo. De hecho, estaba muy irritada. ¿Qué quería aquel hombre de ella?

—Puede ser. Pero lo uno no excluye lo otro. Y ahora acompáñeme. Seguiremos hablando en la comisaría. —El agente quiso agarrarla del brazo, pero ella lo retiró. En ese momento entró otro hombre en la habitación y miró al primero con un gesto inquisitivo.

—Guggenheim —dijo este satisfecho—. Probablemente judía.

—¡Soy americana! —En su desesperación, Peggy pasó al ataque—. Pienso presentar una reclamación oficial. ¡No tienen ningún derecho a detener a una ciudadana americana! ¿Qué se han creído? —Metió la mano en el bolso y le enseñó al segundo agente su pasaporte americano—. Mire. —El hombre estudió el documento y luego se lo devolvió.

—Le ruego que disculpe las molestias. —Se volvió hacia su colega—. Vámonos.

—Pero deberíamos… ¿No tenemos que…? —La cara del hombre más bajito adoptó un color rojo subido; su voz revelaba inseguridad. Sin embargo, el otro, que evidentemente era su superior, lo esperaba ya en la puerta.

—*Madame* Guggenheim… —Inclinó un poco la cabeza y salió de la habitación. Al bajito le dio tiempo de lanzar a Peggy una mirada furibunda antes de correr tras él.

En cuanto salieron de la habitación, cerró la puerta con llave. Luego se desplomó agotada en el borde de la cama. Aún seguía notando el calor que le abrasaba el cuerpo. La sangre le latía en los oídos y las sienes. Su pasaporte americano la había salvado, pero ¿hasta cuándo duraría eso? Había llegado el momento de marcharse antes de que apretara más la soga. Al pensar en eso, se acordó de Max. Echó un vistazo rápido al reloj de pulsera. ¡Ya era tardísimo! Se levantó del borde de la cama, cogió el bolso y salió a toda velocidad de la habitación.

En el boulevard Canabière reinaba el habitual ajetreo. Peggy buscó en vano un taxi. El tiempo apremiaba. Se colocó el bolso bajo el brazo y echó a correr. Un mechón de pelo se le salió del pasador, pero no le dio importancia. Por fin llegó al boulevard d'Athènes. Se detuvo y se llevó la mano al costado dolorido. Las piernas le pesaban como el plomo. ¡Allí, un taxi! Le hizo señas, lo llamó, pero el taxista no hacía amago de pararse. Peggy se plantó resueltamente en mitad de la calzada y se puso delante del taxi que se acercaba. El conductor frenó bruscamente.

—¿Qué hace? ¿Se ha vuelto loca? —gritó el hombre desde la ventanilla.

—¡A la Gare de Marseille Saint-Charles! —Peggy había abierto la puerta de atrás y había tomado asiento.

—Tengo que ir a otra parte, bájese —dijo el hombre con rudeza.

A Peggy se le agolparon las lágrimas en los ojos.

—¡Se lo suplico! Se trata de un hombre. Un hombre al que… quizá no vuelva a ver si ahora no me encuentro con él.

El taxista la miró un instante. Luego asintió sin decir una palabra, giró haciendo una maniobra arriesgada en medio del tráfico y continuó la marcha. Cuando se detuvo delante de la estación, Peggy ya tenía el dinero en la mano, pero el hombre no lo aceptó.

—Si en estos malos tiempos se trata de amor, ha merecido la pena dar ese rodeo —masculló.

—Se lo agradezco.

Se apeó rápido del coche y corrió hacia el bar de la estación. Allí había quedado con Max y Varian Fry, pero tras las grandes puertas batientes no se veía a nadie. Si Max quería coger el tren, tenía que haber entrado hacía mucho tiempo. Peggy se dirigió a toda prisa al vestíbulo, que estaba abarrotado de gente. Ya desde lejos vio el tren. En el andén había tal gentío que estuvo a punto de desmoralizarse. ¿Cómo iba a encontrarlo allí, sobre todo si ya se había montado? Sonó un largo pitido. La locomotora estaba ya lista para partir.

—¡Peggy! ¡Aquí!

—¿Max? —Recorrió con la mirada la larga hilera de ventanas de los vagones. ¡En efecto, allí estaba! Se abrió paso a través de la multitud. Cuando llegó a la puerta del tren, él ya la esperaba allí.

—¡Lo siento! —Por un momento, Peggy estuvo al borde del llanto—. No te imaginas lo que me ha ocurrido… —Se interrumpió. No quería pasar los últimos minutos con esa terrible historia. En su lugar, se echó a sus brazos. Max la abrazó con fuerza.

—Deséame suerte —susurró. Así permanecieron varios segundos. De repente, alguien le puso a Peggy la mano en el hombro.

—¿Va usted a viajar también? —Ella se zafó del abrazo y miró al revisor. Negó con la cabeza. En ese momento, los vagones dieron un tirón. El tren se puso lentamente en marcha.

—¡Pues vámonos! —El revisor subió de un salto y Max lo imitó.

—Nos vemos en Lisboa —dijo sonriendo, mientras ella iba andando al lado del tren, que cogía cada vez más velocidad.

Peggy se detuvo.

—¡En Lisboa! —gritó—. ¡Dentro de tres semanas!

Venecia, 1958

EL DÍA DE su llegada, Kiesler y Peggy se habían quedado hasta tarde en la azotea del palacio bebiendo vino tinto. Por eso a Kiesler no le sorprendió que a la mañana siguiente no se despertara hasta pasadas las once. Pese a la hora, permaneció todavía unos minutos tumbado. En el palacio reinaba un silencio absoluto. Por fin se vistió y emprendió la búsqueda de Peggy. No parecía estar en casa; en su lugar llegaron corriendo desde el jardín los *lhasa apso* y lo saludaron con mucho entusiasmo. Kiesler vio una jarra de café todavía caliente y se sirvió. Al otro lado de la ventana, el Gran Canal lanzaba destellos bajo la clara luz del mediodía. Se llevó la taza al cuarto de estar. La noche anterior apenas había tenido tiempo de admirar los cuadros de Peggy. Aunque en las blancas y altas paredes de ese antiguo palacio lucían impresionantes, a él lo pusieron melancólico. La galería que había proyectado hacía años para Peggy en Nueva York estaba hecha a medida de los cuadros. Aquello era arte moderno enmarcado por un espacio igualmente moderno y, en cierto modo, juguetón. Eso no podía ofrecerlo ese venerable palacio.

Se acababa de parar delante de un Kandinsky cuando oyó pasos a su espalda.

—¡Oh, alguien se ha levantado! —exclamó Peggy jovial—. Siento haberte dejado solo. Tenía que hacer un recado y no quería despertarte. Pero, por lo que veo, ya has encontrado el café y también uno de mis cuadros más bellos.

—Sí, desde luego. —Kiesler se volvió de nuevo hacia el Kandinsky.

El cuadro mostraba unas formas geométricas dispuestas a lo largo de un eje vertical, y apoyadas sobre una gran «E», que se repetía en el borde superior de la derecha. Esa letra hacía referencia al nombre originariamente alemán del cuadro: *Empor* («Hacia arriba»). Pero la energía que desprendía la composición no residía solo en el ritmo de sus formas. Los colores naranja, amarillo claro, una especie de azul pálido y un rosa suave casi vibraban ante un fondo de color verde, azul y turquesa.

Kiesler daba sorbitos al café.

—A veces me cuesta trabajo creer que tu colección haya cruzado ya dos veces el Atlántico. Una vez de Francia a Nueva York y ahora otra vez de vuelta a Europa.

Peggy asintió pensativa.

—De todas maneras, la primera vez fue contra mi voluntad. Todavía recuerdo el miedo infernal que pasé mientras preparaba los cuadros para transportarlos. ¡Imagínate, envueltos en sábanas, en plena guerra! Visto desde la distancia, parece que solo fue una gran aventura. Y a veces no me puedo creer que yo haya vivido todo eso. Entonces echo un vistazo a las dos sábanas que guardé como recuerdo. Bueno, ahora vamos a desayunar. Tienes que estar hambriento.

4

—No me ha resultado nada fácil conseguir tantas sábanas. Llevo meses comprándolas —dijo Peggy riéndose mientras envolvía con cuidado un cuadro en la tela. El sótano del Museo Municipal de Grenoble se asemejaba a una fiesta de fantasmas, solo que los protagonistas no eran fantasmas, sino el arte moderno. Pierre Andry-Farcy, el director del museo, ciñó con cuerdas el cuadro recién envuelto. Luego se detuvo un instante y suspiró.

—Ahora que ha llegado el momento y los cuadros ya no van a estar aquí, me da pena verlos partir. Y eso que en las últimas semanas he deseado más de una vez no haberlos guardado nunca aquí.

Peggy dejó caer la sábana que sostenía, se acercó a él y le puso la mano en el brazo.

—Sé el riesgo que ha corrido por mí, Pierre. No fue fácil encontrar a alguien que escondiera estos cuadros hasta mi partida. A nadie le gusta estar sentado sobre una bomba de relojería. Si los nazis los hubieran encontrado, probablemente ya ni siquiera existirían.

—Ni yo tampoco, tal vez —respondió Andry-Farcy con una expresión de desaliento—. Esconder lo que llaman «arte degenerado» no es *peccata minuta*.

Peggy asintió con la cabeza.

—Nunca me olvidaré de lo que ha hecho por mí. Y por eso me gustaría que escogiera uno, en señal de agradecimiento. Y como un pequeño recuerdo. Al fin y al cabo, llegarán otros tiempos en los que ya no haya que esconderlos en ningún sótano.

—Y en que sus pintores no tengan que huir de Europa... —Andry-Farcy recorrió lentamente las hileras de los cuadros que todavía no se habían empaquetado y se detuvo delante de una pequeña pintura de Yves Tanguy en la que predominaban los tonos marrones.

—Un pequeño Tanguy. —Peggy lo cogió—. Me encantan todas las pinturas de Yves, pero, si se queda con ella, sé que estará en buenas manos.

Andry-Farcy sonrió.

—Gracias, Peggy. No sé qué decirle.

—No hace falta que diga nada. Bueno, sigamos con la tarea.

Durante un rato se pusieron a trabajar concentrados y en silencio. No llegaba ni un solo ruido de las salas superiores, pues el museo ya había cerrado, y la calle también parecía estar sumida en un oscuro silencio. A diferencia de Marsella, Grenoble estaba alejada del barullo de la guerra, y la atmósfera oprimente y la continua presencia policial se encargaban de que nadie abandonara su casa por propia voluntad.

—Declarar los cuadros como enseres domésticos y enviarlos así por barco es una jugada maestra. Pero ¿no está preocupada? —Andry-Farcy titubeó un momento—. Me refiero al apellido… Guggenheim. Alguien podría recelar.

—Precisamente por eso hemos de tener mucho cuidado. —Procuró parecer despreocupada—. La empresa de transporte repartirá los cuadros en distintas cargas y les pondrá bonitos nombres franceses, como por ejemplo «Du Pont».

El hombre se echó a reír.

—Veo que ha pensado en todo. Pues entonces no pasará nada. ¿Qué se ha propuesto hacer en Nueva York con ellos? —Al oír esa pregunta, Peggy dejó el cuadro que sostenía en la mano y se sentó sobre la tapa de una caja de madera.

—Ay, Pierre. Ya sabe lo que tenía previsto. Cuando hace tres años dejé mi galería de Londres, quería mostrar al fin mi colección al público en París. Luego la guerra me desbarató los planes. Pero no renuncio con tanta facilidad a mi sueño. —Tomó en la mano un Kandinsky y lo observó. Sus colores destacaban ante el intenso azul verdoso del fondo. Peggy acarició con suavidad el sencillo marco y luego dijo—: Estos cuadros son demasiado valiosos como para que solo pueda disfrutarlos yo. Ha de contemplarlos todo el mundo. Solo tengo que encontrar una casa grande en la que quepan y en la que cualquiera pueda verlos. Y, como sabe, también estoy trabajando ya con vistas a tener un catálogo.

En la mirada de Andry-Farcy había una chispa de duda.

—¿Cree que en Nueva York existe un público para este tipo de arte? Por lo que dicen, sus paisanos tienen una mentalidad más bien conservadora.

—En eso puede que tenga razón, pero pronto cambiarán las cosas. ¿Le he contado ya lo que me pasó una vez con Kandinsky en mi galería de Londres? —En el rostro de Peggy brotó una expresión de ensueño—. Fue increíble. Yo le había ofrecido una exposición a Kandinsky. Sus cuadros se veían por primera vez en Inglaterra y fue todo un éxito. Entonces fue cuando me compré este cuadro. Pero lo mejor ocurrió fuera de mi galería. Un día vino un maestro de no sé qué pueblo y se entusiasmó tanto con los cuadros que me pidió llevarse algunas obras, cuando terminara la exposición, para poder enseñárselas a sus alumnos.

—Dios mío. Seguro que a Kandinsky no le entusiasmó la idea. —Andry-Farcy puso una cara dubitativa.

Peggy sonrió.

—Eso pensaba yo también, pero le pareció bien. Entonces el profesor de arte llegó con un coche pequeño, sujetó los cuadros en la baca y se marchó. Al cabo de dos semanas, los devolvió. Sus alumnos habían enloquecido con los cuadros; nunca habían visto nada parecido. Con esas pinturas pudieron experimentar a flor de piel lo que era el arte vivo, el arte de su época.

—Y ahora usted confía en que la gente se entusiasme en América por el arte abstracto y surrealista —opinó el director del museo con picardía.

—¿Por qué no? Siempre hay una primera vez para enamorarse. —Peggy se levantó y recorrió el sótano. Sobrevoló los cuadros y las esculturas con la mirada hasta que encontró lo que buscaba. De una caja sacó una pequeña escultura.

—Mire esta maravillosa joya.

Andry-Farcy se acercó a ella.

—*Head & Shell*, de Jean Arp. Una escultura preciosa.

Los ojos de Peggy adoptaron una expresión radiante.

—¿Verdad que sí? Y además es la primera obra de arte que compré hace años. Con ella empezó todo. Madre mía, si entonces hubiera sabido que algún día invertiría toda mi fortuna en esto...

—Se rio mientras acariciaba con delicadeza las formas redondeadas de la figurita.

—¿Cómo fue aquello? —quiso saber Andry-Farcy.

Peggy se sentó.

—Era verano. Mi amigo Marcel Duchamp viajó conmigo a Meudon, en las afueras de París, donde los Arp se habían construido una casa muy bonita. Jean me enseñó su taller de fundición y cuando vi esta escultura... Me ocurrió algo extraño, ¿sabe? Tuve de inmediato la necesidad de tocarla. Este cobre tan reluciente, sus formas sensuales. Entonces lo supe: «Esta pieza he de tenerla cerca de mí».

—¿Y después?

Ella se encogió de hombros.

—Como era de esperar, Jean Arp no me puso ningún reparo. Compré la escultura y nunca, ni un solo día, me he arrepentido. —Miró a su interlocutor—. Aquel día, por primera vez, me enamoré perdidamente de una obra de arte. Y ojalá les pase lo mismo a mis conciudadanos, porque es un sentimiento maravilloso. Pero de esta obra —dijo rodeando la pequeña escultura con las manos sobre su regazo— no me desprenderé jamás.

5

EL TREN DIO un tirón y, durante un instante, Peggy creyó que iba a arrancar, pero no pasó nada. Abrió la ventana del compartimento y se asomó a mirar. Una luz sesgada iluminaba el techo abierto de la Gare de Marseille Saint-Charles. Las palomas revoloteaban de acá para allá por el enorme vestíbulo de la estación. El andén estaba repleto de gente. El que se lo podía permitir había contratado los servicios de un mozo de estación, pero la mayoría llevaba a rastras su pesado equipaje. Los trenes que llegaban frenaban con un chirrido, los gritos resonaban por los andenes y la gente se abrazaba con ternura. Cuántos saludos y cuántas despedidas. Tenía la sensación de que todo Marsella se había congregado en aquella estación.

Otro tirón y otro más. Una especie de corriente recorrió los vagones y las ruedas se pusieron en marcha. En las otras ventanillas también había gente que, en su mayoría, agitaba pañuelos. Un niño pequeño con pantalones cortos y gorra ancha con visera fue corriendo al lado del tren hasta que ya no pudo más. Agotado, apoyó las manos en las rodillas. Peggy recordaba su despedida de Max en la misma vía tan solo hacía unas semanas. A ella no había ido nadie a despedirla, pero era mejor así. Eso significaba que no dejaba a nadie atrás. Amparado por la suerte, Max había conseguido cruzar la frontera de España y llegar desde allí a Lisboa. Laurence, su exmarido, también había viajado a Lisboa con los dos niños.

Cuando el tren abandonó la estación, una luz vespertina de color amarillo le bañó el rostro. Notó en la cara el agradable calor del viento en contra. Luego se sentó en su asiento y cerró un momento los ojos. Por fin lo había logrado. Desde Lisboa ya solo la separaría de América el Atlántico. Abrió los ojos, pero su mirada seguía dirigida hacia el interior. Cuántas cosas le habían sucedido las últimas semanas: la preocupación por el dinero solicitado, el transporte de sus cuadros... Menos mal que todo le había salido bien.

Al otro lado de la ventanilla del tren el paisaje pasaba volando. En los campos de cereales, los campesinos trabajaban inundados por la difusa luz de última hora de la tarde, y en las barreras de los pasos a nivel la gente esperaba montada en bicicleta y en carros tirados por burros y cargados de verdura. Los pueblos pequeños, con las agujas de sus iglesias, parecían tan intactos y apacibles que casi olvidó por qué iba sentada en ese tren. No era un viaje de vacaciones. Estaba huyendo. Se marchaba de su querida Francia, donde los colaboracionistas de la Alemania nazi estrechaban cada vez más el cerco en torno a personas no deseadas, como la propia Peggy. Daban testimonio de ello los estrictos y meticulosos controles que se efectuaban en la frontera.

Cuando ya solo se veían siluetas oscuras al otro lado de la ventana, intentó dormir, pero no consiguió conciliar el sueño. Por un momento le sobrevino la melancolía. ¿Qué más cosas sucederían antes de que la guerra terminara de una vez? ¿Podría regresar alguna vez a Europa? Luego se sobrepuso y desvió los pensamientos en otra dirección. Con cada embestida y traqueteo de las ruedas se iba acercando más a Lisboa, pero el inminente reencuentro con Max más bien la inquietaba. ¿La esperaría en la estación? Al pensar en que lo besaría, se sintió tan nerviosa como una colegiala.

La noche y el día siguiente transcurrieron sin que se produjera ningún incidente digno de mención. Al anochecer, el tren fue acercándose a la ciudad. Tal era la emoción que la embargaba que no paraba de moverse en el asiento. Cuando el tren pasó por las casas bajitas de los barrios periféricos, ya no pudo contenerse y se levantó para tener una perspectiva mejor.

Al cabo de un cuarto de hora, las ruedas se detuvieron con un chirrido. Peggy cogió el equipaje y cuando intentó tirar de él, comprobó que no avanzaba nada. El pasillo estaba abarrotado de gente con maletas y bolsas que se afanaba por abrirse paso. Reinaba un ambiente de tensión y un aire sofocante. Todos tenían prisa por abandonar el tren. Solo después de una eternidad logró llegar a la salida. Fuera, en el andén, la situación no era más halagüeña: los que esperaban a los recién llegados se mezclaban con los viajeros que se apeaban; por doquier resonaban voces acaloradas.

Peggy paseó la mirada por la multitud, pero no fue capaz de distinguir ninguna cara conocida. Además, los que iban detrás la arrastraban. La muchedumbre la llevó, casi en volandas, hacia el vestíbulo de la estación. Buscaba sin cesar entre las innumerables caras. ¡Allí! ¡Laurence! Y, junto a él, su hija Pegeen. Alzó el brazo.

—¡Laurence, aquí! ¡Estoy aquí! —Pero el griterío acalló sus palabras. Entonces pugnó por abrirse paso a codazos entre la multitud, hasta que él la descubrió y le hizo señas enérgicamente. Y de repente vio otra cara más.

—¡Max!

Una sonrisa iluminó el rostro de su amante, que levantó la mano. Peggy siguió abriéndose camino a través del gentío. Tenía la cara enrojecida y estaba sudando, pero no le importaba. Por fin los separaban tan solo unos metros. Sus ojos buscaban una y otra vez los de Max y lo que confiaba leer en ellos.

—¡Pegeen, Sindbad! —Peggy abrazó a sus dos hijos y le guiñó un ojo a Laurence. Luego se volvió.

—Max.

Este esbozó una sonrisa un poco más amplia, pero de todos modos se le notaba inseguro y su actitud era más bien rígida. Los brazos le colgaban inertes a lo largo del cuerpo. Peggy no sabía lo que esperaba de él. ¿Que la abrazara? ¿Que la besara? Durante un rato largo se limitaron a mirarse. La expresión de él resultaba un tanto insondable. Entonces ella no pudo soportarlo más. Tomó su cabeza entre las manos, le buscó la boca con los labios y lo besó con pasión mientras se impregnaba de su olor. ¿Cuánto tiempo hacía que no sentía ese ardoroso deseo? Los labios de Max, en cambio, se mostraron fríos y el cuerpo no cedió a su abrazo. Había algo en él que ofrecía resistencia.

Peggy se separó de él y lo miró con un gesto interrogativo.

—¿Qué te pasa?

Entonces él puso una cara de alegría casi exultante.

—Nada, todo va bien. —Se echó a reír y Peggy sintió que se le encogía el corazón—. ¡De verdad! Es solo que ha pasado algo increíble. Se trata de Leonora… —Se interrumpió y Peggy tuvo un mal presentimiento—. Está aquí —dijo—. Aquí, en Lisboa. Todo ha sido muy sorprendente. Hace unos días nos encontramos por casualidad. Iba sentada en un tranvía y me vio por la ventanilla. Yo fui corriendo por la acera y luego sencillamente me subí al… —Su voz se iba animando con la descripción del encuentro, pero Max se interrumpió al ver la cara que ponía Peggy. Sus palabras la dejaron tan desconcertada que no sabía qué decir; quiso que se la tragara la tierra. Leonora, precisamente ella, estaba allí. Precisamente en esa ciudad. Y los dos se habían vuelto a encontrar.

Desde detrás alguien puso una mano sobre el hombro de Peggy. Era Laurence.

—Vamos, tortolitos. Tenemos que salir de aquí; si no, me va a entrar claustrofobia. —Los empujó en dirección a la salida. Por inercia, Peggy logró poner un pie tras otro.

6

—Esta ciudad está llena de cuestas —jadeó Laurence, que iba por la acera al lado de Peggy. Ella asintió con la cabeza.

—Tienes razón. Y, encima, con este calor.

—En fin, no ha sido idea mía ir al hospital a esta hora. Podríamos haber ido a última hora de la tarde.

Peggy fue a responder algo, pero permaneció callada. Él tenía razón. Podrían haber ido perfectamente a visitar a Leonora al hospital por la tarde. Pero ¿qué otra opción le quedaba a ella? Desde que Leonora había enfermado hacía unos días y estaba recuperándose en la clínica, Max iba a verla casi a diario. Y se quedaba horas junto a su cama. Hasta ahora Peggy había evitado visitarla, pero ya no aguantaba más. Tenía que saber qué hacían allí esos dos todo el día, tenía que verlos juntos. Le dolería, pero debía hacerlo sin falta. Porque desde su llegada a Lisboa las cosas entre Max y ella habían cambiado mucho. La presencia de su excompañera pendía como una sombra sobre su reciente relación amorosa. Él se mostraba cerrado en sí mismo, irritable, veleidoso. Y quién sabía si ambos no se habrían vuelto a juntar de no haber sido porque ella se había casado con un mexicano hacía pocas semanas. Se llamaba Renato y la había ayudado a obtener un visado para ir a los Estados Unidos. Faltaba poco para que los dos partieran en barco hacia Nueva York.

Se sintió decepcionada al comprobar que dentro del hospital la temperatura tampoco era tan fresca como esperaba. El aire parecía estancado en los pasillos pintados de blanco. Preguntaron por la habitación de Leonora y, al llegar a la puerta, Peggy se detuvo un momento. Dentro se oía la voz amortiguada de Max, pero no daba la impresión de que estuviera manteniendo una conversación normal. Laurence la miró sin comprender y Peggy llamó con los nudillos. Dentro se hizo el silencio.

—Sí, adelante —La voz era de Max. Peggy esbozó una forzada sonrisa cálida y abrió la puerta. Sin saber muy bien por qué, evitó mirar a Max. En su lugar, se acercó a Leonora, que la obsequió con una amable sonrisa.

—Peggy, qué alegría que hayas venido a verme. Y Laurence viene también contigo. ¡Hola!

Se acercaron a la cama y la besaron en las dos mejillas.

—Hola, Max. —Peggy le dedicó por fin una sonrisa también a él, que se la devolvió, pero no hizo ademán alguno de levantarse ni de darle la mano. Durante un segundo estuvo tentada de rodear la cama y darle un beso, pero luego decidió que en el hospital no tenía por qué hacer gala de sus derechos de posesión.

—¿Qué tal estás? —preguntó Laurence, que acercó a la cama dos sillas en las que se sentaron.

—Mucho mejor. Mañana o pasado me darán el alta.

—Qué maravilla.

—Sí, y eso que gracias a Max no me he aburrido nada. Nos dedicamos a dibujar o él me lee algo en voz alta. Solo nos faltan unas pocas páginas para terminar una novela policíaca de Agatha Christie.

Se hizo un silencio embarazoso, pero Peggy no fue capaz de romperlo y tampoco Laurence acudió en su ayuda. Eso era, por tanto, lo que había oído a través de la puerta. Sin saber por qué, el hecho de que Max le leyera libros a Leonora la dejó apesadumbrada. Daba la impresión de que se preocupaba por ella y la trataba con cariño. Como si quisiera convencerse de lo contrario, Peggy dijo:

—Oh, por favor, entonces terminad de leer las últimas páginas.

Por el rabillo del ojo vio que tanto Max como Laurence se mostraron sorprendidos. Luego Max cogió el libro y empezó a leer. Al principio parecía un poco cortado, como si la presencia de Peggy le impidiera entregarse a la historia, pero luego se relajó. Su voz se volvió cálida y expresiva. De vez en cuando alzaba la vista y sus ojos se encontraban con los de Leonora. «Está leyendo para ella», pensó Peggy con el corazón en un puño. Era evidente que a Laurence la situación también le resultaba incómoda, pues se levantó y anunció que iba a por café. Por último, Max cerró el libro con una sonrisa de satisfacción. Leonora alcanzó unas hojas que tenía en la mesilla.

—Mira lo que hemos pintado hace un rato.

Peggy cogió titubeante las hojas. ¿Acaso quería hacerle daño? Contempló los dibujos. Eran bonitos, espontáneos y dinámicos. Algo que Max y Leonora habían creado juntos. «Yo no soy una artista —pensó sintiéndose derrotada—. Pase lo que pase entre nosotros, ese tipo de vínculo nunca existirá entre Max y yo.»

En ese momento Laurence volvió con una bandeja pequeña y cuatro tacitas. El café estaba bueno y Peggy se sintió reconfortada. En cuanto terminaron de tomarlo, Laurence se levantó y volvió a poner las tazas en la bandeja.

—Bueno, nos marchamos —dijo para sorpresa de Peggy—. Luego nos encontraremos todos para cenar en el Leão d'Ouro. ¿Vienes tú también? —Miró a Max, que por un momento se mostró indeciso.

—Supongo que sí —dijo al final.

—Estupendo, entonces nos vemos allí hacia las ocho.

Como despedida, Peggy lanzó a Max una mirada en la que procuró poner tanto afecto como le fue posible.

Cuando salieron del hospital, caminaron un rato en silencio.

—Estás pensando en él —dijo por fin Laurence—. Como llevas haciendo todos estos días.

Peggy se encogió de hombros.

—En realidad, estaba pensando en Marsella. Pero tienes razón. Max… Marsella… No estoy segura de si podré dejar de asociar lo uno con lo otro. —guardó silencio y continuó—: Ay, Laurence, pese a todo este caos y al ambiente tan tenso, Max y yo nos sentíamos tan despreocupados, tan felices… Sencillamente he caído en las redes de este nuevo sentimiento. ¿Y ahora? No termino de creer que se haya encontrado por casualidad con Leonora entre todos los refugiados que hay en Lisboa. Es como encontrar una aguja en un pajar.

—No entiendo por qué te afecta tanto, si Leonora lo dejó y ahora se ha casado con ese mexicano.

Peggy resopló.

—Vaya una boda. Ella necesitaba un visado para entrar en Estados Unidos y quizá también a alguien fuerte que la proteja de momento. Y cuando todos estemos en Nueva York, seguro que tienen previsto volver a verse.

—Entonces, ¿crees que Max sigue amando a Leonora?

Peggy titubeó.

—Ojalá no fuera así. Pero ¿no has notado lo relajado y feliz que parece cuando ella está a su lado?

—También lo he visto relajado y contento cuando está contigo.

—Contento. No feliz.

—No te lo tomes todo al pie de la letra. Pero, si no estás segura del todo, deberías intentar mantener las distancias. En tu mano está.

—Qué fácil es decirlo. Estoy enamorada, Laurence. Tan enamorada como hacía tiempo que no lo estaba.

—Pero tienes miedo de ser para él solo una segunda opción, ¿no?

—Un poco, sí. —Suspiró—. A eso se añade que Leonora es más joven que yo y, desde luego, toda una belleza. En cambio, yo con esta nariz tan grande…

—¡Peggy! —Laurence se detuvo y la agarró del brazo. Era un gesto amistoso que a ella le trajo el recuerdo de la larga historia que habían compartido. Solo después de los años de su tormentoso matrimonio habían aprendido a apreciarse de verdad el uno al otro—. Peggy —repitió—. Cada vez que tienes un momento de crisis, lo primero que se te ocurre es echarle la culpa a tu nariz. Pero tú sabes tan bien como yo cuánto coraje tienes. Eres una mujer fuerte y eso se percibe en todo lo que haces. También en el amor. Por desgracia, ya no somos unos adolescentes, y no quiero verte herida. Pero si en realidad estás tan enamorada de ese hombre, tendréis que ponerlo a prueba, tú y tu nariz. —Sonrió burlonamente.

Peggy se echó a reír aliviada. Al fin y al cabo, sabía que la decisión estaba tomada hacía ya tiempo. ¿Y cuándo se había echado ella atrás por unas pocas dificultades? Desde siempre le había interesado más lo que era casi imposible de conseguir que lo sencillo y evidente. Era, por naturaleza, una luchadora. De repente, recuperó de nuevo la confianza. Si tenía que luchar por Max, así lo haría.

7

PEGGY SE ENCENDIÓ un cigarrillo, tragó el humo y lo exhaló por la ventana del hotel. Aunque ya anochecía, todavía no había cesado el bochorno del día. En la calle, bajo ella, reinaba la animación. Un joven repartidor de periódicos dobló la esquina. Peggy le calculó como mucho doce años. Pese al calor de julio, llevaba una gorra de visera marrón y del hombro derecho le colgaba una pesada bolsa de tela llena de periódicos. Con la mano izquierda mostraba a los posibles compradores la portada de un diario inglés. Tenía la cara enrojecida por el esfuerzo.

—¡Rusia y Gran Bretaña firman una alianza! ¡Pacto de mutua asistencia entre Rusia y Gran Bretaña!

La pronunciación inglesa del chico era mala; no obstante, enseguida se le acercaron varias personas. Se preguntaba si ella también debería comprar el periódico cuando a su espalda se abrió la puerta de la habitación. Se volvió.

—¡Max!

—Peggy… —Se acercó a la ventana, la cogió de los brazos y la estrechó contra sí. Era la primera vez que la tocaba desde que Leonora se había marchado de viaje, hacía dos días. —¡Hay novedades! —Tenía la cara enrojecida y un tono conspirador en la voz.

—Lo sé. —Peggy sonrió débilmente—. La alianza entre Rusia y Gran Bretaña. Se lo he oído vocear al repartidor de periódicos.

Max se rio.

—¡No, algo mucho mejor! Laurence me lo acaba de contar en el vestíbulo del hotel. —Hacía mucho que no lo veía tan feliz.

—Pues venga, dímelo —lo apremió.

—Tenemos fecha para el vuelo con el Clipper. Para dentro de cuatro días.

Ella se llevó la mano a la boca.

—¿Dentro de cuatro días? Pero… ¡eso es maravilloso!

Se sintió tan aliviada por la noticia como Max. Allí, en Lisboa, no podían quedarse. Aquello no era nada más que una estación de paso. La posibilidad de un nuevo comienzo, también para ellos dos, solo podía darse en Nueva York. La eterna espera del vuelo había desmoralizado a todos. Ahora Peggy notó que la perspectiva de un viaje inminente la llenaba de energía. Con las puntas de los dedos acarició tiernamente la mejilla de Max, luego los hombros y los brazos. Sus ojos azules brillaban en la penumbra.

—Cómo me alegro —dijo ella en voz baja.

—Yo también.

Max la cogió por las muñecas y la atrajo lentamente hacia sí. Peggy se estrechó contra él y lo besó en los labios. Por un momento parecía que él no colaboraba, pero luego reaccionó. Con un solo movimiento la envolvió. Los cuerpos se restregaron ansiosos, y mientras Peggy le abría el cinturón, él le desabrochaba la blusa y le quitaba el sujetador. Max dio un paso atrás para poder contemplarla y admirarla. Con la mano izquierda le abrió por detrás la falda, que cayó al suelo.

—Max…

Con los dedos temblorosos, Peggy le desabrochó el botón de los pantalones y, poco a poco, le bajó la cremallera. Sin decir una palabra, Max se dejó llevar por ella hacia la cama.

8

A DIFERENCIA DE las semanas anteriores, que habían transcurrido lentamente, las últimas horas previas al viaje pasaron volando. La víspera del vuelo nadie pudo conciliar el sueño. Cuando los primeros albores entraron por la ventana abierta, Peggy se sentía muy cansada. Bajo la tenue luz de la mañana esperaron a los taxis delante del hotel. La ciudad todavía parecía estar durmiendo, había muy poca gente por la calle. Incluso a esa hora tan temprana el aire era cálido. Cuando llegaron los coches, Laurence les metió prisa. Eran once. Peggy y Max, Laurence con su mujer, Kay, y siete niños, entre los cuales figuraban los suyos, Sindbad y Pegeen.

No tardaron mucho en llegar al río Tajo. Sobre la superficie rizada del lento y perezoso río colgaban jirones de una leve bruma vaporosa. Por todas partes había barcos pesqueros que regresaban de su captura nocturna. Y luego lo vieron: el Clipper, el famoso hidroavión de la Pan Am. La mitad de su redonda panza se hallaba sumergida en el agua marrón y desde lejos más bien parecía una ballena varada. Al sol de la mañana, el casco metálico plateado lanzaba destellos deslumbrantes. El gigantesco hidroavión se balanceó levemente cuando Peggy, Max y el resto subieron a bordo con su equipaje.

Dos horas más tarde, las hélices empezaron a girar. El Clipper fue separándose poco a poco de la orilla hasta alcanzar la posición de despegue. Ante él se abría la inmensidad del océano. Los motores empezaron a rugir y Peggy notó que el agua ofrecía resistencia; entonces el hidroavión se puso en marcha. Su plateada panza surcó cada vez más rápido las olas, cuya espuma salpicaba hasta las ventanillas. Y de repente alzó el vuelo. Ese era el momento de despedirse de Europa, del continente que durante tanto tiempo había sido su morada. Peggy pensó en Nueva York. Aunque había nacido allí, ya no la reconocía como su patria.

Cuando alcanzaron la altitud de vuelo, Peggy se levantó.

—Ven, vamos a beber algo.

El Clipper ofrecía a los aproximadamente cuarenta pasajeros toda clase de comodidades. Además de los asientos, había literas para dormir. Las comidas se servían en mesas cubiertas con manteles blancos almidonados y copas de cristal auténtico, y uno se podía mover con libertad por las diferentes salas. Laurence estaba ya sentado a la barra; Max pidió un whisky y Peggy el cóctel Clipper: ron suave, vermú y granadina con hielo. Notó que Max la miraba. Estaba pálido y sudoroso.

—¿Te encuentras bien?

Él asintió sin convicción.

—Solo estoy un poco nervioso por lo de mañana.

—¿Lo de mañana? —preguntó Laurence.

Peggy sonrió. Sabía lo que atribulaba a Max. Se lo había contado la noche anterior.

—Mañana volverá a ver a su hijo, que lleva ya un par de años viviendo en Nueva York —explicó.

Max se echó a reír.

—Sí, y no he sido un padre especialmente bueno desde que me divorcié de su madre. Además, me siento culpable por llegar yo solo. Yo me pongo a salvo mientras ella sigue sin poder moverse de Francia por ser judía.

—¡Max! —Peggy le cogió la mano y la apretó—. Jimmy se alegrará solo por tenerte cerca. Además, ya sabe que has hecho todo lo posible por ayudar a su madre. Te prometo que desde América haremos lo que haga falta para tenerla con nosotros. —Max le sonrió y ella creyó ver agradecimiento en sus ojos. Él le apretó tanto la mano que le hizo daño.

De pronto se armó un revuelo entre los pasajeros. Peggy y Max se unieron a los demás en las ventanillas. A sus pies, en la infinita superficie del Atlántico, navegaba un barco de grandes dimensiones. Cuando les dijeron el nombre de la nave, Peggy gimió de un modo apenas audible. Era el buque de vapor en el que iba Leonora

Carrington con su marido hacia Nueva York. En el equipaje llevaba muchos de los cuadros de Max, ya que en el avión ocupaban demasiado. Peggy apartó la mirada del barco antes que nadie, mientras que Max lo siguió con la mirada, sin decir una palabra, hasta que estuvo fuera del alcance de la vista. Después, a ella le costó trabajo recuperar el ánimo despreocupado. Ya solo el hecho de que Leonora tuviera consigo una parte de Max, quizá la más importante, su arte, la ponía celosa. Peggy no logró pensar en otra cosa hasta que el Clipper hizo escala en las Bermudas para repostar combustible. Hacía un calor abrasador. Durante la parada, que duró horas, registraron el equipaje y leyeron las cartas. Peggy se compró un sombrero de paja enorme y se hizo un propósito: a partir de ese momento, se acabaron las aflicciones.

9

LAS ÚLTIMAS HORAS del vuelo se les hicieron interminables a todos. Cuando por fin se acercaban a Nueva York, nadie aguantó más tiempo en los asientos. Lo primero que se veía era una playa larga de arena blanca que pertenecía a una isla situada justo delante de la tierra firme.

—¡Jones Beach Island! —exclamó Peggy entusiasmada. Sin poderlo remediar, se vio obligada a tragar saliva. Por mucha tristeza que le hubiera provocado despedirse de Europa, en el fondo la hacía feliz poder volver a ver los paisajes de su infancia. El Clipper recorrió toda la longitud de la isla y luego giró a la derecha en dirección a tierra firme. Sobrevolaron la amplia Jamaica Bay, con sus numerosas y verdes islas de pequeño y mediano tamaño, y se dirigieron hacia el barrio de Queens.

De repente, en la parte izquierda del avión, Pegeen y Sindbad prorrumpieron en gritos de entusiasmo.

—¡Ahí detrás está la estatua de la Libertad!

Peggy y Max, que estaban de pie en el lado derecho, se acercaron a los niños. Los dos adolescentes, a los que nada solía sorprender, miraban fascinados por la ventana. Efectivamente, más allá de la gran superficie de Brooklyn se alzaba, majestuosa y solitaria, la estatua de la Libertad ante su ciudad. «Un símbolo», pensó Peggy. Solo ahora, tras haber experimentado la tiranía y la falta de libertad, y ante el desafío del poder nazi, que amenazaba con apoderarse de todo un continente, adquirió realmente conciencia de la importancia de ese lugar. Max, Laurence, sus hijos, todos ellos formaban parte de la infinita serie de refugiados que, desde hacía más de cien años, buscaban protección a aquel lado del

Atlántico. Hacía menos de un siglo, los propios antepasados de Peggy habían emigrado a América. Su familia le debía todo a ese país. Miró de reojo a Max, que seguía de pie a su lado. Sabía a qué temores asociaba ese nuevo comienzo. No obstante, él también tenía los ojos humedecidos.

Entretanto, el Clipper sobrevolaba el barrio de Queens. No lejos de ellos, los rascacielos que formaban el *skyline* de Manhattan se recortaban contra el cielo. Muchos de esos edificios los veía también ella por primera vez. Los años treinta habían sido la época del auge de la construcción; a vista de pájaro, lo que habían creado lo dejaba a uno sin respiración.

Tan solo media hora después se dirigieron con un grupo de pasajeros a la terminal del aeropuerto. De repente, Peggy se puso nerviosa. ¿Los esperaría alguien en el interior del edificio? Muchos de los amigos artistas de Max habían conseguido huir a Nueva York meses antes, pero probablemente no estaban enterados de su llegada. Sin embargo, era muy posible que Jimmy esperara a Max tras las puertas correderas. De pronto se sintió insegura. En sociedad era conocida por ser ingeniosa, aguda y abierta, a veces incluso algo brusca. Solo unos pocos sabían lo tímida y vulnerable que podía ser, lo sola que se sentía a veces. ¿Cuántos de sus numerosos conocidos la frecuentaban solo por su dinero? No lo sabía. Y esa incertidumbre era como una sombra oscura que enturbiaba todas sus relaciones.

En el interior del edificio del aeropuerto atravesaron la zona de la aduana. Luego se abrieron las puertas correderas que daban a la terminal... y Peggy se quedó sin habla. Tras el cordón de seguridad había más de cien personas; las primeras filas las ocupaban exclusivamente reporteros con grandes cámaras fotográficas. En cuanto cruzaron el umbral, un auténtico aluvión de *flashes* cayó sobre ella. Tardó un tiempo en comprender por qué estaban allí todas aquellas personas. ¿A quién esperaban? Muchas manos la señalaban. Por fin oyó su nombre en boca de los periodistas.

—Señora Guggenheim, ¿qué tal ha ido el vuelo? ¿Se alegra de estar de nuevo en los Estados Unidos?

—¿Quién ha venido con usted? ¿Qué será lo siguiente que haga?

—Peggy Guggenheim, ¿cómo va su colección? Los alemanes dicen que sus cuadros son arte degenerado. ¿Qué piensa al respecto?

A Peggy le llovían las preguntas por todas partes. Durante un momento se mostró titubeante, pero luego se recompuso y se enfrentó al asalto, respondió a todas las cuestiones y sonrió a las cámaras. De repente notó algo en el brazo. Con una sonrisa pícara, Pegeen le acercó a la mano su gran sombrero de paja. Peggy entendió de inmediato. Se lo puso juguetonamente y adoptó una pose coqueta. Había llegado la hora de exhibirse para que los periodistas tuvieran una buena foto suya. Por el rabillo del ojo vio que Max y los otros se salían discretamente del encuadre. Un par de *flashes* más y también Peggy dio media vuelta y se alejó saludando con la mano mientras intentaba distinguir alguna cara conocida entre la multitud.

—No veo a Jimmy por ninguna parte —dijo Max cuando ella lo alcanzó de nuevo—. ¿Será posible que no haya recibido mis noticias? —La agarró inseguro del brazo. Entonces Peggy vio a dos hombres que, desde un lado, les hacían señas gesticulando mucho.

—¡Max! Allí está mi viejo amigo Howard Putzel. Y, a su lado, un hombre joven. ¿Es Jimmy?

Él volvió la cabeza y los ojos se le iluminaron.

—Jimmy —dijo en voz baja, como para sus adentros. Se abrieron paso a través de la multitud con Laurence, su mujer y los niños a remolque. Jimmy tenía la mirada clavada en el rostro de su padre. Tras una breve vacilación por ambas partes, Max abrió tímidamente los brazos.

—¿Qué tal estás, Jimmy? —Su hijo se le acercó. Pero no llegaron a darse un abrazo porque alguien posó una mano en el hombro de Max.

—¿El señor Max Ernst? —Volvió sorprendido la cabeza. Ante él vio a dos hombres con uniforme—. Haga el favor de acompañarnos. Tenemos que registrar sus papeles.

—Pero ¿por qué? —protestó Peggy mientras Max, cuyo inglés no era precisamente bueno, permanecía perplejo a su lado—. ¡Su visado para entrar en América está en regla!

—No se trata de los papeles, señora —respondió uno de los dos agentes—. Este hombre es alemán. No podemos dejarlo entrar en el país sin someterlo a una inspección.

Peggy se quedó consternada al ver cómo desaparecían con Max tras una puerta de cristal opalino. Laurence se encogió de hombros con un gesto de desconcierto y ella agarró impulsivamente las manos de Jimmy.

—Soy Peggy Guggenheim. Max me ha hablado mucho de ti. El visado de tu padre es válido. Tuvo que huir de Europa porque lo perseguían los alemanes y ahora aquí lo llevan detenido por ser alemán. ¡Es absurdo! Pero tal vez a ti te dejen entrar.

Jimmy parecía inseguro.

—¿Me escucharán a mí? —Pero luego inspiró profundamente—. Tiene razón. ¡Tengo que entrar! —Se volvió y fue hacia la puerta de cristal tras la que había desaparecido su padre.

AL CABO DE más de una hora se abrió la puerta. Una hora durante la que Peggy había estado recorriendo inquieta la terminal de llegadas. Los demás se habían marchado. Varias veces se había acercado a la puerta dispuesta a llamar con la mano, pero luego se había arrepentido. Jimmy era el hijo de Max y los lazos familiares contaban mucho en América. El alma se le cayó a los pies cuando por fin el chico salió solo y se acercó a ella con aire de desconsuelo mientras movía la cabeza de un lado a otro.

—Dicen que no pueden asumir la responsabilidad. Estamos en guerra y él es alemán. Van a llevarlo a la isla de Ellis. Allí inspeccionarán su caso. Habrá una audiencia.

—¿La isla de Ellis? —Peggy casi soltó un grito—. ¡No puede ser verdad!

—Pero también hay una buena noticia. El último barco que va a la isla de Ellis ya ha zarpado, así que se quedará esta noche en la ciudad. La Pan Am le proporciona alojamiento en el Belmont Plaza junto con un vigilante. Ya están yendo hacia allí.

—¡Pues vamos para allá!

Peggy se dirigió a toda prisa a la salida. Con la mano derecha todavía sostenía el enorme sombrero de paja. Jimmy esprintó tras ella. Fuera de la terminal, Peggy hizo señas a un taxi y poco después tomaron la ancha Central Park Way en dirección a Manhattan. A toda velocidad, iban dejando atrás las casas bajitas del barrio y, pocos minutos más tarde, llegaron al Triborough Bridge. Cuando cruzaron al otro lado, Peggy reconoció el barrio de Harlem. Humildes bloques de pisos, casas en hilera de piedra arenisca conocida como *brownstone* y, de cuando en cuando, alguna que otra construcción en madera. Esos no eran los sitios en los que se había criado Peggy. Aunque ya se acercaba la noche, el calor de julio seguía teniendo a la ciudad en un puño. El típico bochorno pegajoso de un día de verano neoyorquino se adhería a las calles polvorientas. Le daba la sensación de que ese calor sofocante subía del asfalto resquebrajado. Se recostó contra la ventanilla abierta del coche, pero el viento en contra solo refrescaba un poco. Al pasar vio hombres y mujeres mayores asomados a las ventanas de las casas. Varios grupos de adolescentes estaban sentados en las desvencijadas escaleras de incendio de los edificios, y en la esquina de una calle un puñado de niños medio desnudos alborotaba jugando en una boca de riego que los salpicaba de agua. Luego el taxista giró hacia Lexington Avenue en dirección a Midtown. El sol, ya muy bajo, iluminaba desde atrás el *skyline* de Manhattan. Los rascacielos, cada vez más cercanos, se recortaban contra el cielo como gigantes negros. Cuanto más hacia el sudoeste se dirigían, más altos eran los edificios que flanqueaban las calles y más elegantes lucían los hoteles, las tiendas y las personas. Se acercaron a los bloques de casas en los que Peggy había pasado la infancia.

Cuando el taxista se detuvo ante la entrada principal del Belmont Plaza, pagó apresuradamente y corrió con Jimmy hacia el vestíbulo. Un hombre joven con librea los informó de que un tal señor Ernst había ocupado con un acompañante una habitación en la novena planta. Peggy llamó a Max por el teléfono negro colgado de la pared del vestíbulo. No contestaba nadie. Marcó una y otra vez el número. Jimmy se apoyó a su lado en la pared; en su rostro se reflejaba una creciente inquietud. Por fin descolgaron al otro lado de la línea.

—¡Max! ¿Qué tal estás? —A Peggy se le quebró la voz—. ¿Te puedo ver? Jimmy también está aquí.

—No lo sé. Creo que no. —Tenía voz de derrotado, pero ella no se dio por vencida—. Pásame con ese inspector o lo que sea. —Max le entregó el auricular a su acompañante.

—YA ESTÁ. —PEGGY se volvió hacia Jimmy mientras colgaba el auricular—. El hombre no era demasiado testarudo. Bajan enseguida. Podemos tomar algo en el bar del hotel con él. Y mientras tanto iré reservando dos habitaciones para nosotros.

Al poco rato, Peggy, Jimmy y Max se sentaron a la barra del Pine Bar del Belmont Plaza y bebieron unos cócteles Gin Rickeys. Max se inclinó sobre ella y le susurró al oído:

—El inspector cree que eres mi hermana y quizá sea mejor así.

—¿Tu hermana? —se rio Peggy por lo bajo—. Confieso que nuestra primera noche juntos en Nueva York me la había imaginado un poco distinta.

El rostro de Max se ensombreció.

—Yo también. ¿Y si la audiencia sale mal y me mandan para casa? —Lanzó a Peggy y a Jimmy una mirada implorante—. En Alemania me detendrían nada más llegar y quién sabe a qué campo de concentración me llevarían.

—¡No, papá!

Jimmy cogió a su padre del brazo, pero no sabía qué palabras de consuelo decirle. Peggy acudió en su ayuda.

—Max, estás aquí. Eso es lo que cuenta. No te van a deportar. Mi familia, yo… Tocaremos todas las teclas. Desde mañana temprano no pararé de hacer llamadas telefónicas. Nadie te va a mandar a casa, ¿me oyes? —Le lanzó una mirada penetrante y los rasgos de la cara de Max se distendieron. En los ojos de ella no había ni asomo de duda. Y hasta el momento nunca le había hecho una sola promesa en vano.

10

A LA MAÑANA siguiente, cuando Max y el empleado de la Pan Am llamaron a la puerta de la habitación de Peggy, varias personalidades importantes ya se habían comprometido a respaldarlo. No obstante, de camino hacia el embarcadero, el artista iba nervioso y taciturno. Desde la ventanilla del coche vio pasar la ciudad a su lado. Un mundo desconocido en el que no sabía si en breve se sumergiría o si lo vería disolverse como un espejismo. Cuando llegaron al ancho río Hudson, giraron hacia el sur. El intenso tráfico era completamente normal en Manhattan para un martes por la mañana. Los cromados de los automóviles y las ventanas de los rascacielos centelleaban al sol de la mañana. En todas partes había enormes carteles publicitarios: cigarrillos Chesterfield, galletas de chocolate Hershey, ron Bacardí. Vestigios de un nuevo *boom* tras el reciente final de la Gran Depresión. Max apartó la mirada.

Por fin llegaron al Battery Park, en el extremo más meridional de Manhattan, y se subieron al transbordador que los llevaría a la isla de Ellis. Cuando el ferry zarpó y dejaron atrás el plateado *skyline* inmerso en la niebla, Max fue a la proa del barco.

—Así que hoy pasaré a la historia —opinó malhumorado. Peggy lo miró sin comprender—. A la historia de todos los que han sido medidos, pesados y desinfectados de piojos y pulgas en la isla de Ellis en los últimos cien años. ¿Tú crees que me mirarán también la boca? Aún conservo un par de viejos empastes alemanes. Eso podría perjudicarme.

Peggy lo miró con seriedad. El viento en contra le echaba el pelo hacia atrás y su anguloso perfil despertó en ella el deseo de acariciarle la mejilla.

—Es posible que todavía no me conozcas lo suficiente como para saber que para mí la derrota no es una opción. —Él la miró sorprendido—. Perdí a mi padre en el hundimiento del Titanic. Entonces yo tenía trece años. Hace unos años, mi hermana Benita murió al dar a luz a su hijo. Y mi compañero sentimental John Holms no sobrevivió a la anestesia de una operación. —Hizo una breve pausa—. A ti no pienso perderte también. Haré cuanto esté en mi mano. —Lo miró intensamente a los ojos. Sin decir una palabra, Max extendió los brazos y la abrazó con fuerza.

UNA HORA MÁS tarde, Peggy regresaba en el transbordador a Manhattan. En la isla de Ellis había dejado a Max en manos de los funcionarios encargados de la inmigración. Por desgracia, el día anterior había llegado un barco grande de España y la solicitud de Max para entrar en América tendría que esperar hasta que atendieran a los pasajeros. Aquello podía durar varios días. Al despedirse, Max le había pedido que visitara a André Breton. André, el escritor que encabezaba el movimiento surrealista, había huido hacía pocos meses a Nueva York con la ayuda de Varian Fry. Egoísta, brillante y conflictivo, figuraba entre los amigos más íntimos de Max. Peggy no podía imaginarse que Nueva York le gustara especialmente. André era francés en cuerpo y alma. El recuerdo la hizo sonreír.

Una vez llegó a tierra en el embarcadero de Battery Park, atravesó a buen paso el parque y se adentró en la sombría y rectilínea State Street. Peggy había cogido en el hotel un plano del metro que sacó del bolso. La parada que buscaba se hallaba junto a un pequeño parque llamado Bowling Green. Cuando ya se disponía a bajar las escaleras hacia el fresco inframundo de la ciudad, se detuvo. Por la mañana apenas había probado bocado. Y ahora lo acusaba. En un quiosco ambulante se compró un sándwich de pavo con mayonesa y se sentó en un banco de madera para poner orden en sus pensamientos. Tenía que llamar por teléfono a Jimmy, que trabajaba en el MoMA, el Museo de Arte Moderno, y había prometido sumar para la causa de Max al director Alfred Barr. Además, quería preguntar en el hotel si alguno de sus tíos tenía novedades para ella. A través de la American Smelting & Refining Company, los contactos de su familia tenían un amplio margen de influencia. Peggy había puesto sobre la pista del caso a toda una serie de conocidos, entre los que figuraban personalidades destacadas como Nelson Rockefeller, los Lehman Brothers y Eleanor Roosevelt. Todos le habían prometido interceder por él. También tenía ganas de hablar con su amigo Howard Putzel. En el aeropuerto, por desgracia, solo habían podido intercambiar unas pocas palabras. Pero al menos ya sabía que su colección había llegado en buen estado a Nueva York. El propio Howard se había hecho cargo de ella y Peggy ardía en deseos de volver a ver sus cuadros. Pero eso tenía que esperar. Max era más importante.

Se metió el último trocito del sándwich en la boca. Mientras hacía una pelota con el papel y buscaba un cubo de la basura, vio que al otro lado del banco de madera había un periódico que alguien se había dejado allí. Se detuvo. En un primer momento fue tal la sorpresa que no daba crédito a lo que veía. Entonces cogió el diario. En la portada aparecía una foto de ella en la terminal del aeropuerto con un sombrero de paja enorme en la cabeza y sonriendo felizmente a la cámara. ¿Solo había pasado un día desde entonces? Peggy leyó el pie de foto: «Mientras las viejas ciudades se desmoronan, Peggy Guggenheim rescata los tesoros artísticos para el mundo de la posguerra». Leyó el artículo por encima, luego arrancó la página, la dobló y la guardó en el bolso. Tenía que llamar por teléfono y, a continuación, ir a casa de André Breton.

11

BRETON Y SU mujer, Jacqueline Lamba, habían encontrado tras su llegada a Nueva York un piso de dos habitaciones en el Lower East Side. Las casas, viejas y desmoronadas, tenían unos alquileres asequibles. Peggy subió al segundo piso por los estrechos escalones. Desde fuera, la luz del sol entraba a través de las ventanas de la escalera, llenas de moscas pegadas, y la madera crujía bajo sus pies. Cuando llegó arriba, Breton ya la esperaba en el rellano, y aunque ella no pertenecía a su círculo más íntimo, le dio un fuerte abrazo.

—*Bonjour*, pase usted y róbeme el tiempo que quiera. Desde que he llegado es lo que más me sobra. —La condujo a una austera sala de estar y señaló el único sillón que había. Él se acercó una vieja silla.

—Acabo de hacer café. Jacqueline lo compra en una tienda italiana que hay a la vuelta de la esquina. No es barato, pero puedo renunciar a todo menos a un buen café.

Peggy sonrió.

—¿Dónde está su mujer?

Breton meneó vagamente la mano en dirección a la ventana.

—Se ha ido a pasear, está conociendo la ciudad. Quiere que yo la acompañe, pero eso ya sería el colmo.

—¿No quiere conocer la ciudad? —preguntó Peggy divertida, pero él se quedó muy serio.

—No pienso dejarme engatusar por Nueva York. ¡Yo no! Solo estoy aquí para pasar el invierno, hasta que en Europa se restablezca la paz. Lo mismo le digo del idioma. Con *Hello* y *How are you* me las he arreglado estupendamente los últimos meses. Y así pienso seguir. No necesito más.

Peggy tuvo que reprimir una sonora carcajada. Típico de Breton; era justo lo que esperaba de él. Se quedó mirándolo un rato. No era un hombre alto, y los difíciles meses anteriores a la huida, así como su precaria situación económica, habían hecho mella en él. En comparación con el cuerpo flaco, su ancha y angulosa cara con una oscura melena leonina resultaba casi demasiado grande. Lo que permanecía por completo inalterado era su mirada penetrante y algo burlona.

—Le traigo saludos de parte de Max. Llegamos aquí ayer.

—¿Max? —Breton dio una palmada—. ¡Mi buen amigo Max! Pero ¿por qué no ha venido él también? ¿No tendrá algo más importante que hacer que visitar a su viejo amigo?

Peggy se encogió de hombros.

—Según como se mire. Está en la isla de Ellis. Se va a celebrar una audiencia porque es alemán.

Le contó en pocas palabras lo que había pasado desde su llegada. Por un momento, Breton parecía afectado, pero luego siguió vociferando como de costumbre.

—¡Ni siquiera ustedes los yanquis son lo bastante incultos como para expulsar a uno de los pintores más significativos de la actualidad! Bueno, ya se las arreglará. —Peggy asintió con la cabeza sin hacer ni caso de lo de «incultos». No tenía sentido discutir con él sobre sus opiniones. Breton se iba acalorando—. Con Max ya seremos uno más. El hecho de que esté aquí cambiará mucho las cosas.

—¿Quién más ha venido a Nueva York? Con el jaleo de Marsella y luego en Lisboa, he perdido por completo la cuenta.

—Mmm, hay algunos, pero por desgracia no todos son surrealistas. Fernand Léger está aquí. Y también Yves Tanguy, Piet Mondrian, Marc Chagall y unos cuantos más. No a todos les sienta bien la ciudad. Fernand, por ejemplo… —Meneó despectivamente la cabeza.

—¿Qué le pasa? —preguntó Peggy.

—¿Qué quiere que le diga? Pues que hace el ridículo. Se queda pasmado mirando los rascacielos, le hace ojitos a cualquier parachoques cromado. Los utensilios de cocina eléctricos y la calefacción central le ponen la carne de gallina. —Peggy se echó a reír, pero Breton siguió todo serio—: He oído decir que reúne a grupos enteros de recién llegados y se los lleva a rastras a cualquier restaurante de mala fama de Chinatown o a esos bistrós armenios que hay en la Calle 28. Y luego se detiene ante todas las vallas publicitarias de Kelloggs, Coca-Cola, brillantina... ¡Menos mal que por lo menos no tiene dinero!

—Deje que se divierta. Es un artista; lo estimulará el entorno nuevo. No sé qué tiene eso de malo.

—¡Todo! ¡Lo tiene todo de malo! —estalló Breton—. El genio de una persona no se nutre de las impresiones externas. Un artista debe sumergirse en su subconsciente; solo así creará un arte que se dirija al subconsciente de sus congéneres.

—Eso tiene validez para los artistas surrealistas —objetó Peggy.

—¡Paparruchas! Eso tiene validez para todos, tanto si profesan el surrealismo como si no. Es la única manera posible de crear verdadero arte. El arte no consiste en hacer un paisaje, sino en crear lo que ese paisaje ha dejado en nuestro subconsciente. ¡El azar, la metamorfosis, los experimentos! La mano del artista es automáticamente guiada por los impulsos internos.

Peggy conocía la concepción que tenía Breton sobre el arte. El surrealismo significaba para él mucho más todavía. Era una revolución del espíritu, un estilo de vida, un estado de ánimo permanente que determinaba todo su pensamiento. En ese mundo no tenían cabida la tostadora ni las palomitas de maíz.

—¿Cómo va a poder entonces un artista —oyó que seguía perorando— entrar en contacto con su subconsciente si se queda embelesado ante las botellas de Coca-Cola y sueña con calefactores portátiles? —Se levantó de repente—. *Mon Dieu*, me había olvidado por completo del café. —Cuando volvió de la cocina, parecía haberse calmado.

—André, ¿qué va a hacer ahora? ¿De qué vive? —preguntó Peggy de repente. La pregunta le parecía más importante que el amor traicionero de Fernand Léger por la túrmix eléctrica.

Bretón apoyó las manos en las rodillas.

—Voy a reconstruir nuestro círculo surrealista. Y Max me ayudará a hacerlo.

Peggy reprimió un suspiro.

—No me refiero a eso, sino a la situación económica.

Él se encogió de hombros.

—Ya encontraré algo —respondió evasivo. No sonaba muy convincente.

Ella sabía que para Breton no había nada más importante que su arte surrealista y la literatura. Y también sabía que no sería fácil hacer que los neoyorquinos se familiarizaran con aquel tipo de arte. Para conseguirlo haría falta unir fuerzas. Su catálogo y su propia colección desempeñarían un papel tan importante como André Breton. ¿Y ahora el carismático y chispeante fundador del movimiento tenía que conformarse con trabajos mal pagados en lugar de consagrarse a lo que había creado y para lo que había sido creado él mismo? Peggy reflexionó un momento.

—André, me gustaría respaldar su trabajo. Tal vez con una cantidad mensual. ¿Qué le parece?

Él hizo una mueca.

—Ya nos ha pagado el pasaje a mí y a mi familia, y por lo que he oído, no solo a nosotros —dijo despacio—. Todos estamos en deuda con usted. —Peggy había ayudado a algunos artistas e intelectuales en su huida de Europa. Pero desencadenar por ello sentimientos de culpa era lo último que quería.

—¡No se trata de limosnas! —exclamó ella con voz firme—. Si queremos que el surrealismo tenga un reconocimiento aquí, en América, todos tenemos que tirar de la misma cuerda. Solo se trata de eso.

El artista guardó silencio. Al fin, asintió.

—Eso también es verdad.

—Entonces quedamos en eso. Será mi aportación personal al ideario surrealista. —En el rostro de Breton asomó una sonrisa y Peggy cogió el bolso. Pero cuando ya estaba en la puerta del piso, él la retuvo.

—Peggy, ¿cómo va la relación de Max con Leonora Carrington? Se quedó petrificada.

—¿Con Leonora? ¿A qué se refiere?

—Pues, en fin... —Breton se pasó la mano por el pelo—. Se rumorea de todo un poco. ¿Están otra vez juntos? Han debido de verse en Lisboa. Pero, al parecer, ella ya está casada. Ha tenido que ser un duro golpe para Max. Siempre me ha dado la sensación de que Leonora es su gran amor. Y la verdad es que los dos formaban una pareja ideal. Dos grandes artistas. Lamentaría si ya no...

—Por lo que yo sé, ya no están juntos. —Peggy intentó mostrarse indiferente, pero la voz le tembló un poco—. El resto se lo contará pronto él mismo.

Rápidamente se volvió y corrió hacia las escaleras. De repente, le habían entrado las prisas. Poco después se encontró de nuevo en la Calle 11, bajo la deslumbrante luz neoyorquina del mediodía.

12

Desde la llegada de Max a la isla de Ellis habían pasado tres días que a Peggy se le habían hecho eternos. Todas las mañanas iba hasta allí con la esperanza de poder verlo, solo para regresar de noche a Manhattan derrotada y muerta de cansancio. Pero al fin había llegado el día de la audiencia, que se celebraría por la tarde. A duras penas podía contener su nerviosismo, sobre todo porque, pese a haberlo solicitado en repetidas ocasiones, se le había negado el acceso. No le quedaba más remedio que esperar. La audiencia tendría lugar en la segunda planta del gran edificio. Ante las salas había una galería desde la que se podía ver el gran vestíbulo de abajo, donde ahora se habían congregado varias personas mal vestidas que esperaban inquietas a ser atendidas. Apartó la mirada y se dirigió a la cabecera de la galería junto a sus conocidos. Para apoyar a Max habían acudido el renombrado galerista neoyorquino Julien Levy, así como el director de la American Smelting & Refining Company, la empresa de sus tíos. Peggy se sentó con ellos a esperar, pero estaba demasiado nerviosa como para entablar una conversación. En su lugar, se puso a escuchar las voces difusas que llegaban hasta arriba desde el vestíbulo. De pronto, resonaron unos pasos en el suelo. Peggy se volvió. Era Jimmy en compañía de un guardia. Quiso acercarse a él, pero el guardia le hizo señas para que siguiera sentada. El chico parecía muy tenso. El guardia lo acompañó a la puerta de la sala de vistas, llamó con los nudillos e introdujo al joven. Sin darse cuenta, Peggy suspiró aliviada. Si permitían que Jimmy asistiera a la audiencia, podía albergar esperanzas.

Y, en efecto, antes de lo esperado, se abrió la puerta de la sala de vistas. Primero aparecieron los comisionarios con sus togas, luego un grupo de hombres. Por último, vio a Jimmy y a Max. Peggy se levantó de un salto, se acercó a los dos y les dio un abrazo breve pero fuerte. Max sonrió agotado y dio palmaditas a su hijo en el hombro.

—Jimmy me ha sacado del apuro —dijo satisfecho—. Ahora estoy oficialmente bajo su custodia y tiene que ocuparse de mí con su sueldo de quince dólares a la semana.

Peggy esbozó una sonrisa. Luego se inclinó sobre Jimmy y le susurró:

—¿Qué te parece? ¿Podré contribuir a esa custodia?

Jimmy soltó una risotada. En ese momento se acercaron también a ellos Julien Levy y los demás para felicitarlo, y juntos salieron en dirección al embarcadero. El último trasbordador del día zarparía en unos minutos. Ante ellos se extendía el agua de color azul oscuro de la bahía y, al otro lado, el *skyline* de la ciudad lanzaba destellos plateados a la resplandeciente luz vespertina. Ahora podían al fin comenzar su vida en común.

La travesía con el transbordador no duró mucho. En el embarcadero había un grupo de personas saludándolos.

—¿Nos saludan a nosotros? —preguntó Max extrañado.

Peggy meneó la cabeza.

—No tengo ni idea. —Miró con más detenimiento—. ¡Fíjate, Max, es tu comité de recepción! Están Howard Putzel e Yves Tanguy con su mujer, entre otros muchos. —A Max se le iluminó la cara y se inclinó hacia delante.

—¿Cómo podían estar tan seguros de que iban a liberarme?

Por primera vez desde su llegada, cuatro días atrás, Peggy lo vio radiante de alegría. El permiso de entrada y el recibimiento de sus amigos, a los que tanto añoraba, le proporcionaron al fin la sensación de haber llegado.

Cuando se apearon en el embarcadero, Max desapareció entre la multitud de amigos y admiradores. Todos querían abrazarlo, todos se quitaban la palabra unos a otros. Por último, Yves Tanguy dijo:

—Entre todos hemos alquilado una limusina en tu honor. Vámonos, te escoltaremos hasta el hotel.

Max se había quedado sin habla. Dos de sus amigos lo agarraron cada uno de un brazo y lo empujaron hacia el vehículo negro. Peggy, que se había quedado un poco rezagada con Jimmy, quiso unirse a ellos, pero cuando llegó al coche ya no quedaba ningún sitio libre. La limusina se puso en marcha sin que Max se hubiera vuelto ni una vez hacia ella. Peggy miró a Jimmy, pero este solo se encogió de hombros riéndose. Sin decir una palabra, ella siguió con la mirada el coche, que desapareció en dirección a Broadway. ¿Cómo podía Max dejarla allí plantada? ¿Por qué no había insistido en que viajara con él? Una oleada de indignación y nuevas dudas se cernieron sobre ella. ¿Cómo de profundos eran en realidad los sentimientos de Max?

Luego se acordó de Jimmy. Apartó con vehemencia sus pensamientos y se puso en marcha con resolución.

—¡Ven conmigo!

Cerca había una parada de taxis, así que no les quedó más remedio que seguir a Max.

Poco después, cuando el taxi abandonó el Battery Park y giró hacia el extremo meridional de Broadway, Peggy logró al fin olvidarse de su enfado. Rozó ligeramente a Jimmy en el brazo.

—¿Es cierto lo que ha dicho antes tu padre? ¿Solo ganas quince dólares a la semana?

Jimmy hizo un gesto de asentimiento.

—Trabajo en el MoMA, en la oficina de correos. No es una actividad que me exija mucho esfuerzo. Puedo darme con un canto en los dientes por tener algo. Más vale eso que nada.

Peggy meneó la cabeza en un gesto desaprobatorio.

—No me extraña que estés tan flacucho. Pero a eso se le puede poner remedio. ¿Te gustaría trabajar para mí?

—¿Para usted? —Jimmy parecía muy asombrado.

—Como mi secretario. Estoy trabajando en un catálogo para mi colección. Podría necesitar ayuda. Y además —dijo mirándolo con aire de conspiración—, pronto me pondré a buscar una casa en la que pueda exponer mi colección. Hay mucho que hacer, y en cuanto al sueldo, seguro que llegamos a un acuerdo. Pero consúltalo con la almohada. No quiero presionarte.

—Mi padre y usted están juntos, ¿no?

Peggy lo obsequió con una sonrisa calurosa.

—Sí. ¿Te ha hablado Max de mí? —Le brillaban los ojos.

Jimmy buscó un pretexto.

—Sinceramente, todavía no he tenido ocasión de hablar con mi padre desde que está aquí. —Las palabras le salieron entrecortadas. Su padre no había mencionado jamás el nombre de Peggy. Incluso en el último telegrama, poco antes de la llegada, solo ponía «Max Ernst y compañía». Jimmy había pensado automáticamente en Leonora Carrington.

—Es verdad, ¡qué pregunta más tonta! —Ella se rio un poco y bajó la ventanilla—. Hace un calor asfixiante aquí dentro. Es insoportable.

Jimmy intuyó que su respuesta la había herido. Con disimulo, la miró de reojo. Peggy Guggenheim… ¡Cuántas veces había escuchado su nombre durante esos años en América! Cada vez que hablaban de ella utilizaban expresiones como «excéntrica mecenas del arte», «mujer de vida disoluta» o «caprichosa patrocinadora de artistas vanguardistas». Tanto para la prensa europea como para la americana, Peggy llevaba años siendo una auténtica mina. La mujer que iba sentada a su lado en el taxi tenía muy poco que ver con las imágenes que evocaban aquel tipo de calificaciones. Sí, era cierto que desbordaba energía y fuerza de voluntad, y podía imaginar que disfrutaba plenamente de la vida. Pero también tenía algo de tierno, de frágil. Le caía bien. Sin embargo, cuando pensaba en su padre, en sus dos matrimonios fracasados y en sus numerosos amoríos, le entraban dudas. A Max Ernst le encantaban las mujeres jóvenes, las auténticas bellezas, en especial si eran artistas, como Leonora Carrington. ¿Podía Peggy ser su tipo?

Cuando el taxi se detuvo ante el Belmont Plaza, Max y sus amigos aún seguían delante del hotel.

—¡Cómo! ¿Todavía estáis aquí fuera? —dijo Peggy con exagerada jovialidad cuando se apeó—. ¿Por qué no tomamos todos una copa en el bar del hotel?

—Eso es exactamente lo que nos gustaría —le contestó Yves Tanguy—. Pero nuestro Max no ha debido de pegar ojo en los últimos días y quiere que nos marchemos.

—¡Solo es un pequeño aplazamiento! —protestó él fingiendo estar enfadado—. Vayamos mañana a cenar todos juntos.

Poco a poco, todos fueron despidiéndose, hasta que Peggy y Max se quedaron solos por primera vez desde hacía días. Una situación insólita. Entraron en el vestíbulo.

—¿Quieres que reserve una habitación para mí sola? —Ni la propia Peggy sabía por qué le había preguntado eso cuando en realidad era lo último que le apetecía.

Por suerte, Max la interrumpió enseguida:

—¡No! ¿O es que quieres seguir siendo mi hermana?

Ella le dio la mano. Subieron en el ascensor en silencio y poco después, cuando Peggy cerró la puerta de la habitación, le dio la sensación de que dejaba todo atrás: Europa, la huida, toda la incertidumbre de los últimos días, la ruidosa ciudad de fuera. En aquel momento ya solo existían esa habitación y ellos dos.

Max, que se había quitado los zapatos y la chaqueta, se desplomó en la cama. Peggy se acurrucó junto a él y aspiró su olor. Aunque llevaba semanas sin pintar, le pareció que olía un poquito a pintura, pero debían de ser imaginaciones suyas. Max se volvió hacia ella y le acarició suave y tiernamente la cara. Peggy se arrimó a él y le rodeó las piernas con las suyas. Las manos de Max se abrieron camino bajo su blusa. Ella quería sentirlo muy cerca. Ya nada, ni siquiera una finísima tela, debía separarlos.

13

A LA MAÑANA siguiente, la sensación de no estar en peligro les pareció increíble. Estaban en otro continente. Se habían acabado las preocupaciones por la documentación que faltaba, las esperas, la organización continua, los temores. Ese día les pertenecía solo a ellos, y el siguiente, y el otro también. Resultaba difícil hacerse a la idea. A ello se añadía que por primera vez desde hacía mucho tiempo estaban solos. Pegeen y Sindbad se habían quedado con su padre. Max y Peggy podían hacer lo que quisieran. Nada más desayunar, ella reservó una *suite* de dos habitaciones en el Great Northern Hotel de la Calle 57. El Belmont Plaza ya no lo podía ni ver, le recordaba demasiado a las preocupaciones de los primeros días.

Más tarde, Peggy y Max fueron a pasear por Nueva York. Times Square, el Empire State Building, Washington Square. Los rascacielos; las calles, que parecían desfiladeros urbanos, y los carteles publicitarios contribuyeron a que Max tuviera la sensación de haber aterrizado en otro planeta. Pero por la tarde le sobrevino todo el cansancio acumulado y quiso volver al hotel. Los días pasados le habían destrozado los nervios y además luego habían quedado para cenar con Breton y otros amigos artistas.

Peggy, en cambio, se fue al Hotel Plaza, en el extremo inferior de Central Park. Allí vivía su tío Solomon con su mujer Irene en una amplia *suite*. Peggy en realidad no estaba muy apegada a la familia. Los numerosos años que había pasado en Europa habían aflojado los lazos familiares, pero de todas formas no podía sustraerse al apellido Guggenheim. Cien años atrás, su bisabuelo se había trasladado de Suiza a América. Al principio alimentaba a la familia como vendedor ambulante. Pero gracias a su disciplina, a su tenacidad y a sus brillantes ideas comerciales, pronto montó una empresa mercantil de un tamaño considerable: además, compró una mina de plata y, por último, creó uno de los mayores consorcios mineros del mundo, la American Smelting & Refining Company. El padre de Peggy, sin embargo, había abandonado la empresa familiar y se había independizado. Ella se enorgullecía de haber seguido sus pasos. También él había sido amante del arte y les había enseñado a sus hijas, ya desde niñas, las obras maestras de Europa. Peggy nunca había superado del todo que hubiera muerto tan pronto.

Pero también tenía una buena relación con su tío, a quien la unía su amor por la pintura moderna. Solomon llevaba mucho tiempo coleccionando arte y, dos años antes, había inaugurado en Nueva York el Museo de Arte No Objetivo.

Cuando Peggy salió del ascensor en el hotel, su tío ya la esperaba delante de la puerta con los brazos abiertos.

—¡Deja que te dé un abrazo, sobrina favorita!

Peggy se echó a reír.

—Con que sobrina favorita, ¿eh, viejo embustero? Cuando recibo correo tuyo las cartas están siempre escritas por Hilla. Y el tono deja a menudo mucho que desear. —Al oír el nombre de su curadora, la baronesa Hilla Rebay, echó una mirada de preocupación a su mujer, que se encontraba al fondo de la *suite*. Para la tía Irene, la arrogante curadora debía de ser como una piedra en el zapato.

—Bueno, pasa de una vez.

Condujo a Peggy al salón, donde su tía Irene la recibió con una copa de champán. La abrazó. Le caía muy bien la cariñosa mujer de su tío. Con la copa en la mano, se puso a contemplar los tesoros que colgaban de las paredes.

—Ya no me acordaba de las joyas que tienes aquí. Cuadros de Picasso, de Klee y ahí detrás... —Peggy se acercó a un cuadro que ocupaba casi toda la pared. Era *Composición 8*, de Kandinsky. Los rectángulos y los círculos de alegre colorido parecían inmersos en un vibrante diálogo. Todas las formas guardaban relación entre sí. Tan pronto se atraían como se repelían.

—Fantástico —susurró cuando su tío se acercó a ella—. Da la impresión de que la superficie de este cuadro vibra. ¿Por qué escondes estos tesoros en la *suite*? ¿Por qué no están en tu museo?

—Uno debe quedarse también con algo que le proporcione alegría —dijo él con picardía—. No te puedes ni imaginar lo que disfruto desayunando por la mañana delante de estos cuadros.

—Pronto lo sabré yo también. Me propongo alquilar aquí en Nueva York una casa lo bastante grande como para que quepamos nosotros y mi colección. Y podrá venir quien quiera verla. Estará abierta a todos.

—¿Cuántos cuadros has reunido a estas alturas?

—Más de cien. Estoy trabajando en un catálogo.

—Qué buena idea. —El tío Solomon se acarició las mejillas—. Y en lo que respecta a tu futura casa, decías que tiene que ser lo bastante grande como para que quepáis vosotros. ¿Se puede saber a quién te refieres? Se rumorean cosas. Y basta con abrir el periódico para…

—¡Solomon! —lo reprendió Irene—. No seas indiscreto.

Peggy sonrió.

—Pegeen vivirá conmigo. Sindbad tiene que ir al Columbia College. Y luego está también Max. Max Ernst. Seguro que conocéis sus cuadros.

—Desde luego. Un pintor interesante. Muy fuera de lo común.

A ella la conversación no le resultaba agradable. Cómo le habría gustado poder anunciar que Max Ernst y ella eran una pareja y que vivirían juntos, pero se lo calló. Lo que no pudo evitar fue ruborizarse. En ese momento, el reloj de pared dio las seis. Peggy alzó la vista asustada.

—Lo siento, pero tengo que irme. —Abrazó primero a la tía Irene y luego al tío Sol—. La próxima vez vendré con más tiempo —dijo antes de cerrar la puerta tras ella.

TRES CUARTOS DE hora después, cuando Peggy entró en el Lindy's Restaurant, en Broadway esquina con la Calle 51, Max, Breton y los demás ya estaban sentados a la mesa. Ella había elegido el local porque uno nunca se aburría en medio de su variopinta clientela de jugadores de cartas, músicos, actores y agentes, y porque la tarta de queso de Lindy era famosa en toda América.

Desde la puerta del restaurante miró hacia la mesa. Por primera vez desde que estaban juntos, Max y ella pasarían una noche con Breton y otros amigos pintores. ¿Cómo se comportaría él con ella?

Cuando la vio le hizo una seña. Ella se la devolvió y se dirigió hacia la mesa. Max se levantó y salió a su encuentro.

—Por fin has llegado; ya creía que no ibas a venir.

—He salido tarde de casa del tío Sol. —Vio que las miradas de todo el grupo se dirigían a ella.

—No importa. —Max titubeó un instante. Pero, de repente, Peggy notó las manos de él en la cintura. Peggy lo atrajo sonriente hacia sí, le rodeó el cuello con los brazos y lo besó.

—El que no lo supiera, ahora ya lo sabe —dijo Max con una sonrisa cuando ella se separó de él, e hizo un movimiento con la cabeza dirigido a sus amigos de la mesa.

—Supongo que sí —dijo Peggy riéndose—. Vamos. —Le dio la mano. Y, en efecto, mientras iban hacia la mesa, todas las miradas se dirigían a ella.

14

JIMMY DEJÓ EL pincel a un lado, sacó un pañuelo del bolsillo del pantalón y se secó la cara bañada en sudor. A pesar de tener la ventana abierta de par en par, no entraba ni una gota de aire; el calor de julio no remitía tampoco por la noche. Miró la hora. Eran las siete pasadas. Fuera debía de hacer sol todavía, pero por el pozo de ventilación al que daba su ventana entraba poca luz. Luego su mirada recayó en el piso de enfrente, donde vio a un hombre joven afeitándose delante del espejo. No lo conocía, de vez en cuando se saludaban cuando por casualidad se asomaban al mismo tiempo a la ventana. Jimmy volvió a coger el pincel y contempló el cuadro que tenía colocado en el caballete. Algo no cuadraba, algo fallaba. ¿Serían los colores? ¿Tal vez la composición? De mal humor, volvió a dejar el pincel a un lado. Sencillamente, hacía demasiado calor para concentrarse.

Apenas hubo terminado de perfilar ese pensamiento cuando le entró la risa. Menos mal que no lo habían oído ni su padre ni André Breton. Se puso a imitar el tono autoritario de Breton:

—Todo lo que necesitas está ya en tu interior. ¡Entra en contacto con tu subconsciente! —Luego añadió—: Hoy hace demasiado calor incluso para el subconsciente. Tengo que salir de aquí.

Echó una última ojeada al cuadro y limpió el pincel. Le gustaba pintar y no lo hacía mal. No obstante, se planteaba una y otra vez las mismas preguntas: ¿habría empezado a pintar si su padre no hubiera sido un pintor famoso y si no se hubiera criado entre artistas?, ¿encontraría alguna vez su propio estilo? Lo importante era no dejarse acaparar por el recién fundado círculo surrealista de Breton. Quería seguir siendo independiente y pasar el tiempo libre, también en el futuro, con los jóvenes artistas americanos con los que había hecho amistad. Se trataba de un grupo de lo más variopinto y heterogéneo: William Baziotes y Robert Motherwell eran pintores, David Hare era fotógrafo y Joseph Cornell hacía *collages*. Se reunían por la tarde en sus pequeños pisos, discutían hasta muy entrada la noche y cambiaban impresiones. A veces asistían a esas reuniones otros que no pertenecían al grupo. Recientemente había estado un tipo raro que se llamaba Jackson Pollock. Que el famoso padre de Jimmy hubiera llegado a Nueva York y que él mismo fuera a trabajar en el futuro para Peggy Guggenheim resultó ser todo un bombazo. Querían saber más sobre los exóticos europeos que habían llegado a la ciudad, aunque sus teorías, lo que ellos llamaban *surrealismo*, estuvieran muy alejadas de su propia concepción abstracta. Jimmy intuía que su papel como mediador entre el mundo europeo y el americano se convertiría en un gran reto.

Bajó las mugrientas escaleras y salió a la calle. El aire bochornoso estuvo a punto de cortarle la respiración. Entre los rascacielos se divisaba el sol ya muy bajo y Jimmy sentía el ardiente asfalto en las plantas de los pies. Emprendió el camino hacia Midtown. El Columbus Circle no quedaba lejos. Allí tocaban *jazz* unos jóvenes con instrumentos confeccionados por ellos mismos, y los predicadores callejeros se explayaban sobre Dios y el mundo ante un público fortuito.

A Jimmy le llegó un olor de lo más tentador. Encima de un cine medio derruido había un restaurante chino, pero ese día no quería gastarse el dinero, de manera que entró en una tienda de alimentación. Cuando estaba delante de una máquina expendedora de bebidas frías, notó una mano ligera sobre el hombro y se volvió.

—¿Jimmy?

—¡Leonora! ¡Cómo es posible! No sabía que ya estuvieras en la ciudad.

—Llegué hace unos días.

Jimmy meneó incrédulo la cabeza. Hacía mucho que no veía a Leonora Carrington, pero en realidad no había cambiado apenas. Seguía estando tan guapa y radiante como siempre. De pronto le entró la timidez. A ella le pasó lo mismo.

—¿Ha llegado... tu padre?

Jimmy le contó las vicisitudes de Max con la Oficina de Inmigración.

—Pero ya está todo arreglado; lleva una semana viviendo en el Great Northern Hotel.

—¿Con Peggy?

Jimmy no fue capaz de mirar a Leonora a los ojos.

—Sí, eso es. ¿Y tú? Max me ha contado que te has casado.

—Sí, con un mexicano. Hemos venido juntos a América.

—Me alegro por ti.

Se instaló un silencio que a Jimmy se le hizo eterno. Le habría gustado evaporarse en el aire.

—Bueno, pues entonces que te vaya bien. Y dile a tu padre que estoy aquí. Sus cuadros se encuentran en perfecto estado. Le daré señales de vida y luego podrá venir a recogerlos a mi casa. —Le pasó la mano por el brazo antes de darse la vuelta.

—¡Espera!

Leonora lo miró interrogativamente.

—Max y tú... ¿por qué os separasteis en realidad?

Durante unos segundos ella desvió la mirada y Jimmy se dio cuenta de que estaba haciendo un esfuerzo. Luego clavó otra vez la vista en él.

—Ay, Jimmy. A veces tengo la sensación de que nos separaron. Ya sabes que tu padre estuvo varias veces internado. El miedo y la incertidumbre eran difíciles de soportar. Entretanto, los alemanes cada vez se iban acercando más. —A Leonora se le quebró ligeramente la voz—. Tuve una crisis nerviosa y no vi otra salida más que vender nuestra casa y huir. Luego, en algún momento, conocí a Renato. Y el resto ya lo conoces. —Se hizo un largo silencio.

—Es increíble en lo que nos ha convertido esta guerra —dijo por último Jimmy.

En el rostro de Leonora brotó una expresión de ira.

—En monstruos. Nos convierte en monstruos porque nos obliga a soportar lo que es insoportable. Cuando pienso que Max, después de fugarse del campo de concentración, fue a Saint-Martin y se encontró con que yo ya no estaba allí... Me largué sin decir una palabra.

—Estoy seguro de que Max hace tiempo que te ha perdonado —dijo Jimmy en voz baja, y añadió—: ¿Qué vas a hacer ahora?

Leonora se encogió de hombros.

—No lo sé. De momento nos quedaremos aquí.

Esperó a que Leonora dijera algo más, pero ella guardó silencio.

15

EN LOS DÍAS que siguieron a la liberación de Max por fin recuperaron la ansiada tranquilidad. Peggy y él se dedicaron a explorar la ciudad. Paseaban por las calles y visitaban museos. A Max le impresionó en especial el Museo Nacional de Indios Americanos y Peggy intuyó que tarde o temprano los sugerentes cuadros del arte indígena acabarían reflejados en sus propias pinturas.

Así pasaron una semana, hasta que una mañana Peggy se incorporó enérgicamente en la cama.

—Max, creo que ya va siendo hora de que visitemos la cueva del león. Vayamos hoy.

—¿La cueva de qué? —murmuró él medio dormido y se volvió perezosamente hacia ella.

—¡El museo de mi tío Solomon! El templo neoyorquino del arte no figurativo.

Max también se incorporó. Peggy se echó a reír y sacó las piernas de la cama.

—Venga, vamos antes de que cambie de idea.

Una hora más tarde se hallaban ante el museo de su tío, que ocupaba un antiguo concesionario de coches en la Calle 54. A diferencia del MoMA, en el que predominaban las líneas rectas y claras y las superficies lisas y luminosas, Hilla Rebay, la curadora del museo, intentaba secuestrar al visitante y llevarlo a un mundo apartado de la realidad. Todas las paredes y las ventanas estaban revestidas de un ondulante terciopelo gris, y de un fonógrafo salía música de Johann Sebastian Bach. Los cuadros, dotados de sólidos marcos dorados, colgaban tan bajos que uno tenía que agacharse mucho para poder contemplarlos.

—Te lo dije —le susurró Peggy a Max—. Un templo. Y los cuadros son como una especie de retablos.

—Eso convertiría a la buena de Hilla Rebay en una sacerdotisa —le contestó Max con otro susurro, como si en cualquier momento Hilla pudiera aparecer tras los pliegues de terciopelo.

—Seguro que ese título le gustaría a la bruja —dijo ella con una risita maliciosa.

Max se detuvo delante de un Kandinsky.

—¿Por qué no puedes soportar a la Rebay? ¿Ha habido algún incidente entre vosotras?

—Podría decirse que sí. Hace un par de años, cuando tuve la primera galería en Londres, expuse a muchos artistas maravillosos: Yves Tanguy, Alexander Calder, Constantin Brancusi. Pero una de las exposiciones que más éxito tuvo fue una retrospectiva de Kandinsky. Todas las obras comprendidas entre los años 1910 y 1937. Kandinsky rebosaba felicidad. El tío Solomon también lo apreciaba y ya tenía algunos cuadros suyos, pero Kandinsky me dijo que Hilla Rebay le había desaconsejado a mi tío que adquiriera más obras suyas. A cambio, lo convenció para que comprara una chapuza tras otra de ese tal Rudolf Bauer.

—¿Rudolf Bauer? —Max se echó a reír—. Ese no le llega a Kandinsky ni a la suela del zapato.

—Claro que no, pero Bauer y la Rebay estaban entonces... ya me entiendes... —Peggy hizo un gesto elocuente—. Vaya, mira ahí al fondo. Hablando del papa de Roma... —Se dirigió hacia un grupo de pinturas, todas ellas firmadas por Rudolf Bauer. Max la siguió—. En resumidas cuentas, Kandinsky me pidió entonces que le ofreciera a mi tío uno de sus cuadros. Naturalmente lo hice, pero, si me lo preguntas, te diré que mi tío ni siquiera recibió la carta. La que me contestó por cuenta propia fue la Rebay; me echaba en cara de muy malas formas estar poniendo el apellido Guggenheim a la altura del barro. Que solo me interesaban los beneficios y el dinero. En aquella época, un amigo me aconsejó enmarcar la carta y colgarla en la galería. Y eso fue lo que hice. Y dentro de poco, cuando vuelva a tener una casa en la que pueda exponer mi colección, y si consigo encontrar la carta entre todo el batiburrillo de cosas, volverá a ocupar un puesto de honor.

—Peggy se puso de repente muy seria y señaló las paredes revestidas y los plúmbeos marcos dorados—. Mi tío es sin duda alguna un idealista, tal y como atestigua este templo del arte. Créeme si te digo que aprecio mucho a Solomon. Pero sencillamente tenemos ideas muy diferentes sobre lo que debe ser el arte. Aislarlo del mundo exterior, encerrarlo en barrocos marcos dorados y bombardear al visitante con Bach… es como si el arte no tuviera vida. No hay interacción, falta el aire. Todo es tan estéril, tan silencioso…

—¿Pretendes que el arte sea ruidoso?

—¡Claro que sí! Tiene que capturar al que lo contempla, confundirlo, conmoverlo, ofenderlo. Por lo menos, eso es lo que tienen que hacer mis cuadros. Espera y verás cuando al fin pueda mostrarlos al mundo.

Max rio sorprendido. Quizá fuera eso lo que más admiraba de Peggy. Esa energía, ese entusiasmo que afloraban una y otra vez a la superficie, su afán por crear algo nuevo. Lo que Peggy se proponía lo conseguía; a esas alturas, a él ya no le cabía ninguna duda.

Un par de horas después, cuando salieron del museo, el sol ya estaba en lo alto del cielo y el asfalto recalentado parecía estar al rojo vivo. Llegaron al hotel bañados en sudor. Al entrar en el frío vestíbulo, por fin respiraron aliviados.

—Deberíamos haber cogido un taxi —se lamentó Peggy—. Estoy empapada.

—¡Max! ¡Peggy!

Se dieron la vuelta y vieron acercarse a Jimmy. Estaba claro que los había estado esperando en el vestíbulo. Cuando llegó junto a ellos, agarró a su padre del brazo. Era evidente que tenía novedades. Pero de repente vaciló y se mostró inseguro al mirar a Peggy de soslayo.

—Jimmy, ¿qué pasa? —preguntó Max impaciente.

El joven cogió aire.

—Ayer por la tarde me encontré con Leonora por casualidad. En una tienda cerca de Columbus Circle. Ella y su nuevo marido han llegado hace unos días junto con tus cuadros. Te envía saludos y dice que te avisará para que vayas a recogerlos.

Jimmy había intentado dar a su voz un tono neutral, pero se notaba que era consciente de la importancia que tenía la noticia para su padre. Este, sin embargo, permaneció inmutable, con la mirada de sus ojos azules clavada en algún lugar situado a la espalda de su hijo. Luego le dio un golpecito a Jimmy en el brazo y dijo sin mirarlo:

—Vaya, vaya, mis cuadros han llegado. Una buena noticia, gracias. Más tarde hablaremos.

Dicho lo cual, lo dejó plantado y se dirigió al ascensor. Jimmy buscó inseguro la mirada de Peggy, pero esta no se la devolvió. De manera que Leonora ya estaba en la ciudad, significara eso lo que significara.

Venecia, 1958

PEGGY SE DESPERTÓ cuando el tañido polifónico de las campanas de la iglesia llegó a su dormitorio. Reconoció el tono grave y pausado de Santa Maria della Salute, un poco más abajo del Gran Canal. Se puso de lado e intentó volver a conciliar el sueño, pero las campanadas no cesaban. Suspirando, se tapó la cabeza con el edredón cuando de pronto recordó que era festivo. El patriarca de Venecia pasaría por su palacio en lancha motora para bendecir a las monjas del convento de al lado.

Peggy se levantó rápidamente de la cama, se echó el albornoz por encima y salió corriendo a la calle. En la entrada a su palacio había una estatua de Marino Marini. Representaba a un hombre sentado desnudo sobre un caballo con los brazos extendidos en pleno éxtasis de felicidad. Pero eso no era todo: tenía una erección. De todas maneras, el artista había modelado el pene aparte, de modo que se podía enroscar y desenroscar. Y eso último era exactamente lo que hacía Peggy los días de fiesta para que los monjes y las monjas que pasaban por el canal no se escandalizaran. Metió la broncínea erección en el bolsillo del albornoz y regresó a casa. Las campanas habían dejado de tocar, pero sabía que ya no podría pegar ojo.

En la cocina se encontró con Kiesler. Olía a café y en una bandeja había cruasanes y mermelada.

—Cuando los italianos celebran un día festivo se aseguran de que nadie se quede sin saberlo —dijo con sorna.

Peggy se echó a reír. Llevaron el café y los cruasanes a la azotea, desayunaron y disfrutaron del aire todavía fresco y agradable. Pronto se impondría de nuevo el calor diurno. Cuando salió el sol por detrás de un palacio cercano, algo iluminó el rabillo del ojo de Kiesler. Era *El pájaro en el espacio*, de Brancusi. Peggy había colocado la escultura en el borde de la azotea. Ahora, con las primeras luces del sol de la mañana, brillaba como si fuera oro puro. Peggy había seguido su mirada.

—Es realmente extraordinario —dijo Kiesler fascinado—. Retiro todo lo que he dicho o pensado en los últimos días. En este palacio tus obras también forman un todo con el entorno. Se comunican con él, como ahora este pájaro a la luz de la mañana.

—Siempre he procurado tenerlo al aire libre, incluso en París. ¿Has estado alguna vez en el taller de Brancusi?

—Por desgracia, no —dijo Kiesler—. Pero he oído que debe de ser todo un espectáculo.

—Sin duda. Es enorme y lo tiene completamente abarrotado de esculturas. Todo está cubierto por una capa blanca de polvo y Brancusi pone música oriental en un fonógrafo hecho por él mismo. En el centro hay un horno grande en el que funde el bronce y también asa las chuletas.

—¿Asa las chuletas en un horno de fundición? —preguntó Kiesler sin dar crédito a lo que acababa de escuchar.

—Oh, sí. A Brancusi le chiflan las chuletas. Yo las he comido más de una vez. Y podrían estar suculentas. Pero por desgracia a él le gustan chamuscadas. Por eso las quema deliberadamente y luego siempre hace como que ha sido un descuido y pide disculpas.

Kiesler se rio de buena gana. El tañido de las campañas se reanudó. Peggy sonrió y puso los ojos en blanco.

—Pronto verás pasar por el canal lanchas con monjas y monjes. Si tienes suerte, incluso podrás contemplar al patriarca de Venecia.

Kiesler puso los ojos como platos.

—Pues tengo curiosidad por saber qué dirán esos religiosos de la estatua ecuestre de ahí abajo.

Ella soltó una risita. Metió la mano en el bolsillo, sacó el miembro de bronce y lo puso junto a la taza de café de Kiesler. Por un momento, este se quedó perplejo. Luego prorrumpió en una carcajada.

16

En las horas posteriores al encuentro con Jimmy, Peggy y Max ni siquiera mencionaron a Leonora. Él solo hablaba de sus cuadros como si una desconocida los hubiera llevado a la ciudad. Luego guardaba silencio y se quedaba meditabundo. Peggy intuía en quién estaba pensando. En contra de su voluntad, se imaginó los recuerdos que le acudían a Max a la memoria. Por la noche, los dos durmieron mal. Ella se quedó inmóvil intentando respirar con regularidad mientras que él, a su lado, no paraba de dar vueltas en la cama.

Al día siguiente, tras un desayuno parco en palabras en el bar del hotel, a Peggy se le agotó la paciencia. No quería seguir contemplando cómo él esperaba la llamada de Leonora. En vano confiaba en que de repente se volviera sonriente hacia ella y la besara, como si el breve momento de incertidumbre solo hubiera sido un mal sueño. Tenía que hacer algo que la distrajera y le sentara bien. Decidió llamar a su amigo Howard Putzel y examinar juntos su colección. Toda resuelta, fue al vestíbulo y marcó su número.

Cuando salió del hotel, notó un ligero alivio y un asomo de despecho. Qué le importaba a ella que Max viera a su Leonora. Si quería abandonarla para pelearse con su marido mexicano, allá él. Ella no lo retendría.

Al cabo de media hora, cuando Howard le abrió la puerta de su casa, Peggy se echó instintivamente a sus brazos. En los últimos años, Howard se había convertido en un verdadero amigo. Le sentaba bien verlo. Ya solo su aspecto físico tenía algo de reconfortante. Todo en él era redondo: el cuerpo, la cara, los cristales de las gafas de montura negra. Pese a su corpulencia, era un hombre elegante, un esteta que se cuidaba y amaba las cosas bellas de la vida. Años atrás había regentado una galería de arte en California. Pero ellos dos se habían conocido hacía solo dos años, cuando él había aparecido en París. Con su ayuda, Peggy había conseguido adquirir en un brevísimo plazo de tiempo una parte considerable de su colección.

—Me alegro de verte. —Peggy se desprendió del abrazo y pellizcó a su amigo en la mejilla. Se alegraba de verdad.

—¡A eso lo llamo yo un saludo! Ya empezaba a creer que tus cuadros habían dejado de importarte. Pero probablemente hayas tenido cosas mejores que hacer. —Sonrió con picardía cuando vio que su alusión la había desconcertado. La sonrisa de Peggy parecía forzada.

—No hay nada más importante que mi colección —dijo en un tono de obstinación—. Bueno, ¿dónde están mis tesoros?

—En el cuarto de invitados. Son cinco cajas de madera grandes. Ya no cabe un alfiler. Pero antes brindemos tranquilamente. —Howard se dirigió hacia una mesita pequeña—. ¿Qué cóctel quieres que te prepare?

—¡Pero si ni siquiera es mediodía! —exclamó Peggy con fingida indignación.

—Como si eso te hubiera importado alguna vez. ¿Qué te parece un French 75? Como en los buenos tiempos en París.

—De acuerdo. —Ella sonrió. Su decisión de visitar a Howard había sido la acertada. Distanciarse de Max le sentaba bien.

Su amigo mezcló ginebra con champán, añadió zumo de limón y azúcar, y vertió los cócteles en unas copas. Brindaron. Luego fueron a la habitación de invitados, donde las tapas de las cajas estaban ya sueltas. Howard se había cerciorado de que no faltara nada. Peggy acarició suavemente la áspera madera y los cuadros envueltos en sábanas. Se acordó de Pierre Andry-Farcy y de la tarde en que lo empaquetó todo con él.

—¡Han llegado en perfecto estado, no me lo puedo creer!

Se acercó a otra caja y levantó la tapa con cuidado.

—¡Mis esculturas! —Extrajo con sumo cuidado una de ellas y le quitó la sábana—. *El pájaro en el espacio*, de Brancusi, una de mis piezas favoritas. —Deslizó los dedos por la superficie reluciente—.

Todavía recuerdo cómo compré este pájaro —dijo—. Negociar con Brancusi era casi imposible; ni siquiera contaba que fuéramos amigos. Para obtener esta maravillosa pieza tuve que acosarlo en toda regla durante meses. Y, cuando por fin se decidió a vendérmela, fue un momento más bien triste.

—¿Por qué?

Peggy suspiró.

—Tal vez no supe hacerme a la idea de lo mucho que significaba para él este pájaro. Todavía me acuerdo de cuando fui a recogerlo en coche. Brancusi lo depositó con muchísimo cuidado en el asiento de atrás. Y, de repente, unas lágrimas le rodaron por las mejillas. En ese momento me sentí muy culpable.

—Pero no tanto como para anular la venta. —Howard sonrió con sorna y a Peggy le dio la risa.

—No hasta ese punto, no. Pero le prometí cuidarlo como se merecía y proporcionarle toda la luz y el aire que pudiera. Y he cumplido la promesa.

Howard suspiró.

—Ay, Peggy, cómo echo de menos la época en la que coincidimos en París. Durante casi un año estuvimos recorriendo galerías y tú te comprabas todo lo habido y por haber. Qué buenos tiempos.

Ella se echó a reír.

—Sí, mi época de «un cuadro al día». Pero tal y como lo dices, parece que no le daba importancia a la calidad. Marcel Duchamp y tú me ayudasteis mucho. Esta colección es el resultado de un trabajo en equipo.

—Así se le podría llamar. —Howard sonrió halagado—. ¿Cuánto tiempo van a seguir apolillándose los cuadros en las cajas?

—No mucho. Solo tengo que encontrar una casa apropiada que sea lo bastante grande. Max necesita un estudio. Y estos tesoros adornarán nuestras paredes.

—¿Entonces es ya oficial? ¿Vais a vivir juntos?

Peggy se asustó. Había cedido inconscientemente a su sueño y, de la manera más natural, había hablado de una casa compartida. Pero ¿llegaría a cumplirse ese deseo? Con una fuerza inusitada, se adueñó de ella el recuerdo de la noche anterior. Posiblemente

Max estuviera en ese momento en casa de Leonora. De repente, le dio la sensación de que tenía que regresar al hotel. Concluía así la breve pausa que se había concedido.

UNA HORA MÁS tarde, cuando Peggy abrió la puerta de su *suite* en el Great Northern, Max estaba sentado en un sillón con un vaso de whisky vacío en la mano. El alma se le cayó a los pies. Él nunca solía beber al mediodía.

—Hombre, si estás aquí. Pensé que a lo mejor estabas en casa de Leonora. —Intentó parecer despreocupada y le salió mejor de lo que esperaba. Se desplomó en la butaca, a su lado—. Uf, qué calor. He estado en casa de Howard. Los cuadros han llegado bien.

—Yo he estado con Leonora. O mejor dicho, Leonora ha estado aquí. —Señaló un montón de lienzos enrollados que había en un rincón—. Me ha traído los cuadros.

¿Se equivocaba Peggy o también él intentaba parecer despreocupado?

—¿Y bien? ¿Qué tal le va?

Max se encogió de hombros.

—Bien, creo. El viaje fue agotador, pero por lo demás…

—¿Qué tienen previsto hacer ahora? —Peggy no pudo aguantar más sin hacerle esa pregunta.

—Seguramente se queden una temporada en Nueva York.

No era la respuesta que ella esperaba. A Peggy le acudió a la memoria el rostro de su rival. La oscura melena leonina, los ojos casi negros y los rasgos faciales proporcionados.

—¿La sigues amando?

La pregunta se le había escapado y se arrepintió de inmediato. Pero Max se quedó tan tranquilo. Por un momento, solo la miró. Luego dijo:

—Han pasado entre nosotros muchas cosas que ya no se pueden borrar. Aparte de eso, Leonora está ahora con Renato y yo contigo.

Peggy se levantó, se sentó en el reposabrazos del sillón de Max y le rodeó el cuello con el brazo.

—¿Y me quieres aunque no sea capaz de trazar una pincelada recta y tenga una nariz demasiado grande? —Su voz sonaba a broma, pero la pregunta la había hecho en serio.

—Ya sabes que te quiero, aunque no siempre te lo demuestre. Y en lo que respecta a tu nariz… ¿cómo la llamaba uno de tus ex?

—Nariz perruna. —Peggy puso los ojos en blanco.

—Es la expresión de tu carácter. Cuando te propones un objetivo ya nada te puede apartar de él, exactamente igual que cuando un perro sigue un rastro.

—Hasta ahora nadie me lo había descrito de una forma tan elocuente. —Se echó a reír.

Ahora él parecía más relajado y sus palabras la habían tranquilizado, al menos de momento. De pronto le llegó a la cabeza la conversación telefónica que había tenido hacía pocos días con su hermana. Hazel, que vivía con su marido en California, los había invitado a todos a su casa de Santa Mónica. Hasta entonces Peggy no se lo había contado a Max porque no tenía previsto aceptar la invitación. Pero a lo mejor les sentaba bien. En Santa Mónica no había ninguna Leonora, ni sombras ni fantasmas del pasado. Vivirían un par de semanas sin que nadie los molestara; juntos descubrirían cosas nuevas, crearían recuerdos. Así consolidarían su relación.

17

MAX HABÍA TITUBEADO un poco cuando Peggy le habló de la invitación de su hermana; luego le picó la curiosidad. Sindbad prefería pasar el verano con su padre y la familia de este en Matunuck Beach, en Rhode Island. A Pegeen, en cambio, le entusiasmó la idea, y Jimmy también se apuntó. «Como una auténtica familia», pensó Peggy tan contenta.

El vuelo en un avión de hélice fue una experiencia inolvidable. A sus pies se iban sucediendo los distintos tipos de paisaje. Primero, las alfombras de retazos verdes y amarillos del Corn Belt, campos de maíz y de trigo hasta donde alcanzaba la vista, salpicados de minúsculas granjas y pequeños pueblecitos. Luego, colinas onduladas, praderas sin un alma por las que campaban a sus anchas manadas de búfalos. A la altura de Utah sobrevolaron unas amplias extensiones plateadas, que eran tierras con una costra de sal, y superficies acuáticas similares a océanos, que lanzaban hacia arriba destellos de un color violeta azulado. Y a lo lejos resplandecían las laderas y las cumbres cubiertas de nieve de las Montañas Rocosas. Cuando Peggy vio por fin la tierra rojiza de Nevada, supo que no faltaba mucho para llegar. Un poco más tarde ya estaban sobrevolando San Francisco, su bahía y sus puentes.

Habían decidido pasar unos días en la ciudad antes de viajar a Santa Mónica a casa de la hermana de Peggy. Fueron unos días libres de toda preocupación. Visitaban museos, tomaban comida china y, con el *cable car*, subían y bajaban por las empinadas calles de la ciudad. A Peggy le sobrevenía una y otra vez una sensación de irrealidad. ¿Cómo era posible que al otro lado del mundo se librara una guerra que tenía a toda Europa atrapada en un remolino mortal mientras allí la vida seguía tranquilamente su curso? Las carnicerías chinas tenían gansos y pollos colgados en el escaparate, y en el Fisherman's Wharf olía a pescado frito. Para la mayoría de la gente de allí «Europa» no era nada más que una palabra.

Al cabo de unos días recorrieron en un cabriolé alquilado la carretera de la costa en dirección al sur, pasando por San José, Monterrey y Santa María. Por último, Peggy giró hacia la rampa de acceso de su hermana. Antes de llamar al timbre, la puerta se abrió de par en par.

—¡Pegeen! ¡Cómo has crecido! Deja que te dé un abrazo. —Hazel estrechó a su sobrina entre los brazos. Luego se volvió hacia Max—. Así que este es el famoso pintor que, por si fuera poco, también es descaradamente guapo. ¡Querido Max, la fama te precede! —Él se ruborizó un poco, pero Hazel siguió hablando tan tranquila—. Este es mi marido, Charles, pero lo llamamos Chick. —Chick McKinley se acercó a Hazel, estrechó la mano de Max y le guiñó un ojo. Era alto, delgado y tenía una cara muy juvenil.

Hazel condujo a Peggy al interior de la casa y los demás las siguieron.

—Para este simpático joven —dijo cogiendo a Jimmy del brazo— he recogido un poco mi estudio. Tú también pintas, ¿no, Jimmy?

Este sonrió sorprendido.

—Estoy haciendo mis primeros pinitos, es cierto, pero…

—¡Nada de falsa modestia! Mis cuadros tampoco se pueden comparar con los de tu padre, pero a mí me gustan y de vez en cuando vendo alguno que otro. —Abrió la puerta que daba a su estudio y el chico entró—. Chick, ¿le enseñas a Pegeen su habitación? —Se volvió hacia su marido—. Y ahora estoy con vosotros. ¡Acompañadme! —Hazel llevó a Peggy y a Max a una galería acristalada con muchas plantas de interior. La cálida luz vespertina caía sobre una cama ancha con un edredón tejido a mano. Hazel bajó la voz y utilizó un tono de conspiración—. Vosotros dos dormiréis aquí. Pero procurad que no os pille mi criada irlandesa. Es católica a ultranza y no estáis casados, al menos de momento.

—Peggy se ruborizó y miró de reojo a Max, pero este hizo como si no hubiera oído nada.

Pocas horas más tarde se sentaron todos en la amplia terraza con vistas al verdor del jardín, sobre el que se iba echando la oscuridad. Chick había asado unos bistecs que a Max le habían provocado auténticos estallidos de entusiasmo. Ahora estaban tranquilamente acomodados terminando el vino. En los arbustos cantaban las cigarras y al fondo se oía el suave y rítmico embate de las olas. La casa de Hazel y Chick no se hallaba muy alejada de la playa, y el murmullo del Pacífico era una compañía permanente. Al final, se coló en la conversación la guerra de Europa.

—Si América entrara en la guerra, todo cambiaría —opinó Chick muy serio—. Somos una nación fuerte. No puedo entender que hasta ahora no hayamos intervenido.

—Pero no es nuestra guerra —dejó caer Hazel titubeante.

—¿Eso importa en realidad? —repuso su marido—. Cuando dos chicos se pelean y hay un adulto al lado, ¿no interviene?

—Me gusta la imagen que has utilizado —dijo Max en tono seco—. En este momento, los europeos nos estamos comportando efectivamente como menores de edad, como unos chiquillos inmaduros. Un adulto que interviniera podría venirnos bien, pero eso no se le puede exigir a nadie. Si América entrara en la guerra, morirían también soldados americanos, y además por una causa que ni siquiera es la suya.

Durante un rato largo guardaron silencio mientras escuchaban de nuevo el canto de las cigarras y el murmullo del Pacífico. Peggy se dio cuenta de que Jimmy parecía triste. E intuyó por qué. Seguramente estuviera pensando en su madre, que aún seguía en Francia y cada día corría más peligro. Se propuso hablar pronto con él de ese asunto. Tenía que intentar ayudarlo. Por último, se levantó.

—Me vais a perdonar, pero estoy cansadísima después del viaje tan largo que hemos hecho. —Se inclinó hacia Hazel—. ¿Sigue la criada católica en casa?

Hazel sonrió pícaramente y susurró:

—Sí, pero no tardará en marcharse. Te mandaré a tu Max, estate tranquila.

Cuando Peggy cerró tras ella la puerta de la galería acristalada, por la ventana entraba la luz de la noche reluciente que iluminaba la habitación con un azul casi palpable. Se acercó al cristal para contemplar las estrellas, luego se desnudó y se tumbó en la cama. Aunque estaba cansada, no quería dormirse todavía. Max llegaría enseguida y quería compartir con él los últimos minutos del día en ese espacio mágico. Sin embargo, los ojos se le cerraron sin querer.

Al poco tiempo se despertó. Primero solo fue una intuición, un suave olor en el aire a loción para después del afeitado. Luego se movió el colchón y notó su cuerpo, que rozaba levemente el suyo por detrás. Colocó el brazo de Max a su alrededor, se arrimó a él y se llevó su mano al pecho.

—Te quiero —susurró medio dormida. De nuevo se le cerraron los ojos. A su espalda, Max respiraba con regularidad. Sus labios rozaron el cabello de Peggy. Luego él también se durmió.

Cuando Peggy se despertó a la mañana siguiente, el sol iluminaba la galería acristalada. Ante la ventana inundada de luz vio la oscura silueta de Max. Estaba de espaldas a ella pintando frente al caballete. Todavía no se había dado cuenta de que ella estaba despierta, de modo que Peggy se deleitó viéndolo trabajar. La luz de la mañana, Max ante el caballete completamente ensimismado en el trabajo: ¿había una manera más bonita de despertarse? De repente adquirió conciencia de que quería despertarse así todas las mañanas. Y no solo eso. Quería que él fuera su marido. Quería casarse. En contra de su costumbre, se sorprendió a sí misma pensando de un modo completamente conservador y burgués. Había habido tres hombres importantes en su vida y solo con el primero, su exmarido Laurence, había sentido el deseo de casarse. Hasta el momento. Y eso que con Max llevaba muy poco tiempo y su separación de Leonora Carrington todavía era reciente. Se quedó tumbada sin moverse intentando sondear sus sentimientos. Amaba a ese hombre como hacía tiempo que no amaba a nadie. Así de sencilla era la cosa.

Se levantó sin hacer ruido y se acercó a él. En efecto, Max no se dio cuenta de su presencia hasta que ella lo abrazó por detrás.

—Buenos días, señor Ernst. ¿Tan temprano y ya trabajando tan seriecito? —bromeó.

Max esbozó una sonrisa. En lugar de responder, le dio unas leves pinceladas en la mano, una manchita azul en cada nudillo. Peggy no opuso resistencia. Contempló con detenimiento el cuadro que él había empezado a pintar hacía unas semanas. Lo había llamado *Napoleón en el desierto*. Mostraba una pequeña figura cuyo tocado se asemejaba al de Napoleón. El centro lo ocupaba un poste totémico y a su lado se veía una mujer gigantesca. Tenía uno de los pechos al descubierto y en la mano sostenía un instrumento parecido a un saxofón cuyo remate era una cabeza de carnero. Todo estaba recubierto por una vegetación similar al liquen. Como siempre que observaba el cuadro, Peggy no podía apartar la vista de la mirada ensoñadora de la mujer. No resultaba difícil reconocer que se trataba de la cara de Leonora. Pero en ese momento y en aquella galería inundada de sol, Leonora había dejado de ser una amenaza. Algún día Max la pintaría también a ella; de eso estaba segura. Además, en el cuadro ya se reflejaba algo de su vida en común. Al fondo, una criatura semejante a una ballena surcaba un mar azul oscuro. Esa era la parte que estaba pintando Max en ese momento.

—El Pacífico —dijo Peggy en voz baja.

Él asintió con la cabeza.

—El Pacífico. El mar más bello que haya visto jamás.

Ella lo liberó del abrazo y se puso a su lado. Lo que tenía en la punta de la lengua la sorprendió a ella misma y, sin embargo, le pareció el momento oportuno para soltarlo.

—Max —dijo cogiéndole espontáneamente del brazo—, aquí estamos muy a gusto. California, la tranquilidad, el sol, el Pacífico. Soy consciente de lo bien que podrías trabajar en este lugar. Quedémonos aquí. ¿Quién dice que tengamos que vivir forzosamente en Nueva York? Hazel hablaba ayer de una casa en los acantilados que está a la venta. ¿Por qué no le echamos un vistazo? Quién sabe, a lo mejor es la casa ideal para que exponga mi colección.

—Mmm… —No dijo nada más, sino que siguió pintando. Podía significar cualquier cosa, y Peggy no insistió.

18

HABÍAN TRANSCURRIDO VARIAS semanas desde aquella mañana en casa de su hermana. Con el coche de Chick habían explorado los alrededores y desde las montañas que rodeaban Santa Mónica habían disfrutado de la vista de la ciudad. También habían recorrido las Montañas de San Gabriel, donde alternaban valles envueltos en la niebla con bosques e incluso con algún desierto. Llegó un momento en que Chick se hartó.

—Si seguís cogiendo mi coche a diario, no me voy a poder sacar nunca el carné de piloto —les dijo una noche medio en serio, medio en broma.

Y Peggy supo que tenía razón. De modo que, a la mañana siguiente, ella y Chick salieron clandestinamente de casa y, dos horas más tarde, regresaron con dos coches. Peggy se apeó de un Buick gris plateado. Juguetonamente, le lanzó a Jimmy las llaves del coche. Este las cogió al vuelo sin apartar la vista del fantástico automóvil con cambio automático, que conocía por el anuncio luminoso de Columbia Circle.

—Llévate a Pegeen y pruébalo —dijo Peggy con alegría—. Pero ni un arañazo, ¿eh?

Sobre la idea de Peggy de quedarse en California, Max y ella no habían vuelto a hablar. No obstante, a ella le seguía rondando una y otra vez por la cabeza. Allí se encontraban a gusto y nadie los molestaba. Sabía que Max, desde su llegada a América, se dejaba llevar, y tal vez esperaba que ella lo llevara en una u otra dirección. Tomar decisiones siempre le había resultado fácil, mientras que Max, en ese sentido, le parecía como un niño. La idea fue madurando en su interior hasta que una mañana descolgó el auricular del teléfono. La conversación fue muy breve.

Cuando Peggy abrió la puerta que daba al dormitorio con la galería acristalada, lo vio delante del caballete, pero no estaba solo. Lo acompañaba Hazel. No la habían oído entrar. Peggy sonrió. Con la ayuda de una espátula, Max había pegado una hoja grande en la parte de atrás del lienzo. Ahora estaba calcándola en la parte de delante. Hazel lo observaba concentrada.

—Hola a los dos. —Peggy hizo notar su presencia—. ¿Qué estáis tramando?

Hazel se volvió hacia ella.

—Le he pedido a Max que me enseñe cómo se pinta una hoja. Al fin y al cabo, he de aprovechar que tengo a un maestro tan famoso en casa.

Peggy se acercó y puso la mano en la espalda de Max. Durante un rato, permanecieron en silencio mientras Peggy observaba cómo su delgada mano se deslizaba veloz por el lienzo. Luego dijo:

—Max, ¿te acuerdas de la casa de la que nos habló Hazel? ¿La que está a la venta?

—¿La del acantilado? —preguntó Hazel sorprendida.

—Exactamente.

—Mmm —dudó Max.

—Bueno, pues he decidido que me gustaría verla. Esta tarde tenemos una cita con la agente inmobiliaria. Para ver esa casa y otra que también parece muy prometedora.

DE CAMINO HACIA las visitas, Max y Peggy no hablaron mucho. La primera vivienda se hallaba situada en Malibú y más bien parecía un palacio. Peggy intentó imaginarse la colección colgada de sus paredes, pero no lo consiguió. El edificio era sencillamente demasiado ampuloso. En el rostro de Max se dibujó una sonrisa irónica cuando se inclinó hacia ella y le susurró:

—Parece un sueño surrealista, ¿no crees?

A continuación, fueron a ver la casa de la que les había hablado la hermana de Peggy. Dejaron la autopista de la costa del Pacífico y tomaron una carretera estrecha, llena de baches y en cuesta que serpenteaba directamente hacia el mar. Cuando la construcción apareció ante ellos, Peggy notó enseguida que era la casa de sus sueños. Aunque la fachada blanca estaba desconchada, apenas se percibía porque la tapaban unas buganvillas de color violeta oscuro que trepaban por ella. Peggy recorrió como hechizada, al lado de Max, las grandes y aireadas habitaciones. La agente inmobiliaria había abierto de par en par las ventanas que daban al jardín y, muy a lo lejos, se oía cómo el fuerte oleaje del Pacífico azotaba el acantilado. Era un bramido rítmico y constante. Peggy se agarró a la mano de Max y salieron al jardín, que llegaba hasta el acantilado. Varios arbustos achaparrados por el viento y un roble pequeño eran la única vegetación.

—Aquí podrías colocar tus esculturas o sujetarlas al muro de la casa, como hacías en tu vivienda de Saint-Martin-d'Ardèche —dijo entusiasmada en medio de la fuerte brisa del mar—. ¿Qué me dices? ¿No es maravillosa?

Dio vueltas en todas las direcciones. El cielo le pareció más alto y el aire traía un aroma a especias. Sí, se imaginaba perfectamente viviendo allí con Max. Todas las mañanas se despertarían con el rumor del embate de las olas. Y las habitaciones eran grandes y luminosas, como si hubieran sido creadas para un pintor, y también para sus propios cuadros.

Max, sin embargo, se acercó en silencio al acantilado.

—¡Cuidado! —oyeron la voz de la agente inmobiliaria—. El borde no está protegido.

Max siguió andando. A tan solo un metro del precipicio se detuvo y contempló el oscuro y espumeante oleaje que había a sus pies. Un árbol pequeño, que en otro tiempo debió de formar parte del jardín, colgaba de unas fuertes raíces, bocabajo, sobre el acantilado. Era evidente que en aquel lugar se había desprendido recientemente un trozo más grande de tierra.

—El acantilado es inestable —le gritó a Peggy, que se había acercado a él—. El viento, la lluvia, la composición del terreno… —Hundió la punta del zapato en la tierra fangosa—. Me temo que este jardín irá desprendiéndose poco a poco y, en algún momento, también la casa entera. —No la miraba a ella, solo abajo, donde rompían las olas. La espuma blanca chisporroteaba mientras las gaviotas chillaban a media altura por encima del agua. Era un lugar que casi parecía irreal. No obstante, a Peggy se le cayó el alma a los pies porque Max tenía razón. La pendiente parecía inestable y tan frágil como de repente se sintió ella al notar que no era solo el acantilado lo que le preocupaba a Max.

—No te imaginas viviendo aquí, ¿verdad? —dijo en voz baja.

Se volvió hacia ella y, con una voz queda e implorante, le dijo:

—Peggy, ¿qué vamos a hacer aquí tú, Jimmy, Pegeen y yo? Aquí no se nos ha perdido nada. Nueva York es el epicentro del arte en América. Todo lo que sucede, sucede allí en primer lugar, y allí es donde arraiga con mayor intensidad. Todos nuestros amigos están en la ciudad, y si realmente quieres mostrar tu colección, Nueva York es el único lugar apropiado. Aquí... —Señaló al mar, al acantilado y al jardín—. Aquí tus cuadros no tienen público. Aquí solo se encontrarían en otro tipo de exilio. —Durante unos segundos, la miró intensamente a los ojos. Peggy asintió, pero de pronto no se pudo aguantar.

—¿Es por Leonora? La echas de menos, ¿verdad?

Max se la quedó mirando perplejo.

—¿Leonora? ¿Cómo se te ocurre pensar ahora en...? —Se interrumpió y apartó un instante la vista. Luego dijo—: Sí, puede ser que de vez en cuando la eche de menos. La separación... Ya sabes que fue todo muy rápido. Pero estoy aquí contigo, ¿o no? Y casas en las que podamos vivir juntos también las hay en Nueva York. —La cogió de la mano.

Peggy asintió. No era exactamente la respuesta que le habría gustado oír, pero tampoco se sorprendió. Y en el fondo él tenía razón: Nueva York era donde latía la vida. Para descubrir si Max y ella seguirían estando juntos no serviría de nada esconderse en la otra punta del mundo. Lo único que necesitaban era un poco de tiempo. Al menos, en eso confiaba. Y de ese tiempo dispondrían en Nueva York igual que en California.

19

EL VIAJE DE vuelta a Nueva York se asemejaba a una película, a una sucesión de imágenes sin fin. Imágenes de habitaciones de moteles y cafeterías, de Max y ella. Imágenes nocturnas. Max junto al caballete hasta el alba. Ellos dos en camas desvencijadas de moteles. Imágenes luminosas, ardientes, fugaces. Peggy al lado de él en el asiento del copiloto, con la mano en su hombro.

Era casi mediados de septiembre cuando regresaron a Nueva York. Peggy reservó la misma *suite* en el Great Northern Hotel de la Calle 57 que habían abandonado en agosto. Y cuando al llegar abrieron la puerta que daba a sus habitaciones, la sensación que tuvieron fue, efectivamente, la de volver a casa. Entre Max y ella la atmósfera fluctuaba con frecuencia. Era como una criatura viva que adoptaba distintas formas según el día, se agotaba y se recuperaba, se encolerizaba, amaba incondicionalmente y dependía de factores internos y externos. Y, por encima de todo ello, planeaba la pregunta: ¿dónde iban a vivir? Tenían que conseguir una casa, un piso grande. Uno que pudiera servir al mismo tiempo como museo y que tuviera suficiente espacio para todos ellos.

A los pocos días, el regreso de la exótica pareja Guggenheim-Ernst ya estaba en boca de toda la ciudad. Casi nunca se encontraban solos en la *suite*. Agentes inmobiliarios, galeristas y aspirantes de todo tipo entraban y salían haciéndoles el relevo a los primos de Peggy y a los pintores europeos. El invitado más asiduo con diferencia era André Breton. Iba cuando quería, casi siempre se quedaba todo el día y aprovechaba la *suite* para recibir a su corte surrealista. Pero de vez en cuando también ocurría que Max abandonaba el hotel «para dar un paseíto»; lo hacía de repente, casi como si se fugara, de modo que a Peggy nunca le daba tiempo de acompañarlo. Otras veces no estaba en el hotel cuando ella volvía de hacer un recado. Rara vez contaba dónde había estado, y ella tampoco se lo preguntaba. Por las noches dormía en la cama, a su lado. Eso era lo único que contaba. Y mientras ella se conformara con eso, todo iba bien.

Llevaban unos diez días en la ciudad. Era un sábado luminoso de septiembre y el calor húmedo del verano había dado paso a unas temperaturas más suaves. Peggy estaba asomada a la ventana abierta. La tarde ya tocaba a su fin. Pegeen leía un libro tumbada en la cama. Jimmy y Max discutían sobre la cualidad del color verde. De repente llamaron a la puerta. No era una llamada enérgica, sino más bien comedida, pero no obstante resuelta. Peggy fue a abrir.

—¡Alfred Barr!

Max y Jimmy se pusieron de pie enseguida. Pegeen se levantó cortésmente, pero sin prisa.

—¡Queridísimo Alfred! —El director del Museo de Arte Moderno abrazó a Max, y Peggy le preguntó—: Alfred, ¿qué le puedo ofrecer?

—Un whisky no estaría mal. —Barr sonrió—. Estaba dando un paseo y de repente me ha entrado el deseo de ver arte nuevo y excitante. Entonces me he dicho: «Ve a ver a Ernst y a Guggenheim, y echa un vistazo a lo que haya creado nuestro pintor en las últimas semanas». —Se sentó en un sillón, se cruzó de piernas y añadió—: Y además les he traído una cosa. —Pasó con suavidad la mano por un rollo envuelto en papel marrón.

—¿Es lo que yo creo? —Max lo miró con un gesto interrogativo. Cogió el paquete a toda velocidad y lo colocó encima del sofá. Luego le quitó con cuidado el papel y desenrolló el lienzo.

Cuando apareció ante ellos el cuadro, se instaló un momento de silencio. Luego Peggy dijo:

—Oh, Max. —Lo agarró del brazo.

—¿Qué es eso? —quiso saber Pegeen.

—Se titula *Europa después de la lluvia*.

—Se refiere a la guerra —le explicó Alfred Barr.

Pegeen estudió el cuadro con más detenimiento y, cuanto más lo miraba, más seres vivos reconocía en el paisaje devastado.

Cuerpos de mujeres emparedados, extrañas criaturas aladas, un buey con una cabeza esquelética.

—¿Cómo haces para que todo parezca tan deforme? —preguntó Pegeen—. Incluso las personas. Todo parece como si fuera velloso o como si estuviera compuesto de musgo o fango.

—Se trata de una técnica especial. —Max parecía contento por el súbito interés que mostraba Pegeen—. No aplico la pintura al óleo con el pincel, sino que la vierto en una placa de vidrio. Luego esa placa la presiono sobre el lienzo. Cuando la quito, el resultado es ese efecto casi orgánico. O musgoso, como acabas de decir tú.

—Horripilante —opinó Pegeen. Los demás se rieron; solo Max permaneció serio.

—Tan horripilante como es ahora la realidad en Europa. Y, si no me equivoco, la realidad aún superará en horror a mi cuadro. En algún momento, cuando haya terminado esta guerra. En mi huida no me podía traer un cuadro tan grande. Demasiadas estaciones, demasiada incertidumbre, demasiado equipaje. Y entonces se me ocurrió la descabellada idea de enviármelo a mí mismo.

—A «Max Ernst, a la atención del Museo de Arte Moderno de Nueva York» —añadió Alfred Barr sonriendo—. Una idea muy atrevida, pero ha funcionado. El cuadro llegó aquí hace unas semanas.

A continuación, Max volvió a enrollar el cuadro. Desplomándose en su butaca, dijo:

—Mi querido Alfred, ¿no querrá por casualidad el Museo de Arte Moderno comprarme este cuadro? Os haría un buen precio.

Barr se echó a reír y cogió su whisky.

—Max, si por mí fuera, habría venido ya con el dinero preparado. —También él se arrellanó con un suspiro en una butaca—. Pero los procesos de decisión de mis colegas son increíblemente largos y penosos. Y a mí casi nunca me escucha nadie. —Esbozó una sonrisa burlona.

—Cómo exageras.

—Solo un poco, pero haré lo que esté en mi mano, eso te lo puedo prometer.

Se quitó las gafas y las limpió con un pañuelo que sacó del bolsillo de la chaqueta mientras dirigía la mirada hacia la ventana.

Peggy lo observó. Conocía a Alfred Barr desde no hacía mucho tiempo y las pocas veces que había coincidido con ese hombre delgado, de cabello oscuro y grandes gafas redondas, siempre le había parecido un poco ausente, como si no fuera de este mundo. Se notaba que Barr era un hombre reflexivo, un soñador con los ojos cargados de curiosidad, y aun siendo tan discreto y reservado, dirigía con gran eficiencia el museo de arte moderno tal vez más importante que ofrecía el mundo en ese momento.

—¡Cuidado! —gritó Barr en ese instante, y se agachó instintivamente cuando un gorrión entró disparado por la ventana abierta y aleteó desorientado por toda la *suite*.

Max se levantó despacio.

—No os mováis. —Se acercó despacio al asustado gorrión, que se había refugiado en una cómoda. A dos metros de él, empezó a silbar en un tono suave. Peggy conocía su amor por los pájaros, que en sus cuadros aparecían una y otra vez.

Al cabo de un rato, ocurrió lo inesperado. El gorrión alzó el vuelo y se posó en el brazo estirado de Max. Todos contuvieron la respiración mientras él se dirigía a paso lento hacia la gran ventana. El pájaro siguió un rato quieto, luego echó a volar y desapareció en la pálida luz del crepúsculo neoyorquino. Max se quedó mirando cómo se alejaba. ¿En qué estaría pensando? ¿Envidiaría al pajarito por tener la libertad de marcharse volando, dejándose mecer por el viento, tal y como le dictaba su propia voz interior? En ese momento Peggy sintió por él un amor tan intenso que casi le dolía.

La escena se interrumpió cuando llamaron aporreando la puerta. Max se volvió.

—¿Más visitas? Esto parece un hormiguero. —Sonrió con malicia y se acercó a la puerta, desde donde resonó una voz atronadora:

—*Cher amis*, ¿no iréis a dejar plantado delante de la puerta a un buen amigo?

Peggy guiñó el ojo al asombrado Barr y le susurró:

—Atención, ahora viene lo bueno: André Breton.

Barr asintió con la cabeza.

—Entonces yo tal vez debería…

Pero Peggy le puso enseguida la mano en el brazo.

—Ni hablar, no vale escurrir el bulto. Ahora verá, va a experimentar lo que es el surrealismo en carne y hueso.

Barr sonrió inseguro, pero volvió a reclinarse en el sillón.

André Breton no iba solo. Lo acompañaban Laurence, el pintor surrealista Yves Tanguy y el escultor Alexander Calder.

Todo el rostro de André Breton irradiaba alegría.

—Esta tarde ha venido a visitarme Laurence. Hemos estado en el hotel Brevoort. En esta maldita ciudad es el único sitio en el que uno puede sentarse fuera. Si echo algo de menos, son las terrazas de los cafés parisinos. Antes de venir aquí, vivía casi siempre al aire libre. ¿Y ahora? Todo el día encerrado en las cuatro paredes de mi casa. Total, que en el Brevoort nos hemos encontrado con Yves y Alexander. —Puso una botella de vino encima de la mesa.

—Y entonces habéis pensado en daros una vuelta por aquí. —Peggy besó a los cuatro en la mejilla—. ¡Qué buena idea!

—Pues sí —dijo Calder—. En realidad, es que a André le apetecía hacer un juego surrealista y nos faltaban jugadores.

Peggy conocía demasiado bien los pasatiempos surrealistas de Breton y sabía que al serio y reflexivo Barr podría venirle bien un poco de animación. Le presentó al artista. Este estrechó la mano de Barr más tiempo del necesario, mientras lo miraba de arriba abajo. «Está intentando calibrarlo», pensó Peggy. Solo Breton podía permitirse semejante conducta. Al que no lo aguantara, más le valía mantenerse alejado. A sus amigos y acólitos, en cambio, los respetaba incondicionalmente. Por fin Breton soltó la mano de Barr y le golpeó jovialmente el hombro.

—¡Abramos la botella! —dijo—. Y luego ¡a divertirnos! ¿Con qué empezamos? —Se frotó las manos a la vez que paseaba la mirada por todos ellos.

—¿Qué tal con el juego de la verdad? —propuso Peggy.

—¡Excelente! —opinó Breton—. *Le jeu de la verité!* Max, ¿quieres explicárselo a nuestro invitado?

Este se dirigió a Alfred Barr.

—En el juego de la verdad tenemos que hacerle una pregunta cualquiera al jugador que elijamos. A ser posible, que sea personal

—dijo buscando la palabra más acertada—, quiero decir, una especialmente interesante…

Breton carraspeó.

—Personal, interesante… Max, ¿a qué viene tanto remilgo? ¿Desde cuándo te has convertido en un apóstol de la moral? —Él mismo se volvió hacia Barr, que desde hacía tiempo tenía claro de qué iba el juego. ¿En qué lío se había metido? Aunque no se consideraba una persona cohibida, sabía que no podía competir con el desparpajo de los europeos y, en especial, de los surrealistas—. Naturalmente, las más emocionantes son las preguntas de tipo sexual —explicó Breton sin pelos en la lengua—. O bien otras preguntas sobre temas que sean personalmente indiscretos y picantes. ¿Quién pone un ejemplo para nuestro principiante?

—¿Quién fue la última mujer con la que se acostó? —dijo Tanguy de manera espontánea. Alfred Barr se ruborizó.

—Es solo un ejemplo —le susurró Peggy—. Ahora no hace falta que responda a la pregunta.

—Ahora quizá no —vociferó severamente Breton—, pero en el juego sí. Esa es la regla principal. No vale rajarse. Y lo que cuenta es la verdad y nada más que la verdad.

—Amén —dijo Calder—. Nada más que la verdad. Aunque esté al lado su esposa y no haya sido con la amada consorte con la que… en fin, ya sabe a qué me refiero. —Se echó a reír y los demás lo secundaron.

—¡Basta ya de ejemplos! —gritó Breton por encima de las carcajadas—. Yo abro el juego con una pregunta para mi amigo Yves. —El flaco Tanguy se llevó la mano a su característico pelo negro y enmarañado. En su rostro estrecho y algo escabroso apareció una sonrisa cargada de expectativas.

—Yves, ¿has tenido alguna vez una relación con alguna de las personas aquí presentes? Si es así, señálala.

Peggy hizo una mueca. Naturalmente, la pregunta hacía alusión a ella; ¿a quién si no? Breton sabía que, un par de años antes, Peggy había tenido un breve e intrascendente asunto amoroso con Yves Tanguy.

Este asintió con la cabeza.

—Sí, he tenido una relación con una persona que está aquí presente. —Como Peggy era la única jugadora, todas las risueñas miradas se dirigieron enseguida a ella, que suspiró para sus adentros. No porque se avergonzara de la aventura, sino porque nunca se lo había contado a Max y ahora percibía que también él la miraba. Pero cuando le devolvió la mirada, solo halló regocijo en sus ojos.

—Ahora yo. —Peggy dio la vuelta a la tortilla—. Alfred, ¿a cuántas mujeres les ha hecho una proposición de matrimonio en su vida?

Peggy lanzó a Barr una mirada alentadora. Lo había elegido deliberadamente a él con la esperanza de que luego los demás lo dejaran tranquilo. Y esa pregunta la había escogido para no ponerlo en una situación demasiado delicada.

—Dos. —Alfred Barr sonrió inseguro—. Una vez sin éxito y otra con éxito.

—¡Alto ahí! —gritó Breton—. No hay que dar información adicional. En realidad, ahora debería quedar excluido del juego, pero como antes no he explicado las reglas, esta vez optaré por la clemencia.

Así siguieron jugando durante una hora. Peggy había mandado llevar unos tentempiés y más whisky. Ya no quedaba ninguno que estuviera sobrio.

—Yo tengo una pregunta para Max —dijo de repente Laurence—. ¡Oídme todos! Max, ¿qué engaño a una mujer te parece más reprobable, el físico o el mental, es decir, no amarla tanto como finges amarla?

Peggy se puso rígida. Max también se quedó inmóvil. Miró a Laurence con una mezcla de incomprensión y enfado. Hasta André Breton parecía haberse quedado sin habla. Peggy estaba furiosa. ¿Qué se había creído Laurence? Ya no era su marido. Su relación con Max, la sombra de Leonora Carrington, sus dudas secretas… Nada de eso era de su incumbencia. Por lo que ella sabía, Laurence ya tenía bastantes problemas con su mujer. Y aparecía por allí e intentaba hurgar en sus heridas, ¿a santo de qué? Max se había despertado de su estupor.

—Vaya preguntita, Laurence. Por supuesto, el engaño mental es el más atroz. ¿O hay aquí alguien que lo ponga en duda? —Sonrió mirando a su alrededor.

Alfred Barr se levantó.

—Bueno, yo ya me tengo que marchar. —Peggy sonrió aliviada—. Creo que ya se me puede calificar, sin miedo a equivocarse, de borracho —le susurró a Peggy al despedirse—. Pero ha sido... interesante, por resumirlo de alguna manera.

Ella le apretó un poco el brazo.

—Espero que volvamos a vernos pronto.

Cuando se volvió, los demás también se habían puesto de pie y estaban despidiéndose de Max y Jimmy.

20

A LA MAÑANA siguiente,, Peggy tardó mucho en despertarse. Aunque seguía con los ojos cerrados, intuía la claridad de la habitación y, a juzgar por el nivel de ruido, calculó que debían de ser ya las doce del mediodía. Disfrutó de los últimos momentos de tranquilidad. Percibir la vida de fuera sin participar en ella era algo que le gustaba ya desde niña.

Por fin abrió los ojos y echó un vistazo al despertador. Pronto marcaría las doce. En la *suite* reinaba el silencio. Se levantó, se echó la bata por encima y fue al salón. Era el día que libraba Jimmy y normalmente lo pasaba con sus amigos. Muchos de ellos eran jóvenes artistas americanos de los que ella sabía poco. Tampoco estaba Max. Pegeen se había acomodado en el sofá y leía un libro. No alzó la mirada cuando su madre se sentó a su lado.

—¿Qué estás leyendo?

—A Henry James —fue la escueta respuesta.

—Uno de mis autores preferidos.

—Mmm.

Peggy suspiró. Era consciente de que en las últimas semanas la había descuidado. Primero las turbulencias de la llegada, luego los paseos de exploración con Max por Nueva York y todas sus preocupaciones.

—Pegeen. —Cogió el libro y tiró de él. Su hija no opuso resistencia—. Sé que no te está resultando fácil acostumbrarte a vivir aquí —empezó Peggy—. Hace una eternidad que no llevas una vida regular, con un colegio normal, amigos, etcétera. Todo es todavía muy nuevo y reciente. Pero va siendo hora de que pongamos un orden en nuestra vida. —Pegeen la miró con indiferencia—.

Ya sabes que estoy buscando una casa o un piso para todos nosotros. Y tú, querida hija, tienes que ir al colegio. Ya estamos a finales de septiembre. El curso escolar ha empezado hace ya un par de semanas. Me he informado. Mañana te matricularé en el instituto Lenox.

—¿Dónde está eso? —Pegeen alzó las cejas con recelo.

—En Manhattan, en la Calle 77 Este. Dentro de dos años habrás terminado y podrás ir directamente a la universidad.

Pegeen la interrumpió con brusquedad.

—No quiero ir a ningún colegio. ¡Ya sabes que quiero ser actriz!

Sí, lo sabía demasiado bien. Puso una mano en la rodilla de su hija.

—Pegeen, actriz… Hay tantas chicas que quieren ser actrices… Pero casi ninguna lo consigue. No, tú terminas el instituto y, quién sabe, quizá luego quieras hacer una carrera. Yo misma desearía haber ido a la universidad.

—¿Y por qué no lo hiciste? ¿Tengo que hacerlo yo ahora por ti?

—No, claro que no. Por aquel entonces, tu tía Benita opinaba que estudiar una carrera era algo innecesario para una mujer, a la que le bastaba con casarse con alguien de buena familia. Yo le hice caso. Y eso que siempre tuve claro que no quería llevar ese tipo de vida. Salir de continuo con hombres jóvenes de buena familia me parecía soporífero. Quería escaparme, conocer cosas nuevas, descubrirme a mí misma.

—Pues eso es lo que hiciste, sin necesidad de estudiar una carrera.

Peggy asintió de mala gana.

—Sí, es verdad. Pero no me habría perjudicado nada. Y el bachillerato lo vas a terminar te pongas como te pongas. Es mi última palabra. Una escuela de actores no entra en consideración.

La joven guardó silencio y se miró las piernas encogidas. Tenía cara de enfadada.

—¡Eh! —Peggy le apretó la rodilla con suavidad—. Los últimos meses han sido agotadores y en Francia tampoco hemos tenido demasiado tiempo para estar juntas. Quizá entenderías mejor mi decisión si supieras algo más de mí y de tu familia de Nueva York. Desde que viniste al mundo, solo hemos vivido en Europa.

Pero tú eres una Guggenheim. Tal vez haya llegado el momento de que te enteres de lo que eso significa. ¿Qué te parece si hacemos hoy una excursión a mi pasado?

Cuando Pegeen miró a su madre, en su rostro todavía quedaban restos de obstinación, pero también cierta curiosidad. Que el apellido Guggenheim se salía de lo corriente hacía tiempo que lo había comprendido, pero desde su llegada a Nueva York, el revuelo que provocaba ese nombre había despertado su interés.

Peggy le pellizcó juguetona la mejilla.

—¿Qué te parece? Hoy es domingo, hace un tiempo espléndido. Podríamos visitar a una de mis tías, que ahora vive en la casa en la que me crie. Así podrás ver dónde vivía yo antes.

—Por mí estupendo.

La casa de los padres de Peggy se hallaba en la Calle 72 Este, a pocos pasos de Central Park. El vecindario era muy señorial. Mansiones espléndidas se alternaban con apartamentos y áticos climatizados, hoteles de lujo, soberbias iglesias y museos, así como con una serie de tiendas selectas. Las galerías de arte, los cafés caros, las coctelerías y los clubes nocturnos reflejaban las necesidades y el poder adquisitivo de los residentes. *Millionaire's Row* era una de las definiciones que se usaban habitualmente para describir el barrio situado entre Central Park y la Quinta Avenida.

Peggy mandó parar al taxista a la altura de la Calle 68. Quería disfrutar de los últimos pasos a pie. Las largas ramas de los árboles del borde de Central Park proporcionaban sombra a la amplia acera. Hacía un domingo de película. Cálido, pero no caluroso; luminoso, pero no deslumbrante, y en el cielo que cubría Nueva York no se veía ni una sola nube. Solo se acordó un instante de Max. Le habría gustado disfrutar de ese día con él. Sin embargo, ni siquiera sabía lo que estaba haciendo… ni con quién. Enseguida renunció a seguir pensando en él. Se encontraba a gusto. Por fin ella y su hija estaban juntas en su antiguo barrio. Se alegró de las horas que les quedaban por delante. Su hija tenía la mirada clavada en unos edificios que demostraban lo que se podía conseguir con dinero. Había poco tráfico y no mucha gente por la calle.

Paseantes bien vestidos, hombres con librea sacando a pasear los perros de sus señores, a veces de tres en tres o de cuatro en cuatro, e institutrices que se dirigían con sus pupilos hacia el parque. Bajo los toldos de la acera de enfrente había porteros de locales que esperaban poder acompañar hasta las limusinas a las damas y a los caballeros, todos ellos tocados con sombreros.

—¿Aquí es donde vivías? ¿De verdad? —Pegeen se detuvo como si hubiera echado raíces delante del número 15 de la Calle 72 Este. La casa de piedra de color claro, con sus columnas y sus grandes ventanales, se asemejaba a un palacio nobiliario europeo.

—¿No creerás que te estoy mintiendo? —Peggy se echó a reír—. En esta casa nació tu tía Hazel. ¿Y ves esa casa de enfrente? Allí vivían los Rockefeller, y aquí —dijo señalando otro edificio—, aquí los Stillmann. Pero venga, vamos a entrar.

Peggy había anunciado la visita de las dos. Un mayordomo las llevó por una puerta de cristal hacia un vestíbulo y, desde allí, por una segunda puerta del mismo material, hacia un atrio con el suelo de mármol y una pequeña fuente en el centro. El patio estaba abierto hasta el piso superior. Una gran cúpula de cristal lo cubría llenándolo de luz.

—Su tía se ha retirado un momento a reposar —anunció el mayordomo con toda dignidad—. Pero tengo instrucciones de enseñarles la casa si así lo desean. ¿La señora ha vivido alguna vez aquí? —Miró a Peggy, pero su pregunta era más bien retórica.

Ella miró desde la escalera de mármol hacia arriba.

—Me he pasado muchos años soñando con esta casa. Comencemos por las salas de recibimiento del primer piso.

Peggy se volvió hacia la escalera, pero el mayordomo se dirigió al ascensor.

—Les ruego que me sigan.

—¡Salas de recibimiento! —exclamó Pegeen sin poder contener la risa—. Cuando pienso que estamos viviendo todos juntos en esa *suite* de dos habitaciones…

Cuando entraron en el comedor de techo alto, Peggy se detuvo sorprendida.

—Mi tía ha conservado los grandes tapices. —Se puso en el centro de la habitación y dio una vuelta sobre sí misma. Luego se volvió hacia el mayordomo—: Si estos tapices aún siguen colgados aquí, ¿se conserva todavía el de Alejandro Magno? Antes estaba en una de las salas de recibimiento.

—Claro que sí. —El mayordomo asintió con la cabeza y les mostró el camino.

Al poco rato, madre e hija se hallaban ante la pieza hecha a mano. Peggy sonrió.

—Delante de este tapiz, en otro tiempo, había un servicio de té de plata que era verdaderamente monstruoso. Y mi madre daba todas las semanas una *tea party*. —Se inclinó sobre su hija y le susurró al oído—: Todavía hoy tengo la sospecha de que siempre invitaba a las damas más aburridas de la llamada alta sociedad judía solo para hacerme rabiar. Nunca venía un chico guapo o, por lo menos, una chica de mi edad. —Pegeen se echó a reír y siguieron andando—. Tampoco ha cambiado demasiado —opinó Peggy meditabunda mientras seguían al mayordomo hacia el salón Luis XVI—. Grandes espejos y muebles elegantes por doquier. Y aquí delante había una enorme piel de oso.

Pegeen arrugó la nariz.

—No creo que me gustara.

—Era bastante repugnante. La boca abierta tenía un color rojo artificial y, a veces, se le caía la lengua. Entonces el mayordomo tenía que volver a pegársela. Lo mismo pasaba con los dientes, que se caían continuamente.

—¡Qué asco! —La chica hizo un gesto de repugnancia.

—Y ahí enfrente —siguió hablando Peggy— había un piano de cola grande. Todavía me acuerdo de una vez que me escondí debajo y no paré de llorar durante un buen rato.

—¿Por qué?

—Porque mi padre me había castigado sin cenar. Yo le había dicho: «Papá, ¿tienes una amante? Como pasas tantas noches fuera…».

Pegeen estalló en una carcajada y las dos se granjearon una mirada severa del mayordomo.

—¿Cuántos años tenías?

—Unos siete. Las niñas teníamos todo el tercer piso para nosotras.

—Debías de tener un montón de juguetes.

—Sí, supongo. Aunque curiosamente solo me acuerdo del caballito de madera y de una casa de muñecas. Pero adivina qué había en la casa de muñecas.

—¿Qué?

—Alfombras de piel de oso. —De nuevo Pegeen se echó a reír, y Peggy se sintió muy aliviada. Hacía tiempo que no veía a su hija tan despreocupada y natural.

—Mira que haberte criado aquí... Me cuesta trabajo imaginarlo. —La voz de la joven adoptó un tono casi fervoroso.

—En fin, no es oro todo lo que reluce —dijo su madre con reservas—. De niña me sentía muchas veces sola. Hasta que cumplí quince años, recibía las clases en casa; solo después me dejaron ir al colegio. A mí me parecía horroroso. Siempre estábamos solas mi hermana y yo. No teníamos amigos. —Hizo un gesto para quitarle importancia al asunto—. Pero, en cualquier caso, Benita y yo tuvimos unas institutrices maravillosas. Ellas eran nuestras verdaderas amigas. La única que tuvo mala suerte fue la pobre Hazel. Le pusieron una institutriz irlandesa que era católica a ultranza. Creo que Hazel se pasó la juventud poniendo velas con esa mujer en la catedral de Saint Patrick. —A Pegeen le dio la risa, pero Peggy siguió hablando pensativa—: A nuestro padre lo queríamos mucho. Cuando se hacía de noche aguzábamos siempre el oído, porque silbaba una melodía muy especial inventada por él mismo al llegar a casa y subir las escaleras. Iba dirigida solo a nosotras y, cuando la oíamos, sabíamos que papá había llegado y corríamos a su encuentro en la escalera.

—¿Recuerdas la melodía? —quiso saber Pegeen.

—¡Claro que sí!

Empezó a silbarla. Pero en ese momento oyeron pasos. Otro sirviente llegó e intercambió unas palabras con el mayordomo.

—La señora estaría dispuesta a recibirlas —dijo este.

—¡Al ataque! —le susurró Peggy a su hija.

Una hora más tarde, Peggy y Pegeen salieron de nuevo a la cálida luz de septiembre. Al final de la calle resplandecía el verde oscuro de Central Park.

—¿No podríamos tomar un helado en el parque? —preguntó Pegeen.

—¿Un helado?

—Me lo debes, después de haber tomado ese té tan insípido y esas galletas resecas.

Peggy se echó a reír.

—De acuerdo.

Pegeen se le colgó del brazo. En Central Park reinaban el bullicio y la animación. Gente en bicicleta, paseantes e incluso unos cuantos jinetes ocupaban los senderos y las zonas verdes. En los bancos se sentaban las parejas o gente que daba de comer a las palomas, y sobre el césped tomaban baños de sol unos cuantos hombres jóvenes.

Peggy dobló hacia la derecha.

—No lejos de aquí hay un lago. Ahí tendría que haber un café.

Tenía razón. El local estaba bastante concurrido, pero quedaban algunas mesas libres. Pidieron helado de vainilla y chocolate con nata, y Peggy dejó que el sol le diera en la cara.

—¡Ah, qué lujo!

Durante un rato guardaron silencio mientras disfrutaban del sol de la tarde. Un camarero les llevó los helados. Luego Pegeen le dijo a su madre:

—Sílbame otra vez esa melodía. Antes nos ha interrumpido el mayordomo.

—¿La de mi padre?

Ella asintió y Peggy se puso a silbar. Pero de repente se le llenaron los ojos de lágrimas.

—¿Qué te pasa? —exclamó la joven asustada.

Se enjugó rápidamente las lágrimas.

—Nada, cariño. Es que hay momentos, como ahora, en que de pronto lo echo mucho de menos.

—¿A tu padre?

Ella asintió. Ya hacía treinta y un años que había perdido a su padre por el hundimiento del Titanic.

—Cuando pienso que quería regresar a América para vernos… —dijo pensativa—. Y que en principio había reservado plazas en otro barco… Pero luego ese buque de vapor no pudo zarpar porque los fogoneros se pusieron en huelga. —Pegeen ya conocía la historia de su abuelo y sabía que su madre, cada dos por tres, sentía la necesidad de hablar de ella. La larga concatenación de hechos fortuitos que habían llevado a la muerte de su padre no se le iba de la cabeza—. Y tu abuelo tuvo la increíble suerte de hacerse con varias plazas en el Titanic; eso sí, a cambio de mucho dinero. Solo su amante sobrevivió al accidente. Gracias a eso sabemos cómo transcurrieron las últimas horas de mi padre.

Hizo una pausa. De niña soñaba una y otra vez con aquella desgracia. Aquellos tiempos habían quedado atrás, pero la visita a su antiguo hogar, que tantos recuerdos le traía de su padre, había evocado de nuevo la pérdida. Se preguntó cuántos años había tardado en superarla. Probablemente, aún no lo había conseguido. De hecho, nunca había dejado de buscar a su padre en otras personas.

Notó la mirada de Pegeen y continuó:

—Tu abuelo y su ayuda de cámara eran pasajeros de primera clase. Eso les daba derecho a una plaza en el bote salvavidas, pero cuando vieron que muchas mujeres y niños de segunda clase no iban a tener sitio, regresaron a su camarote, se pusieron elegantes trajes de noche y volvieron a cubierta para ayudar a que todos ellos se subieran a los botes.

Pegeen asintió con la cabeza.

—Y el abuelo dijo: «Nos hemos puesto nuestros mejores fracs y estamos dispuestos a hundirnos como caballeros».

Tomó la mano de su hija y la apretó.

—Veo que has prestado atención. —Sonrió—. ¿Cuántas veces os lo habré contado a ti y a Sindbad?

Pegeen le devolvió la sonrisa.

—Desde que tengo memoria, creo.

Venecia, 1958

EL TRASBORDADOR PASÓ por la isla del cementerio de San Michele y se dirigió hacia el embarcadero de Fondamente Nuove. Las sombrillas y los toldos ondeaban al fuerte viento del sur, y los botes amarrados al muelle se balanceaban de acá para allá.

—¡Vaya un sitio que has ido a buscar para vivir! Estoy empezando a enamorarme de él. —Kiesler iba agarrado a la barandilla con las dos manos. Había guardado el sombrero, por si acaso, en un gran bolso que llevaba en bandolera. Peggy y él habían pasado el día visitando la isla de Murano, famosa por su cristal. Ahora estaban de regreso. Una vez que el trasbordador hubo atracado, ella se dirigió hacia un bar.

—Ven. —Le hizo una seña a Kiesler desde una mesa desocupada—. Aquí tienen los mejores *tramezzini* de toda Venecia y un *ombretta* muy decente.

Al poco tiempo se hallaban sentados bajo una sombrilla roja con sus *tramezzini* y vino blanco.

Peggy esbozó una sonrisa picarona.

—¿Sabes por qué los venecianos llaman a su vino blanco *ombretta*?

Kiesler se encogió de hombros y ella se lo explicó.

—En realidad significa «pequeña sombra». Una sombra, ¿entiendes? Algo que te acompaña a todas partes.

Durante un momento, Kiesler se la quedó mirando sin entender; luego se echó a reír.

—Ya lo he pillado. Por eso los venecianos están a cualquier hora del día sentados en el café con un vasito de vino blanco.

Peggy sonrió.

—Hace años, cuando llegué aquí desde Nueva York, enseguida me sedujo la calma con la que se toman las cosas y también su alegría de vivir. Primero había pensado que después de la guerra regresaría a París, pero luego me apeteció empezar de nuevo en una ciudad en la que no hubiera vivido nunca. Y Venecia es tan increíblemente romántica... Es el polo opuesto de Nueva York.

Kiesler dio un sorbito al vino.

—Nueva York está siempre llena de energía. ¿No echas nunca de menos la gran ciudad?

Peggy lo miró muy seria. Luego dijo:

—A menudo pienso que tengo varias personalidades. Por una parte, adoro las grandes ciudades. París, Londres, Nueva York: no hay nada más excitante. Pero, por otro lado, necesito también el silencio. Siempre lo he necesitado. Entre los recuerdos más bonitos de mi vida figuran momentos de absoluto silencio, como, por ejemplo, en Pramousquier. Te he hablado de ese sitio, ¿no? Mi casa de la Riviera francesa.

Kiesler hizo un gesto afirmativo con la cabeza.

—Me has contado que Laurence y tú pasasteis allí unos años muy buenos cuando todavía estabais casados.

—¡Oh, sí, era maravilloso! —A Peggy se le iluminó la cara. Con un rápido movimiento de cabeza, se echó atrás un mechón de pelo con el que el viento le había cubierto el rostro—. Era una casa de auténtico ensueño. El jardín lindaba justo con la playa y no pasaba un día sin que nadara un poco antes de desayunar. Luego me divorcié de Laurence y vendimos la casa.

—Entonces fue cuando te fuiste a Inglaterra.

—Lo que tú no sepas... —Peggy miró asombrada a Kiesler—. Sí, años después compré el Yew Tree Cottage, una pequeña casa de campo con los techos de madera y una enorme chimenea en la sala de estar. La casa tenía casi una hectárea de tierra, pero a mí me daba la sensación de que todo el paisaje de alrededor era mi jardín. Cuántas veces me despertaba por la mañana el mugido de las vacas que pastaban por allí y me quedaba en la cama contemplando el juego de luces del viejo y majestuoso tejo.

De repente oyeron unos cánticos de lamento. Peggy y Kiesler no se habían dado cuenta de que un cortejo fúnebre había partido desde el muelle. Unos diez botes con gente vestida de negro acompañaban a una barca cubierta de flores hasta la isla del cementerio. Cuanto más se alejaba el cortejo, más atenuados se oían los cánticos.

—El principio y el final —dijo Peggy en voz baja mientras los botes se acercaban a la isla del cementerio—. Qué unido va lo uno a lo otro. A veces creo que toda la vida consiste en una serie incesante de principios y finales. Todavía recuerdo qué emocionante fue hace años empezar en Nueva York otra vez desde el principio. ¿Y ahora? Ahora estoy aquí. —Se quedó pensativa.

Kiesler puso la mano sobre la suya.

—Y eso también es bonito. Sobre todo porque ahora nos vamos a pedir otro *ombretta*.

Ella le apretó la mano.

21

Peggy suspiró y dejó a un lado el folleto de la agencia inmobiliaria. Jimmy y ella habían pasado la mañana visitando otros dos pisos que resultaron ser completamente inadecuados. Max no los había acompañado, sino que había ido a ver a Julien Levy, el que en aquel momento era su galerista en Nueva York. El continuo trajín en busca de una casa lo ponía nerviosísimo. Ahora Peggy se hallaba sentada con Jimmy en una cafetería, justo al lado del Great Northern Hotel. Esperaban que les devolviera la llamada otro agente inmobiliario y habían dejado dicho en recepción dónde podían encontrarlos. Peggy tamborileó con el dedo en el folleto.

—Una ciudad tan grande, ¿y no hay ningún alojamiento que se adapte a nosotros? ¡No puede ser cierto!

Jimmy, sentado frente a ella en la mesita de la cafetería, sonrió con maldad.

—En alguna parte tiene que haberlo, seguro, solo que tú no eres precisamente flexible. El distrito de Wall Street te parece demasiado árido; el Lower East Side, demasiado decadente; Times Square es demasiado ruidoso, y tanto el Upper East como el West Side te resultan demasiado aburguesados. ¿Qué lugar encuentras agradable?

—¡Pero si ya lo sabes! Greenwich Village no estaría mal. Ahí viven muchos artistas y escritores, pero también banqueros y obreros. Una buena mezcla. Walt Whitmann y Henry James vivieron por allí cerca. Y ese barrio tiene unos bares y unos clubes nocturnos muy curiosos. Pero donde más me gustaría vivir sería en esta zona. En algún lugar que estuviera situado entre la Calle 50 y la Calle 60.

—¿Entre la Calle 50 y la 60? ¿Diez manzanas? ¡Peggy, así no hay manera de encontrar nada! ¿Y además ha de ser lo suficientemente grande como para que quepamos todos?

—Y mi colección.

—Tu museo, exacto. —Jimmy meneó la cabeza—. No estás siendo nada realista. Sé que en esta zona te encuentras como en tu casa, pero créeme si te digo que todo Nueva York es bonito.

—¿Me lo está diciendo un auténtico neoyorquino? —Jimmy se ruborizó y Peggy se arrepintió enseguida de haber formulado esa pregunta tan irónica. No había querido herirlo. A diferencia de su padre, él había amado ese país desde el principio y hacía todo lo posible por formar parte de él.

—Perdona, no quería decir eso. Estoy segura de que conoces esta ciudad muchísimo mejor que yo. Yo me crie aquí, pero siempre me he movido en los mismos ambientes. El resto de la ciudad solo lo conozco de algunas visitas relámpago.

Jimmy esbozó una sonrisa conciliadora.

—Sí, la verdad es que en ninguna parte me he sentido tan en casa como aquí. Pero a veces dudo que algún día pueda convertirme en un verdadero neoyorquino.

—¿A qué te refieres?

—Pues en alguien como tú, por ejemplo, aunque no conozcas tan bien muchas partes de la ciudad. Pero tú aquí te mueves con una soltura y una naturalidad… Como alguien que pertenece a este lugar y no necesita planteárselo. —Jimmy se interrumpió—. Por otra parte, sin embargo, también me pregunto: ¿hay alguien que sea un auténtico neoyorquino?

Ella le acarició la mano.

—Tú hace mucho que eres un auténtico neoyorquino, Jimmy. —Le sonrió—. Pero ahora vamos a echar un vistazo a lo que nos espera para los próximos días. —Inclinó la cabeza ante la joven del delantal manchado que le puso delante un plato con un sándwich de beicon y queso y un vaso de leche merengada.

Jimmy sacó los papeles de una vieja cartera de piel.

—Tres cartas desde ayer por la tarde, todas ellas pidiendo ayuda económica. Una organización que socorre a los niños huérfanos y dos personas con dificultades económicas. Un tal Jean

Fournier, un emigrante francés al que se le ha quemado su restaurante. Apela al amor que sientes por Francia y por la cocina francesa. Y luego hay también una señora judía con varios hijos, cuyo marido la ha dejado plantada sin nada que llevarse a la boca. —Alzó la mirada hacia Peggy—. ¿Conoces a todos personalmente?

Ella negó con la cabeza.

—No, claro. Pero da la impresión de que ellos a mí sí me conocen. Tal vez por los periódicos o de oídas.

—¿Y van y te escriben sin más, pidiéndote ayuda?

Peggy se encogió de hombros.

—Está claro que les merece la pena intentarlo. Además, sabrán que de vez en cuando presto ayuda a la gente.

—¿Y qué les contesto entonces?

—Escribe a la organización de los niños huérfanos y asegúrales que les haré un pequeño donativo. Lo de los otros tengo que pensármelo todavía un poco. Ah, por cierto, ¿te has encargado de que la buena y anciana Lucile Kohn siga recibiendo todos los meses su asignación, ahora que he cambiado de banco?

—Todo está arreglado. Pero ¿quién es en realidad esa mujer?

Peggy se echó a reír.

—Lucile Kohn… No te lo vas a creer, pero en otro tiempo fue una de mis profesoras. Yo diría que ninguna otra mujer ha ejercido nunca tanta influencia sobre mí como ella. Era alguien muy fuera de lo común, una rebelde que quería mejorar el mundo. Formaba parte del movimiento obrero. Después de haber recibido sus clases, tuve claro lo mucho que había aprendido de ella. Llevo décadas ayudándola con una asignación mensual y, a veces, le añado una cantidad más sustanciosa para sus proyectos.

Jimmy parecía impresionado.

—¿Cuándo la viste por última vez? ¿Sigue viviendo aquí, en Nueva York?

—Sí, vive aquí. Y lo cierto es que hace ya muchos años que no voy a visitarla. Pero ahora que estoy otra vez aquí debería hacerlo algún día.

En ese momento fueron interrumpidos por un botones del Great Northern Hotel que le entregó a Peggy una nota. Esta le dio una moneda y desplegó el papel.

Estimada señora Guggenheim, acaba de recibir una llamada telefónica de un tal Andrew Reynolds. Es agente inmobiliario y le comunica que ha encontrado algo apropiado para usted. Puede enseñárselo de inmediato y le ruega que le devuelva cuanto antes la llamada. Dirección del inmueble: Hale House, 440 Este Calle 51. Número de teléfono del Sr. Andrew Reynolds: 212-349-3797.

—¡Bien! —Peggy agitó el puño en señal de victoria—. 440 Este Calle 51. Una casa aquí al lado. ¿Qué te había dicho? Tenemos que llamar enseguida a Max.

Mientras se levantaba, Peggy se tomó lo que le quedaba de leche merengada y le dio un par de billetes a Jimmy para que pagara la cuenta. Luego salió disparada hacia el teléfono de monedas que colgaba de la pared. Pero conforme iba acercándose, fue aminorando el paso. En las últimas semanas, desde la vuelta de California, Max salía solo con bastante frecuencia. Casi siempre iba a visitar a André Breton o a André Masson, y otras veces a su galerista Julien Levy. Al principio, ella solía ofrecerse para acompañarlo, pero luego empezó a hacerlo con menor frecuencia, ya que Max prefería casi siempre ver a sus amigos él solo. Peggy había estado tentada más de una vez de llamar con cualquier pretexto a casa de André o de Julien para enterarse de si Max estaba en realidad allí. Se avergonzaba de ello, pero no podía reprimir su desconfianza. Tenía miedo ante la influencia de Leonora Carrington, lo tenía demasiado interiorizado. Peggy dejó de lado sus pensamientos y rebuscó unas monedas en la cartera. Estaba acalorada, y no solo porque en la cafetería hiciera calor. Pero es que en ese momento no le quedaba otra opción. Tenía que hablar con él y eso significaba llamar a Julien Levy y decirle que Max se pusiera al aparato.

—Ojalá esté, ojalá esté —repitió varias veces la frase mientras sonaba la llamada. Hasta el quinto timbrazo no descolgó Julien Levy.

—La galería de Julien Levy, ¿qué puedo hacer por usted?

—Hola, Julien, soy Peggy. Oye, ¿está Max contigo? Es urgente que dé con él. Es para ver una casa.

A continuación se instaló un breve silencio. Peggy notó enfadada cómo aumentaba su nerviosismo.

—Perdona, Peggy, ¿sigues ahí? Es que acaba de entrar un cliente. Sí, claro que está aquí. ¿Quieres hablar con él?

—No, no hace falta. Tu galería está muy cerca. Dile solo que Jimmy y yo nos pasaremos enseguida por allí. Se trata de una casa muy interesante en esta zona. Voy a llamar un momento al agente inmobiliario. Hasta ahora.

Peggy colgó el teléfono. Notaba el rubor en las mejillas. Qué tonta había sido por preocuparse de esa manera. ¿No podía tener un poco más de confianza? Sacó otras monedas del monedero y marcó el número del agente inmobiliario.

SE ENCONTRARON CON Andrew Reynolds en la Primera Avenida, esquina con la Calle 51 Este. Reynolds era un hombre flaco de unos treinta y cinco años que vestía un traje oscuro y una gabardina de color beis claro. Cuando Peggy lo saludó, él se quitó el sombrero y le besó la mano.

—Hale House —declaró con evidente orgullo—. Acaba de salir hoy al mercado. Es grande y muy poco corriente. Tiene una azotea con vistas al East River. Síganme. Es una zona muy interesante si a uno le gusta un poco la diversidad. Familias de emigrantes irlandeses junto con banqueros de Wall Street, villas al lado de apartamentos sin agua caliente. Hay de todo un poco. —Enseguida añadió—: Pero es un barrio tranquilo, muy tranquilo. No hay delincuencia.

Peggy sonrió al ver lo mucho que se esforzaba el señor Reynolds. Pasaron por varias casas *brownstone* del siglo anterior y se fueron acercando al East River. Por fin, Reynolds se detuvo y señaló una de cuatro pisos con una gran terraza en la fachada que daba directamente al East River.

Max, Jimmy y Peggy recorrieron con la vista la pared de la casa, más bien anodina. Si se miraba con más detenimiento, se podían reconocer dos frescos empalidecidos. Peggy se apoyó un poco en Max.

—La casa ya me gusta. ¿Podemos verla por dentro?

—¡Por supuesto!

Andrew Reynolds abrió la puerta de la entrada y dejó pasar al pequeño grupo. Él se quedó rezagado unos pasos.

—Pero ¿qué es esto? —Peggy se llevó sin querer la mano a la boca.

—En efecto, muy poco corriente. —Max miró fascinado a su alrededor. Se encontraban en una especie de atrio de dos pisos de altura. A un lado, una escalera conducía hasta el segundo piso. Allí había una galería por cuya ventana se podía ver el patio de abajo. Una chimenea enorme, así como un mirador, daban al conjunto un aire de lo más señorial.

—¡Fantástico! —exclamó Jimmy—. Se diría que estamos en un castillo inglés.

Peggy negó con la cabeza.

—A mí más bien me parece una capilla. En todo caso, la casa es maravillosa. Oh, Max, imagínate mi colección en estas paredes. ¡La casa es sencillamente perfecta! —Dio una vuelta en torno a sí misma.

Entretanto, el señor Reynolds había abierto las puertas de cristal que daban a la terraza y salieron. Ante ellos vieron el East River, cuyas aguas resplandecían al sol de primera hora de la tarde. Innumerables remolcadores y lentas gabarras se cruzaban en las dos direcciones hasta donde alcanzaba la vista.

—Increíble —susurró Peggy—. ¡Qué vista! Ahí al fondo está el puente de la Calle 59 y, más abajo, los puentes de Brooklyn y Manhattan. Se ve todo el East River de arriba abajo. —Miró a Max, cuyos ojos brillaban. Sus miradas se cruzaron.

—La casa es muy espaciosa —sonó la voz del señor Reynolds a su espalda—. ¿Quieren que les enseñe el resto?

Los llevó por las habitaciones. Un poco por debajo del vestíbulo había una cocina y varias habitaciones pequeñas de servicio. En el tercero y cuarto piso estaban los dormitorios. Uno de ellos tenía otra terraza delimitada por un murete. Igual que en la terraza de abajo, también allí vieron cristalitos de colores incrustados en el cemento. Max se colocó en el borde más extremo. De nuevo paseó la mirada por el río. Unas gaviotas volaban entre chillidos pegadas a la superficie del agua.

Peggy lo agarró del brazo.

—¿Sabes a qué me recuerda esta casa? —Él la miró con gesto interrogativo y Peggy continuó—: Al último año que pasé en París, la época en la que compraba un cuadro casi al día, tuve la suerte de poder vivir en el piso de la novia de Yves Tanguy.

—¿Ah, sí? ¿En casa de Kay Sage?

—Sí, exacto. En la Île Saint-Louis, justo detrás de Notre Dame, en el séptimo piso. Una mansarda que también tenía terraza. Era preciosa. Desde la cama podía ver en el techo los reflejos de la luz del Sena y cuando me sentaba en la terraza, Notre Dame casi se podía alcanzar con la mano. Estuve muy a gusto allí. —Hizo una breve pausa—. Y ahora esta casa… Es perfecta, ¿no te parece? —Lo rodeó con el brazo—. Esta habitación podría ser tu estudio. Y cuando haga buen tiempo, podrás poner el caballete en la terraza. Harás tu famoso plato de curri en la cocina y luego nos sentaremos a comerlo fuera, disfrutando de las vistas.

Max le rodeó la cintura con el brazo.

—Desde aquí se puede ver Manhattan en toda su longitud hacia el sur —dijo en voz baja—. De noche, con las luces, tiene que ser todo un espectáculo. Sí, me veo viviendo en esta casa contigo. Creo que hemos encontrado nuestro domicilio Ernst-Guggenheim.

Se arrimó a él. Por primera vez desde su regreso, se sintió tranquila por completo. Estaba feliz.

22

—PEGGY, ¿POR QUÉ tienes que comprar siempre el whisky más barato? —retumbó la voz de Gypsie Rose Lee desde el salón en la espaciosa cocina.

Peggy no se tomó a mal el comentario de su amiga.

—Si no bebierais todos como esponjas, a lo mejor podría permitirme comprar uno más caro. —Abrió el horno y sacó dos rollos de carne picada. Max meneaba con la cuchara una cazuela grande con curri; en otra hervían a fuego lento unos frijoles a la mexicana. Estaban en plena fiesta de inauguración. En el marco de la puerta aparecieron Yves Tanguy y André Breton.

—*Ma chère* Peggy —resonó la voz de barítono de Breton—, como no saques pronto algo de comer, vamos a caer todos como moscas.

—¿Qué tal si echaras una mano en lugar de beber sin parar, querido amigo? —replicó Max—. Toma, remueve esto. Yo voy a ir sacando los platos.

Breton se abrió camino perezosamente hacia el fogón, se llevó la cuchara a la boca y dio un respingo.

—¡Maldita sea, esto está hirviendo!

Tanguy se le había acercado.

—Déjame a mí también.

—Como los niños pequeños. —Peggy meneó la cabeza—. Sí seguís así, nunca os convertiréis en adultos.

—¿Por qué hemos de convertirnos en adultos? La madurez está sobrevalorada. —Breton soltó una risita—. Decididamente, este curri ya está listo. Voy a ver si quedan suficientes bebidas. —Dejó a Tanguy plantado con la cuchara de madera y Peggy volvió a menear la cabeza mientras lo seguía con la mirada.

Confiaba en que hubiera comida suficiente para todos. Habían ido tantos… Buenos amigos como Gypsie Rose Lee, Howard Putzel y Laurence. A estos se añadían muchos artistas. Además de Breton y Tanguy, estaban Roberto Matta, Chagall y Léger, y también Piet Mondrian, Amédée Ozenfant y Kurt Seligmann. Incluso el hijo de Peggy, Sindbad, al que apenas veían desde que había empezado a estudiar en la Universidad de Columbia, había tenido el detalle de asistir. En resumidas cuentas, la casa estaba llena, el whisky corría a raudales y, de repente, a todos les entró el hambre. Cuando Peggy, Max y Jimmy llevaron por fin las cazuelas al salón, todos prorrumpieron en gritos de júbilo.

Al cabo de un rato, los primeros en terminar empezaron a llevar los platos a la cocina, y el pintor Piet Mondrian se acercó a Peggy y la agarró del hombro como un viejo amigo.

—Un curri realmente exquisito.

—Pues tienes que agradecérselo a Max. El curri es su especialidad. —Mondrian miró ensimismado a su alrededor—. Qué casa tan bonita habéis encontrado. Es perfecta para los cuadros.

Hizo un gesto que abarcaba todo el gran espacio. Encima de un escritorio, que Jimmy utilizaba durante el día para su trabajo, colgaba la *Mujer sentada* de Miró. Fernand Léger había tomado asiento, sin duda a propósito, bajo su propia obra *Hombres en la ciudad*, y frente a Peggy y Piet colgaba el *Paisaje con punto rojo* de Kandinsky. Breton, sentado junto al *Pájaro en el espacio* de Brancusi, estaba en ese momento acariciándolo amorosamente.

—Luego tendrás que sacarle brillo otra vez —le dijo Peggy en broma, y Breton retiró la mano fingiendo un sobresalto.

—He oído que quieres utilizar vuestra casa también como museo y dar a conocer la colección al público. Buena idea. El espacio es el ideal.

A Peggy se le entristeció la cara sin que pudiera remediarlo.

—Ay, Piet, has tocado mi punto débil. Nuestro casero dice que la casa solo se puede utilizar como vivienda. No como un lugar público. Estoy furiosa.

—¿Y qué vas a hacer ahora? ¿Conformarte?

—¿Yo conformarme con algo? ¡Ya me conoces! —Piet sonrió y Peggy continuó—: Ya he escrito una carta al Departamento

Municipal de la Vivienda y he presentado una solicitud para utilizar la casa como museo. Ahora estoy esperando la respuesta.

Piet suspiró con elocuencia.

—En tal caso, te deseo mucha suerte. Por cierto, ¿dónde se han metido todos? —Peggy miró a su alrededor. Salvo Breton y Jimmy, que estaban sentados ante el escritorio del joven, no quedaba un alma en el salón. Sin embargo, se oía la música que llegaba de un piso de arriba.

—Tienen que estar en el cuarto piso. Max tiene un fonógrafo en su estudio.

Mondrian se puso de pie.

—Entonces vamos para allá. La música siempre sienta bien.

Cuando llegaron arriba, encontraron a los demás en la gran azotea a la que daba el estudio de Max. Algunos ya estaban bailando. Mondrian le ofreció la mano.

—¿Me concede el honor, señora Guggenheim?

Peggy hizo una pequeña inclinación.

—*Monsieur le peinteur*…

Apenas hubo terminado la canción, la cogió de la mano Chagall, y luego Kurt Seligmann, que la llevó por toda la azotea dando pasos de baile un poco rígidos, pero impecables. Hacía una noche inusualmente bochornosa para la estación del año y las numerosas luces del *skyline* neoyorquino parecía que parpadeaban. No paraban de poner un disco tras otro. De repente atronó la voz de Breton en la azotea.

—¡Peggy, *mon Dieu*! ¿Qué es esto que he encontrado? —Todos se detuvieron y también ella lo miró con curiosidad. Breton sostenía en lo alto un grueso fajo de hojas mecanografiadas—. ¿Qué es lo que tengo en la mano? ¿Me lo puedes explicar?

—¡André, oh, no, ten cuidado con eso! Es el manuscrito de mi catálogo. Ya sabes, el catálogo de mi colección. ¡Me ha costado muchísimo trabajo!

—¿No lo estarás diciendo en serio? —vociferó Breton—. Esto no es un catálogo; esto es la mortaja de nuestro movimiento surrealista. Escuchad esto. —Carraspeó y se puso a leer en voz alta—: «Amédée Ozenfant es un pintor cubista francés y uno de los fundadores del movimiento purista. Nació el 15 de abril de 1886 en Saint-Quentin, en Francia...».—Se interrumpió y lanzó a Peggy una mirada de indignación, que era fingida solo a medias—. Peggy, tú no eres una de esas que colecciona arte solo como un pasatiempo, sin que en realidad le interese lo más mínimo. Al contrario. ¡Tú eres de los nuestros! ¡Tú vives el arte! Y cuando tienes un cuadro nuevo que te emociona, eres la primera a la que se le pone la carne de gallina. Sin embargo, en los textos de este catálogo no hay nada de eso. Nada de carne de gallina. Más bien parecen las entradas de una enciclopedia. —Se interrumpió cuando en el cielo centelleó un relámpago seguido del estruendo de un trueno.

Peggy aprovechó la oportunidad para tomar la palabra.

—Así que, según tú, tengo que escribir de modo que, al leerlo, se le ponga a uno la carne de gallina. ¿Lo he entendido bien? —Se echó a reír.

—Exactamente a eso me refiero —bramó Breton satisfecho—. Ya verás como entre todos lo conseguimos. —Se acercó a paso rápido a la barandilla de la azotea. Antes de que nadie sospechara lo que se proponía hacer, alzó en el aire el montón de hojas y gritó en medio de la oscuridad—: ¡Oh, Nueva York! ¡Ahora comprobarás cómo somos en realidad los espíritus libres! Pero no así, porque este catálogo es... —inspiró profundamente— ¡Catastrophique!

Dicho lo cual, arrojó por encima de la barandilla el montón de papeles. Las hojas fueron atrapadas por el viento, se arremolinaron, dieron vueltas de acá para allá y, por último, fueron cayendo lentamente al suelo. Se alzó un griterío. Unos se asustaron, otros se entusiasmaron. Entonces cayeron las primeras gotas.

—Preparaos para recogerlas. Preparados, listos, ya... ¿Qué pasa? ¡Abajo todo el mundo! —gritó Breton.

Los invitados se pusieron en marcha. Por suerte, en la calle, que terminaba cincuenta metros más allá, en el East River, no había tráfico. Se dispersaron. A causa del viento, las hojas habían salido volando en todas las direcciones y la posibilidad de volver a encontrarlas todas era mínima. No obstante, se pusieron a buscar con entusiasmo. Aquello era absurdo, surrealista, un juego nuevo y excitante, muy de su gusto. Y cada nueva hoja hallada la celebraban con gran regocijo. De nuevo había cesado la lluvia y, aparte de los gritos, reinaba un extraño silencio. Pero de repente otro rayo iluminó el cielo. Le siguió un trueno ensordecedor y, en cuestión de segundos, empezó a llover a cántaros. Cada vez gritaban con más fuerza.

—¡Seguid buscando! —ordenaba Breton con rigor, y, para asombro de Peggy, todos lo obedecían.

Al cabo de un cuarto de hora, cuando dejaron de aparecer hojas nuevas, Breton retiró la orden.

EN CASA TODOS se despidieron al mismo tiempo. De pronto, les entró prisa por llegar a su hogar. También Jimmy se marchó, y Pegeen desapareció en su habitación.

Cuando el último invitado abandonó la casa, Peggy y Max se apresuraron a subir las escaleras. Él abrió la puerta del dormitorio de un tirón, Peggy lo siguió y luego dio un portazo tras ella. Al verse tan empapados de arriba abajo, a Peggy le dio un ataque de risa. Ni siquiera ella sabía por qué, pero no podía parar de reírse. Max la secundó soltando una sonora carcajada.

Una vez que se calmaron, ella le cogió la cara con las dos manos y le dio un tierno beso.

—Hola, mi querido espantapájaros. —Le retiró un mechón mojado de la cara—. Vaya nochecita, ¿eh?

Dio media vuelta, se acercó a la cama y se quitó el jersey mojado. Se llevó las manos a la espalda con la intención de soltarse el sujetador. No se había dado cuenta de que Max estaba detrás de ella.

—Déjame hacerlo a mí. —Con sumo cuidado le desprendió el sostén de la piel mojada y lo dejó caer al suelo. Acarició con las manos suavemente la piel de Peggy, exploró con ellas el vientre y continuó un poco más abajo. Ella sintió sus labios en el hombro.

—Max…

Se volvió y, con las manos enterradas en su pelo, lo atrajo hacia sí y hacia la cama. Deslizó los dedos bajo la camisa empapada y le acarició la espalda húmeda y caliente. A continuación le dio un beso largo y apasionado.

23

—¿Mamá? —Pegeen asomó la cabeza por la puerta. Su madre estaba sentada a la gran mesa de la cocina mientras tomaba café y leía el periódico. Cuando alzó la mirada, Pegeen, con una mirada muy elocuente, le enseñó un sobre.

—Estaba en el buzón.

Peggy cogió la carta. Era del Departamento Municipal de la Vivienda. Sin duda alguna, la respuesta a su solicitud para poder utilizar Hale House como museo. Peggy dejó el sobre encima de la mesa. Había llegado el momento de la verdad. Su hija se apoyó en la cocina y la miró expectante.

—¿Y bien? ¿No quieres saber lo que pone?

Peggy le lanzó una breve mirada, luego rasgó el sobre y leyó el contenido de la carta. La cara se le tiñó de un rojo encendido, luego hizo una pelotilla con la carta y la arrojó contra el aparador.

—¡Qué burgueses, qué ignorantes!

Se levantó, fue corriendo a la escalera, la subió de dos en dos peldaños hasta el cuarto piso y abrió intempestivamente la puerta del estudio de Max. Este se volvió sobresaltado. La pintura del pincel salpicó en el suelo.

—Dios mío, Peggy, ¿qué pasa? —Contrariado, se cercioró de que ninguna salpicadura hubiera ido a parar al nuevo cuadro.

—El Departamento de la Vivienda ha rechazado mi solicitud —soltó Peggy de sopetón—. No hay nada que hacer. No nos permiten utilizar Hale House como un museo para mi colección.

Max se volvió de nuevo hacia ella; la expresión de su cara era completamente neutral.

—Peggy, ¿de verdad contabas con que la ciudad cambiara sus reglas porque tú se lo pidieras?

Ella arqueó las cejas extrañada.

—¿Por qué no?

Max soltó una breve risita.

—Esa debe de ser la diferencia entre tú y yo. Yo no espero que los demás pongan todo patas arriba por mí, pero, claro, yo no soy un Guggenheim.

Peggy lo miró enfadada.

—¿A qué viene ahora eso? Puedes ahorrarte tu sarcasmo.

—Peggy, ahora no, te lo pido por favor. Estoy trabajando.

—Siempre estás trabajando. Pero si yo te importara algo, sabrías cómo me siento ahora mismo y me dedicarías un par de minutos. A ti el museo parece que te es indiferente.

—Está bien. Pues hablemos. —Max metió el pincel en un bote lleno de aguarrás y lo removió con tanta fuerza que el líquido se desbordó.

—He hablado de un par de minutos. No he dicho que tengas que dejar de pintar.

—Las cosas no son siempre como tú las imaginas —respondió en tono seco, sin mirarla—. Podría haber trabajado un par de minutos más antes de acudir a la cita que tengo para almorzar. Pero da igual; hablemos.

—¿Con quién has quedado para comer? —preguntó Peggy.

—Con Leonora.

Sorprendida, guardó silencio.

—¿Supone eso también un problema?

—No, claro que no. Solo que no me habías dicho nada. —Adoptó un tono de voz a la defensiva, que respondía exactamente a como se sentía.

En las últimas semanas, Max había visto varias veces a Leonora. Iban a pasear juntos o quedaban para el almuerzo. Y tampoco habría tenido demasiada importancia si no hubiera sido por las dudas que siempre la asaltaban. ¿Realmente iban solo a pasear? Y, cuando se reunía con Leonora, ¿se lo contaba siempre? En una ocasión, Peggy se lo preguntó a bocajarro, pero aparte de una bronca, no consiguió nada más. Max le reprochó que quería controlarlo.

Aquello había sido muy desagradable. Y eso que en las últimas semanas las cosas habían ido muy bien entre ellos. Durante una fracción de segundo le acudió a la memoria la noche de la fiesta de la inauguración.

Respiró hondo.

—No supone ningún problema. Pero ¿sabes una cosa? Hablemos esta noche con calma sobre el museo. Yo misma tengo que poner antes orden en mis pensamientos. —Dio media vuelta y dejó a Max plantado.

Por si acaso Leonora se pasaba a recogerlo por Hale House, como ya había hecho otras veces, ella no quería estar en casa. Y menos ese día.

Peggy cogió el abrigo del perchero y se puso unos zapatos cómodos. No tenía ni idea de adónde quería ir, pero ya se le ocurriría alguna ocupación.

La puerta se cerró a su espalda y ella exhaló un suspiro de alivio. El aire era fresco y olía a mar, a gasolina y a carbón. Las gaviotas sobrevolaban el East River entre chillidos. Por instinto giró hacia la derecha. En la esquina de Beekman Place y la Calle 50 había un bar, el Ruby's. Tomaría solo una copa para tranquilizarse. Luego deambularía por las calles sin rumbo fijo o iría a visitar a Howard Putzel.

El interior del bar tenía poca iluminación. Se sentó junto a la barra de madera gastada pero bien pulida. Aparte de ella, solo había otros dos clientes sentados a una mesa un poco apartada, que no repararon en su presencia. La mujer del bar le daba la espalda mientras ordenaba las botellas que había delante de un gran espejo.

—¿Oiga? —preguntó Peggy al cabo de un rato.

—¡Hola! —obtuvo por respuesta—. Un momento, por favor. —Cambió de sitio otras dos botellas mientras Peggy la miraba con curiosidad. Era delgada y tenía el pelo muy negro y ondulado. Tendría unos cuarenta y tantos años. En ese momento se volvió y esbozó una sonrisa tan breve que Peggy se preguntó si habían sido imaginaciones suyas.

—¿Qué va a ser?

—Un *gin-tonic*, por favor.

La mujer de ojos oscuros se la quedó mirando.

—¿No es un poco temprano para eso?

—Esto es un bar, ¿no? Y además está abierto. —La voz de Peggy tenía un tono divertido.

La mujer se encogió de hombros.

—Es que se me ha ocurrido pensar que usted no tiene pinta de beber por las mañanas.

—Y no lo hago de forma habitual, solo que hoy he recibido una mala noticia. Eso es todo. —Tomó el *gin-tonic* que le sirvió la camarera y esperó a la pregunta que le haría a continuación. Pero la mujer no preguntó nada—. Desde hace poco tiempo vivo en esta zona, en Hale House. Confiaba en poder exponer ahí públicamente mi colección de arte, pero la ciudad no me lo permite. —Ni la propia Peggy sabía por qué le contaba eso a una desconocida. Esta sacaba brillo a los vasos sin alzar la vista. ¿La estaría escuchando siquiera?—. En otra ocasión también me propuse abrir un museo. Hace un año, en París. —La camarera alzó un instante la vista—. Incluso ya tenía alquiladas las salas. Un sitio muy romántico, en la Place Vendôme. Era perfecto. Pero entonces llegó la noticia de que las tropas de Hitler marchaban sobre Noruega. En fin, a decir verdad, tendría que haber sabido que es imposible inaugurar un museo en Europa en plena guerra. Pero tenía tantas ganas… Y ahora que creía poder hacerlo aquí, en Nueva York, me encuentro con que tampoco puedo.

Se interrumpió y miró hacia la camarera, que entretanto se había apoyado en el aparador y la observaba en silencio. Justo cuando Peggy daba por descontado que no la había escuchado, la mujer dijo:

—Siempre que se cierra una puerta se abre otra.

Peggy hizo un gesto desabrido.

—En mi caso, desde luego que no. Mire donde mire, solo veo puertas cerradas.

La camarera alzó extrañada las cejas. Luego se encogió de hombros y se volvió de nuevo a los vasos. Peggy sintió que se ruborizaba. Lo que acababa de decir era realmente un disparate. En Europa morían personas a diario, la vida de la madre de Jimmy corría peligro y ella estaba allí sentada a mediodía en un bar, tomándose un *gin-tonic* y hablando de su museo.

—A veces no digo más que disparates —dijo a modo de disculpa.

La camarera le lanzó una mirada y sonrió un instante. A Peggy le pareció que tenía una sonrisa bonita e inusual.

—¿Por qué tiene que vivir incondicionalmente en su museo? —preguntó de repente.

Peggy la miró asombrada.

—No la entiendo. ¿Y por qué no?

—Era solo una opinión. A mí me suena a que no se toma su proyecto demasiado en serio.

—¿Cómo dice? —Peggy se quedó sin habla.

—Puedo equivocarme también —dijo la mujer—. Pero si usted solo concibe su museo como un apéndice de la vivienda, a mí eso me suena a un *hobby*. ¿Acaso tiene miedo de que pueda convertirse en algo más? Me refiero a un museo de verdad, con todos los papeles en regla.

Peggy se quedó tan consternada que guardó silencio. Nunca había contemplado sus planes desde aquella perspectiva. Se quedó pensativa. ¿Por qué no se le habría ocurrido a ella esa idea? Un verdadero museo autónomo e independiente para su colección, pero quizá también para algo más. Para exposiciones itinerantes, para ofrecer su propio programa. Podría dejar su impronta personal. En lugar de dedicarse a ridiculizar el museo de su tío, tendría la oportunidad de hacer algo por su propia cuenta. Nada de *hobbies* ni pasatiempos. Un museo que diera un vuelco al mundo del arte.

Peggy apuró el último trago del *gin-tonic* y le sonrió a la mujer.

—¿Sabe una cosa? Me ha sido de gran ayuda. ¿Qué le debo?

—¿Por la ayuda o por el *gin-tonic*? —La mujer esbozó una sonrisa de medio lado.

—Por las dos cosas. —Peggy le devolvió la sonrisa.

—La primera copa corre por cuenta de la casa. Lo otro… ya se verá.

—Hecho. —Peggy se levantó y se volvió, pero, cuando estaba llegando a la puerta, se detuvo de nuevo.

—Por cierto, ¿cómo se llama usted?

—Trish.

—¿Trish a secas?

—Trish a secas.

Peggy asintió con la cabeza y abrió la puerta. Fuera, el cielo estaba nublado y se había levantado viento. ¿Adónde dirigiría sus pasos? A casa todavía no tenía ganas de ir. Una ráfaga sopló desde el East River. Se retiró un mechón de pelo negro de la cara y se lo sujetó. De repente, supo lo que quería. A paso veloz enfiló la Primera Avenida e hizo señas a un taxi. En Madison Square había otra gran agencia inmobiliaria. Allí, en Nueva York, en alguna parte, se hallaba su propio museo. Solo tenía que encontrarlo.

24

Era última hora de la tarde. Jimmy había pasado todo el día en Hale House sentado al escritorio mientras trabajaba en el catálogo de Peggy. Entró en su antiguo lugar de trabajo, el Museo de Arte Moderno. Alfred Barr lo había llamado por teléfono para comunicarle que había llegado una carta para él. El chico supo enseguida de quién era la misiva. Le había dado la dirección del MoMA a una sola persona: a su madre. Así podía estar seguro de que sus cartas le llegarían siempre, pese a sus continuos cambios de alojamiento. Llamó nervioso a la puerta del despacho de Alfred Barr.

—¡Adelante!

Jimmy entró. Barr se levantó, se acercó a él y le dio unas palmaditas en el hombro.

—Hola, Jimmy. Vaya, has venido volando, ¿eh?

—Pues sí.

Barr se volvió y sacó un sobre del cajón de las cartas.

El joven cogió la carta. Tenía la letra de su madre. El corazón le latía hasta en la garganta.

—¿No quieres leerla?

—Sí, sí… —Miró a Barr—. Voy al museo. —Dio media vuelta y salió del despacho. El hombre lo observó sonriente, pero en sus ojos se reflejaba la preocupación.

Las grandes salas de exposición del museo estaban casi vacías. Solo un puñado de visitantes se repartían entre las estancias discretamente pintadas de blanco. Al principio, Jimmy no sabía adónde ir. Lo único que quería era estar solo. Recorrió varias habitaciones sin rumbo fijo y, de repente, se detuvo. Ante él colgaba la *Noche estrellada*, de Van Gogh. Sus tonos azules oscuros reverberaban ante el fondo de la pared blanca. Las estrellas, la luna, el aire: todo estaba en movimiento. Desde que el museo había comprado aquella pintura, unos pocos meses antes, Jimmy había ido a verla muchas veces. No, el cuadro no mostraba solo un cielo estrellado. Era como si todo el universo se cerrara en torno al observador, como si lo envolviera protegiéndolo. Jimmy miró a su alrededor. No se veía a nadie. Se sentó en el banco. Allí leería la carta, ante ese cuadro de un cielo estrellado en Francia, como el que tal vez estuviera contemplando su madre en aquel preciso momento.

Pasaron varios minutos sin que pudiera apartar la vista de ese azul tan profundo. Solo cuando se sintió más tranquilo echó un vistazo al sobre. Dio varias vueltas con cuidado a la carta medio destrozada. Era evidente que la habían abierto y vuelto a cerrar varias veces. Habían arrancado el nombre de la remitente, Lou Straus. Solo la localidad, Manosque, se podía descifrar todavía. El papel estaba sucio y reblandecido, enviado desde una Europa cada vez más oscura de la que no salía ni una palabra sin ser previamente censurada. Jimmy tenía la sensación de que, en ese momento, dos lugares que no podían ser más diferentes estaban entrelazados el uno con el otro: la Francia conmocionada por la guerra y Nueva York, esa metrópoli vibrante y sedienta de vida. Aquello tenía algo de irreal. Jimmy se acercó el sobre a los ojos. La fecha del matasellos tampoco se podía descifrar.

Por último, hizo acopio de valor. La cinta adhesiva con la que habían cerrado de nuevo el sobre se había desprendido por un lado. Extrajo la hoja de papel doblada. Su mirada recayó en la fecha y se llevó un disgusto. Su madre había escrito la carta hacía meses. Jimmy sabía lo que eso significaba. Le contara su madre lo que le contara en la carta, a esas alturas habría sido tal vez suplantado por otra realidad distinta por completo. Empezó a leer.

> Mi querido Jimmy:
> Sé que ante todo te gustaría saber qué tal me va y cómo están las cosas para mi posible viaje. Por desgracia, no hay ninguna novedad. Una y otra vez me dicen en el consulado de Marsella que se está tramitando el visado y que en breve lo recibiré, pero luego todo se queda en nada. En fin, yo mis cosas ya las tengo empaquetadas.

Pienso en ti y en la suerte que tengo, pues sé que mi hijo me está esperando. Eso es mucho más de lo que pueden decir otros de sí mismos, otros que ni siquiera saben adónde ir. Mires hacia donde mires, reina el miedo, que lo desfigura todo y a todos hasta tal punto que uno solo ve muecas a su alrededor. La gente está como poseída, pero yo intento no dejarme contagiar. Ya me conoces y sabes que mi fe en las cosas buenas es inquebrantable, y aún lo sigue siendo. Hace poco me subí a un monte cercano al pueblo. Todos me tomaron por loca, pero es que yo soy así. Siempre tengo que encontrar nuevos caminos, dar la vuelta a cada piedra y asomarme a ver qué hay detrás de la siguiente cumbre. Sigo siendo tan curiosa y aventurera como siempre. Eso no me lo puede quitar nadie. Y me alegro de que pronto podré compartir contigo mi próxima aventura en ese país nuevo al que en realidad no quiero ir, pero del que cuentas tantas cosas buenas. A ti te va bien allí. Te tratan con respeto, y eso para mí es lo más importante. Guarda esta carta como una prueba de que pronto volveremos a vernos. No debes perder la fe. Eso me lo tienes que prometer.

Besos de tu madre

Jimmy leyó la carta una segunda y una tercera vez. Luego la puso a su lado en el banco y de nuevo se sumergió en la *Noche estrellada,* de Van Gogh.

No sabía cuánto tiempo llevaba allí sentado cuando de repente oyó unos pasos que se acercaban. Miró a su alrededor irritado. Era Alfred Barr.

—Ah, estás aquí. —Se sentó a su lado en el banco. Durante un rato los dos guardaron silencio. Luego dijo Barr con precaución—: Estás muy pálido. ¿Hay novedades?

Jimmy se retiró de la frente un mechón de pelo oscuro.

—Mi madre… —Se interrumpió, cogió la carta y se la pasó. Hasta hacía poco había sido su jefe. No obstante, siempre había notado que le tenía simpatía y sabía que Barr siempre había salido en su defensa cuando otros empleados del MoMA lo habían tratado con desprecio. Se fiaba de él—. Puede leerla si quiere.

Los ojos del hombre volaron por los renglones. Luego le devolvió la carta a Jimmy, se quitó las gafas y las limpió. No quería que el joven viera lo afectado que estaba. El optimismo inquebrantable de esa mujer, cuya situación empeoraba de una semana para otra, era admirable, pero sospechaba que a Lou Straus le costaba un esfuerzo sobrehumano mantener esa actitud. Su exhortación a que Jimmy no perdiera la fe en que volverían a verse obraba como una fórmula mágica destinada tanto a ella como a su hijo.

—Tu madre es una mujer muy fuerte —dijo al fin.

Jimmy asintió.

—Tengo miedo de que sea precisamente su optimismo lo que pueda suponer su perdición. —Barr no dijo nada y Jimmy continuó en voz baja—: Todavía recuerdo la última vez que vi a mi madre. Le imploré que me siguiera tan pronto como fuera posible.

—¿Y ella qué dijo?

El joven se encogió de hombros.

—Lo de siempre: «Algún día quizá, pero no ahora... Probablemente no sea necesario... Es imposible que las cosas sigan como están en este momento...». —Hizo un gesto de desánimo.

—Hacemos todo lo posible por traer aquí a tu madre.

—Lo sé. —Jimmy asintió con debilidad—. Y les estoy muy agradecido. Peggy me ha asegurado que en cuanto reciba el visado no tendrá ninguna dificultad de tipo económico. El transporte y otros gastos, todo está cubierto. La empresa de su tío ha hecho valer su influencia en el Departamento de Estado. Sin embargo, en Francia no se mueve nada. Es como si un brazo largo se extendiera desde Nueva York, cruzara el Atlántico y se encontrara una y otra vez con el vacío. Mi padre no habla mucho de eso, pero yo sé que se hace muchos reproches al respecto.

—¿Max se hace reproches? Pero ¿por qué?

—Creo que es por la historia del visado. Cuando mi padre se vio obligado a solicitarlo, le ofreció a mi madre volver a casarse con ella, contraer un matrimonio ficticio. Entonces habrían podido viajar los dos con un visado de pareja. Pero mi madre no quiso. Puede ser muy testaruda y pensó que ya se las apañaría ella sola. Y ahora Max se siente culpable por no haberle insistido más.

Alfred Barr metió la mano en el bolsillo de su chaqueta y le enseñó a Jimmy una concha partida. El joven sonrió y cogió con sumo cuidado las dos mitades.

—Esta es la concha que me mandó mi madre hace dos años por mi cumpleaños y que se partió en el camino.

—Sí —dijo Barr—. Tú me la regalaste a mí para darme las gracias por mis esfuerzos por traerla para acá. Pero me parece que debes conservarla tú. Así lo quería tu madre. Ella la encontró y pensó en ti. Debía ser como un símbolo para ti.

Jimmy se limitó a asentir con la cabeza. Aunque llevaba mucho tiempo sin acordarse de la concha, ahora le alegraba poder recuperarla. Colocó las dos mitades juntas. La concha se había partido limpiamente en dos; no faltaba ni un trocito. ¿Y si eso también era un símbolo? ¿Se juntarían él y su madre algún día como las dos partes de esa concha? No; para ser sincero, él solo veía añicos. Europa estaba rompiéndose en mil pedazos a la vista de todos.

25

—Los surrealistas queremos cambiar el mundo, ¿o no, Max?
—Breton estaba tumbado en uno de los dos sofás del salón con las páginas que quedaban del catálogo entre las manos. El papel ya se había secado, pero seguía arrugado y la letra se había borrado en muchos sitios. Un recuerdo de la tempestuosa noche de la inauguración.

—Mmm —se limitó a decir Max. Solo Peggy sabía lo que eso significaba. Para Max era más importante su pintura que el movimiento surrealista, aunque su relación con Breton se hubiera vuelto a estrechar desde que compartían el exilio americano.

—Cambiar el mundo —repitió Breton—. Nadar a contracorriente, no ser gregarios, sino distintos, incómodos. Si solo podemos alterar el puritano sistema social mediante escándalos, así lo haremos. —Se incorporó, dejó las páginas del catálogo en la mesita de delante del sofá y dio un sorbito de whisky. Fuera, la lluvia de noviembre azotaba las ventanas, pero dentro hacía calor; Max había encendido la lumbre en la descomunal chimenea—. El surrealismo, Peggy, tiene siempre algo de político. Nosotros somos la alternativa a las armas y a los dictadores. Somos la libertad absoluta, la individualidad, la desobediencia civil. Eso es lo que debe expresar tu catálogo. No se trata solo de biografías y descripciones.

—Eso sí lo entiendo —lo interrumpió Peggy—. Pero ¿cómo te lo imaginas?

—El catálogo tiene que ser más personal —dijo Breton.

Ella se puso a reflexionar.

—Podría intentar que los propios artistas tomaran la palabra y explicaran qué quieren, qué los impulsa, de qué fuentes extraen su fuerza.

—¡Exacto! —dijo Breton—. Eso es.

Peggy se echó a reír.

—Pues estupendo. Empecemos ahora mismo. Max, ¿de qué fuentes extraes tu fuerza?

Este esbozó una sonrisa burlona.

—De los maravillosos sándwiches de pastrami de la cafetería de la esquina.

Breton arrugó enfadado el entrecejo. Cuando se trataba del movimiento surrealista, no estaba para bromas.

—No me tomáis en serio —despotricó—. De acuerdo, podéis prescindir perfectamente de mi ayuda.

—¡Por Dios, André, no! —intervino enseguida Peggy—. Yo aprecio mucho tus sugerencias. Pero párate a pensarlo. Aunque quisiera recoger en el catálogo las opiniones de los artistas, ¿de dónde las iba a sacar? Algunos de ellos están aquí, en Nueva York. Pero ¿y los otros?

—Por suerte me tienes a mí —respondió orgulloso Breton—. Ya he estado investigando un poco en los archivos del MoMA. Tienen casi todas las revistas y los catálogos surrealistas. Deberías estarme agradecida. No ha sido nada fácil acceder a ellos.

—¿Por qué no?

Breton sonrió con malicia.

—El archivo está en el cuarto piso. Pero el chico del ascensor no quería llevarme hasta arriba.

—¿No lo habrás ofendido con algo? —indagó Max.

—No, qué va. Sencillamente le pedí que me llevara al *quatrième étage*.

Peggy soltó una carcajada.

—Pobrecillo. ¿Por qué haces eso? Seguro que el chico no había oído en su vida una palabra en francés. Y de repente se encuentra con André Breton en persona.

También a este le dio la risa.

—*Quatrième étage*… No veo por qué tiene que ser tan difícil. Pero cuando me ha mirado con los ojos aterrados, se me ha ocurrido una idea maravillosa. —Breton abrió la cartera de piel marrón que tenía junto al sofá y sacó varias revistas surrealistas. Las estuvo hojeando un rato y luego señaló una foto de André Masson.

—He aquí a nuestro amigo André. ¿Qué os llama especialmente la atención en esta foto?

A Peggy no se le ocurrió nada.

—¿Los ojos tal vez?

Breton se golpeó el muslo.

—¡Exacto! La mirada intensa. Lo individual de todo rostro. Y por eso cada opinión deberíamos acompañarla de una foto, solo los ojos del artista. Los ojos que ven el mundo y luego lo convierten en algo nuevo. ¿Qué os parece?

—¡Una idea magnífica! —exclamó Peggy—. Solo espero que encontremos las fotos apropiadas para todos los artistas de mi colección. A los que viven aquí se las sacaré yo misma. ¿Sabéis con quién voy a empezar? Con Piet Mondrian. Como ya me ha invitado a su casa, aprovecharé la ocasión.

—*Magnifique!* Me alegro de oírlo. —A Breton se le puso una cara radiante de alegría y también Peggy sonrió satisfecha. André tenía razón. Hasta entonces su catálogo era un dechado de aburrimiento. De repente, también ella ardía de pasión por el proyecto.

—Y yo diseñaré la portada, ¿qué te parece? —Max miró a Peggy.

Esta se levantó y se sentó muy cerca de Max en el sofá. Se arrimó a él, lo cogió del brazo y dijo:

—Fantástico. ¿Tienes ya alguna idea?

Max esbozó una sonrisita.

—No, pero ya se me ocurrirá algo.

Breton se echó a reír.

—¿Cómo que ya se te ocurrirá algo? ¡Echémosle una mano ahora mismo! —Fue al escritorio, sacó papel y lápiz, y puso las dos cosas en la mesita baja, delante de Max—. El arte nace de la espontaneidad.

Max cogió el lápiz, pero luego dudó un momento y se lo dio a Peggy.

—Hagamos un pequeño experimento —dijo—. Peggy, tú sujetas el lápiz y yo pongo la mano sobre la tuya. Cerramos los ojos y nos imaginamos algo.

—¿Algo concreto?

—No, nada concreto. Formas, colores, sentimientos. Imagina cómo te sientes en este momento. ¿Qué aspecto tienen esos sentimientos? ¿De qué colores son? ¿Qué formas presentan? Yo haré lo mismo. Luego, sencillamente, movemos el lápiz al mismo tiempo. Muy muy despacio. Cada uno puede parar al otro en cualquier momento o cambiar de dirección, y al final veremos lo que sale.

Peggy puso el lápiz sobre la hoja de papel, cerró los ojos y sintió la mano delgada de Max, que rodeaba la suya. Procuró no pensar en nada y se concentró solo en el lápiz y en el calor que irradiaba la mano de él.

—¿Cómo te sientes? —dijo Max en voz baja.

—Blanda… y cálida. —La respuesta fue espontánea.

De forma apenas perceptible, Max aumentó la presión sobre la mano de Peggy y ella movió el lápiz por el papel. Quería hacer una forma redonda. Blanda y tierna, tal y como se sentía en ese momento. De pronto, notó de nuevo la presión de la mano de Max, que llevaba la suya en otra dirección. Así continuaron un rato. Unas veces era ella la que dirigía la línea y otras él. Luego, de repente, él le soltó la mano y ella se detuvo, todavía con los ojos cerrados.

—Realmente increíble. —La voz pertenecía a Breton.

—¿Ha salido bien? —preguntó Peggy sin atreverse a mirar.

—Mejor que bien. Abre los ojos.

En un primer momento, Peggy no entendió lo que tenía delante. Max le había quitado el lápiz de la mano y estaba añadiendo un par de pequeños detalles al dibujo. Luego reconoció lo que veía: eran tres seres vivos blandos y panzudos, que, o bien se entrelazaban el uno con el otro, o bien se separaban entre sí. Una de las cabezas se asemejaba a un delfín, otra a un pájaro y la tercera a un dinosaurio. El dibujo expresaba intimidad, corporalidad, dinamismo. Era como si las figuras se arremolinaran entre ellas.

Peggy miró a Max. Este sonrió y luego le dio un beso fugaz.

26

P<small>EGGY ESTABA SENTADA</small> al escritorio del salón meditando sobre el catálogo cuando fuera se detuvo una furgoneta. Al principio no prestó atención a los ruidos, pero luego la voz de Max se mezcló con la de otros dos hombres.

—¡Cuidado! No tan aprisa.

Movida por la curiosidad, Peggy se asomó al gran mirador y no dio crédito a lo que sus ojos veían. Entre dos hombres sacaban de la furgoneta un enorme sillón en forma de trono. Su respaldo primorosamente tallado debía de medir unos tres metros de altura. Max se adelantó a ellos. Peggy corrió a la puerta de la casa y abrió justo en el momento en que la llave giraba en la cerradura.

—¿Se puede saber que es esto, Max?

Él rio con malicia.

—Espera a verlo mejor. ¡Un auténtico golpe de suerte! —Peggy hizo sitio a los hombres, a los que les costó mucho esfuerzo meter el sillón por la puerta de la calle.

—Por aquí, señores. Déjenlo aquí mismo. —Max señaló el gran mirador. Los hombres dejaron el sillón en el suelo y, mientras Max los acompañaba a la puerta y les pagaba, Peggy se quedó contemplando aquella buena pieza. El trono tenía un aire victoriano; el tapizado de terciopelo rojo apenas parecía desgastado.

—¿Qué me dices? —le preguntó Max cuando se acercó a ella.

—Parece enteramente un trono. Pero ¿de dónde lo has sacado?

—De una de las tiendas de segunda mano de la Tercera Avenida. Es probable que formara parte del atrezo de un teatro.

—Debí habérmelo imaginado. —Peggy se rio—. ¿Habéis ido Breton y tú otra vez en busca de extraños cachivaches surrealistas?

—Claro, como siempre. Solo que este trono no es ningún cachivache. Venga, di algo. —En la voz de Max había un sincero entusiasmo.

Peggy ladeó la cabeza.

—Mmm, un poco raro, quizá. Pero ¿qué tiene esta casa que no sea raro? Además, delante de la ventana queda muy bonito.

—No solo bonito —dijo Max—. ¡Es perfecto! —Se dirigió hacia el trono y se sentó con cuidado. Acarició con las manos, suavemente, el tapizado rojo de los reposabrazos—. ¿Qué te parece si me dejo fotografiar en él por Berenice Abbott, que vendrá dentro de poco para hacer los retratos?

—No es mala idea. Así sentado, tan erguido como ahora, tienes un aire de lo más regio.

Él hizo como que posaba y Peggy se echó a reír.

—Espera, se me ha ocurrido una idea. —Ella se acercó al fonógrafo, en un rincón de la habitación, y rebuscó entre los numerosos discos. Por fin encontró el que buscaba y lo puso. Sonaron unas notas de piano y luego una voz aguda de mujer. Peggy se sumó al canto:

If I were a Queen,
What would I do?
I'd make you King,
And I'd wait on you.

—¿De quién es eso? —preguntó Max.

—De Ralph Vaughan Williams, un compositor inglés moderno. Lo conozco de los años que viví en Inglaterra. Vamos, baila conmigo.

Max se puso de pie y la atrajo hacia sí, y los dos se mecieron al ritmo lento de la canción. Peggy apoyó la cabeza en su pecho.

If I were a King,
What would I do?
I'd make you Queen,
For I'd marry you.

La canción terminó y se quedaron quietos.

—Max…

Él la miró con un gesto interrogativo. Ella dio un paso atrás, le tomó las manos y lo miró a los ojos.

—Max Ernst. Sé lo que quiero. Y lo sé desde hace tiempo. Te quiero a ti. ¿Quieres casarte conmigo? —Ya lo había soltado, de una manera espontánea, sin haberlo planeado. Pero parecían el momento y el lugar adecuados.

Él la miró con los ojos como platos. Era evidente que la pregunta lo había cogido por sorpresa.

—Peggy… —Desvió nervioso la vista—. Ya he estado dos veces casado y me he jurado a mí mismo no volver a hacerlo. Yo no soy… ¿cómo te lo diría? No soy apropiado para el matrimonio.

A Peggy se le bajó la moral a los pies.

—¿Me estás diciendo que no? ¿Solo porque ya te has casado dos veces? Yo…

—Peggy. —La sujetó por los brazos. Su mirada era implorante—. Por favor… No puedo hacerlo.

Se soltó y echó a correr hacia el pasillo. Sin pensárselo dos veces, cogió el abrigo y salió de casa.

—¡Haz el favor de quedarte aquí! ¿Adónde vas a ir? —oyó que gritaba Max antes de que se cerrara la puerta.

No se detuvo hasta llegar al East River. Se sentía completamente vacía. Había hecho de tripas corazón al proponerle matrimonio y él le había dicho que no. ¿Por qué no se atrevía a volver a casarse? ¿O es que no la quería lo suficiente? Por muy a menudo que se hubiera propuesto no pensar en eso, la idea no se le iba de la cabeza y regresaba una y otra vez. Solo una cosa parecía estar clara: para Max una boda no significaba lo mismo que para ella. Peggy deseaba una confirmación de su amor y que él tuviera la intención de permanecer a su lado más allá de su exilio americano. A él, en cambio, esa idea lo asustaba, lo angustiaba. Las lágrimas se le agolparon en los ojos. ¿Cómo había podido terminar así un momento tan bonito? Y luego, encima, ella había salido corriendo. Se llevó las manos a la cara y dio rienda suelta al llanto.

Se incorporó, se secó los ojos con el dorso de la mano y se sonó la nariz. Pensó en el día que había recibido la mala noticia del Departamento de la Vivienda y en el bar de la esquina, donde se había tomado un *gin-tonic*. ¿Cómo se llamaba la camarera? ¿Trish? Desde entonces no había vuelto por allí. Durante un momento estuvo tentada de ir otra vez al Ruby's, pero luego decidió otra cosa. Se levantó.

En la Primera Avenida tomó un taxi. Cuando poco después se bajó delante de la casa de Howard Putzel, este salía en ese momento por la puerta de su casa con un elegante sombrero en la cabeza y un bastón en la mano derecha.

—¡Howard! ¡Qué alegría verte! —le dijo Peggy—. Dime, por favor, que tienes un poco de tiempo para una vieja amiga.

Él frunció preocupado el ceño.

—¿Qué pasa? ¿No habrás…?

—Va todo bien —se apresuró a responder—. Pero me irá bien un poco de distracción.

—Mmm, ¿qué te parece si damos un paseo por Central Park? Hacia allí me dirigía ahora mismo. Hace buen tiempo.

Como respuesta, Peggy se agarró enseguida de su brazo. Hicieron el recorrido hasta el parque en silencio. Allí los caminos estaban bordeados de hojas de color amarillo, naranja y rojo intenso, y continuamente caían nuevas al suelo. El ramaje, cada vez más pelado, lanzaba destellos plateados al sol otoñal del mediodía. En el parque el aire olía a tierra oscura y a hierba húmeda.

Peggy respiró hondo.

—Ha sido buena idea venir aquí. Yo lo hago con demasiada poca frecuencia.

Se callaron un momento.

—¿Tienes algún problema? —preguntó Howard con precaución.

Ella soltó un suspiro elocuente.

—Ay, Howard, ¿qué quieres que te diga? En realidad, me gustaría no tener que hablar de eso.

—Max. ¿Tengo razón?

Peggy guardó un momento de silencio. Luego dijo:

—Le he hecho una proposición de matrimonio.

—¿Le has hecho qué? —Howard Putzel se paró y la miró medio asombrado, medio divertido—. ¿Eso no lo suele hacer normalmente el hombre?

—¡Venga ya! Como si a ti te importaran las convenciones... Y que a mí no me importan lo sabes desde hace mucho.

La mirada de Howard se entristeció.

—O sea, que ha dicho que no.

—Exacto. Supuestamente, porque ya ha estado casado dos veces y no sirve para el matrimonio. Y claro está admito que esas razones puedan tener cierto peso. No obstante, al final siempre me queda la duda. Dice que me ama y algunos días y semanas todo va como la seda. Pero luego, a veces, se queda tan callado y abismado... Como si fuera un extraño.

—Entonces, ¿no crees que te quiera? —Howard la agarró del brazo.

—Sí, sí, claro que lo creo. Pero en ocasiones es tan inaccesible... Además, todos esos paseos que da... No tengo ni idea de lo que hace todo el tiempo que pasa fuera.

—Peggy, es un artista. Necesita su espacio.

—Ya, tienes razón. Pero de todas maneras... —Su rostro adoptó una expresión obstinada.

Howard sonrió.

—«¿No quiere casarse conmigo?» «Me quiere, pero ¿hasta qué punto?» Tal vez esas preguntas no sean tan importantes.

—¿A qué te refieres? —Peggy se detuvo.

Su amigo tiró de ella para que siguiera andando.

—¿Qué harías si él te quisiera un poco menos que tú a él? ¿Renunciarías a esta relación o te basta con lo que tenéis? Vivís juntos, cocináis, coméis, habláis el uno con el otro. Eres testigo de cómo surgen sus cuadros. Él te ayuda con el catálogo. Y estoy seguro de que a su manera te quiere. Solo que sois muy distintos.

Peggy se paró a pensar un momento.

—No creo que pudiera abandonarlo. Lo quiero de verdad.

—Entonces tienes que aceptarlo como es. Y no darle tantas vueltas a todo lo demás.

Apretó el brazo de Howard.

—Tienes razón. Gracias. Eres un verdadero amigo. —Le dio un beso en la mejilla—. ¿Te acuerdas de cómo nos conocimos en París? —Howard asintió con la cabeza—. Hasta entonces solo nos habíamos escrito, de galerista a galerista, y luego de repente te vi y pensé: «¿Este es Howard Putzel? ¡Ni por asomo!». —Soltó una risita. Él se paró.

—¿Por qué?

Peggy dijo riéndose:

—Te imaginaba muy distinto.

—¿Cómo?

—Bajito, delgado, con el pelo oscuro, un poco encorvado. Una especie de hombrecillo moreno.

—Y en lugar de eso, soy alto, gordo y rubio. —Howard se sumó a su risa y siguieron andando.

—Bueno, y ahora hablemos de cosas más ligeritas. ¿Sabes qué? Justo aquí, debajo de este puente, me caí una vez del caballo.

Howard sonrió de medio lado.

—¿A un accidente de equitación lo llamas un tema más ligerito?

—Visto desde la distancia es muy chistoso. Yo todavía era una niña pequeña y nuestro profesor de equitación insistió en que montáramos a lo amazona, tal y como correspondía a nuestra condición. A mí me parecía horrible. Se va sentado de una manera muy poco natural. Siempre había querido montar como los hombres, pero nuestro profesor no quería saber nada de eso. Hasta ese día.

—¿Qué pasó?

—Unos niños que iban en patines nos salieron al encuentro haciendo un ruido de mil demonios. Mi caballo se encabritó y me caí, con tan mala suerte que me saltó un diente.

—¡Pero Peggy! ¿Qué tiene eso de gracioso?

—Lo chistoso viene ahora. Un policía encontró el diente en el barro y nos lo trajo a casa. Y, al día siguiente, el dentista lo desinfectó y, sencillamente, me lo volvió a colocar.

Howard meneó la cabeza riéndose.

—La verdad es que eres una fuente inagotable de anécdotas, querida amiga.

Ella le apretó un poco el brazo y durante un rato siguieron andando sin intercambiar una palabra. Luego Howard rompió el silencio.

—¿Cuánto hace que no compras un cuadro?

Peggy se puso a pensar.

—Los últimos se los compré a Max. En Marsella. Antes de eso... Ya no me acuerdo. Creo que fueron los cuadros que compramos tú y yo juntos en París. En mi época de un cuadro al día.

Howard rio brevemente, pero luego se puso serio.

—¿Y ahora? ¿Por qué has dejado de comprar?

—«¿Dejado de comprar?» —Peggy aminoró el paso—. En realidad, no soy consciente de haberlo dejado. Solo que no he seguido comprando, sin más. Ya sabes, las dificultades de los meses previos al viaje, la llegada aquí. Luego, las semanas que pasamos en casa de mi hermana, más buscar una casa... Sencillamente, he estado muy ocupada. Y ahora estoy buscando un espacio apropiado para mi museo y trabajando en el catálogo para mi colección.

—Colección que podría ser más grande.

Peggy sonrió a Howard con picardía.

—¿Estás intentando tentarme?

—Claro, eso siempre. —Howard sonrió, pero luego se puso otra vez serio—. Tu colección ya es única en su género. Y creo que va camino de convertirse en una de las más importantes de la época. No hay mucha gente como tú. Personas que amen y fomenten de una forma tan apasionada el arte y que, además, cuenten con los recursos necesarios para hacerlo. Me parece que no deberías conformarte con lo que ya tienes.

Peggy se quedó atónita y guardó silencio. No se esperaba ni el elogio ni el consejo de Howard. Antes de que le diera tiempo a responder, él dijo:

—En la galería de Pierre Matisse está a la venta un Picasso maravilloso.

Ella se detuvo de repente. Se le había despertado el instinto de caza.

—¿Un Picasso? ¿Cuál? ¿Lo conozco?

—No lo sé. El cuadro se titula *Pipa, vaso y botella de Vieux-Marc*.

—Quiero verlo —dijo con resolución. Luego se volvió a mirar a Howard—. ¿Sabes una cosa? En realidad, uno de mis puntos fuertes es que conozco a muchas personas excelentes como tú, que me ayudáis con vuestros consejos.

Howard sonrió. Se notaba que se sentía halagado. Le dio un golpecito en el brazo.

—Puede que tengas razón. Aunque has de saber que hay muchísimas personas que tienen buenos amigos y magníficos consejeros. Pero no los escuchan. Tu grandeza consiste en que tú sí les prestas atención y, de ese modo, unes a tus propias fuerzas las de los otros.

27

Pocos DÍAS MÁS tarde, Peggy se despertó antes de que saliera el sol. La fría lluvia de noviembre golpeaba contra los cristales de las ventanas. Se dio la vuelta e intentó volver a dormirse, pero no lo consiguió. A su lado, Max respiraba profunda y regularmente. Peggy pensó en los últimos días. Después de su proposición de matrimonio, había estado más bien taciturno. Ella había sentido un par de veces el impulso de volver a sacar el tema, pero en el último momento se había echado atrás. Todo parecía indicar que eso estropearía aún más las cosas, pero tampoco tenía ninguna gana de hablar de banalidades. De ese modo, se había instalado entre ellos un silencio desagradable que, para su gusto, estaba durando demasiado. Por fin, la noche anterior había tomado una decisión. Quería ver sin falta el Picasso que Pierre Matisse vendía en su galería. Y quería que Max la acompañara. Sabía la ilusión que le haría. Tal vez aquello los ayudara a vencer la situación embarazosa en la que se encontraban.

Cuando se lo contó, este primero se mostró sorprendido, pero enseguida se declaró dispuesto a ir a la mañana siguiente con ella a la galería de Pierre Matisse. Los cuadros eran su vida, como también lo eran para ella.

Peggy se incorporó en la cama. Quizá fuera la inminente visita a la galería lo que le impedía volver a conciliar el sueño. Sin hacer ruido, sacó las piernas por el borde de la cama, las metió en las zapatillas de invierno y se puso la bata más abrigada. Después, salió del dormitorio. Las escaleras de madera crujían bajo sus pasos. Se hizo un café cargado y cogió del aparador la bolsa de las galletitas de chocolate que, desde hacía algún tiempo, vendían en la panadería de la esquina. Mientras desayunaba, pensaba en el cuadro que iba a ver en cuestión de horas. Hasta ese momento solo conocía el título: *Pipa, vaso y botella de Vieux-Marc*. Howard le había contado que procedía de la época cubista de Picasso. Ella conocía varios cuadros de ese período, pero ninguno con aquel título. Estaba nerviosa. Para ella, el encuentro con un cuadro nuevo era comparable al momento en que se conoce a una persona interesante, pero de la que todavía no se sabe nada. Prometedor, excitante, lleno de posibilidades. Terreno desconocido, el deseo de abrirse, de proximidad. Eso pasaba con las personas igual que con los cuadros. Uno entraba en ellos con la certeza de que saldría transformado.

Oyó el crujido de las escaleras. La puerta se abrió y Max entró en la cocina. Parecía medio dormido y estaba despeinado.

—Mmm —dijo tan solo—. Café recién hecho. —Tomó una taza, se sirvió y se sentó a la mesa. Peggy le pasó el plato de las galletitas. Max bebió un trago. Por un momento parecía no saber hacia dónde dirigir la mirada. Luego miró a Peggy y le apretó el brazo con una mano—. ¿Todo bien?

—Todo bien.

Dos HORAS MÁS tarde iban en taxi camino del Fuller Building, donde se encontraba la galería de Pierre Matisse. Peggy miraba por la ventanilla. El agua corría por el cristal formando dibujos sutiles como la filigrana. El cielo presentaba un color gris oscuro, en algunas zonas casi negro, y reinaba tal oscuridad que en las tiendas tenían las luces encendidas. El agua acumulada en la calzada formaba una superficie lisa en la que se reflejaban las luces rojas y amarillas de los coches. Por las aceras se apresuraban los transeúntes con sus paraguas y la mirada clavada al frente.

El Fuller Building se hallaba en la Calle 57, una zona muy animada cercana a Central Park. El taxi se detuvo. Max sacó el paraguas del coche y lo abrió, pero el viento se encargó de doblar las varillas hacia arriba.

—¡Maldita sea!

Echó a correr por instinto. Solo los separaban unos pocos metros de la entrada de la galería. Peggy lo siguió cubriéndose la cabeza con el bolso. Una vez traspasada la gran puerta de cristal, se quedaron en el vestíbulo y se sacudieron el agua. Peggy se echó a reír. Max arregló el paraguas y lo metió en el paragüero que había junto a la puerta. Las salas de la galería, con sus sencillas paredes blancas, estaban vacías y tenían algo de severo y riguroso. Reinaba un completo silencio. De repente, una bola de pelo blanco y gris salió de la habitación colindante y corrió ladrando hacia ellos.

—¿Y tú quién eres? —Peggy se agachó a acariciarlo y el perro saltó entusiasmado hacia ella. Unas largas guedejas le tapaban los ojos y, con la lengua, lamía todo lo que encontraba a su paso.

—¡*Lola*, ven aquí! —El perro no hizo amago de separarse de sus nuevos amigos, sino que se puso a saltar y a encaramarse sobre Max.

—¡Peggy, Max, perdonadme, por favor! —Pierre Matisse les tendió las dos manos.

—*Lola* pertenece a mi mujer; esta mañana no me ha quedado más remedio que traérmela. Por suerte, con el día tan espantoso que hace, seguro que no viene mucha gente.

—¿Qué perro es? —se interesó Peggy.

—Un *lhasa apso*. Una de esas razas orientales que ahora tiene todo el mundo. —Sonrió como disculpándose.

—Qué monada. —Peggy acarició con ternura el suave pelaje del animal y la pequeña *Lola* se acurrucó a su lado.

—Bueno, habéis venido a ver el Picasso —dijo Matisse—. Venid, os lo presentaré. ¿Miss Guggenheim? —Le ofreció el brazo a Peggy.

—Gracias, Pierre, tan galante como siempre. —Ella le sonrió.

Pierre Matisse era el hijo más pequeño del célebre pintor Henri Matisse. Llevaba ya mucho tiempo en Nueva York, donde al principio había trabajado para el renombrado galerista Valentine Dudensing. Desde hacía diez años tenía su propia galería. Entre los artistas que representaba figuraban Miró, Chagall, Giacometti y Tanguy.

Matisse los condujo por varias salas. De repente, Peggy se detuvo.

—¿Qué cuadro es este? ¿No será un Tanguy? —Se soltó de su brazo y se acercó a la pintura. Que se trataba de una obra de su amigo Yves era un hecho indiscutible. El cuadro presentaba unos tonos grises y azules; una especie de paisaje lunar por el que la mirada fluctuaba como en un sueño. Objetos fantasiosos que arrojaban sombras profundas. Un juego entre el espacio y el tiempo. Pura magia.

Matisse se había acercado a ella.

—Sí, se titula *En lieu oblique*. ¿Qué opinión te merece?

—Me ha dejado sin respiración —susurró—. No sabía nada de este cuadro. ¿Cuándo lo ha pintado Yves?

—Esta primavera. Me lo trajo hace poco. —Matisse sonrió—. No me importaría nada venderte dos cuadros.

A Peggy le dio la risa.

—Te gustaría, ¿eh? A decir verdad, es como un sueño. —Se volvió de nuevo—. Bueno, a ver, ¿dónde está ese Picasso? ¿Lo has escondido deliberadamente en la última sala para poder encasquetarme unos cuantos más por el camino?

Matisse se rio y siguieron andando. Nada más entrar en la siguiente sala, Peggy vio el cuadro. Colgaba en soledad de una pared blanca y alargada. Se acercaron.

—*Voilà!* —Pierre Matisse señaló la pintura—. *Pipa, vaso y botella de Vieux-Marc*, de Picasso, 1914. —Se retiró un poco—. La primera impresión es siempre la más importante. Os dejo que lo disfrutéis a solas. —Esbozó una sonrisa de satisfacción, dio media vuelta y se marchó de la sala.

Peggy y Max contemplaron en silencio el cuadro, en el que imperaban los tonos marrones. Su autor lo había pintado en los años en los que él, Georges Braque y otros amigos pintores habían erigido los simples objetos cotidianos en los nuevos iconos. En los cuadros de Picasso de aquella época afloraban una y otra vez vasos, periódicos, garrafas y pipas. A ello se añadía la obligada botella de orujo, el Vieux-Marc. Peggy paseó la mirada por los objetos que, a la manera cubista, se entrelazaban y se superponían. Eran los sencillos acompañantes de las largas veladas vespertinas y nocturnas en los cafés parisinos. Recordó las numerosas tardes y noches que ella misma había pasado allí. Largas e incontables horas dedicadas a hablar, a beber y a disfrutar. Y ninguna de ellas desperdiciada. Un estilo de vida que pertenecía al pasado y que probablemente se hubiera perdido para siempre. De pronto sintió un tremendo cariño por el cuadro y se agarró al brazo de Max. Nunca había pertenecido a los círculos de Picasso. No obstante, había compartido su vida dedicada al arte y las veladas en los cafés.

—¿Qué te parece? —preguntó en voz baja.

—Precioso.

—¿Y el Tanguy?

Max la miró sorprendido de soslayo.

—¿Quieres comprar el Tanguy?

—No lo sé. Es tan fascinante como todo lo que ha pintado Yves en los últimos años.

—Eh, cuidado, no me vaya a poner celoso. —Max sonrió.

—Sabes perfectamente lo que opino de tus cuadros.

—De todas maneras, te aconsejo este Picasso. También con vistas a tu colección.

Ella se lo pensó un momento.

—Sí, tienes razón. Pero primero vamos a ver qué precio tan exorbitante nos pone Matisse y cuánto le tengo que regatear.

Abandonaron la sala. De camino se encontraron con la perrita, que los recibió meneando la cola. Peggy la cogió en brazos y *Lola* soltó un breve ladrido.

—Eres una perrita muy expresiva. Vamos a ver si eres capaz de darme un consejo. —Llevó al animal a la siguiente sala y se detuvo delante del cuadro de Yves Tanguy—. Pequeña *Lola*, ¿qué opinas? ¿Debo echarle el ojo a este cuadro? Un ladrido significa sí, dos significa no. ¿Eh, qué me dices? —le preguntó con un deje de malicia. *Lola* ladró una vez y a Peggy se le puso la cara radiante de alegría—. Eso es exactamente lo que quería oír. Gracias, tesoro, me has ayudado mucho.

Volvió a dejar a *Lola* en el suelo y se agarró del brazo de Max, que meneaba la cabeza de un lado a otro.

Venecia, 1958

FREDERICK HABÍA IDO a Padua para conocer la ciudad y no volvería hasta el día siguiente. Peggy había pasado el día ociosa, descansando. Ahora, a última hora de la tarde, tenía ganas de ir a dar un paseo con los perros hasta la Punta della Dogana, el punto más extremo de la ciudad. Allí era donde el Gran Canal desembocaba en la laguna. Peggy se sentó en un banco y contempló el otro lado de la ciudad. Ante ella, la suave luz del atardecer teñía el blanco Palacio Ducal de un delicado color rosa. A su derecha, la alargada isla de Giudecca estaba casi al alcance de la mano. Eran las ocho. A su espalda, sonaron las campanadas de Santa Maria della Salute y, al poco rato, se oyó también el tañido del *campanile* de la iglesia de San Giorgio Maggiore, cuyo imponente monasterio ocupaba casi toda la superficie de la pequeña isla que tenía delante. El sonido polifónico de las campanadas tenía algo de embriagador. Pensó en Nueva York, la ciudad en la que nada era imposible y a la que, sin embargo, le faltaba algo: la sensación de solemne recogimiento, el silencio, la ocasional inmovilidad. Venecia, en cambio, era exactamente eso. Cada muro, cada puente y cada fuente albergaban numerosas historias que las propias piedras parecían susurrarse unas a otras; todo ello acompañado del incesante tañido de las campanas, que invitaba a detenerse y escuchar.

Cuando Peggy se puso de pie, también se levantaron de un salto sus *lhasa apso*, lo que la hizo sonreír. Sus perritos eran unos perfectos neoyorquinos, siempre deseosos de no parar quietos.

De camino a casa, le compró berenjenas y calabacines a un frutero que ofrecía su mercancía en cajas apiladas en un bote amarrado. Ahora cenaría algo y se acostaría temprano. Durante los últimos días con Frederick siempre se les había hecho tarde.

Pero al cabo de un par de horas, cuando Peggy se tumbó en la cama, no lograba quedarse dormida. Durante una hora estuvo dando vueltas a un lado y a otro. Al fin, se dio por vencida, se puso las zapatillas y el albornoz, y fue al cuarto de estar. Llenó una copa con varios cubitos de hielo y se preparó un *gin-tonic*. Luego se sentó en el sofá. Su mirada se desvió hasta el otro extremo de la habitación. Allí colgaba el cuadro de Mondrian *Composición n.º 1 con gris y rojo*. A Peggy le encantaba esa pintura. Con el estilo típico del artista, unas líneas rectas negras se cruzaban en ángulos exactos de noventa grados sobre una superficie gris clara. Solo en la parte inferior del cuadro, uno de los rectángulos estaba relleno de rojo. Peggy dejó la copa en la mesa y pensó en su amigo Mondrian, a quien la unían tantos recuerdos. A veces no podía creer que llevara ya tantos años muerto. Sus ojos siguieron las líneas del cuadro. Su disposición tenía algo de rítmico, pero al mismo tiempo irradiaba un equilibrio y una tranquilidad increíbles. Notó que se iba calmando, bebió el último trago de ginebra y volvió a la cama.

Poco después se quedó dormida. Había dejado encendida la lamparita que colgaba encima de *Composición n.º 1* e iluminaba el cuadro desde arriba. Para Mondrian.

28

La lluvia no cesaba. Desde que Peggy y Max habían comprado el Picasso en la galería de Pierre Matisse, llovía a cántaros. Además, un viento gélido empujaba a la gente por las anchas avenidas como a través de un canal de viento, doblaba paraguas y provocaba el tableteo de las señales indicadoras. La ciudad se agazapaba gris y empapada bajo un cielo aún más oscuro. Hasta la piedra y el metal lanzaban destellos transparentes, como si quisieran disolverse. En Hale House, Peggy y Jimmy trabajaban en el catálogo, comentaban cuestiones de maquetación y revisaban el material que les llevaba Breton a intervalos regulares. Para entonces, el chico del ascensor del MoMA decía *quatrième étage, bonjour* y *bonsoir* con un acento pasable. Breton disfrutaba las horas que pasaba en el archivo del museo.

Una mañana, Peggy se despertó y toda la pesadilla había pasado. El cielo de la ciudad estaba pálido pero limpio. Ni una nube a la vista. El sol, aunque bajo y débil, secaba la ciudad y a las personas. El asfalto echaba humo y una fina capa de bruma cubría el largo rectángulo de Central Park. Cuando Peggy salió de casa a primera hora de la tarde, sintió como si los colores y los ruidos que la rodeaban tuvieran otra calidad. Los contornos de la ciudad parecían más nítidos, las bocinas y los martillazos sonaban más fuertes. El pulso de la ciudad latía con firmeza y regularidad.

Peggy decidió hacer parte del trayecto andando. Luego, en la esquina de la Calle 51 y Madison Avenue, paró a un taxi, que la llevó hasta el 15 Este de la Calle 59. En el vestíbulo tomó el ascensor hasta la cuarta planta. Una vez en el piso, vio muchas puertas. Smith, leyó. Y también Adamo, Bauer, Fitzpatrick y Mondrian.

Llamó a la puerta. Dentro no se oía el menor ruido. Cuando ya iba a pulsar otra vez el timbre, oyó unos pasos silenciosos. La puerta se abrió y ante ella apareció Piet Mondrian. Con sus marcadas entradas, sus gafitas y su bigotillo, el pintor holandés parecía un anodino oficinista. Ella estaba segura de que en la calle nadie sospecharía que ese hombre tan poco llamativo era un pionero del arte abstracto y uno de los mejores pintores del siglo.

—¡Peggy! —Mondrian la obsequió con su sonrisa más amplia—. ¡Qué esplendor en mi humilde morada!

—Eres el viejo adulador de siempre. —Peggy, no obstante, se sonrojó. Mondrian la condujo por un pasillo hasta el cuarto de estar. De pronto, se detuvo y soltó una carcajada—. ¡Piet, esto es increíble! —Miró hacia todas partes. Las paredes de Mondrian eran blancas como la nieve, pero, a intervalos regulares, unos cuadrados y rectángulos rojos, azules y amarillos de cartón formaban composiciones abstractas—. No acabo de creérmelo —exclamó entusiasmada—. ¡Vives en uno de tus cuadros! ¡Qué idea más extraordinaria!

Mondrian esbozó una sonrisa.

—En muchos cuadros. De vez en cuando quito algunas partes y cambio la disposición. —Desprendió de la pared un rectángulo azul y rojo y miró a su alrededor. Luego lo trasladó junto a un solitario cuadrado amarillo—. ¿Qué te parece así?

Peggy meneó la cabeza.

—Si no existieras, habría que inventarte. —Siguió mirando a su alrededor. La habitación estaba amueblada con sencillez. Todo eran líneas claras y rectas—. La chimenea… ¿Por qué has envuelto las dos columnas con cartulina blanca?

—Las columnas eran de sección redonda —dijo simplemente Mondrian—. Lo redondo no encaja en mi mundo. —Se puso a su lado—. Hace unas semanas estuve en el museo de tu tío.

—¿Ah, sí?

—Había un matrimonio mayor mirando uno de mis cuadros. No pude resistir la tentación y me puse a su lado.

Peggy sonrió.

—¿Y bien? ¿Qué dijeron?

Mondrian cruzó los brazos a la altura del pecho.

—No me puedo quejar. Naturalmente, no consideraron que el cuadro fuera arte. Pero se mostraron de acuerdo en que al menos no tenía los mismos «chafarrinones» que los cuadros de Kandinsky. Me reconocieron cierto sentido del orden y de la simetría.

Peggy se partía de risa a la vez que él suspiraba ostensiblemente.

—¿No te parece que estas líneas tienen también algo de sensual? Casi todos los que contemplan mis cuadros analizan solo la relación racional de las formas. No reparan en que en ellas se oculta algo místico. —Permanecieron un momento ante la pared; luego Mondrian se dirigió a la cocina—. Ven, vamos a tomar algo.

Lo siguió. Tanto en la mesa de madera para comer como en la nevera destacaban grandes cuadrados rojos. Cuando Peggy se sentó, Mondrian colocó sobre la mesa dos simples vasos, sacó del frigorífico una botella de vino blanco y sirvió a los dos.

—¡Salud, querida amiga! —Entrechocaron los vasos—. Cómo me alegro de que por fin hayas venido a verme. El tiempo que ha estado haciendo los últimos días me ponía melancólico. Aparte de eso, cuando llueve, lo noto en los huesos. Creo que me estoy haciendo viejo.

A Peggy le costó trabajo tragarse el vino antes de estallar en una sonora carcajada.

—Eso ya lo dijiste hace tres años, ¿te acuerdas?

Mondrian rio complacido.

—Lo digo con tanta frecuencia que me resulta imposible acordarme de cada una de las veces. Refréscame la memoria. ¿Qué pasó hace tres años?

—Un día te presentaste de golpe y porrazo en mi galería de Londres. Pero en lugar de hablar sobre arte, me preguntaste en tu incomprensible mezcla de francés e inglés dónde estaban los mejores clubes nocturnos para bailar. A todo esto, en aquella época ya tenías... —se paró un momento a pensar—, ¿sesenta y seis años?

—Sí, todavía era un chavalín —opinó alegremente Mondrian—. ¿Y qué significa eso de «una mezcla incomprensible de francés e inglés»? Un poco de respeto, *madame*. —Se sirvió más vino—. Qué bien lo pasábamos entonces, eso sí lo recuerdo.

—Sí, tú eras un bailarín empedernido. Yo a duras penas podía seguirte el ritmo. Hay que admitir que, para ser un pintor que solo traza líneas claras y rectas, eres un bicho bastante raro.

Se quedaron un rato pensando; luego, de repente, él le preguntó:

—¿Sabes bailar el *boogie-woogie*?

—¿Por qué me lo preguntas?

—Es uno de mis descubrimientos favoritos de América —dijo Mondrian—. Y se lo debo a Harry Holtzmann, mi colega americano. Pero ¿qué estoy diciendo? A él le debo no solo eso, sino que yo esté aquí. Cuando los bombardeos de 1940 hicieron añicos las ventanas de mi apartamento en Hampstead, le escribí diciendo: «Ya no puedo más. Quiero ir a Nueva York». Y dos meses más tarde vino a recogerme al muelle cuando llegué aquí. Me había reservado una habitación en el Beekman Tower Hotel, en el piso número veinte. Las vistas eran increíbles. Tenía la sensación de estar en medio de las estrellas, con todas aquellas luces a mi alrededor.

—¿Y el *boogie-woogie*?

—¿Ves como me estoy haciendo viejo? Siempre se me va el santo al cielo como a un viejo decrépito y senil.

—Estás esperando a que te diga lo contrario —opinó Peggy sonriendo—. Pero esta vez no te voy a dar ese gusto.

—*Touché.* —Mondrian esbozó una sonrisa—. Bueno, el caso es que Holtzmann me llevó a una *jam session*. Las partes delanteras de los pianos estaban desmontadas. Se podía ver cómo se movían las cuerdas y los macillos. Era fantástico. —Hizo una breve pausa—. Pero no hago más que hablar de mí. ¿Qué tal va tu catálogo?

—Muy bien. Y, de hecho, he venido también por eso. —Abrió el bolso y sacó una cámara fotográfica. Él la miró sin comprender.

—Queremos añadir a cada declaración del artista una foto solo de los ojos.

Mondrian levantó las cejas; luego opinó en tono aprobatorio:

—No es mala idea.

—Entonces, comencemos. —Peggy alzó la cámara fotográfica—. Intenta poner una cara interesante y…

160

Pero él se levantó de un salto.

—¡Ni hablar, así no funciona la cosa! —Corrió al cuarto de estar colindante. Peggy lo oyó trastear con algunas cosas. Luego el ruido de una aguja que se colocaba encima de un disco. A los pocos segundos sonó un *boogie-woogie*.

Mondrian apareció otra vez en la puerta y le tendió los dos brazos.

—Una foto a cambio de un bailecito. ¿Me permite, *madame* Guggenheim?

Peggy lo miró sorprendida. El rostro de Mondrian irradiaba una alegría de vivir muy contagiosa. Sus ojos reflejaban el aire de granuja que lo caracterizaba. Sin pensárselo dos veces, cogió la cámara, la enfocó y sacó tres fotos seguidas. Luego se levantó y se acercó a él dando pequeños pasos de baile.

29

Todavía reinaba la oscuridad y hacía un frío helador cuando Peggy y Howard, a las siete y media, esperaban en la parada de la Elevated Line. El metro serpenteaba por encima de las calles de la ciudad a través del mar de casas sobre una estructura de acero elevada a varios metros de altura, como una oruga sobre zancos.

—Así sabremos cuánto se tarda con los medios de transporte público y, de paso, vemos un poco la ciudad —le había explicado Howard, y Peggy se había mostrado conforme. Las salas que quería enseñarles esa mañana un agente inmobiliario para su museo se encontraban en el Lower West Side, con vistas al río Hudson.

La oscura estructura de acero vibraba. Peggy se inclinó hacia delante para contemplar las calles todavía oscuras, pero aparte de las incontables ventanas iluminadas de los rascacielos no vio nada. Notaba cómo el frío penetraba a través de su abrigo de invierno y se ciñó el cuello con una mano. Desde la calle sonaban nítidamente los pasos en medio del silencio matutino. Obreros cansados después del turno de noche con la gorra encasquetada en la frente. Empleados que se dirigían a las oficinas o a las tiendas. Desde cierta distancia, el viento transportaba una música suave; algún club nocturno que todavía permanecía abierto. Poco a poco, el espacio que mediaba entre los rascacielos se iba tiñendo de una luz grisácea. Las multitudes aumentaban poco a poco de volumen. Coches, los primeros martillos de percusión. Jirones de niebla sobre las vías. Después, se fueron apagando una a una las farolas de la calle. Las vías empezaron a vibrar cada vez más y la estructura de acero profirió un gemido. Entre chirridos y un fuerte estruendo, llegó el tranvía.

Peggy y Howard consiguieron sentarse en un asiento junto a la ventanilla.

—Creí que Max nos acompañaría —dijo Howard.

—Por las mañanas es cuando mejor trabaja. Y como ni yo misma estoy demasiado convencida, así se ahorra el esfuerzo.

—¿Cómo que no estás convencida? —Howard alzó asombrado las cejas—. Si ni siquiera hemos visto las salas.

—Ay, Howard... —Peggy suspiró—. El Lower West Side está en el extremo más meridional. No conozco bien la zona, pero una cosa sí sé: está muy alejada de la zona neoyorquina del arte.

—Lo estás contemplando desde un punto de vista demasiado negativo. —Su amigo se quitó el sombrero y se pasó la mano por la calva. Luego limpió los cristales redondos de sus gafas.

—¿A qué hora estamos citados?

—A las nueve.

—Fantástico. Entonces nos da tiempo a ver un poco la zona. Allí abajo están los mercados de abastos, hay tiendas por todas partes. Y además tenemos también el barrio sirio. ¡Oh, el *baklava*! Es como un sueño.

—Hay de todo menos arte.

Howard puso los ojos en blanco.

Al poco rato, en la Warren Street, bajaron por los verdes escalones de hierro de la Elevated Line y enfilaron la South Street en dirección al sur. A mano derecha, el río Hudson humeaba al pálido sol de la mañana. Con un grave rugido que parecía reverberar durante varios segundos por encima del agua, un buque de carga salió de la dársena. Doblaron por una bocacalle y Peggy miró a su alrededor. Allí también había rascacielos, pero la zona no tenía nada de elegante. Olía a almacenes, a cajas de madera, a fruta y a pescado. Los edificios, construidos en la época de la Guerra Civil, con los marcos de las puertas tallados y los frisos ornamentales, tenían un aspecto mugriento. Pero Howard estaba en lo cierto: hileras de tiendas flanqueaban las calles. Se podía comprar de todo: artículos para animales, radios, zapatos, ropa y hasta cohetes. Luego llegaron al Washington Market. Las camionetas y los carros de madera bordeaban las calles y las cajas de tablas se amontonaban formando torres de varios metros de altura.

En la South Street, haciendo esquina con la Fulton Street, los esperaba el agente de la inmobiliaria. Peggy lo conocía, pues no era el primer inmueble que le enseñaba. Las salas se encontraban en la plata baja.

—Cinco grandes salas —contó el agente inmobiliario—. Dos de ellas con fachadas de vidrio que dan al río Hudson. Lo ideal para su proyecto. —Esbozó una sonrisa cautivadora.

—Desde el punto de vista legal, ¿no habría ningún obstáculo para montar un museo? —preguntó Peggy, que tras la decepción que se había llevado con Hale House se había vuelto precavida.

—Absolutamente ninguno.

—Mira, Peggy. —Howard señaló una superficie grande—. Aquí se podría colgar el cuadro de Max, *Europa después de la guerra*. Un sitio maravilloso, solo para ese cuadro. Y allí delante, junto a la ventana, podrías poner el *Pájaro en el espacio* de Brancusi.

Peggy recorrió en silencio las espaciosas habitaciones.

—Por el tamaño podría valer.

Intentó imaginar allí su colección. Le acudieron a la memoria las paredes blancas y las líneas claras del MoMA. De las cortinas de terciopelo gris de su competidora Hilla Rebay ya se habían reído bastante Max y ella. Pero ¿qué aspecto tendría su propio museo? ¿Acaso había concebido alguna idea? ¿Tenía siquiera una noción de lo que deseaba? ¿Algo que fuera más allá de cuadros enmarcados y colgados de paredes blancas? Pensó en su galería de Londres. Había sido la primera vez que había participado de forma activa en la escena del arte. No con sus propios cuadros, sino con exposiciones itinerantes. Había sido una experiencia de suma importancia. Por primera vez en su vida había montado algo propio, de cuya organización y éxito había sido responsable ella sola. Durante las últimas semanas le había dado muchas vueltas a su proyecto. Con su nuevo museo deseaba dar un paso adelante. Tenía que convertirse en algo muy especial, en algo innovador. Nada que imitara a las otras galerías de la ciudad. Causar sensación: eso era lo que quería. Pero todavía no tenía claro lo que aquello significaba. Solo estaba segura de una cosa: no podía esconderse en el rincón más meridional de Nueva York, sino que debía estar al lado de la competencia con la que pretendía medirse.

De pronto se volvió hacia el agente inmobiliario.

—Reconozco que las salas no están nada mal —dijo en un impulso—. Pero pese a lo que tú digas... —se volvió hacia Howard—, la zona, sencillamente, no es la apropiada.

—Qué pena, Peggy.

—No, Howard. No puedo inaugurar el museo entre peces espada y cebollas. No existe ni una sola galería en esta zona. Estaríamos completamente aislados.

—Wall Street no queda lejos... —intervino el de la inmobiliaria—. Una clientela refinada y adinerada.

—Una panda de ignorantes —bufó Peggy.

A Howard le entró la risa. Para alguien que procedía de una de las familias más ricas de Nueva York, Peggy tenía muy poco en común con sus propios círculos.

—¿Y para eso hemos venido hasta aquí y le hemos hecho perder el tiempo a este pobre hombre?

—Señor Anderson. —Peggy se volvió de nuevo hacia el agente—. Lo siento, pero en el futuro solo quiero ver inmuebles que se encuentren entre la Calle 40 y la 70.

El agente de la inmobiliaria puso cara de consternación.

—Me temo que eso será difícil, señora. No le puedo prometer que...

—¿Qué es lo que tiene de difícil? —saltó Peggy—. Son treinta manzanas en uno de los sitios más comerciales de Manhattan. Seguro que de vez en cuando se queda algo libre, ¿no? —Frunció los labios con terquedad. Entonces, de repente, se le ocurrió una idea—. ¿O se trata de otra cosa? ¿Está ella metida en el asunto?

El agente inmobiliario alzó las cejas en un gesto interrogativo.

—¡Hilla Rebay, la curadora de mi tío Solomon! Ella sabe que voy a abrir un museo y eso le supondrá un terrible disgusto. —Se acercó unos pasos al agente y lo miró fijamente a los ojos—. ¿Ha hecho valer su influencia para que yo no encuentre nada de mi gusto?

La cara del agente expresaba tal estupor que retrocedió unos pasos.

—Señora Guggenheim, no sé lo que debo contestarle. Por supuesto, la señora Rebay...

Howard hizo un gesto para que se calmara.

—Peggy, estoy seguro de que ella no tiene nada que ver con esto. Y tampoco queremos que el señor Anderson deje de hacerte más ofertas, ¿no?

Ella suspiró.

—Claro que no. No se lo tome a mal. Es que se me hace muy raro que en casi dos meses no haya encontrado nada apropiado.

Poco después, Howard y Peggy salieron de nuevo a la calle. El señor Anderson ya se había despedido. Peggy se dirigió hacia la Elevated Line.

—¡Cómo! ¿Es que te quieres marchar ya?

Se volvió y miró sorprendida a Howard.

—¿Tú no?

Un leve rubor iluminó el rostro de su acompañante.

—El barrio sirio está aquí a la vuelta. El baklava, ¿recuerdas? De camino hacia allí hay una pequeña librería de viejo que de vez en cuando muestra obras de jóvenes artistas americanos en el escaparate. Veamos lo que puede ofrecernos ahora mismo. Quizá haya algo interesante.

Peggy ladeó la cabeza.

—¿Jóvenes artistas americanos? No sé qué decirte. Pero ya veo que tú el *baklava* no lo perdonas. —Se acercó a su amigo y lo cogió del brazo.

La librería de viejo se hallaba, en efecto, a pocos minutos del barrio sirio. Howard estaba de un humor espléndido, cosa que Peggy atribuía a la mezcla de olores a café cargado, brochetas de carne especiada y dulces. Peggy no había estado nunca en ese barrio, habitado en su mayor parte por sirios, turcos, árabes y griegos. Un mundo extraño en medio de Manhattan. Muchos hombres llevaban turbantes árabes, y en los cafés se fumaba *narguile*.

Luego llegaron a una tienda pequeña que tenía dos escaparates. Los libros expuestos eran de segunda mano; todo parecía lleno de polvo. Entre los libros había algunos dibujos; otros colgaban de unos hilos desde el techo. Peggy acercó la cara al cristal. Uno de los dibujos le resultaba conocido. No porque lo hubiera visto alguna vez, sino porque el estilo le recordaba a algo. Leyó el nombre en el ángulo inferior derecho de la lámina.

—Un dibujo de John Ferren. Me lo imaginaba.

Howard contempló la lámina.

—¿Lo ves? Incluso hay alguien a quien ya conoces.

Peggy siguió estudiando el dibujo.

—Incluso he conocido personalmente a John y poseo un cuadro suyo. Es realmente bueno. Pero los otros… no sé. —Buscó con la mirada otro Ferren, pero no encontró ninguno.

—Ven, vamos a entrar un momento.

Antes de que pudiera contestar, Howard ya la había agarrado del brazo y tirado de ella hacia la entrada. La puerta chirrió un poco. La tienda, no muy grande, estaba abarrotada de libros hasta el techo. Olía a papel viejo y a frágiles cubiertas de piel. Un señor mayor leía sentado junto a un escritorio atiborrado de cosas. Las gafas de lectura se le habían resbalado hasta la punta de la nariz. Miró con atención a Howard y a Peggy.

—Hemos estado viendo los dibujos del escaparate —dijo Howard de buen humor—. ¿Conoce personalmente a los pintores?

El hombre se encogió de hombros.

—Uno de los jóvenes me trae de vez en cuando un par de láminas. Son todas suyas y de sus amigos, y yo les hago el favor de exponerlas en el escaparate. Es la única decoración que tengo y una nota de color nunca viene mal. ¿Se interesa por el arte?

Peggy sonrió complacida.

—Pues sí. Pero más por los europeos; en especial, por el surrealismo y la pintura abstracta.

—Mmm —farfulló el librero. No estaba claro si esos conceptos le decían algo o no—. Entonces, ¿en qué quedamos? —preguntó—. ¿Quiere comprar un dibujo? No cuestan mucho dinero.

—Posiblemente.

Peggy miró sorprendida a Howard de reojo. El librero se levantó y se acercó al escaparate arrastrando los pies. Parecía que andar le provocaba dolores.

—Artrosis —dijo al pasar guiñándole un ojo a Howard—. ¿Qué lámina desea? —Howard señaló un dibujo en el que predominaban los tonos pardos.

El hombre se agachó para pescar el dibujo del escaparate. Cuando lo tuvo en la mano, se puso bien las gafas y leyó:

—Jackson Pollock. Sí, este también vino hace poco, cuando me trajeron las últimas cosas. Creo que trabaja para el Departamento Estatal de Obras Públicas. En fin, está bien que el Gobierno les dé algo que hacer a los artistas. Embellecer las paredes, los aeropuertos, etcétera. Sobre todo ahora, después de la crisis económica, ¿de qué iba a vivir si no la gente joven? —Dio varias vueltas al dibujo y lo examinó por todas partes, como si el interés de Howard hubiera despertado por primera vez también el suyo—. No es que se entienda mucho, la verdad. El muchacho decía que se había sometido al psicoanálisis y que luego surgieron estos dibujos. Parecen pesadillas, ¿o no? —Le entregó la lámina a Howard. También Peggy miró con más detenimiento el dibujo. Se veían unos seres extraños, partes anatómicas desfiguradas y sinuosas, formas orgánicas.

—¿Qué te parece? —preguntó Howard.

—No sabría decirlo. En realidad, tiene su interés. Pero ¿se puede considerar arte?

Howard sonrió.

—Gran arte, arte menor, arte nulo… Yo de todas maneras me llevo la lámina.

Pagó y se despidieron. Cuando salieron a la acera, Peggy se inclinó de nuevo hacia la vitrina y contempló los dibujos. Luego se volvió y dio alcance a Howard, que había continuado su camino. El *baklava* lo llamaba.

30

El 1 de diciembre había nevado y la nieve quedó cuajada durante casi una semana. Luego, a la siguiente mañana de domingo, empezó a soplar un inesperado viento cálido. Lucía el sol y la nieve se derritió. Desde la ventana, Peggy se quedó mirando a las parejas y familias que paseaban por delante de Hale House en dirección al East River. Ella se había acomodado en el sofá al lado de Jimmy, con quien cotejaba las últimas aportaciones para su catálogo. Max estaba sentado en su trono, junto al mirador, leyendo un periódico inglés. En el otro extremo del salón, Pegeen se había arrodillado delante de la radio y buscaba una emisora con buena música.

—En realidad, hoy podrías no haber venido. —Peggy miró a Jimmy con un gesto interrogativo—. ¿No habrías preferido seguir trabajando en el cuadro del que me hablaste hace poco?

Jimmy miró un momento de soslayo a su padre, como para comprobar si estaba muy abismado en la lectura. Después hizo un gesto desabrido.

—Es que no sé por qué, pero no avanzo nada. Me resulta muy difícil encontrar mi propio estilo. Ya desde pequeño me sentaba en el regazo de los amigos de papá, de Giacometti, Miró, Man Ray... También iba con mi padre cuando este frecuentaba las terrazas de los cafés de Saint-Germain con ellos. —El recuerdo lo hizo sonreír—. De manera que me he criado con las obras de todos ellos. A veces me pregunto si solo empecé a pintar por eso o si realmente hay algo en mí que...

—Paparruchas. —La voz llegaba desde el trono—. Cada uno de nosotros alberga en su interior un núcleo artístico. Y en algún momento sale a relucir. Eres demasiado impaciente.

—¿Y si sencillamente no tengo talento? —La cara de Jimmy expresaba las dudas que lo asaltaban.

Max bajó el periódico.

—No te sometas a tanta presión. Todavía estás empezando. Ten confianza en ti. —Volvió a coger el periódico, pero a los pocos segundos dirigió la mirada hacia la radio—. Oye, Pegeen, eso molesta un poco. ¿Se puede saber qué estás haciendo?

Peggy y Jimmy también se habían vuelto a mirar. Pegeen, que seguía cambiando de una emisora a otra, acababa de proferir una exclamación de disgusto. De la radio salía un chisporroteo continuo.

—¡No hay música en ningún sitio! —Puso los ojos en blanco—. ¡Maldita sea, es domingo por la mañana! No lo entiendo. Solo hay noticias en todas las emisoras. —Siguió dando vueltas a la ruedecita.

En ese momento, se oyó una voz de hombre:

Interrumpimos la programación para dar las últimas noticias.

El chisporroteo sustituyó a la voz cuando Pegeen siguió girando el botón.

—¡Para! Espera un momento. Tiene que haber pasado algo importante. ¡Vuelve atrás!

La joven hizo una mueca, pero obedeció a su madre. De nuevo sonó la voz de hombre:

Según el presidente Roosevelt, los japoneses han atacado desde el aire Pearl Harbor, en Hawái. Varios aviones han sido abatidos y se están produciendo violentos combates de lucha antiaérea. Está interrumpida toda comunicación entre las bases militares. El ataque ha cogido por sorpresa a la isla entera.

Se quedaron paralizados. Japón, aliado del régimen de Hitler, había atacado la flota americana del Pacífico fondeada en Hawái. Los muertos ya se contaban por cientos y los combates acababan de empezar.

—¿Qué significa eso? —preguntó Pegeen insegura una vez concluyó el comunicado radiofónico.

Bajó la radio. Durante unos segundos, nadie le contestó. Luego, Peggy dijo en voz baja:

—No se puede predecir lo que significa. —Durante un instante, enterró la cara entre las manos.

Después de levantarse, Max se sentó al lado de Jimmy, en el reposabrazos del sofá. Estaba pálido.

—Un ataque a traición a los Estados Unidos. ¡Están locos! Eso América no lo perdonará.

—Pero ¿por qué? —preguntó Jimmy—. Hasta ahora América era neutral.

—En teoría, sí. Pero desde hace algún tiempo América apoya a Inglaterra y a la Unión Soviética con el envío de material.

—¿Crees que América entrará en la guerra? —La voz de Jimmy sonaba temerosa.

Miró a Peggy. Esta alzó la cabeza y le devolvió la mirada.

—Creo que sí. Ahora han ido demasiado lejos. Este ataque convencerá también a los últimos pacifistas y no beligerantes de que Estados Unidos no tiene otra opción. —Respiró hondo—. En mi opinión, es una cuestión de días, quizá incluso de horas, hasta que América declare la guerra a Japón. Y todos podemos imaginar lo que eso significa.

—¿Qué significa? —preguntó Pegeen.

—Japón es aliado de Alemania —le explicó Jimmy en voz baja—. Si América declara la guerra a Japón, entonces Alemania e Italia nos declararán la guerra a nosotros. Y eso sería el principio del fin.

—¡Pero eso es bueno! —exclamó Pegeen—. Entonces a lo mejor la guerra termina antes. —Fue mirando a todos uno por uno, pero nadie parecía compartir su esperanza.

Max meneó lentamente la cabeza.

—Por el momento, todo empeorará aún más. Y quién sabe lo que arrastrará consigo este torbellino antes de que termine.

No siguió hablando. Si Estados Unidos entraba en la guerra, a Sindbad también lo llamarían a filas. Y en cuanto a las posibilidades de expatriación de la madre de Jimmy y de otros muchos, las puertas de América empezaban a cerrarse.

31

PEGGY TENÍA RAZÓN. Al día siguiente, toda la nación siguió por la radio y la pantalla de la televisión cómo el presidente Roosevelt declaraba la guerra a Japón. Ese fue el punto de no retorno. A los pocos días llegó de Alemania la respuesta tan angustiosamente esperada por millones de personas: Hitler declaraba a su vez la guerra a los Estados Unidos.

Inclinados hacia delante, con los brazos apoyados en las rodillas, Peggy y Max habían escuchado por la radio el largo discurso de Roosevelt. Siguieron cada una de sus palabras con el gesto adusto. Cuando el presidente terminó, se miraron un momento en silencio. Sobraban las palabras. Los dos sabían lo que pensaba el otro. Ahora la guerra los había atrapado también allí. No bastaba con desear la derrota de Hitler; la férrea voluntad de paz de los americanos, para quienes los horrores de la guerra de Europa hasta entonces no habían sido más que noticias del periódico, no había conducido a nada. Si se deseaba poner fin a los crecientes horrores, el mundo libre tenía que defenderse.

A esas trágicas horas les siguieron unos días de tranquilidad, de aparente normalidad. Pero aquello acabó cuando Peggy llegó una tarde a casa después de hacer un recado. La luz estaba encendida, pero reinaba un completo silencio. Colgó el abrigo del perchero, dejó el bolso y fue al salón.

—¿Hola? ¿Max? ¿Estás arriba? —Ninguna respuesta. Probablemente estuviera tan concentrado en su trabajo que ni siquiera la oía. Antes que nada, Peggy necesitaba tomar una taza de café. Abrió la puerta de la cocina y se detuvo asustada—. ¿Qué haces tú aquí? ¿Por qué no me has contestado? —Entró, pero Max no se inmutó.

Sostenía una carta en la mano—. ¿Qué pasa? —Preocupada, se sentó a su lado junto a la mesa de la cocina y le quitó la carta de la mano. Era de la Oficina de Inmigración. Echó una rápida ojeada a los renglones—. ¿Tienes que registrarte? ¿Por ser alemán ahora te consideran un «extranjero hostil»? Oh, Max… —Le cogió la mano.

El rostro de Max permaneció inexpresivo.

—Tuve que huir de Europa porque no era el alemán que tenía que haber sido, ¿y aquí de repente soy el enemigo? Esto es absurdo.

Peggy suspiró.

—Lo sé. Pero la Oficina de Inmigración no hace distinciones. Solo miran la nacionalidad de tu pasaporte; no tienen en cuenta por qué estás aquí.

—Peggy, van a tomarme las huellas dactilares. Y, si salgo de Nueva York, tengo que advertirlo y declarar adónde me dirijo. ¿Y eso te parece bien?

Ella le lanzó una mirada severa.

—Por supuesto que no. Pero no quiero que te lo tomes como algo personal.

Max rio con amargura.

—¿Cómo quieres que me lo tome? Hasta esta mañana todavía creía que era un refugiado de guerra y un huésped bien recibido en este país. Ahora, en cambio, estoy bajo vigilancia como un criminal potencial, como un espía alemán.

—Bueno, pero tranquilízate.

—Estaba tranquilo antes de recibir esta carta. Pero ahora…

Peggy guardó silencio y luchó contra el deseo de recordarle a Max lo único que mejoraría su estatus en América: el matrimonio con una americana. Pero sabía que sería inútil sacar de nuevo a relucir el tema justo en ese momento.

A LA MAÑANA siguiente, Max y Peggy se dirigieron a la Oficina de Inmigración. La sala de espera estaba repleta y hablaron poco entre sí. En su lugar, escucharon los murmullos y los susurros en lenguas extranjeras de quienes los rodeaban. De vez en cuando alguien se reía, pero la mayoría eran caras serias.

—Hay muchos alemanes —comentó ella al cabo de un rato.

Max asintió con la cabeza. Solo miraba al frente. Desde que recibió la carta, se había vuelto parco en palabras y Peggy se había mantenido en un segundo plano. Permanecieron sentados casi tres horas en los duros bancos de madera de la sala de espera hasta que los llamaron al despacho.

—¿Max Ernst? —El empleado que los recibió echó una ojeada a sus papeles y luego a Max, que se limitó a asentir. No tenía previsto sonreír amablemente, pero el hombre que tenía delante tampoco parecía que esperara eso de él—. ¿Y usted, señora? —El empleado se dirigió a Peggy sin dejar de mirar los papeles de Max.

—Peggy Guggenheim. —El hombre levantó la cabeza y la escudriñó un momento. Luego desvió la mirada hacia Max y de nuevo se dirigió a ella.

—¿Casados?

Peggy no tardó nada en responder.

—No.

—¿Viven juntos?

—Sí.

El empleado dejó los documentos de Max encima de la mesa.

—Entonces, ¿por qué no están casados?

—Creo que eso no es de su incumbencia —respondió ella en tono arisco.

—Se equivoca. —El hombre sonrió—. En un caso como este —dijo señalando a Max con la cabeza—, ya lo creo que me incumbe. Les aconsejo que reflexionen sobre mi pregunta, pues redunda en su propio beneficio. A mí su vida privada me es por completo indiferente.

Cogió de nuevo sus papeles y le pidió a Max sus datos personales. Por último, le pasó un tampón de tinta sobre el que Max presionó los dedos.

Aún tenía la cara enrojecida cuando, poco después, salieron de nuevo a la calle. Ya en casa se retiró a su estudio, pero Peggy dudaba de que estuviera trabajando. Por la tarde oyó música de Bach que salía del fonógrafo. Max no se presentó a la cena. Peggy envió a Pegeen con bocadillos y una botella de vino tinto al estudio. En algún momento, cesó la música.

Esa noche, cuando Peggy entró en el dormitorio, él ya se había acostado. Estaba tumbado de lado y con los ojos cerrados, pero por la respiración Peggy notó que aún seguía despierto.

Levantó el edredón, lo rodeó con el brazo y se arrimó a él por detrás. Max no se movió.

—Buenas noches.

—Mmm —fue la respuesta. Finalmente dijo—: Hace unas semanas me hiciste sin venir a cuento una proposición de matrimonio. Y ahora que he sido declarado un enemigo potencial del Estado y que hasta las autoridades nos aconsejan que nos casemos, no dices ni pío.

A Peggy el corazón le dio un vuelco, pero se forzó por parecer tranquila.

—Max, ya sabes lo que quiero. Te quiero a ti. Eso no ha cambiado nada. Tú eres el que tiene que aclararse sobre lo que desea.

Pensó en añadir algo más. Tenía en la punta de la lengua un «te amo», pero no lo dijo. También Max guardó silencio. Peggy esperó un rato su respuesta, pero luego la fue venciendo el sueño. El cuerpo de Max le proporcionaba calor. De fuera llegaba el ruido amortiguado del tráfico de la Primera Avenida y, en ocasiones, ululaba alguna sirena. La respiración de Peggy se ralentizó hasta que se quedó dormida.

Cuando se despertó a la mañana siguiente, Max ya se había levantado y estaba vistiéndose. Peggy observó el esmero con el que se abrochaba los botones de la camisa. Tenía cara de cansancio y se le veían muchas arrugas, y a la tenue luz de la mañana parecía mayor de lo que era. Peggy sabía por qué. Desde que los Estados Unidos habían entrado en la guerra, Max había dormido muy poco. Le preocupaban su exmujer y los numerosos amigos artistas que se habían quedado en el viejo continente. Esa noche, Peggy, en la duermevela, le había sentido dar vueltas y más vueltas en la cama.

Él la miró.

—¿Estás despierta?

Ella se apoyó en los codos y sonrió.

—Sí. Y tú esta noche no has pegado ojo.

Max desvió la mirada.

—Podríamos decirlo así.

—¿Quieres hablar?

Max negó con la cabeza y se dirigió hacia la puerta.

—Voy a hacer café. —Al llegar al marco de la puerta, se detuvo—. En cuanto a lo de casarnos, yo... Esta noche lo hablamos otra vez.

Ese lacónico anuncio dejó a Peggy un tanto conmocionada. Se vistió a toda prisa y en la cocina tomó una taza grande de café solo. No tenía apetito para desayunar como es debido. El estómago se le había sublevado como si la esperara un examen final. No sabía qué pensar. ¿Acabarían casándose? ¿Tal vez pronto? La perspectiva la dejó temblorosa. Al mismo tiempo, en parte se sentía asustada. «¿Acaso tengo miedo de que me diga que sí?», se preguntaba una y otra vez. Luego se tachó a sí misma de idiota. No, una boda con Max la haría la mujer más feliz del mundo. Recordó lo que le había dicho Howard. Lo importante era que Peggy lo amaba, aunque él no la amara tanto como ella a él. De todas maneras, algo tenía que quererla. ¿Por qué iba a vivir si no con ella y dormir todas las noches a su lado? No había ningún motivo para temer de repente lo que llevaba meses deseando con toda su alma.

«Esta noche.» Esas dos palabras le acudían una y otra vez a la mente. Los minutos pasaban con una lentitud exasperante. Max había salido. Ella intentó concentrarse con Jimmy en el catálogo, pero llegó un momento en que se dio por vencida. Le pidió disculpas y cogió el abrigo. Tenía que largarse de allí.

En la calle la recibió un día gris. La niebla entraba en la Beekman Street desde el East River. El estridente chillido de las gaviotas cortaba el aire húmedo y el asfalto mojado centelleaba. Eran las once y media. Giró por la derecha. Unas semanas atrás, cuando se encontraba en una situación similar, había entrado por primera vez en el Ruby's y luego se había sentido mejor. Eso mismo pensaba hacer ahora.

Al poco rato, cuando empujó la maciza puerta del bar, se sorprendió a sí misma deseando ver de nuevo a la camarera de la última vez.

En el interior reinaba la oscuridad. Trish estaba apoyada al otro lado de la barra. Cuando reconoció a Peggy, su cara se iluminó fugazmente con la sonrisa que ya le había llamado la atención la primera vez.

—*Long time no see*—dijo cuando Peggy se sentó en un taburete.

—Sí —contestó Peggy sonriendo—. El tiempo vuela.

—¿Encontró las salas para el museo? —preguntó Trish llenando una copa con cubitos de hielo. Peggy no contaba con que la mujer se acordara de su conversación.

—¿Un *gin-tonic* hoy también? —preguntó la camarera, y sin esperar la respuesta cogió la botella correspondiente.

Peggy asintió con la cabeza.

—Y en lo que respecta al museo, no, por desgracia todavía no. Pero entretanto han pasado tantas cosas… Ya no sé ni dónde tengo la cabeza. La guerra, y luego… —Se interrumpió. ¿Qué la impulsaría a contarle siempre a esa mujer sus pensamientos más personales? ¿De verdad tenía intención de explicarle lo de Max? Pues claro que sí. Por eso estaba allí.

—Mi compañero sentimental es artista. Y alemán. Y ahora ha sido declarado «extranjero hostil». Estamos sopesando la posibilidad de casarnos. El matrimonio fortalecería su estatus aquí, en América. Max me lo hará saber esta noche. —Al final de la frase Peggy había bajado la voz, como si hasta el momento no se hubiera dado cuenta del significado de sus palabras.

—¿Qué es lo que va a hacerle saber? —preguntó enseguida Trish— ¿Si quiere casarse con usted? —Peggy asintió riéndose un poco de su propia situación.

—¿Y usted? ¿También tiene que pensárselo de aquí a la noche?

Negó lentamente con la cabeza.

—Yo ya lo sé —dijo en voz baja, pero con resolución.

—Vaya. —Trish permaneció callada unos segundos—. No suena muy romántico que digamos.

Peggy se echó a reír. A juzgar por la reacción de la mujer, aquello resultaba un tanto cómico.

—Me temo que tiene razón —opinó—. Mi primer marido me hizo hace muchos años una proposición de matrimonio en la Torre Eiffel. —Se detuvo para recordar aquel momento.

—¿Y bien?

—Le dije de inmediato que sí, ¿qué otra cosa iba a hacer? —Esbozó una sonrisita—. Quizá un poco demasiado deprisa, al menos para su gusto. En cuanto dije que sí, me dio la sensación de que le habría gustado retirar la pregunta. Parecía como si quisiera tragarse la nuez de Adán. —Esa idea la hizo reír.

—Y luego se divorciaron —observó Trish en tono adusto.

—Fue un matrimonio de lo más turbulento, sin duda. Pero viajamos mucho, tenemos dos hijos maravillosos y hoy en día somos amigos. Mejores amigos de lo que éramos entonces. —Peggy miró a Trish—. Aquí estoy yo hablando sin parar. ¿Qué hay de usted? —Miró con disimulo la mano de Trish—. ¿Está casada?

—Eso no es lo mío —dijo esta escuetamente—. Conmigo no funcionaría. —Dio media vuelta y volvió a colocar la botella en su sitio.

Peggy se quedó mirándola, pero Trish no parecía querer añadir nada. En su lugar, sacó una goma de pelo y se hizo una coleta con su rizado pelo negro. Su piel tenía un brillo blanco a la pálida luz del bar y Peggy se descubrió pensando que la encontraba guapa.

—No me puedo creer que no tenga una larga cola de pretendientes. —Intentó que sonara a broma, pero Trish se mostró ausente mientras se encogía de hombros.

—En la vida no siempre puedes tener a quien quieres. Y a los que puedes tener, no los quieres. Eso es todo.

Peggy asintió con la cabeza. Para su contrariedad, esa frase la hizo pensar en Max.

—¿Y ahora? —La voz de Trish la sacó de sus pensamientos—. ¿Va a estar hasta esta noche sentada en ese taburete? —Sorprendentemente, una amplia sonrisa le iluminó el rostro.

Peggy le devolvió la sonrisa.

—Para serle sincera, no tengo ni idea de cómo matar el tiempo hasta entonces.

—Pasee por la ciudad. Nueva York es grande. —Trish dejó las palabras flotando en el aire un momento; luego añadió—: Yo hago siempre eso. Sirve para todo.

Peggy reflexionó un instante.

—¿Y por qué no? —Apuró el *gin-tonic*—. Pero esta vez pago yo. —Sacó el monedero del bolso y le pasó a Trish un billete—. Lo que sobra es para usted. Por el consejo. —Se levantó.

—Ya me contará si ha funcionado —oyó la voz de Trish a su espalda. Peggy levantó la mano y la saludó sin darse la vuelta.

Sin pensar siquiera hacia dónde dirigirse, cogió la Calle 55 en dirección oeste hasta la Quinta Avenida. Luego dobló hacia el sur. En la esquina con la calle 53 se detuvo; le tentó la idea de echar una ojeada al MoMA. A lo mejor Alfred Barr tenía tiempo para tomarse un café. Pero luego cambió de idea. Seguiría andando hasta que le dolieran los pies. Continuó caminando.

Media hora más tarde llegó a Times Square, cuyos anuncios luminosos presentaban aún más colorido del habitual ante el fondo del cielo gris. Hasta el momento, andar deprisa había surtido su efecto. Ahora el cuerpo entero de Peggy era puro ritmo y movimiento. Y había conseguido liberar la cabeza de todo pensamiento. En la Calle 56 se tomó un café de pie. Solo al llegar a Chinatown se concedió pedir algo de comer. En un pequeño puesto callejero pidió un cuenco de espaguetis con carne de pollo que costaban tan poco dinero que creyó haber entendido mal el precio. Buscó un banco con la mirada, pero no vio ninguno. Ávidamente se zampó los espaguetis templados de pie. ¿Y ahora qué? Ya era por la tarde. De repente, le sobrevino el deseo de ver el agua. Ya casi no sentía los pies, pero hasta el East River solo faltaban un par de manzanas.

Poco después, cuando llegó al puente de Brooklyn, aminoró el paso y fue hasta la mitad del puente. Luego miró a su alrededor. A la luz grisácea de diciembre, los rascacielos parecían gigantes petrificados. En el puente se encendieron las luces. Las farolas de las calles parpadearon hasta iluminar el muelle. Peggy se paró a disfrutar de los minutos de transición entre la luz crepuscular y la oscuridad. Pronto las luces dominaron la ciudad, cuyos contornos apenas se distinguían en la oscuridad.

No sabía cuánto tiempo había permanecido de pie en el puente. Lo único que sabía era que tenía frío. Retrocedió lo andado con paso firme. Al pie del puente tomó el primer autobús que iba hacia el norte y los últimos metros hasta Beekman Place los hizo a pie. Quería postergar la hora de la verdad. El paseo vigoroso la había salvado durante todo el día. Hasta ese momento no se dio cuenta de que, efectivamente, en ningún momento había pensado en Max. Ni en él, ni en su colección, ni tampoco en la galería que pretendía inaugurar. Pero ahora, conforme se iba acercando a casa, el corazón se le aceleró y se puso nerviosa. Le temblaban las manos cuando introdujo la llave de la puerta en la cerradura. El pasillo estaba a oscuras. Cuando se disponía a dejar la chaqueta, apareció la grácil figura de su hija en el luminoso rectángulo de la puerta del salón.

—¿Se puede saber dónde te habías metido? ¡Estábamos preocupados! Esta mañana has desaparecido sin más. Max se ha pasado la tarde dando vueltas como un tigre en el cuarto de estar.

Respiró hondo.

—He estado paseando por ahí.

—¿Todo el día? —Pegeen se volvió y regresó al salón—. ¡Te parecerá bonito!, y nosotros tan preocupados... Me apuesto el cuello a que Max está de un humor de perros.

—¿Dónde está? —preguntó Peggy casi sin aliento—. ¿En su estudio?

—Pues no —dijo la chica en tono respondón—. Ya no aguantaba más aquí. Después de haber llamado por teléfono a todos, y me refiero realmente a todos... —Hizo un gesto enérgico con las dos manos—. A Howard, a Mondrian, a Barr..., se ha largado a vuestra cafetería de siempre para comer algo.

—Voy para allá —se limitó a decir Peggy.

—Yo que tú me lo pensaría dos veces —le aconsejó su hija. Luego se desplomó en el sofá y reanudó la lectura de su libro. Su madre salió otra vez por la puerta de la calle.

La cafetería quedaba a pocos pasos. Sintió que una oleada de adrenalina invadía su agotado cuerpo. «Mantén la calma», se reprendió cuando sonaron las campanillas de la puerta de cristal. Enseguida vio a Max. Estaba sentado en uno de los rincones del fondo delante de una jarra medio vacía de cerveza. Cuando la vio, se levantó de un salto. Peggy fue a su encuentro.

—¿Dónde demonios te habías metido? He llamado a todas partes. —Tenía la cara colorada. Un amago de enfado se adueñó de Peggy. ¿Con cuánta frecuencia salía Max a dar sus supuestos paseos sin que ella supiera dónde estaba ni cuándo volvería?

—He estado paseando —dijo escueta, pero al instante entró en razón. Aquel no era el momento apropiado para discutir. Y se había propuesto mantener la calma.

—¿Paseando? —exclamó él sin dar crédito a lo que oía—. ¿El día entero?

Peggy le dio un golpecito en el hombro.

—Siéntate, anda. Algo tenía que hacer mientras tú... —hizo una pausa muy elocuente— te lo pensabas todo otra vez.

La frase surtió su efecto. La cara de Max reflejó una expresión abochornada y desvió la mirada hacia la ventana. Una calle alumbrada por las farolas, unos cuantos anuncios luminosos. Sombras en movimiento de los peatones que pasaban.

—Tienes razón. —De nuevo se volvió hacia ella—. Te he tenido sometida a una tortura en toda regla. —Intentó sonreír de medio lado—. Pero ya sabes que hacerme a la idea de otra boda no me resulta fácil. —Se interrumpió y la miró inseguro.

—No es precisamente un preludio muy romántico. —Peggy tenía un nudo en la garganta.

—Perdona. —Max la cogió nervioso de la mano—. Me veo ridículo pidiéndote ahora que seas mi mujer después de haberlo rechazado hace un par de semanas. —Otra vez se interrumpió, pero enseguida continuó—: Peggy, casémonos. Sé mi mujer, vamos a intentarlo. No puedo prometerte nada. Somos tan diferentes, pero...

—¡Max! —Peggy le apretó la mano con todas sus fuerzas—. Ya conozco tu postura con respecto al matrimonio. Pero eso te facilitará mucho las cosas aquí en América. Y, aparte de eso, nos queremos, que es lo más importante. ¿O no?

Él la miró sin pestañear. A la luz cegadora de la cafetería, su cara parecía pálida y sus ojos azules resultaban inusualmente claros.

—Sí —dijo con calma. Luego cogió su jarra medio vacía de cerveza—. Por nosotros.

Dio un trago y luego le pasó la jarra a Peggy, que hasta el momento no se había dado cuenta de la sed que tenía. Bebió con avidez. Cuando ya no quedaba casi nada, la plantó de golpe sobre el tablero de la mesa. Max la miró sorprendido, pero ella se limitó a reír. De repente se sentía tan ligera que le habría encantado dar gritos de júbilo y abrazar uno a uno a todos los clientes de la cafetería. Sin embargo, permaneció sentada, se tocó los labios con el dedo índice y luego lo acercó a los labios de Max.

—Por nosotros, Max. Todo irá bien.

32

EL JARDÍN DE la casa de Laurence, en Connecticut, estaba completamente nevado; solo unas delicadas huellas de pájaros se cruzaban sobre la gruesa capa de nieve. Peggy lanzaba una y otra vez
la mirada ensoñadora hacia fuera mientras fregaba en la pila que
había delante de la ventana y le pasaba los cacharros a Laurence
para que los secara. A primera hora de la mañana había salido
de Nueva York y había viajado hora y media hasta Connecticut,
donde su exmarido se había instalado en un pueblo minúsculo. La
carretera atravesaba un paisaje variado de bosques caducifolios
nevados y blancas praderas y dehesas. De vez en cuando pasaba
por pequeñas localidades: casas de madera de distintos colores
con gorros de nieve y coronas de adviento en la puerta. Había
encontrado la carretera casi vacía; quien no tuviera ningún recado
que hacer prefería quedarse en su casa bien caldeada.

A Peggy no la había echado atrás que el viaje fuera un poco
largo. De vez en cuando necesitaba salir de la ciudad, alejarse
de las personas, del tráfico, del ruido y de las estrechas calles
flanqueadas por rascacielos. Y ese día además tenía otro motivo
para visitar a Laurence: quería contarle en persona sus planes
de boda. Aunque, hasta el momento, no habían hablado de eso.
Habían pasado la mañana comentando la traducción que Laurence iba a hacer del prólogo de Breton al catálogo de Peggy, porque, naturalmente, Breton escribía en francés. No hacía más que
sacar nuevas versiones, cambiaba, tachaba, añadía, y a Laurence
lo volvía loco.

A continuación, habían cocinado juntos. Peggy le pasó a
Laurence el último plato y vació el agua del fregadero. El café ya

estaba listo. Ella cogió dos tazas del aparador y se fue al cuarto de estar. Laurence la siguió con la cafetera. Peggy se sentó en un rincón del sofá y encogió las piernas. Había llegado el momento de hablarle de su inminente boda con Max, y en realidad no tenía ningún motivo para estar nerviosa. Pero lo estaba. De todas formas, antes de que empezara a contárselo, él volvió a sacar el tema del catálogo.

—¿Sabes ya cómo vas a llamarlo? —preguntó mientras servía el café en las tazas.

Peggy negó con la cabeza.

—Pienso continuamente en eso, pero hasta ahora no se me ha ocurrido nada bueno. Por supuesto, el título ha de tener algo que ver con el arte moderno, pero no me convence nada titularlo *Arte moderno*.

—¿Qué dice Breton al respecto?

—¿André? No hace más que inventarse títulos nuevos.

—¿Por ejemplo?

—*El surrealismo como concepción del universo*.

Laurence soltó una sonora carcajada.

—Suena más bien a un tratado filosófico.

—O este otro: *La revolución a través del arte*.

—Eso suena a tratado político.

—En efecto. ¿Podrías pensarlo tú?

—Claro, lo haré.

Se hizo una pausa. La mirada de Laurence se paseó por el paisaje invernal del otro lado de la ventana. De repente, Peggy interrumpió el silencio:

—Max y yo vamos a casarnos. Tan pronto como sea posible.

Él levantó las cejas. Parecía muy sorprendido.

—¿Qué?

Peggy rio.

—Has oído bien.

—Pero si hace unas semanas te dio calabazas, ¿no? ¿A qué viene entonces ese repentino cambio de opinión?

—Pues, en fin… —Bajó las piernas del sofá y cogió su taza. La pregunta le resultaba incómoda—. Incluso aquí en América, como sabrás, la situación se le va complicando cada vez más.

—¿Te refieres a lo del registro? —Laurence se inclinó y apoyó los codos en las rodillas. Luego negó despacio con la cabeza—. Peggy, no sé…

—¿Qué es lo que no sabes? —replicó ella en tono de obcecación.

Él volvió a incorporarse y suspiró.

—Venga, mujer, ya sabes a lo que me refiero. —La miró animándola a que hablara, pero ella no dijo nada—. Solo me pregunto si es una buena idea casarse con un hombre que en realidad no quería volver a contraer matrimonio. Justo ahora, cuando su situación es tan delicada. Ay, Peggy, ¿no tienes miedo de que Max te…? —Se interrumpió. Lo que iba a decir le resultaba un poco delicado, pero tenía que hacerlo—. ¿No tienes miedo de que Max solo te utilice para que su exilio aquí, en América, sea más agradable? Quiero decir que a través de ti tiene contactos y goza de una posición en Nueva York con la que, de otro modo, solo podría soñar. Y, además, tú tienes dinero. —Miró a Peggy con precaución, para calibrar el efecto de sus palabras. Pero a ella se la veía tranquila.

—Claro que me he planteado ya esas preguntas —dijo en tono pausado—. Y sería ingenua si dijera que Max no se aprovecha de nuestra relación. Pero mira los otros artistas que hay en Nueva York. Breton, Mondrian. No cuentan con ningún respaldo y, sin embargo, les va bien. Max no tendría por qué estar conmigo si no quisiera. También saldría adelante sin mí. —Alzó el dedo índice con aire de resabiada—. Y ten el valor de decirme que tú no te aprovechaste de mi dinero.

Laurence rio con timidez.

—Un pelín, quizá. Pero aquello fue solo un agradable efecto secundario.

—¡Claro que sí! —dijo Peggy riéndose—. Muy agradable. ¿Te acuerdas de lo mucho que viajábamos? Durante los primeros años estábamos casi siempre de viaje. —Él solo asintió con la cabeza, pero ella estaba encantada de poder cambiar de tema—. ¿Te acuerdas de Egipto? ¿Del desierto? Era como un enorme mar de arena que rodaba en todas direcciones. ¡Qué maravilla de paisaje! Acabé medio loca por el continuo balanceo del camello. —Peggy se quedó pensativa—. Hemos vivido muchas cosas los dos juntos. Pero es curioso; ahora que ya no somos una pareja, sino amigos, es cuando podemos hablar sobre cualquier tema.

—Y ya no nos peleamos —añadió Laurence.

Peggy sonrió.

—Así que puedes estarme agradecido por haberte abandonado.

Laurence hizo una mueca.

—Y lo estoy. Pero por aquel entonces, cuando me escribiste aquel papel y luego te largaste sin más, lo veía de otra manera.

Ella hizo una mueca.

—Ya no me acuerdo de lo que escribí en ese papel.

Laurence esbozó una sonrisa empalagosa.

—Ponías: «No sé si volveré. La vida es demasiado infernal».

—Ah, sí. —Se rio abochornada—. Ahora me acuerdo. No está nada mal como frase. Muy acertada.

Él cogió uno de los cojines del sofá y se lo tiró. Peggy lo pescó y se lo lanzó. Laurence se lo puso detrás de la espalda.

—En cualquier caso, éramos un tanto estrafalarios por aquel entonces, ¿no te parece?

—De eso nada. Vivíamos como si el siglo entero nos perteneciera.

Laurence la miró pensativo. Luego dijo de repente:

—El siglo entero… Eso me ha dado una idea para tu catálogo. ¿Por qué no lo titulas *Arte de este siglo*?

—*Arte de este siglo.* —Peggy repitió el título despacio, dejando que cada palabra se derritiera voluptuosamente en la lengua. Luego dijo con energía—: Laurence, suena fantástico. Emocionante, fuera de lo común, seductor.

—Y no revela demasiado.

—¡Exacto! A cambio, despierta la curiosidad por el arte moderno, que muchos todavía no entienden.

Peggy se acercó a Laurence y lo abrazó dándole las gracias. Él se echó a reír.

—No hay de qué.

33

Navidades de 1941. Cuando Peggy recordaba aquellos días, le parecían como una de esas obras de teatro cuyos actores se mueven tras una placa de vidrio opalino. En silencio, con solemnidad, casi como en un sueño.

Había nevado de nuevo. En Central Park, los niños paseaban en trineo. Max y Breton habían conseguido un árbol de Navidad demasiado grande y lo habían colocado en el salón. Peggy y Jimmy lo habían adornado. Por fuera Peggy parecía tranquila, pero en su fuero interno no lo estaba en absoluto. Eran unas fiestas de Navidad en tiempos de guerra y el 30 de diciembre se iba a casar. ¿Cómo podían coexistir todas esas cosas tan dispares? Sabía que a los otros les pasaba lo mismo. A menudo pillaba a Jimmy con la vista clavada en el vacío. Sabía en quién estaba pensando.

Una vez hubieron tomado la decisión de casarse, Max y ella pasaron varios días hablando de los aspectos pragmáticos. Necesitaban una licencia de matrimonio, unos testigos y un lugar adecuado. Nueva York lo descartaron enseguida. Era la ciudad en la que todo el mundo los conocía por su excentricidad y ni Peggy ni Max tenían ganas de provocar un revuelo mediático. La suya sería una boda silenciosa, íntima, solo ellos y los testigos. Peggy se lo había propuesto a su primo Harold Loeb y a su mujer, Vera. Harold, escritor y editor, era su primo favorito. De jovencita había trabajado en su librería, donde más tarde conoció a Laurence. Era un literato, un espíritu libre. Pero sobre todo era un hombre refinado. Y vivía en Washington, a cinco horas al sur de Nueva York. Sobre todas estas cosas habían estado hablando Peggy y Max. Después, no volvieron a mencionar la boda. Sin embargo, había momentos en los que

Peggy a duras penas aguantaba sin hablar de eso. ¡Se iban a casar! ¿No deberían hablar a todas horas de la boda, día y noche? De día, Peggy estaba demasiado ocupada con los preparativos de la Navidad como para pensar en los esponsales. Por la noche, en cambio, los pensamientos se le agolpaban.

Luego llegó el 29 de diciembre. Por la noche, Max y Peggy habían hecho las maletas. Harold y Vera los esperaban a la mañana siguiente en una pequeña localidad de Maryland, a pocos kilómetros de Washington. Harold había acordado una cita en la oficina del condado local, donde obtendrían la licencia de matrimonio. Sorprendentemente, Peggy concilió enseguida el sueño, pero volvió a despertarse al cabo de unas horas. Con la mano tanteó a oscuras el otro lado de la cama en busca de Max. Estaba vacío. Se incorporó y encendió la lámpara de la mesilla.

—¿Max?

La puerta del dormitorio solo estaba entornada. Peggy se levantó, se echó el albornoz por encima y bajó las escaleras. En la planta baja reinaba la oscuridad. Llegó al salón. La silueta del trono de Max se recortaba negra y solemne contra el cielo de la noche, solo un poco más claro. Fue a la cocina. De espaldas a ella, Max estaba sentado en una silla de la cocina. Tenía la mirada fija en la ventana. Peggy se acercó a él por detrás y le puso las manos sobre los hombros.

—Qué, ¿te ha entrado el miedo? —dijo en tono de broma, pero su voz delató inseguridad.

Max meneó enérgicamente la cabeza.

—No, no tengo nada de miedo. Pero mentiría si afirmara que no estoy nervioso.

—¡Ya, y yo! —Peggy se sentó a su lado junto a la mesa de la cocina. Entonces vio el vaso de Max—. ¿Estás bebiendo leche?

Max esbozó una sonrisa.

—Seguro que el whisky me vendría mejor. Pero quiero estar despejado en la boda.

Ella volvió a levantarse, fue al salón y regresó con una botella de whisky y dos vasos.

—Tonterías —dijo a la vez que servía—. Por una copita que tomemos no va a pasarnos nada. —Alzó el vaso—. ¡Salud!

Entrechocaron los vasos y bebieron. Luego se quedaron callados. Tras la ventana de la cocina caían copos de nieve aislados y Peggy notó un calorcito agradable. Era bonito estar ahí sentados los dos la víspera de su boda viendo caer los copos de nieve. Al día siguiente a esa hora ya estarían casados. Entonces podría al fin dejar de sentirse insegura. Apuró la copa.

—Ven, vamos a intentar dormir un poco.

LA NOCHE FUE corta. Todavía estaba oscuro como boca de lobo cuando Peggy y Max, a las seis de la mañana, recorrieron la ciudad, que a esa hora comenzaba a despertarse. Vieron algunas tiendas que estaban ya abiertas o que todavía no habían cerrado. Los anuncios luminosos de las cafeterías recomendaban huevos, panceta y rosquillas. A la altura de la Calle 40 Oeste se metieron por el Túnel Lincoln, inaugurado pocos años antes, que los llevaría bajo el río Hudson hasta Nueva Jersey.

Poco antes de llegar a Filadelfia salió el sol. Apenas hablaban. De vez en cuando, Peggy miraba con disimulo a Max, que llevaba el traje oscuro que se había comprado unos días antes. Como siempre que conducía, no parecía existir nada más para él; solo iba concentrado en la carretera. A ella le encantaba mirarlo de perfil, los pómulos marcados, la nariz expresiva. Se recostó en el asiento.

Llegaron al cabo de dos horas. Harold y Vera los esperaban delante de la oficina del condado. Peggy les presentó a Max, que sonrió con timidez cuando les dio la mano primero a Vera y luego a Harold. Peggy los besó a los dos en la mejilla.

El edificio de madera blanco y alargado, con los marcos de las ventanas pintados de color azul oscuro, resplandecía al frío sol de la mañana. Una bandera americana colgaba lacia del asta. El viento estaba en calma. Hacía una mañana espléndida.

El funcionario era un hombre bajito y robusto con unas gafas de montura oscura y el pelo bien peinado con raya a la derecha. Llevaba una pajarita y unos tirantes.

—Así que los dos ya han estado casados.

—Yo dos veces... —intervino Max, pero se detuvo en medio de la frase.

—Entonces necesito sus papeles del divorcio —dijo escuetamente el empleado. Peggy le pasó los documentos. El hombre,
que encima del escritorio tenía un letrero con su nombre, Sr.
Geoffrey Wright, echó una breve ojeada a los papeles y luego miró
a Peggy—. ¿Esto qué es?

—Nuestros papeles del divorcio. —Peggy notó que se ponía
nerviosa.

—¿En qué idioma está?

—En francés. —Sonrió—. Mi primer marido y yo vivíamos en
Francia y nos divorciamos allí. Y lo mismo cabe decir de mi compañero sentimental.

El funcionario volvió a examinar las hojas con su letra flo-
rida, los sellos y las firmas. Luego meneó la cabeza de un lado
a otro.

—¡A saber lo que pone aquí! —Miró a Max—. Decía usted que
había estado casado dos veces. Pero aquí solo hay un documento
suyo. —Entornó los ojos y leyó los nombres que aparecían en el
papel—. Max Ernst y Marie-Berthe Aurenche, divorciados hace
cinco años. Pero ¿dónde está el documento del divorcio del otro
matrimonio?

Max se puso rojo y respondió con un acento alemán más marcado de lo habitual:

—Mi primera mujer era Luise Straus. Nos casamos en Alemania
en 1918 y nos divorciamos en 1927. Sin embargo, ya no conservo
los papeles del divorcio.

El empleado se quitó las gafas y las limpió. Luego se las volvió
a poner y se las ajustó varias veces en la nariz. Con una cara que
no expresaba nada miró primero a Peggy y después a Max.

—Así pues, no tienen papeles válidos. Estos de aquí...
—Señaló los documentos que tenía delante—. Estos están escri-
tos en una lengua que no comprendo, y de su primer divorcio...
—miró fijamente a Max— no existe la menor prueba.

—Usted tiene el documento de mi segundo divorcio —respondió Max medio en broma, medio desesperado—. ¿Cómo iba
a divorciarme la segunda vez si no me hubiera divorciado la primera? —Probó a esbozar una sonrisa contagiosa que el funcionario no le devolvió.

—Les voy a proponer una cosa. Encarguen una traducción oficial de estas páginas y usted busque el documento de divorcio de su primer matrimonio. Después, seguiremos hablando.

Tendió los documentos a Peggy, que miró incrédula al hombre y tardó un rato en coger las hojas. Pero luego alargó la mano para quedárselas. El funcionario inclinó levemente la cabeza, como dando a entender que la cita había concluido. Abandonaron el despacho en silencio. La secretaria, que había seguido la escena desde su escritorio, los miró con compasión.

Cuando salieron de nuevo a la plaza que había delante del edificio, a Peggy le dieron ganas de echarse a llorar. La expresión de Max era de desconcierto, y también Harold y Vera parecían afectados.

—Esto no puede ser verdad —exclamó Peggy—. Hemos hecho el viaje en balde.

Harold la agarró por los brazos.

—Seguro que la traducción de los documentos no es un problema. —Volvió la cabeza hacia Max—. ¿Y qué hay del documento del primer divorcio? ¿Existe alguna posibilidad de que...?

Max negó con la cabeza.

—Se ha debido de perder en alguna de las muchas mudanzas que hice en Europa.

Peggy tenía los ojos humedecidos. De pronto oyeron un ruido. Se abrió la puerta de la casa y salió la secretaria. Se acercó titubeante al grupo. Después de mirar a Peggy y a Harold, dijo en voz baja:

—Justo al otro lado de la frontera, en Virginia, no necesitan pruebas que acrediten el divorcio. Solo el habitual análisis de sangre. Y tienen que demostrar que son mayores de dieciocho años. —Una tímida sonrisa afloró a sus labios—. Pero eso no será ningún problema. —Se volvió de nuevo—. Tengo que regresar. He pensado que esa información podría serles útil. —Sin decir una palabra más, se puso en movimiento.

—¡Gracias! —gritó Harold a su espalda.

EN MENOS DE una hora, se encontraban en una localidad igualmente rural ante un segundo empleado de la oficina del condado.

Aquel funcionario también llevaba tirantes y pajarita, pero, por lo demás era, en todos los sentidos, lo contrario de su colega.

Después de que les hicieran los análisis de sangre, el hombre examinó minuciosamente los carnés de conducir de Peggy y Max, leyó las fechas de nacimiento varias veces en voz alta y miró de arriba abajo a las dos personas que tenía delante.

—En cuanto estén los resultados de los análisis de sangre puedo expedirles la licencia de matrimonio. A continuación, tendrán tiempo para organizar la boda. ¿Tienen ya algún plan concreto?

—Habíamos pensado en casarnos hoy. —Peggy sonrió con timidez. El funcionario la miró desconcertado.

—¿Hoy?

—Sí. ¿Es posible?

El hombre miró incrédulo su reloj de pulsera. Luego cogió el auricular del teléfono.

—¿Señor juez? Benjamin Miller al aparato. Se trata de una boda. —Oyeron un murmullo que salía del auricular. Luego volvió a hablar el empleado—. No, la pareja había pensado más bien en hoy. —Durante un rato, al otro lado de la línea, el juez parecía haberse quedado sin habla; pero luego volvieron a oír su voz.

—Bien, se lo diré. —El funcionario miró a Max—. Han tenido suerte. Si lo desean, dentro de dos horas pueden estar casados. —Su sonrisa picarona no dejaba claro si se debía a los dos locos que tenía delante, que iban a casarse sin invitados ni festejo alguno, o si solo delataba la satisfacción por su propia eficiencia.

A continuación, en efecto, todo fue muy rápido. Se dirigieron a casa del juez, que los recibió en mangas de camisa. Cuando entraron, una mujer demasiado joven subió a todo correr las escaleras hasta el primer piso.

—¿Un whisky? —les preguntó jovialmente el juez. Max y Harold aceptaron de buen grado.

Peggy no sabía ni lo que estaba pasando. De repente todo iba tan deprisa… Las imágenes desfilaban por su cabeza. Laurence y ella en París. Los numerosos amigos que habían asistido a los esponsales. ¿Era lo de ahora realmente una boda? Miró a Max justo cuando este volvía la cabeza hacia ella. Parecía divertirse, y por un momento Peggy temió que soltara una fuerte carcajada.

El juez se puso delante de ellos.

—Señora Marguerite Guggenheim, llamada Peggy Guggenheim. En este frío y soleado día de diciembre, el penúltimo del año, ¿quiere tomar por esposo al aquí presente Max Ernst para hacer frente a los tiempos turbulentos a su lado?

Peggy notó que las lágrimas se le agolpaban en los ojos. El juez no perdía el tiempo con frases inútiles. No obstante, sus palabras eran cariñosas y provocaron en ella un sentimiento cálido. Se concedió un poco de tiempo.

—Sí, quiero —dijo con la voz firme y un poco ronca.

—Y usted, Max Ernst, alemán pero aparentemente no enemigo. —Guiñó un ojo a Max—. ¿Quiere usted internarse con la aquí presente Peggy Guggenheim en el puerto del matrimonio?

Max miró fijamente al juez y se ruborizó. Intentó desesperadamente recordar las palabras exactas que acababa de pronunciar el hombre, pero esa expresión inglesa le era desconocida. Lanzó una mirada de desesperación a Peggy, que lo miró expectante. Luego carraspeó.

—Sí, quiero internarme.

El juez lo miró con cara de guasa.

—En el puerto del matrimonio —dijo.

—Sí, eso. Quiero internarme con Peggy Guggenheim en el puerto del matrimonio —repitió aliviado.

El juez sonrió.

—Bien, entonces, intercambien los anillos. Ya pueden besarse.

Harold se acercó a Max y sacó la cajita. Max cogió la alianza más pequeña y se la puso a Peggy en el dedo. Luego ella cogió la otra. En ese momento, una lágrima le rodó por la mejilla.

—Bueno, bueno. Tampoco será tan grave —susurró Max sonriendo, mientras se inclinaba sobre ella. Le besó las lágrimas de la mejilla y luego sus labios se encontraron.

—Con esto los declaro marido y mujer.

Por primera vez, la voz del juez sonó solemne. Peggy separó los labios y tomó la cabeza de Max entre las manos.

—Te amo —susurró. Como respuesta, él la besó de nuevo.

34

Peggy había olvidado lo gélido que era enero en Nueva York. Aunque no nevaba, un frío helador le envolvió el cuerpo y ni siquiera la ropa gruesa era capaz de hacer frente al viento cortante. Peggy y Jimmy iban muy pegados el uno al otro, algo encorvados y con la mirada clavada en el suelo.

—Ya está bien. Tomemos un taxi, por muy cerca que estemos. —Peggy se abrió paso a través de los coches aparcados en dirección a la calzada. Mientras con la mano izquierda se ajustaba la bufanda a la boca, con la derecha hizo una seña a un taxi que se acercaba, pero este no paró. Lo mismo le sucedió con los siguientes—. Siempre pasa lo mismo —despotricó—. Basta que necesites uno... —Resignada, regresó junto a Jimmy y se detuvo asustada.

—¡Estás helado!

Este amagó una sonrisa. Tenía la cara blanca como la nieve y la nariz y las orejas rojas.

—¿A esto le llamas abrigo? —Tocó la tela—. No es apropiado para estas temperaturas.

—Lo compré en una tienda de segunda mano en la Tercera Avenida —dijo Jimmy. Luego dio media vuelta y siguió andando, de modo que Peggy tuvo que soltar la tela—. Ven, vayamos aprisa; así entraremos en calor. No falta mucho para llegar.

Ella apretó el paso para ponerse a su altura.

—En cuanto hayamos visto las salas de la Calle 57, te compras algo decente. Yo te daré el dinero.

—Pero...

—No hay pero que valga, Jimmy. Eres mi hijastro. Lo que me da rabia es no haberme fijado antes en cómo ibas vestido.

Peggy lo miró de reojo y notó que se había puesto rojo.

—¿Hay novedades de tu madre? —le preguntó con cautela al cabo de un rato.

El muchacho negó con la cabeza.

—Hace mucho que no sé nada de ella. Estoy muy preocupado. —Hizo una pausa breve; se mostró indeciso, no sabía si seguir hablando—. Sueño mucho con ella. Anoche mismo soñé que estaba en París, en el andén, como el día que me fui de viaje. Fue la última vez que la vi.

Peggy se quedó consternada.

—Es difícil imaginar cómo te sentirás, pero tampoco yo veo salvación posible. El visado se expidió hace meses. Mi familia se ha interesado por su expatriación en el Departamento de Estado. Sin embargo, hasta ahora seguimos sin noticias —dijo enfadada.

—No es culpa tuya. Además, ahora América también ha entrado en la guerra y no creo que... —Se interrumpió resignado.

Peggy guardó silencio. No sabía si era buen momento para hablar con Jimmy de lo que le rondaba últimamente por la cabeza. Pero luego hizo acopio de valor.

—Por favor, no me malinterpretes —dijo contra el viento, y notó que Jimmy la miraba de refilón—. En las últimas semanas he estado dándole vueltas al asunto. Y la única idea que se me ha ocurrido, ahora que me he casado con tu padre, es una adopción.

Jimmy se quedó parado.

—¿Una adopción?

También Peggy se detuvo y soltó una risa nerviosa.

—Si yo te adopto de manera oficial, tu madre se convertiría automáticamente en un familiar mío. No te puedo asegurar si servirá de algo, pero valdría la pena intentarlo.

Los labios amoratados de Jimmy esbozaron una leve sonrisa.

—Gracias, Peggy, te lo agradezco. Pero, como tú misma has dicho, no sabemos si servirá para algo.

Peggy dio media vuelta y continuó andando; Jimmy la siguió.

—No, pero piénsatelo de todas maneras. El proceso administrativo sería muy complejo. Llevaría su tiempo.

Durante el resto del camino guardaron silencio. Se iban acercando a la Calle 57. Peggy confiaba de todo corazón en que el señor Anderson, el agente inmobiliario, ya hubiera llegado y no los hiciera esperar expuestos a ese frío glacial. Luego llegaron al 30 de la Calle 57 Oeste. Contando con la planta baja, el edificio tenía ocho pisos. A su derecha se erigía un edificio de ladrillo de escasa altura, y a la izquierda, otro igual pero más alto. En la planta baja vieron también una tienda de comestibles. El señor Anderson estaba pegado a la entrada de la casa. Cuando vio a Peggy y a Jimmy, abrió la puerta y, con un gesto, los invitó a que lo siguieran.

—¿Ha tenido que esperarnos mucho tiempo? —preguntó Peggy con compasión al verle la cara enrojecida por el frío.

—He llegado antes de la hora. Una costumbre mía que en invierno me sale cara. —El señor Anderson sonrió con pesar y fue hacia el ascensor—. El inmueble se encuentra en el octavo piso, justo debajo del tejado. Se trata de un antiguo taller de costura. Toda la parte delantera la ocupan dos grandes ventanas. Es muy luminosa.

El ascensor traqueteaba mientras subían. Al poco rato, el señor Anderson abrió la puerta. Peggy y Jimmy entraron. Se trataba de una única habitación grande con el techo alto. Finas partículas de polvo danzaban a la luz lechosa de enero, que entraba hasta el fondo por el gran ventanal. Peggy se dejó invadir por el espacio.

—Una sola habitación —dijo al fin—. ¿A ti qué te parece, Jimmy? ¿Cabrá mi colección?

—Es muy larga. Creo que sí. Y las esculturas puedes ponerlas en medio, salpicadas aquí y allá.

—Puede que tengas razón.

Peggy se acercó a las ventanas. El suelo de madera crujía levemente bajo sus pies. Fuera, en la calle, el tráfico no cesaba, pero desde allí arriba solo se oía un suave murmullo. A través de un hueco que se abría entre dos edificios al otro lado de la calle se veía la parte trasera del elegante Hotel Plaza.

—La zona es justo lo que estabas buscando, ¿o no? —Jimmy se había puesto a su lado.

—Sí, es perfecta —asintió Peggy—. El MoMA está cerca. La galería de Pierre Matisse la tenemos incluso en la misma calle. Y casi todas las demás galerías importantes están a un tiro de piedra. Si hay alguna calle en Nueva York en la que pueda soñar con mi museo, es esta.

—Pues, entonces, ¿a qué esperas? ¡Decídete!

—Resulta tan difícil imaginarme cómo quedarán mis cuadros en este espacio y qué aspecto tendrá el museo...

—Cada cosa a su debido tiempo.

—Tienes razón.

Peggy retrocedió unos pasos y se detuvo en el centro de la habitación. Los techos altos, el amplio ventanal, la luz uniforme y sosegada. Se dirigió a una de las paredes y la tocó con la mano. La pintura era vieja y estaba descolorida. No cabía duda de que esa habitación había conocido tiempos mejores; ahora la esperaba un futuro diferente. ¿Cómo decía Trish? Cuando una puerta se cierra, otra se abre. Pero las cosas no ocurrían por sí solas. Peggy las había hecho posibles porque en ningún momento se había desmoralizado. Su colección cada vez más grande, el catálogo, el nuevo museo. Nada de eso le había caído del cielo, sino que era el resultado de sus visiones, de su duro trabajo y de su fuerza de voluntad.

El señor Anderson se había acercado a ella.

—¿Y bien? ¿Qué le parece el taller? —El agente inmobiliario aparentaba estar tranquilo, pero Peggy percibió en su voz un tono de impaciencia.

—Todavía no consigo imaginar aquí mi museo. —Al agente de la inmobiliaria se le agarrotó la expresión de la cara y Peggy tuvo que contener la risa—. Pero todo es cuestión de tiempo. El espacio es perfecto. Lo voy a alquilar. —Al señor Anderson se le iluminó el rostro.

—¡Una buena decisión! Creo de verdad que no habría podido encontrar nada mejor.

—Eso espero. —Peggy se acercó a Jimmy, que la recibió alzando los dos pulgares.

—Ya hemos avanzado otro paso más.

Ella lo agarró del brazo. Salieron juntos del piso y bajaron en el ascensor. Peggy firmaría el contrato de alquiler en los próximos días.

Cuando se quedaron a solas en el portal de la casa, ella sacó un talonario del bolso, lo puso contra la pared y escribió algo.

—¿Qué estás haciendo? —preguntó Jimmy.

—¿Cómo que qué estoy haciendo? Te estoy extendiendo un cheque en blanco. Hasta que no te hayas comprado un abrigo de invierno nuevo, no te molestes en pasarte por Hale House. —Le tendió el cheque—. ¡Vamos! ¿A qué esperas? ¡Macy's cierra dentro de dos horas!

Jimmy cogió el cheque y le dio un abrazo fugaz.

—Gracias —dijo antes de encaminarse a la puerta.

Cuando Peggy salió a la calle, a duras penas pudo contener un grito de alegría. Acababa de encontrar el espacio adecuado para su nuevo museo. Ya no era una simple idea ni un sueño dorado. En pocos días tendría la llave del 30 de la Calle 57 Oeste. Había comenzado una nueva aventura. Hizo señas a un taxi que, para su asombro, se detuvo. Veinte minutos más tarde estaba en casa.

MAX TUVO QUE haberla visto desde la ventana de la cocina. Cuando le abrió, ella se lanzó a sus brazos sin decir una palabra.

—¡Eh, eh! ¿A qué viene esto? —La apartó un poco de sí y miró su cara enrojecida.

—Ven. —Peggy tiró de él hacia el interior de la casa. Se había propuesto contárselo todo tranquilamente a Max, pero las palabras le salían a borbotones ya en el pasillo. De repente, a ella misma le parecía increíble su propio plan. Solo en ese momento se dio cuenta de que, hasta el último instante, no se había atrevido a creer en él. Rodeó el cuerpo de Max con los brazos y lo atrajo hacia sí.

En ese instante sonó el teléfono de pared del salón. Peggy suspiró. Por un momento sopesó la posibilidad de no contestar, pero luego se zafó de Max y descolgó el aparato.

—¿Estoy hablando con la señora Peggy Guggenheim? —La voz de hombre sonaba insegura.

—Con la misma. ¿Y quién es usted?

—Me llamo Jonathan Smith. Soy empleado de la sección de caballeros de Macy's. —Hizo una breve pausa—. La llamo para informarle de un grave incidente. Tengo delante a un joven que ha intentado pagar un abrigo con un cheque falsificado. El cheque lleva el nombre de usted y el chico asegura muy en serio que la conoce, pero a mí me parece completamente imposible. Me ha insistido en que la llamara. Tiene que creerme, me resulta muy desagradable molestarla. ¿Desea que llame a la policía en su nombre?

—¿Es que está usted loco de remate? ¡Ese joven es mi hijastro! Y ahora véndale de inmediato el abrigo de invierno que haya escogido, antes de que me ponga en contacto con su superior.

Balbuceando una disculpa tras otra, el hombre dio por concluida la conversación. Peggy se volvió riéndose hacia Max.

—No te vas a creer quién era. Pero eso te lo contaré más tarde. ¿Por dónde íbamos?

35

FUERA REINABA LA oscuridad desde hacía horas. Jimmy había estado trabajando durante toda la tarde con Peggy en el catálogo, pero no quería quedarse a cenar. Tenía sus planes. Una vez a la semana se encontraba con sus amigos americanos pintores. Charlaban de sus cuadros, de otros artistas, de la situación del mundo y de sus bolsillos y estómagos vacíos. También hablaban de los museos y galerías que no se interesaban por ellos, y de las mil razones por las que, pese a todo, seguían pintando. Bebían cerveza barata, se contaban los últimos chismorreos y se daban ánimo los unos a los otros.

Esa noche la reunión se celebraría en casa de Roberto Matta, que era el único de ellos que ya se había hecho un nombre. Era chileno, había estudiado arquitectura e incluso había trabajado con Le Corbusier en París. Pese a que llevaba pocos años pintando, ya había participado en una Exposición Internacional de Surrealismo en París y, tras su llegada a Nueva York, había expuesto en la galería de Julien Levy. No obstante, carecía de toda arrogancia y disfrutaba del trato con sus colegas americanos menos afortunados. Y a diferencia de otros muchos a los que la guerra había trasplantado a América, hablaba inglés.

Ya desde el rellano de la escalera, Jimmy oyó las voces procedentes del interior de la vivienda. La puerta se abrió.

—Hola, Jimmy, pasa.

Matta lo llevó al cuarto de estar. A diferencia de los otros, podía permitirse el lujo de un piso con agua caliente. Jimmy alzó la mano a modo de saludo cuando vio a sus amigos. William Baziotes se hallaba sentado en el sofá junto a su mujer, Ethel. Además, habían acudido Robert Motherwell y Charles Henry Ford.

Cuando Jimmy fue a la cocina para coger una cerveza, se encontró con Jackson Pollock, que en ese momento estaba echando un vistazo a la nevera. No frecuentaba las reuniones con regularidad y solía mostrarse más bien callado.

—Hola —se limitó a decir Jimmy.

Pollock sacó una botella de cerveza, la abrió con una cuchara que encontró por ahí, dio una palmada a Jimmy en el hombro y, sin decir una palabra, regresó a la sala de estar. Jimmy lo imitó antes de volver al salón.

—Oye, Jackson, ¿por qué no ha venido tu novia? —preguntó Baziotes justo en el momento en que Jimmy se sentó a su lado en el sofá.

—A Lee le dolía la cabeza —fue su breve respuesta.

Motherwell se volvió hacia Jimmy.

—¿Y tú? ¿Qué hay de nuevo en el frente surrealista?

Jimmy esbozó una sonrisa.

—La locura habitual. Hoy han venido a comer a casa Mondrian, Tanguy y Breton. El pobre Mondrian apenas ha probado bocado. Tanguy y Breton no paraban de meterse con él y con las formas simétricas de sus pinturas. Aseguraban que a sus cuadros les faltaba humanidad. —Los otros se echaron a reír.

—Siempre estamos con esas luchas de trincheras. El surrealismo contra el arte abstracto y viceversa. A mí me aburren —dijo William Baziotes.

—Es que en Europa les gusta discutir —opinó Jimmy como disculpándolos.

—Yo también me he dado cuenta de que les gusta —observó Ethel Baziotes—. Y cuanto mejor y con más detalle hablen, mejor. En ese sentido, los americanos vamos más directamente al grano.

—Es que, si vas al grano, no llenas las tardes y las noches —se rio Jimmy—. Tenéis que imaginaros cómo vivían y trabajaban los artistas europeos en París. Por la tarde se reunían en el café y discutían hasta bien entrada la noche. —Sonrió—. Si no argumentas prolijamente y, para darle más emoción, te peleas de vez en cuando, no consigues matar todo ese tiempo. —De nuevo se echaron todos a reír.

—Y ahora los que están aquí odian cada minuto que pasan en Nueva York.

—No todos —opinó Jimmy—. El que más lo odia es Breton. Pero creo que los demás se encuentran a gusto. Mi padre está pintando mucho, hace unos cuadros francamente interesantes. Sin embargo, tenéis razón; al fin y al cabo, esta situación es excepcional para todos. —Jimmy suspiró—. A mí me dan lástima. Eso sin contar sus dificultades con el idioma. De repente, se han encontrado en un país cuya política les es ajena y con cuya cultura no tienen nada en común. En su mundo todo debía tener siempre un sentido más elevado, y ese sentido aquí no logran hallarlo.

William Baziotes sonrió.

—Sí, recuerdo una vez en que Breton nos preguntó si podíamos explicarle la hamburguesa.

—Admito que Breton es una fuente inagotable de anécdotas —intervino Matta, que hasta ese momento no había participado—. No obstante, a mí me parece que todos podemos aprender de todos. Para nuestro propio trabajo.

—A ti, de todas maneras, ya te han adoptado los surrealistas —dijo Eithel riéndose—. Para Breton eres uno de los suyos.

—Me han adoptado sin pedirme permiso —se rio Matta—. No me gusta que me encasillen, pero tampoco quiero pelearme.

—Sin embargo, una y otra vez nos haces jugar a esos juegos surrealistas o nos planteas algún experimento surrealista —intervino Baziotes simulando un reproche.

—Y nos haces leer a Rimbaud y a Apollinaire —añadió Motherwell.

—Para que comprendáis mejor el ideario que alberga su arte —dijo Matta con insistencia. Se inclinó hacia delante y apoyó los codos en las rodillas—. De alguna manera, todos estamos influidos por artistas como Picasso o Miró. Pero no debemos utilizar solo su lenguaje formal. Hemos de saber también qué ideas se ocultan tras él.

Baziotes dio un trago de su botella de cerveza, se reclinó en el sofá y puso el brazo en los hombros de su mujer.

—Eso es correcto. Pero en cierto sentido muchos cuadros surrealistas me parecen un tanto cerebrales. ¿Cómo lo llamaría yo?

—¿Demasiado literarios? —lo ayudó Ethel.

—Exacto. Demasiado literarios —exclamó Motherwell—. No tenéis más que pensar en el lenguaje iconográfico de Salvador Dalí.

Todos esos relojes que se derriten. Eso entraña mucha erudición. Nuestros paisajes interiores son diferentes.

—Además, ese lenguaje iconográfico no dice nada nuevo sobre la acción de pintar, el mero proceso, la técnica. —La objeción procedía de Jackson Pollock, que hasta entonces había estado callado—. La técnica de la esponja estampada que utiliza Max Ernst la encuentro interesante. O también su técnica del goteo. Pero el resto de los surrealistas, por lo general, son técnicamente más bien aburridos.

—¿En qué estás pensando? —preguntó Jimmy.

—En la expresión libre, por ejemplo. En lo autobiográfico. Y luego en la técnica. La estructura superficial, el color, nuestra gestualidad, nuestra manera de pintar. El maldito pincel ha de recuperar su importancia. —Todos se rieron.

Matta alzó la botella y brindó con ellos.

—Tenemos que fortalecernos unos a otros. El arte abstracto, el surrealismo, las diferentes técnicas e ideas que tenga cada uno de nosotros.

—Desde luego, Roberto. Pero en cualquier caso tampoco nos vendría nada mal si nos promocionaran un poco. Fíjate en las galerías que tenemos en Nueva York. A ti te han expuesto porque te consideran un surrealista. Y a los europeos abstractos también los tratan en palmitas. En cambio, a nosotros, sus propios paisanos, a los que hacemos pintura abstracta aquí en América, nos dan con la puerta en las narices. Y el MoMA, nuestro así llamado Museo de Arte Moderno, tampoco nos lo pone fácil. —La voz de Baziote tenía un tono de amargura.

—Bueno, pues menos mal que dentro de poco tendremos un museo nuevo. —Matta sonrió a Jimmy, que levantó las cejas desconcertado—. ¿O acaso tu nueva madrastra no tiene previsto inaugurar una galería?

—Sí, claro. —Jimmy notó que se ruborizaba—. Pero como sabéis, está bastante vinculada a los surrealistas. Dudo que...

Matta lo interrumpió con un par de enérgicos manotazos en el hombro.

—Por lo pronto solo tenemos que esperar. Ya veremos lo que pasa.

Venecia, 1958

—HACE POCO COINCIDÍ con Leonora Carrington en la inauguración de una exposición en Nueva York. —Kiesler miró fijamente a Peggy, pero su rostro no reflejaba nada más que sorpresa.

—¿Ah, sí? ¿Ya no vive en México? Creía que era feliz allí.

—Y lo es. Pero echa de menos Nueva York.

Peggy hizo un gesto de asentimiento y durante un rato los dos guardaron silencio. El camarero llegó y les llevó el aperitivo. Ante ellos tenían la plaza de San Marcos en toda su amplitud. Los turistas se sacaban fotografías dando de comer a las palomas y las cúpulas de la basílica de San Marcos lanzaban destellos bajo el sesgado sol de la tarde. Sus cinco grandes portadas parecían unas fauces negras recortadas contra la intensidad de la luz.

—¿Aún conservas tus cuadros de Leonora Carrington? —preguntó de repente Kiesler.

Peggy dio sorbito al gin-tonic. Los cubitos de hielo tintinearon. Negó con la cabeza.

—No, por desgracia los vendí todos. Ya sabes, por mis resentimientos contra ella. Pero ahora que aquello se me pasó hace tiempo, me da pena. Sobre todo por el primero.

—¿Cuál era el primero?

—Se titulaba *Los caballos de lord Candlestick*. ¿Te acuerdas? Kiesler hizo un gesto irónico.

—Mi memoria ya no es lo que era. Échame un cable.

—El cuadro muestra varios caballos, uno de ellos rojo. Sus ojos, más bien humanos, son inusualmente grandes y resultan bastante inquietantes. Pero lo surrealista estriba en que varios de estos caballos, haciendo audaces contorsiones, parece que cuelgan de unos árboles. Un cuadro fantástico, y no te vas a creer cuándo lo compré. —Kiesler la miró animándola a que se lo contara. Peggy dio otro sorbito de la copa—. Fue en 1938. El día que vi por primera vez a Max. Nuestro amigo Howard Putzel quería que visitara el estudio de Max y que le comprara un cuadro. Todavía lo recuerdo como si fuera ayer. Él estaba sentado en un sillón y Leonora a sus pies. Y, en efecto, era tan guapo como se decía, y los dos juntos formaban una pareja que tenía algo de mágico y de místico. Y precisamente esa aura que había entre los dos —dijo mirando con franqueza a Kiesler—, y que yo percibí ya desde nuestro primer encuentro, es lo que luego me volvió tan recelosa. Seguramente sin motivo alguno, o eso pienso ahora.

—Por lo menos, ahora puedes hablar tranquilamente de todo eso.

—Oh, sí. —Peggy dejó la copa en la mesa redonda—. Claro que puedo. Por eso me arrepiento más de haber vendido sus cuadros. Leonora es una artista extraordinaria. Eso no lo he dudado nunca, ni siquiera por aquel entonces. Y quién sabe, quizá compre pronto otro cuadro suyo.

Kiesler alzó la copa.

—Brindemos por eso.

Peggy se echó a reír.

—Por Leonora —dijo.

—Por Leonora.

1942

36

Peggy estaba en la cocina tomando su tercera galletita de chocolate. Con qué ganas habría irrumpido en el estudio de Max y le habría echado en cara todo lo que con tanto esfuerzo había conseguido no decirle hacía media hora. Por primera vez en ese mes de enero lucía el sol. Y como desde la boda no habían hecho nada juntos, le había propuesto dar un paseo y, tal vez, comer algo por ahí. Pero él le había comunicado de forma escueta que ya tenía planes. Leonora se pasaría enseguida a recogerlo para dar un paseo y almorzar. Peggy se había contenido y se había retirado a la cocina, pero por dentro estaba furiosa. Había confiado en que, después de casarse, los encuentros de Max con su exmujer disminuyeran. En lugar de eso, los dos se veían con mayor frecuencia. Y, además, Max ni siquiera consideraba necesario hablarle voluntariamente de sus citas. Tenía que preguntárselo ella para averiguar que, una vez más, Leonora iría a recogerlo a la puerta de su casa. Cuanto más lo pensaba, más rabiosa se iba poniendo, y solo el hecho de que en cualquier momento Leonora pudiera tocar el timbre la detenía de reprochar a Max su propia frustración.

En esas sonó el timbre. Al principio Peggy no se movió, pero luego se levantó y fue a paso ligero a abrir la puerta. Al fin y al cabo era su casa; no tenía por qué esconderse en la cocina como si no existiera.

—¡Hola! —Radiante de alegría, Leonora le dio un besito en cada mejilla.

Peggy le devolvió la sonrisa.

—Hola, Leonora, pasa. Max está todavía arriba, en el estudio. Le voy a decir que has llegado.

—Bah, no te molestes. Subiré un momento. Así veré qué progresos ha hecho desde la última vez.

Peggy se encogió de hombros y se volvió.

—Como quieras. —Regresó a la cocina.

—«Así veré qué progresos ha hecho desde la última vez» —la imitó cuando estuvo fuera del alcance de su oído.

Se tomó otra galleta más y se sorprendió intentando oír las voces del piso de arriba. Eran voces alegres y relajadas, tan solo interrumpidas por alguna risa ocasional. ¿Por qué con ella estaba con frecuencia tan tenso si con Leonora podía estar tan tranquilo y de tan buen humor? Hecha un manojo de nervios, esperó a que los dos bajaran para marcharse de casa. Así al menos se libraría de ellos y podría intentar distraerse. Aunque hubiera preferido hacer algún plan con Max, quedaba trabajo por despachar con el catálogo. Ahora arriba reinaba el silencio. Peggy se quedó otro rato sentada en la cocina. Luego se levantó y subió las escaleras sin hacer ruido.

Ante la puerta del estudio de Max no se oía nada. Peggy notó que se iba enfureciendo. Dio dos golpecitos a la puerta y luego la abrió de par en par. Max y Leonora estaban sentados a una mesa dibujando algo juntos en una hoja. En un primer momento, Peggy se sintió aliviada. Pero luego le invadieron los celos. Lo que los unía, su creatividad, su continua necesidad de crear, incluso de inventar algo juntos, eso era algo que ella jamás podría compartir con Max. Y mucho se temía que su marido no dejara nunca de buscar eso en otras mujeres.

Max y Leonora se volvieron asustados.

—¡Pero si todavía estáis aquí! Creí que ibais a salir —se apresuró a decir Peggy.

Max se encogió de hombros.

—No tenemos prisa. No habíamos planeado nada en concreto.

Leonora ya se había dado la vuelta y seguía dibujando.

Peggy asintió con la cabeza.

—Entonces os dejo —dijo, aunque le habría gustado hacer todo lo contrario. Cerró la puerta tras ella y bajó despacio las escaleras. Al cabo de más de una hora, oyó por fin pasos en la escalera. Se levantó del sofá, donde llevaba un rato intentando leer.

—¡Nos vamos! —gritó Max desde el pasillo.

Peggy se apoyó en el marco de la puerta.

—No olvides que esta tarde se inaugura la exposición de Piet Mondrian en la galería Dudensing. La inauguración empieza a las siete, pero para entonces seguro que ya has vuelto. —Intentó que sonara lo más natural posible, pero no pudo evitar añadir esa coletilla.

Luego se quedó sola.

HORAS MÁS TARDE se sintió verdaderamente orgullosa de sí misma. Había conseguido no pensar en Max y Leonora, y había trabajado bien. Miró el reloj. Solo faltaba una hora para la inauguración de la exposición de Piet. Otra vez se sintió tan furiosa como antes de que se le pasara el enfado. ¿Qué estarían haciendo esos dos tanto tiempo juntos? Se los imaginó en algún restaurante o en un café. ¿De qué hablarían tomándose un vino? ¿Charlarían realmente solo sobre arte o hablarían también de su pasado común, de sus sentimientos todavía palpitantes?

Peggy echó otro vistazo al reloj. Si quería llegar a tiempo a la inauguración de Piet, tenía que cambiarse ya de ropa. Pero ¿qué les diría a sus amigos cuando le preguntaran por Max? ¿Por ejemplo, que estaba paseando por Nueva York con Leonora y se había olvidado de la hora? ¿O que en compañía de Leonora se saltaba hasta la inauguración de la exposición de su amigo? A sus celos se unía el enfado por la humillación, y durante un instante llegó a sopesar la posibilidad de llamar a Valentine Dudensing e inventarse una disculpa. Era invierno. Seguro que se tragaba la excusa de un resfriado. Pero luego se levantó de la mesa y apagó con resolución la lámpara del escritorio. ¡Tonterías! ¡Lo que le faltaba: perderse la inauguración de Piet por culpa de Max! Al fin y al cabo, ella no era un apéndice del gran Max Ernst, sino una figura también impor-tante en el mundo del arte. ¡Al infierno con él y Leonora!

Eran poco más de las siete cuando su taxi se detuvo delante de la galería Dudensing, en el 55 de la Calle 57 Este. «Mi calle —pensó llena de orgullo cuando se apeó—. Pronto se inaugurará también mi museo en la 57, solo que un poco más al oeste.» En su rostro se dibujó una sonrisa. Nada más entrar, se sintió relajada.

—Peggy, *my dear!* —Valentine Dudensing, que como buen anfitrión no quitaba ojo a la puerta, le salió al encuentro. Solo era unos años mayor que ella. Tenía el pelo oscuro peinado con gomina hacia atrás y el bigote recién recortado. Peggy conocía a aquel comerciante de objetos de arte desde hacía muchos años. Su galería era uno de los epicentros del arte moderno de Nueva York.

—¡Valentine, qué alegría! —Se dieron un breve abrazo.

—Ven —dijo Dudensing, y la agarró de la mano—. Te llevaré donde está Piet. Como verás, ya estamos al completo. —Siguió tirando de ella. En ese momento, Piet Mondrian estaba hablando con el galerista Pierre Matisse. Al pasar, Peggy vio también a Yves Tanguy, André Masson, Breton y Alfred Barr. Piet la recibió con gran euforia.

—Hace poco hemos bailado juntos el *boogie-woogie* —le dijo de buen humor a Matisse.

Peggy hizo la ronda. Se alegraba de ver a sus amigos. Todos la saludaron con entusiasmo. Charlaron, hicieron bromas, hablaron de asuntos profesionales. Allí se sentía a gusto; ese era su mundo. Y lo cierto es que durante un buen rato se olvidó de que estaba sola en la inauguración de la exposición. Luego su mirada recayó en el reloj de pulsera. De repente, cayó en la cuenta de lo tarde que era ya. Iban a dar las ocho y media, y Max seguía sin aparecer. Una oleada de preocupación y frustración se adueñó de ella de nuevo. El corazón empezó a palpitarle enloquecido. ¿Dónde habían estado los dos tanto tiempo? ¿Habrían ido a casa de Leonora? Notó que el rubor le subía a las mejillas. De repente, le flaquearon las rodillas. Se sentó en un banco en mitad de la sala e intentó respirar con tranquilidad. Alguien se sentó a su lado. Alzó irritada la mirada.

—Ah, eres tú.

Howard le sonrió.

—En realidad, debería estar ofendido. Desde que te casaste no te has dejado ver el pelo. Y esta noche tampoco te has dignado ni siquiera a mirarme. Todos los demás eran más importantes para ti. —La miró fingiendo estar enojado.

—Sabes que no lo he hecho a propósito. Perdona, por favor.

—Está bien. —Sonrió—. Además, sería contraproducente enfadarme contigo ahora que me pica tanto la curiosidad. —Peggy lo miró con las cejas arqueadas—. Un pajarito me ha contado que has encontrado salas para tu museo.

Peggy esbozó una sonrisa, pero luego vio por el rabillo del ojo que había movimiento delante de la puerta. ¿Max? Pero solo era una visita que salía de la galería.

—¿Peggy?

Se volvió hacia Howard.

—Has oído bien. He encontrado algo. Un antiguo taller de costura con un gran ventanal. No lejos de aquí, en la misma calle.

—Entonces lo has conseguido. ¡Increíble! A ti nada te detiene.

Peggy soltó una carcajada mientras lanzaba otra mirada fugaz hacia la puerta.

—Claro que no. ¿Acaso lo dudabas?

Howard negó con la cabeza.

—¿Y ahora qué vas a hacer?

Peggy suspiró.

—Pues sí, a ver qué voy a hacer ahora. El contrato ya lo he firmado. Como te digo, se trata de un espacio grande y diáfano, más o menos en bruto. El problema es que no sé exactamente cómo disponerlo. —Señaló las paredes de la galería Dudensing—. Paredes blancas, los cuadros enmarcados y colgados. El modelo clásico. Así lo hacen todos. Dudensing, Pierre Matisse, el MoMA. Así lo hice yo también en Londres. Y en realidad lo encuentro muy bonito. Los colores de los cuadros resaltan ante el fondo blanco, pero…

—¿Pero? —Howard le lanzó una mirada interrogativa.

Peggy hizo un gesto arisco.

—Nada, es solo que… Sencillamente me gustaría hacer algo distinto, no el consabido museo. Quiero un diseño del espacio que refleje el arte que allí se expone. Quiero que la gente se quede boquiabierta cuando venga a mi museo. El diseño de las salas tiene que guardar relación con los cuadros. Deben comunicarse unos con otros. ¿Entiendes? Quiero algo nuevo, apasionante, ¡una rebelión!

—Mmm. —Howard se limpió las gafas, comprobó el resultado y se las volvió a poner. Luego sonrió—. No te lo vas a creer, pero conozco a alguien que te podría ayudar. Es un austríaco que vive desde hace años aquí en Nueva York. Se llama Frederick Kiesler.

En 1924 organizó en Viena la Exposición Internacional de Nuevas Técnicas Teatrales, y por el momento imparte clases en el *Julliard School for Music*, donde también diseña los escenarios.

—¿Los escenarios? —preguntó Peggy.

—Sí, pero trabaja exactamente con los conceptos que te interesan. Todas las cosas han de guardar relación entre sí...

—¡Pues claro, los escenarios! —Peggy estuvo a punto de dar un salto—. Howard, eso es perfecto. El museo como escenario. Mis cuadros y los espectadores como actores. Un teatro del arte. ¿Cuándo crees que podré quedar con ese tal Kiesler?

Howard la miró perplejo.

—Mañana mismo lo llamo.

—¡Eres un tesoro!

Hicieron una pausa y Peggy miró de nuevo la hora y luego hacia la puerta.

—¿Esperas a alguien? —preguntó Howard—. Desde que llevamos aquí sentados has mirado unas cien veces hacia la puerta.

Peggy notó que se ponía colorada.

—Max ha salido hoy al mediodía con Leonora y desde entonces no lo he visto. Ni siquiera ha venido a la inauguración.

—Y ahora estás preocupada por eso. —La mirada de Howard fue muy elocuente.

Ella meneó lentamente la cabeza.

—No hace falta que digas nada. Sé que debería disfrutar de la noche y no volverme loca. Y hasta ahora lo he conseguido. Pero cuanto más tarde es, más difícil me resulta.

Howard puso la mano sobre la de Peggy, pero de repente desvió la vista hacia la puerta. Una sonrisa le iluminó la cara.

—Hablando del papa de Roma... Ahí lo tienes. El señor Ernst en persona.

Peggy se volvió y fue a levantarse, pero Howard se lo impidió tirándola de la mano.

—Primero cálmate. Quédate muy tranquila.

Ella bufó en voz baja porque detrás de Max apareció también Leonora en el marco de la puerta.

—Que me quede tranquila, dices. Míralos, igual que una pareja de enamorados.

—Déjalo, Peggy. Esas cosas te las imaginas solo para hacerte daño. Seguro que hay una explicación muy simple para justificar el retraso, y Leonora es artista. Tiene el mismo derecho a estar aquí que tú y yo.

Peggy se limitó a asentir. Sabía que Howard tenía razón; no obstante, se sentía irremediablemente expuesta a su tumulto interior de celos y rabia. Observó con disimulo a Max para ver si la buscaba con la mirada; ojalá se acercara a ella para saludarla y pedirle disculpas. Así mostraría a todos que eran una pareja, que estaban juntos. No hacía falta más, y ella lo perdonaría de inmediato. ¿Era tan difícil?

Howard seguía sujetando suavemente la mano de Peggy, pero con resolución. Ella sabía que quería ayudarla a hacer lo correcto. A tranquilizarse, a no montar un número. Pero Max acababa de coger una bebida del buffet. Su mirada había recorrido una vez la sala fugazmente. Era evidente que no la estaba buscando y que no tenía previsto ni mucho menos saludarla y pedirle disculpas. Ahora Leonora y él estaban con Tanguy y Breton. El león surrealista soltaba sonoras carcajadas y daba al flaco Tanguy unos manotazos en el hombro tan fuertes que al pobre le claudicaron unos centímetros las rodillas. Max y Leonora también se reían. Luego Leonora puso la mano en el hombro de Max, le dijo algo y se fue. Peggy observó que se dirigía hacia Piet Mondrian.

Peggy soltó abruptamente la mano de Howard y se levantó.

—Solo un momento. Enseguida vuelvo.

—Ay, Peggy. —Howard suspiró. Conocía lo impulsiva que era su amiga. Había demasiadas posibilidades de que hiciera algo de lo que más tarde se arrepentiría.

Peggy fue derecha hacia Max, Breton y Tanguy.

—Hola a los dos. —Miró a sus dos amigos. Luego se volvió hacia su marido—. ¿Lo has… lo habéis pasado bien esta tarde?

—Peggy, por favor —dijo Max en voz baja. Breton y Tanguy cambiaron una rápida mirada y se marcharon. Al pasar, Breton le puso a Max la mano en el hombro.

—Hombres —bufó Peggy—. Siempre defendiéndoos entre vosotros.

—¿A qué viene esto, por favor? Yo no necesito que nadie me defienda. ¿Qué quieres?

—¿Cómo que qué quiero? Me gustaría saber dónde os habéis metido todas esas horas. ¿Por qué no has venido hasta ahora a la inauguración? ¿Qué habéis hecho durante todo ese tiempo?

—Nada. Hemos charlado, hemos comido y hemos paseado. Pero me temo que de todas maneras no me vas a creer, así que no voy a intentar convencerte.

—No, no lo intentas porque te da igual que te crea. —Peggy iba subiendo el tono de voz—. De la misma manera que te da igual que haya venido sola a la inauguración de la exposición mientras tú te presentas con Leonora como si fuerais un matrimonio.

—Deja ya de hablar tan alto —siseó Max y la agarró del brazo, pero ella se soltó—. Peggy, por lo que más quieras, sencillamente se nos ha pasado la hora.

Ella se dio la vuelta cuando notó la mano tranquilizadora de Leonora en su hombro. De reojo vio cómo otros visitantes la miraban fijamente. Se deshizo de la mano de Leonora.

—Se os ha pasado la hora como a dos tortolitos. ¿Y eso lo dices para que me tranquilice? —De nuevo había alzado la voz. Alguien la agarró del bazo.

—Vamos, Peggy —dijo Howard con resolución. Llevaba el sombrero puesto y de su brazo colgaban dos abrigos—. Vamos a tomar algo por ahí. Tengo que contarte sin falta más cosas de ese arquitecto.

Lanzó a Max una fría mirada de soslayo y tiró enérgicamente de su amiga.

37

Habían vuelto a reconciliarse. De todas maneras, la conducta de Max, el numerito de la galería y el ambiente tenso les había dejado un amargo regusto difícil de eliminar. Tal vez fuera porque la pelea que habían tenido en la galería era solo el último de toda una serie de conflictos. Porque una cosa era segura: desde la boda, Max se tomaba aún más libertades que antes.

No obstante, Peggy no se desmoralizaba. Y, sobre todo, no quería volver a sacar el tema, pese a que siempre tenía alguna pregunta que hacerle en la punta de la lengua. A veces, cuando se arrimaba a él en la cama muy entrada la noche, le costaba mucho esfuerzo reprimir el deseo de preguntarle si todavía deseaba a Leonora. Para compensarlo, se respaldaba en otros proyectos. Para la noche siguiente había invitado a amigos y conocidos a una fiesta. Quería que la casa se llenara de vida. Otras personas, risas, conversaciones, tal vez incluso baile. Eso aliviaría definitivamente la tensión que se había instalado entre ellos. Y luego también estaba su museo. Le había escrito una carta al arquitecto Frederick Kiesler preguntándole si era capaz de imaginarse la transformación de un antiguo taller de costura en un museo de arte moderno. La respuesta no se había hecho esperar mucho tiempo. Kiesler había contestado de forma afirmativa.

Se citaron en una cafetería de la Calle 57, no lejos de la nueva sala. Cuando Peggy entró en el local, lo reconoció enseguida por la descripción que le había hecho de él Howard. Tenía ocho años más que ella, era un hombre delgado con una cara angulosa, aunque de baja estatura. El pelo oscuro con raya lo llevaba peinado hacia la izquierda y vestía un traje impecable con corbata. Sin duda, Kiesler no había visto entrar a Peggy. Meneaba nervioso el pie derecho bajo la mesa y los dedos de una mano tamborileaban levemente sobre el tablero de la mesa. Peggy se dirigió a él.

—¿Frederick Kiesler?

Este giró la cabeza y se levantó con la mano tendida.

—Señora Guggenheim, encantado.

Peggy sonrió y se sentó enfrente. Llegó un camarero.

—Yo tomaré un batido de vainilla —dijo ella sin pensárselo—. ¿Y usted?

—Para mí lo mismo.

Peggy lo miró.

—¿Lleva mucho tiempo esperando?

—Para serle sincero, sí, pero es por culpa mía. No vivo lejos de aquí y he salido de casa demasiado pronto.

—Bueno. —Peggy echó una ojeada a su bonito reloj de pulsera—. En realidad, yo llego un poco tarde. En fin, señor Kiesler, vayamos directos al grano. Un buen amigo mío me lo ha recomendado.

—Howard Putzel. Nos conocemos bien y tenemos otros amigos en común, como por ejemplo Marcel Duchamp.

—¿Conoce a Marcel?

—Oh, sí, demasiado bien. Espero que no tarde mucho en venir él también a Nueva York.

—Eso espero yo también —dijo Peggy—. ¿Le ha contado ya Howard en qué consiste mi proyecto?

—Más o menos. Yo…

—A mí me ha contado que usted procede más bien del ámbito teatral, pero en mi caso se trata de un museo y…

Ahora fue Kiesler el que la interrumpió.

—Señora Guggenheim, ¿ha oído hablar de mi laboratorio para la correlación del diseño, de la Universidad de Columbia? —Hizo un breve gesto arisco—. En realidad, lo cerraron hace poco, pero el trabajo que realizábamos allí la convencerá de que no existe ninguna diferencia entre un teatro, una escenografía y un museo. —Peggy lo miró interesada y Kiesler continuó—: En nuestro trabajo nos hemos centrado en la observación de los modos de conducta humanos. ¿Qué hacemos las personas, qué costumbres tenemos? ¿Cómo se desarrollan nuestros movimientos y cómo funciona nuestro cuerpo? ¿Qué necesita este y cómo se comporta en determinadas condiciones?

—Entiendo —interrumpió Peggy su verborrea—. Pero ¿qué tiene eso que ver con un museo o con el arte moderno?

—Muy sencillo. —Kiesler sonrió—. Estos conocimientos nos ayudan a diseñar mejor los muebles y los objetos de uso. Establezcamos una nueva relación entre la manera de vivir que tenemos las personas y el entorno en el que nos movemos. A eso me refiero cuando hablo de correlación. Con respecto a su museo, eso significa que las propias salas han de interactuar con el arte que allí se expone. Y no solo con el arte, sino también...

—Con el público —dijo Peggy.

Kiesler asintió satisfecho.

—Exacto.

Peggy estaba entusiasmada.

—Veo que nos entendemos, señor Kiesler. Eso es precisamente lo que quiero. Quiero que haya interacción entre el espacio y el arte, entre el espacio y el hombre, entre el hombre y el arte. Todo debe comunicarse con todo. Mi galería debe ser lo contrario del Museo del Arte no Objetivo. ¿Conoce el museo de mi tío Solomon?

Kiesler se echó a reír.

—Las cortinas de terciopelo gris. Los pesados marcos dorados de los cuadros. Lo sé.

—Se olvida usted de la música de Bach. En el museo de mi tío el arte se separa del observador, se mantiene lejos de él colocado en un pedestal inalcanzable. Eso es lo que yo no quiero.

—Tampoco lo obtendrá de mí. —Kiesler sonrió—. Por cierto, Hilla Rebay, la mano derecha de su tío, pensó también en mí para el diseño del museo, pero luego eligió a otro. Le aseguro que si yo hubiera recibido el encargo, no habría ni marcos dorados ni terciopelos.

—¿La señora Rebay lo rechazó como diseñador? —Peggy puso los ojos como platos y luego se echó a reír—. En lo que a mí respecta, ese es un punto a su favor. —Tomó el último trago del batido—. La sala está aquí cerca. ¿Vamos a echarle un vistazo los dos juntos?

Se levantaron, anduvieron los pocos pasos que los separaban del 30 de la Calle 57 Oeste y se montaron en el ascensor. Peggy abrió la puerta del antiguo taller de costura y dejó pasar primero a Kiesler, que se detuvo ya en el umbral de la puerta y miró a su alrededor.

—Por desgracia, es una única habitación larga y más bien estrecha...

—Shhh... —Kiesler la interrumpió alzando la mano—. La primera impresión es decisiva. —Peggy se quedó callada. Él permaneció otro rato más junto a la puerta y luego fue al centro de la habitación, donde giró varias veces, despacio, sobre su propio eje—. La luz solo entra por un lado —dijo Kiesler en voz baja.

—Lo sé —dijo enseguida Peggy—. Al principio me preocupaba, pero luego pensé: ¡qué demonios! Ya no vivimos en la Edad de Piedra. La luz la crean las personas. Nosotros decidimos acerca de las fuentes de luz. Dónde, con qué intensidad y de qué color las queremos.

Kiesler la miró con cara de pícaro.

—Ni yo mismo podría haberlo expresado mejor.

Ella esbozó una sonrisa.

—Lo único que me preocupa es el tamaño de esta habitación. Mi colección es bastante amplia.

—¿Esta habitación? —Kiesler sonrió con malicia—. No se quede con lo que ve superficialmente. —Para asombro de Peggy, Kiesler se tumbó con su atildado traje negro en el polvoriento suelo de madera y miró al techo—. Pruébelo usted también. Cambie de perspectiva. —Hecha un mar de dudas, Peggy se miró la falda azul, que le llegaba hasta la rodilla. Luego se encogió de hombros, se tumbó en el suelo y aspiró el aroma de la madera polvorienta. De repente, le pareció oír los pasos que día tras día habían resonado en ella—. ¿Y bien? ¿Qué ve? —la sacó Kiesler de sus pensamientos.

—Un techo.

—¡Se equivoca! —El hombre hizo una mueca de disgusto—. Lo primero que ve es un espacio vacío. Un espacio que no contiene nada, que se puede modelar con total libertad. Y solo después, en algún momento, está el techo. E incluso este no es un simple techo, sino algo que se puede aprovechar. Se puede colgar algo de él, se le puede cambiar de color o hasta intercalar un falso techo, tal vez inclinado, más alto por un lado y más bajo por el otro. —Se levantó a toda prisa y recorrió la habitación a zancadas mientras, aquí y allá, golpeaba rítmicamente las paredes—. No se pregunte qué puede haber en las paredes de esta habitación. Pregúntese qué puede haber en el aire de este espacio, cómo puedo transformarlo, cuántos mundos caben en él. —Golpeó por última vez la pared.

A Peggy, que también se había levantado, le brillaban los ojos. La inspiración de Kiesler la había contagiado.

—Bien. Por tanto, un suelo, un techo y cuatro paredes. En medio no hay nada. Solo aire invisible. Una libertad total. —Se echó a reír—. Y es ahí precisamente donde intervenimos nosotros.

Kiesler se acercó a ella y, en broma, hizo amago de inclinarse.

—Peggy, veo que vamos a formar un magnífico equipo.

38

Tras su encuentro con Frederick Kiesler, Peggy se había sentido tan feliz y relajada como hacía tiempo que no se sentía. Y quizá fue esa la razón por la que se había quedado dormida hasta tarde. ¡Precisamente el día de la fiesta!

Max ya se había levantado. ¿Por qué no la había despertado? Rápidamente se puso un vestido de andar por casa y bajó deprisa.

—¿Max?

—Estoy aquí.

Max estaba en la cocina. Cuando Peggy apareció en el marco de la puerta, le lanzó una cuchara que ella atrapó al vuelo.

—Toma. Remueve.

A Peggy le dio la risa. Había, en efecto, mucho que hacer. Si se presentaban todos los que habían aceptado la invitación, la casa reventaría por los cuatro costados.

Horas más tarde, todo estaba listo. En breve aparecerían los invitados. Laurence, Breton e Yves Tanguy llevaban allí desde la tarde; no en vano, para ellos Hale House era una especie de segundo hogar.

Peggy acababa de hacer aquella reflexión cuando sonó el timbre; pero de eso podía encargarse Max. Ella aún seguía en su dormitorio sentada delante del tocador y mirándose al espejo. Hacía pocos días que se había teñido el pelo de negro azabache y eso le confería a su rostro un aspecto aún más pálido. Le gustaba el contraste, pero no era suficiente. Faltaba algo. Cogió el carmín de color rojo sangre, se pintó los labios con sumo cuidado y examinó el resultado. Irradiaba fuerza. Con eso le sentaría divinamente el vestido negro, casi transparente, y tan escotado que apenas le tapaba el pecho. Abajo sonó otra vez el timbre, pero Peggy no tenía ninguna prisa. Se levantó. Toda la pared derecha del dormitorio la ocupaba su colección de pendientes exóticos. Eligió unos con unas perlas barrocas españolas que le había regalado Max. Se los puso y dio unas cuantas vueltas delante del espejo, y lo hizo con tal brío que las grandes perlas entrechocaron con un tintineo. Ya estaba lista.

Cuando Peggy descendió con parsimonia las escaleras hacia el salón, la casa ya se había llenado. Saludó efusivamente a Jacqueline Lamba, que llevaba un vestido indio con un collar navajo. Jacqueline se había puesto en el pelo unos espejitos que lanzaban destellos a la luz de las lámparas y las velas, y en los que se reflejaban extraños fragmentos del salón y de los otros invitados. Otra vez sonó el timbre. Jimmy abrió la puerta y saludó a una cantante conocida. Tenía un pelo negro como la pez y lo llevaba recogido en una gruesa trenza dispuesta como una especie de torre por cuyo extremo superior asomaba un ratoncito blanco.

—¡Qué maravilla! —exclamó Peggy mientras besaba a la cantante en las dos mejillas—. La noche promete convertirse en lo que yo me había imaginado. En algo surrealista. Un homenaje a la fantasía y a la extravagancia.

Al cabo de tres horas, la casa estaba llena. Reinaba un continuo ajetreo. Unos se iban sin despedirse, otros llegaban sin presentarse. Muchas de las caras que poblaban la cocina, el salón y las distintas habitaciones eran desconocidas para Peggy. Debían de haberse enterado de la fiesta a través de otros.

Jimmy se acercó a ella haciendo un mohín.

—Perdona por la cantidad de gente que me he traído sin invitación. Les hablé de la fiesta a mis amigos americanos, pero no imaginaba que vendrían tantos. Ese que está hablando con Breton es Robert Motherwell. A su lado están William Baziotes, su mujer Ethel y Joseph Cornwell. Robert, William y Ethel pintan, y Joseph hace *collages*. Ah, y al fondo está Jackson Pollock, pero a ese lo conozco menos. Es amigo de Roberto Matta.

Al escuchar el nombre de Pollock, Peggy aguzó el oído y lo miró con más detenimiento. De manera que ese era el hombre cuyo dibujo Howard había comprado en la librería. No llamaba nada la atención. Peggy calculó que tendría treinta y tantos años, cerca de cuarenta, aunque ya lucía una calva incipiente. Sostenía una copa de whisky en la mano mientras se apoyaba en el respaldo del sofá. Se notaba que había visto el fondo de la botella con más frecuencia de la necesaria.

Peggy apartó la vista de él y se volvió hacia Jimmy.

—Tus amigos siempre son bienvenidos.

En ese momento, la voz de Breton se impuso a la del fonógrafo.

—¡Compararnos a los europeos que estamos en Nueva York con los emigrantes rusos en París es mucho atrevimiento, jovencito!

Peggy y Jimmy se acercaron.

—En realidad, no lo es —respondió Robert Motherwell todo serio—. La misma melancolía, la misma transfiguración de la patria. Todo lo que sea francés se idealiza. Todo lo americano se rechaza. Ante una hamburguesa arrugáis la nariz, el café os resulta demasiado aguado, y Nueva York, demasiado ruidosa.

—¿Y bien? —saltó Breton—. ¿Acaso tengo yo la culpa de que todo lo que coméis lo empapéis antes de grasa? ¿No está permitido decirlo? Y luego este monstruo de ciudad. Vayas donde vayas, hay una actividad frenética, pero ningún sitio en el que puedan reunirse las personas. En París, nada más pisar la calle, ya me encontraba con un amigo dispuesto a charlar.

—Ahora estás exagerando, André. —Roberto Matta había llegado y se había puesto de parte de Motherwell—. Aquí en Nueva York los artistas se reúnen igual que en cualquier otra ciudad.

—Paparruchas —dijo Breton—. Nueva York es una ciudad de robots, una ciudad cínica en la que cada uno lucha por su cuenta. Y es justo aquí donde nos han trasplantado. Pero en esta tierra no podemos prosperar. Todo nos es ajeno, y vosotros los yanquis nos miráis por encima del hombro como si fuéramos unos chiflados.

—Eso no es verdad —dijo William Baziotes indignado—. ¡Al contrario! Nos interesamos por vosotros y por vuestro arte. Vosotros, en cambio, no nos tomáis en serio como artistas. Habláis de nosotros como si fuéramos unos niños inmaduros.

—Y lo sois. Unos críos, unos novatos. Hace un par de años todavía os daba de comer vuestra mamaíta. Y ahora pintáis. Pero

¿qué pintáis? O bien esas cosas rematadamente abstractas o cuadros hiperrealistas. Todavía tenéis que encontraros a vosotros mismos.

—¿Encontrarnos a nosotros mismos significa hacer pintura surrealista o qué? —preguntó Joseph Cornwell, y sonrió en un intento por llevar la conversación a un terreno más divertido, pero Breton no estaba para bromas.

—¿Por qué no pintura surrealista? Lo que pasa es que aquí, en vuestra preciosa América, todavía no habéis entendido lo que significa el surrealismo. Es un estilo de vida. Una rebelión frente a la moral aburguesada.

—Vuestra rebelión, André —matizó Matta—. Una rebelión que ha nacido en Europa, pero que en América no tiene ningún público. Das palos de ciego y nadie lo entiende.

—En eso sí que tienes razón, Roberto —bramó Breton—. Nadie nos entiende porque no queréis entendernos.

—Eso no es cierto —contraatacó de nuevo Motherwell. Unos cuantos amigos suyos pusieron los ojos en blanco—. Si lo fuera, no estaríamos esta noche aquí. Además, me pregunto por qué os quejáis en realidad los europeos. El MoMA compra vuestros cuadros, a todas las galerías de Nueva York les chifla exponer vuestro arte. Os adoran y os tienen en palmitas. En nosotros, en cambio, no se fija nadie. Aquí estamos, a vuestro lado. Nueva York es nuestra ciudad. Y, sin embargo, de alguna manera, parece que somos invisibles.

En el resto del salón las conversaciones habían enmudecido. Decididamente, a Peggy la discusión le pareció demasiado acalorada para una fiesta.

—¡Bueno, no nos pongamos tan personales! —intervino. Por muy apasionante que fuera el tema, no quería que acabaran peleándose. Por eso añadió—: Como anfitriona os pido que dejéis de desafiaros y toméis una copa juntos. —Alzó ostensiblemente la copa y brindó tanto con Breton como con los amigos de Jimmy—. Chinchín por todos nosotros.

Breton levantó dubitativo la copa. Aunque todavía se le veía irritado, la interrupción de la contienda no le había parecido del todo inoportuna. A los amigos de Jimmy también se les notó claramente aliviados. Se habían retirado y gesticulaban riéndose con la cara de un rojo encendido. Solo faltaba uno: Jackson Pollock. Peggy miró a su alrededor, pero no lo encontró por ninguna parte. Pensó que se habría marchado. Desde luego, ya estaba lo bastante borracho. Pero de repente lo vio. Estaba delante del cuadro de Max *Europa después de la lluvia*. Tenía la cara pegada al lienzo. Luego pasó con suavidad el dedo índice por la aspereza y la rugosidad de los colores aplicados. Peggy estuvo a punto de decirle que tuviera cuidado, pero luego se contuvo. No había el menor peligro. Era un artista que intentaba comprender lo que había creado otro artista.

39

Los últimos aguaceros y chaparrones habían caído en abril. Ahora, un fuerte sol de mayo secaba los últimos surcos y pliegues de la ciudad. Fueras al barrio que fueras, por doquier había ventanas abiertas y radios emitiendo música. La gente se sentaba en los bancos con la cara vuelta hacia el sol, y hasta los banqueros de Wall Street tomaban sin prisa los sándwiches del almuerzo. No obstante, el mayo neoyorquino no era un mes tranquilo. La ciudad parecía haberse despertado de un largo letargo. En todas partes había obras, atronaban los martillos neumáticos y el metal golpeaba contra el metal. Incluso en domingo había mucho tráfico en las calles. El que podía iba con los amigos o la familia a los parques de recreo de Brighton Beach, a los prados de Connecticut, o bien hacía pícnic en Central Park.

Peggy había abierto de par en par la ventana del dormitorio, pero luego se había vuelto a tumbar un rato en la cama. Pese a haber dormido poco, estaba despejadísima. Una y otra vez miraba al despertador, junto a su cama. Acababan de dar las siete. Parecía que las manecillas del reloj se negaban a avanzar más deprisa. Pero ella tenía un plan y lo cumpliría, porque era un día muy especial. Ese día aparecería por fin en las librerías su catálogo, *Arte de este siglo*. Ya la víspera había estado a punto de ir a las librerías de su barrio para asegurarse de que lo habían encargado, de que de verdad estaba a disposición de los lectores; pero luego se había arrepentido y se había propuesto no levantarse antes de las ocho; quería desayunar con calma y echar un vistazo al periódico. Y después iría a alguna librería. Estaba tan nerviosa como una niña en su primer día de colegio. Max acababa de exponer en la galería Dudensing. Un éxito de la crítica, pero pocos cuadros vendidos.

Otra ojeada al reloj. ¡Al fin! Peggy sacó las piernas por el borde de la cama.

VIO EL GRAN escaparate ya desde lejos. Su catálogo tenía una portada amarilla y un formato cuadrado lo bastante grande como para ser reconocido desde cierta distancia. Sus ojos escudriñaron el escaparate mientras se dirigía hacia él apretando el paso. Al llegar, vio que su catálogo no estaba. La librería no había puesto ni un solo ejemplar en el escaparate. Peggy tragó saliva y luchó contra la decepción. Entró. La tienda rebosaba de gente y Peggy hizo la ronda. Paseó la mirada por las estanterías de la pared y por las mesas repletas de novedades. ¿Cómo era posible que la librería no hubiera encargado ningún ejemplar de su catálogo? Una amarga frustración se adueñó de ella.

—¿Puedo ayudarla, señora? —La librera, de edad avanzada, sonrió amable.

—Estoy… —Peggy carraspeó—. Estoy buscando un catálogo. Se titula *Arte de este siglo*. Trata de unos cuadros y…

—De arte. Lo sé. Por desgracia, no nos queda ninguno.

Peggy se quedó atónita. ¿Había oído bien?

—Pero si hasta hoy no se publicaba…

—Habíamos encargado treinta ejemplares para empezar. ¡Quién habría imaginado que fuera a tener a tener tanta demanda! En pocas horas ya estaban todos vendidos. Pero, si quiere volver mañana… Naturalmente, hemos encargado más enseguida.

Peggy se quedó sin habla. Notó que se ruborizaba. En un impulso, agarró a la señora con las dos manos por los brazos y los apretó un poco.

—Gracias. ¡Gracias de todo corazón! Es muy posible que vuelva mañana. —Peggy dejó a la mujer un tanto desconcertada y salió a toda prisa de la librería.

Ahora ya no iría a la librería pequeña más cercana. Ahora quería saber. Hizo señas a un taxi y al momento tuvo suerte.

—A la librería Argosy. Al 114 de la Calle 59 Este. —El taxista asintió con la cabeza.

La primera hora punta ya había pasado y avanzaban bien. No obstante, a Peggy todo lo que corrieran le parecía poco. La Argosy Bookstore era una de las librerías más grandes y renombradas de la ciudad, además de bonita y decorada con mucho estilo. Una de sus especialidades, junto a la narrativa, era el arte. Por lo que se decía, incluso Franklin Roosevelt compraba allí.

Cuando apareció ante ellos la tienda, Peggy no daba crédito a sus ojos. Sin terminar de creérselo, vio que el color dominante del escaparate era el amarillo. El color de su catálogo.

—Tome. Quédese con lo que sobra. —Le dio al taxista un billete de los grandes.

Saltó del coche y fue corriendo hacia la entrada. Docenas de ejemplares de su catálogo se hallaban artísticamente dispuestos. Algunos de ellos estaban abiertos. Peggy no se cansaba de mirarlos. Pero al fin logró despegarse del escaparate y entró en la tienda.

Una mesa con los libros primorosamente colocados estaba dedicada a su catálogo. En ese momento, un hombre y una mujer hojeaban un ejemplar y se mostraban las ilustraciones el uno al otro. Peggy se acercó con cuidado a la mesa, cogió un catálogo y se apartó un poco. No quería que la reconocieran. Ahora que sostenía por primera vez el libro entre las manos tenía que estar sola. Acarició con ternura la rugosa portada amarilla y siguió las líneas del dibujo: tres seres panzudos entrelazados. Lo abrió. Estaba tan nuevo que el lomo del libro crujió. Peggy metió la cara entre las páginas y aspiró su aroma. Al fin tenía su catálogo. Hasta hacía bien poco no eran más que castillos en el aire, una mera idea. Ahora la gente lo leería, contemplaría los cuadros, conocería a nuevos artistas.

—Piet —susurró Peggy sonriendo cuando vio los ojos de Mondrian junto al correspondiente texto del artista. Una maravillosa y muy privada tarde se escondía tras esa fotografía. Aparte de ella, casi nadie podía imaginar cuánta pasión, cuánta energía vital se había vertido en el catálogo.

Con sumo cuidado, fue pasando una página tras otra. *Paisaje con manchas rojas*, de Kandinsky. *Torre roja*, de Chirico. ¿Realmente eran suyos esos cuadros? De repente, sintió algo parecido a la extrañeza. La mujer que había detrás de aquel catálogo, detrás de aquella colección, era ella. Era lo que había hecho de sí misma.

—Y esto es solo el comienzo —susurró—. Ya veréis cuando inaugure el museo.

Cerró el catálogo y regresó a la mesa de los libros, junto a la que se encontraban dos mujeres jóvenes contemplando el *Pájaro en el espacio* de Brancusi.

—Insólito —oyó Peggy que decía una de ellas.

—Insólito es la palabra exacta. —Las jóvenes alzaron sorprendidas la cabeza y la miraron.

Peggy sonrió

—Lo insólito está bien. —Cerró un puño—. La vida es mucho más bonita y apasionante si se hacen cosas insólitas.

Obsequió con una cálida sonrisa a las desconcertadas mujeres y se dirigió hacia la caja con dos catálogos que quería regalar a dos personas muy especiales. Jimmy, que tanto la había ayudado, y Frederick Kiesler. Apenas lo conocía todavía, pero tenía el infalible presentimiento de que proporcionaría a su colección un aspecto completamente nuevo. Lo nunca visto hasta entonces en Nueva York.

—¿Se los envuelvo para regalo?

Peggy sonrió a la vendedora.

—No, eso lo haré yo misma. Antes quiero escribir las dedicatorias.

40

EL CATÁLOGO DE Peggy había conseguido unas reseñas muy elogiosas en la prensa y, en parte debido a ello, se había vendido muy bien. Para la mayoría de la gente que no frecuentaba el mundo del arte los cuadros de Peggy eran el primer encuentro con el arte surrealista y abstracto. Ese había sido precisamente su sueño. Sus cuadros tenían que ser contemplados, desencadenar reacciones, evocar asociaciones, polarizar el interés.

Pero el catálogo también había impresionado al mundo del arte neoyorquino, pues no dejaba la menor duda de que la colección de Peggy de arte moderno se había convertido en muy poco tiempo en una de las más significativas que existían. Expresaba una energía y una pasión incontenibles, pero también revelaba una infalible intuición con respecto a la calidad. Y además había otra cosa que el catálogo dejaba clara: en su amor por el arte, era una continua rastreadora, siempre abierta a lo desconocido, a una nueva fascinación, a una nueva provocación. No conocía el miedo a implicarse.

Durante esos días de ánimo exaltado, recibió la invitación de una pareja de amigos, Daphne y Geoffrey Hellman. Max y Peggy debían visitar a los dos un fin de semana en Southampton, en Long Island. Ella se mostró de acuerdo de manera espontánea. El duro trabajo de los últimos meses, el crudo invierno... Podría venirle muy bien pasar dos días tranquila en las kilométricas playas de arena blanca como la nieve de Long Island. En las últimas semanas había hecho incluso calor. Si el tiempo seguía igual, podrían bañarse. Y a Peggy le encantaba nadar.

Partieron la mañana de un viernes. Aunque hacía sol, todavía quedaban los últimos y tenues velos de niebla sobre el East River cuando Peggy condujo el coche por el puente de Brooklyn. Desde allí se atravesaba Brooklyn y Queens en dirección a Long Island. Desde la carretera no dejaban de ver el mar y las numerosas islas que lo salpicaban. Verdes y rocosas y llenas de lagos y arroyuelos. Max no había visto nunca un paisaje de ese tipo. Habían pasado todo el invierno y la primavera entera exclusivamente en la ciudad, como atrapados en sus calles similares a desfiladeros. Pero así era Nueva York: una especie de remolino. Una vez que se adueñaba de uno, costaba trabajo sustraerse a su fuerza. De ahí que aspirar ahora la brisa del mar con olor a salitre resultara tan embriagador.

Max había conocido a los Hellman en un club neoyorquino, pues Daphne era una cotizada arpista de jazz. Su marido, Geoffrey, escribía para el *New Yorker*.

Los dos recibieron a Max y a Peggy con unos cócteles y una montaña de gambas en la terraza, y tanto la tarde como la noche se les pasaron volando. Ese ambiente tan distendido le recordó a Peggy a aquellas otras noches en casa de su hermana, en California. Por aquel entonces estaba llena de esperanzas, muchas de las cuales ya se habían cumplido. Max y ella se habían casado. Tenían una casa maravillosa. El catálogo se había publicado y en otoño inauguraría su propio museo. Cuando pensaba que todo eso había ocurrido en menos de un año, casi se mareaba.

Cuando Peggy se despertó a la mañana siguiente, la cama a su lado estaba vacía. Se vistió y fue en busca de los demás. En la terraza, Max se hallaba sentado con una mujer joven que llevaba el pelo rubio recogido en una cola de caballo. Lucía una blusa de manga corta y por su bronceado se veía que había aprovechado bien las primeras semanas calurosas del año. Cuando vio a Peggy, se levantó de un salto.

—¡Señora Guggenheim! ¿O puedo llamarla Peggy? Me llamo Susan y vivo aquí al lado. Admiro mucho los cuadros de su marido. He visto su exposición en la galería Dudensing. Daphne me contó que vendrían de visita y no he podido evitar acercarme a conocerlo. ¿Les importaría que los acompañara a la playa? Tengo tantas preguntas que hacerle a su marido…

En ese momento apareció Daphne. Peggy la miró con una mezcla de regocijo e irritación, y ella le devolvió la mirada.

—Claro que puede usted venir —dijo Peggy—. Nos alegraría mucho.

Después del desayuno se montaron en las bicicletas. La playa no quedaba lejos y llevaban dos cestas de pícnic. Susan se mantuvo fiel a su propósito y no se separó de Max.

—El pobre Max —comentó Daphne, que iba al lado de Peggy—. ¿Crees que deberíamos rescatarlo? Susan puede ser muy pesada.

—No creo que quiera ser rescatado —respondió Peggy con una sonrisa irónica—. Siempre está dispuesto a ser admirado por las jóvenes guapas. Como todos los artistas.

—Como los hombres en general —se rio Daphne Hellman—. Vamos, ahí delante está el mar. ¡A ver quién llega antes!

Se pusieron a pedalear. Aunque hacía calor, la playa de Southampton todavía estaba casi vacía. Se mirara en la dirección que se mirara, solo se veía arena blanca, el cielo y el Atlántico de color azul oscuro.

—Aquí se está en la gloria —dijo Peggy intentando estirar sobre la arena la manta, que revoloteaba con la brisa marina.

Después de darse un chapuzón en el agua, todavía fría, Peggy sacó un libro, pero no pudo evitar que llegaran a sus oídos retazos de la conversación entre Max y Susan. La joven no paraba de hablar, pero Peggy estaba en lo cierto: a Max no le importaba lo más mínimo.

—No me puedo imaginar de dónde saca tanta inspiración —decía en ese momento Susan. Daphne y Peggy se lanzaron una mirada. Susan siguió hablando—. Creo que a mí no se me ocurriría nada aunque tuviera delante un papel.

—Ahora estás exagerando. La inspiración viene del interior, del subconsciente. —Max se levantó—. Ven, hagamos un experimento. —Peggy observó por el rabillo del ojo cómo trazaba con el pie varias líneas y formas en la arena—. Bueno, y ahora tú. No te lo pienses. Simplemente, añade lo primero que se te ocurra.

Peggy intentó volver a concentrarse en el libro. ¿Cómo se podía ser tan receptivo a los halagos? Hacia el mediodía, sacaron el almuerzo de las cestas.

—¡No puede ser verdad! —Geoffrey Hellman puso cara de enfadado—. Cariño, ¿nos hemos olvidado del vino?

—¡Oh, no! —Daphne se llevó una mano a la frente—. Ha tenido que quedarse en la nevera. —Se levantó—. Voy un momento a traerlo.

—Eso puedo hacerlo yo mismo. —También Max se había levantado—. Ya se me ha secado el traje de baño. —Cogió el pantalón.

—Yo te acompaño. —Susan se puso de pie.

—Buena idea —se rio Max.

«Vaya por Dios», pensó Peggy arqueando las cejas. Pero no tenía previsto hacer el papelón de la esposa celosa. Sin embargo, cuando se marcharon, no pudo evitar mirar una y otra vez el reloj.

—¿Dónde se habrán metido esos dos? —dijo Geoffrey. Su mujer le lanzó una mirada de advertencia, que él claramente no comprendió—. Hasta casa solo se tardan diez minutos y ya llevan tres cuartos de hora fuera.

Peggy guardó silencio. No sabía qué decir. Le parecía imposible que Max, a la vista de todos y en plena luz del día, iniciara una aventura con esa chica solo porque ella lo idolatrara. Por otra parte, él había disfrutado visiblemente del coqueteo; al menos, se había mostrado dispuesto a seguirle el juego. Daphne debía de estar pensando en algo parecido, pues parecía muy afectada. En esto, oyeron las bicis, que se acercaban.

—Perdonad, por favor —gritó Max ya desde lejos—. Susan se ha caído.

Ella tenía la cara enrojecida.

—Nada grave. No me ha pasado nada. —Sacó de la cesta las dos botellas de vino blanco.

DURANTE EL RESTO de la tarde, Peggy y Daphne no pararon de inmiscuirse a propósito en la conversación de Max y Susan, a la que no invitaron a cenar. Peggy se atuvo a la promesa que se había hecho a sí misma: nada de escenas. Ni delante de los Hellman ni de noche, cuando estuvieran solos en el dormitorio. Sin embargo, no acababa de recuperar el humor. Costaba trabajo creérselo. ¿Verdaderamente se habían ausentado casi una hora solo porque Susan se hubiera caído de la bici? A eso se añadía que ella no tenía ni un solo arañazo. De todas formas, aunque la respuesta fuera negativa, ella no se enteraría nunca de la verdad. En las últimas semanas, también en Nueva York, percibía de vez en cuando perfume de mujer impregnando el aire cuando volvía a casa de hacer algún recado. Pero Max lo negaba siempre todo con rotundidad.

En el viaje de vuelta del día siguiente, Max iba relajado y parlanchín. «No me extraña —pensó Peggy—. Se ha divertido de lo lindo.» ¿Estaba a punto de volverse loca? Sabía que Max tampoco había sido fiel a sus otras mujeres. Su propio hijo lo había calificado de mujeriego. ¿Sería verdad que a Max no le bastaba con una sola mujer? A diferencia de otras ocasiones, por primera vez Peggy no se preguntó si —en caso de que sus sospechas fueran ciertas— debía conformarse con eso, sino si realmente tenía la necesidad de aceptarlo. Si a él no le bastaba con todo lo que ella podía ofrecerle como mujer, su amor y su pasión, ¿estaba entonces obligada a conformarse con lo que él le ofrecía?

41

Pocos DÍAS DESPUÉS, Peggy se despertó cuando una mano se introdujo debajo de su camisón y le acarició tiernamente los pechos. Tras el fin de semana en la playa, Max había pasado unos días dándole la espalda, por más que le hubiera asegurado una y otra vez que entre él y Susan no había habido nada. Peggy se volvió y lo besó. Él le tomó las caderas con las manos. Ella fue incorporándose hasta tenderse encima de Max. Lo miró profundamente a los ojos. En ese momento se sintió tan unida a él como hacia tiempo que no se sentía.

Más tarde seguían en la cama entrelazados. El sol de la mañana iluminaba la habitación. Peggy debió de dormirse otra vez porque, cuando despertó de nuevo, ya eran las diez. Se volvió hacia Max, que aún dormía.

—Max, tienes que ir a la cita con la Oficina de Inmigración y yo al puerto.

—¿Al puerto? —dijo Max con la voz somnolienta—. ¿Qué vas a hacer allí?

—¿Has olvidado que hoy llega Marcel?

Max abrió los ojos de repente.

—¡Marcel, claro! Qué fastidio que no pueda acompañarte.

Peggy salió de la cama y fue al baño. A mediodía se esperaba la llegada del barco en el que por fin, después de tanto tiempo, llegaría a Nueva York su viejo amigo Marcel Duchamp. El día anterior, Marcel había telegrafiado la hora de su llegada, y Peggy ardía en deseos de recogerlo en el muelle. Max y ella habían decidido que Marcel se quedara de entrada a vivir con ellos. Tenían tantas cosas que contarse…

Tras un breve desayuno, los dos salieron de casa. Max se fue refunfuñando a la Oficina de Inmigración mientras Peggy se dirigía hacia el extremo meridional de Manhattan. En el muelle no cabía un alfiler. Había gente de pie sobre los muretes, otros sentados en los bidones de la basura y en los pilares. Casi todos esperaban, como ella, a un amigo o familiar que había conseguido cruzar el charco, pero también había muchos curiosos. Ver aparecer en el horizonte un Ocean Liner de novecientas toneladas que se iba acercando era un espectáculo que imponía respeto. Peggy notó que aumentaba la exaltación conforme el barco de Marcel se aproximaba a la amplia bahía de Manhattan. De sus chimeneas brotaban finos velos de humo que temblaban al entrar en contacto con el aire cálido del cielo despejado de la mañana. La sirena de niebla sonó varias veces consecutivas. Siguió resonando mientras la nave pasaba por la estatua de la Libertad, cruzaba Brooklyn y Manhattan y llegaba hasta la franja costera de Nueva Jersey.

El trasbordador con destino a Staten Island se inclinó peligrosamente cuando los pasajeros se precipitaron hacia uno de los lados para saludar entusiasmados a quienes iban en cubierta. También en el muelle se produjo una gran agitación entre los que esperaban. Se lanzaron sombreros al aire. Cuanto más se acercaba el barco, más aumentaba el barullo de voces. Hacía tanto calor que Peggy estaba sudando; no había calculado bien lo mucho que tardaría Marcel en desembarcar. Pero por fin llegó y se fundieron en un abrazo.

—¡Oh, Marcel, qué alegría! —Peggy estrechó con todas sus fuerzas a su viejo amigo. Durante un rato permanecieron el uno en brazos del otro. A Peggy le pareció que había adelgazado. También su pelo había encanecido. Pero ya estaba allí. Eso era lo principal—. Tienes que estar muerto de cansancio —dijo por fin ella cuando se zafó del abrazo—. Vayamos directamente a Hale House.

Duchamp se estiró y paseó la mirada por el *skyline* de Manhattan.

—En absoluto, Peggy. ¿Qué se hace en un barco aparte de dormir? Me gustaría andar ahora que al fin piso tierra firme. Pero claro, la maleta tenemos que...

—La mandaremos en un taxi. Max tenía una cita en la Oficina de Inmigración, por eso no ha venido. Pero Pegeen está en casa. Hizo señas a un taxi.

Poco después, se internaron por la parte más meridional de Broadway. Marcel estaba como electrizado. No hablaba mucho, pero daba grandes zancadas y movía los ojos de acá para allá. Era como si tuviera que desprenderse de golpe y porrazo de toda la energía acumulada durante el largo viaje. Peggy apenas podía seguirle el paso.

—Los rascacielos —dijo finalmente, y se detuvo—. Por más fotos que veas, en la realidad tienen algo de surrealista. A decir verdad, a Breton debería gustarle esto.

—Pues no le gusta ni pizca.

—Lo sé. ¿Se puede subir a alguno de ellos?

Peggy se mostró sorprendida.

—Sí, por supuesto. Podríamos subir al Empire State Building.

—Suena bien.

Ella se echó a reír. Echaba de menos a su amigo, que era muy tranquilo, pero siempre lleno de un gran espíritu emprendedor. Marcel no era de los que protestaban enérgicamente e intentaban siempre imponer su opinión. No sentía la necesidad de meter baza en todas partes. Y, sin embargo, era de las personas más curiosas y cargadas de energía que Peggy conocía.

Al cabo de un rato, cuando se abrieron las puertas del ascensor del Empire State Building y llegaron al mirador, soplaba un viento agradablemente fresco que en la calle, 102 pisos por debajo de ellos, no se sentía. Solo unos pocos visitantes se hallaban junto a la barandilla. A su alrededor, rascacielos de acero y piedra cuyos miles de ventanas centelleaban a la luz del sol, y, más atrás, la bahía de Manhattan. El vapor de los conductos de ventilación se alzaba hacia el cielo formando espirales.

—Es como un gigantesco parque de esculturas —observó Marcel mientras recorría el mirador por segunda vez.

Peggy asintió y se colocó a su lado.

—Estar aquí arriba contigo es un poco como si se cerrara un círculo. Pienso en cuando nos conocimos hace mucho tiempo en París. Yo acababa de casarme con Laurence. París era tu ciudad y... —Se rio otra vez por lo que iba a decir a continuación—. Y yo te había echado el ojo. Hoy, en cambio, tú estás aquí, en mi ciudad.

—¿Me habías echado el ojo? ¡Oigan esto, señores! —Sonriente, Marcel le pasó el brazo por los hombros—. Ven, vamos a tomar algo dentro. Creo que ya va siendo hora.

En el bar del Empire State Building había poca animación esa tarde. Encontraron una mesa al lado de la ventana. Peggy pidió un gin-tonic y Marcel un whisky. Luego se puso a cargar la pipa, que era su distintivo desde hacía años. Peggy le habló de su museo y del proyecto de Kiesler.

—Abriremos en otoño —dijo, y rebuscó un lápiz en el bolso. Luego cogió una servilleta de papel, dibujó la planta del antiguo taller de costura y trazó varias líneas—. De una habitación grande vamos a hacer cuatro. Mira, estas son las nuevas paredes que intercalaremos. —Marcel se sacó la pipa de la boca, expulsó el humo y se inclinó sobre la servilleta—. En las dos salas grandes, a derecha e izquierda, quiero exponer mis cuadros. En una a los surrealistas, y en la otra, las obras abstractas. Y esta habitación pequeña del fondo la utilizaré como depósito.

—¿Y la de delante? ¿Esto es una hilera de ventanas? —Marcel señaló el dibujo.

—Sí, esa habitación tiene una luz maravillosa.

—¿Y no la vas a utilizar para tus cuadros? —Marcel arqueó extrañado las cejas.

Peggy titubeó.

—Sí, claro que sí. Solo que todavía no sé cómo. Pero dime, ¿qué te parece el proyecto? —Le brillaban los ojos. Duchamp se la quedó mirando un rato largo. A Peggy le pareció que esa mirada delataba reconocimiento.

—No solo tienes intuición para el arte, sino también para la gente que escoges, Peggy. Kiesler es un visionario. Llevo mucho tiempo admirando sus proyectos. Creo que no podrías haber contratado a ninguno mejor.

—Eso creo yo también. —Peggy sonrió—. Lo mismo me pasó hace algunos años cuando elegí aprender de ti. Si me paro a pensar en lo cría que era… Estaba completamente desorientada en la vida. Lo único que sabía era que me interesaba el arte, pero nada más. —Peggy puso en broma los ojos en blanco.

Marcel esbozó una sonrisa.

—Todo lo que eres te lo debes a ti misma.

—No digas bobadas. —Peggy alzó amenazante el dedo índice—. Tú fuiste mi mentor cuando todavía no sabía distinguir el rojo del amarillo. Tú me presentaste a todos los artistas de los que hoy soy amiga.

Marcel sonrió.

—Bueno, sí, a lo mejor he contribuido un poquito. Pero que en la actualidad todo el mundo del arte preste atención al oír el nombre de Peggy Guggenheim no es mérito mío. Podrías perfectamente haberte conformado con tener una pequeña colección privada, frecuentar los círculos de artistas y dejarte llevar. Pero tú aspirabas a más.

—Siempre aspiro a más, Marcel. Tú me conoces. Mi lema es no quedarme nunca quieta.

Él se rio.

—Sí, así es como te conozco. Como una mujer que siempre tiene que hacer algo. ¿Recuerdas cuando hace pocos años, de la noche a la mañana, abriste una galería en Londres? Al principio muchos se reían de ti. No te creían capaz de hacer una cosa así. Pero la risa se les quedó congelada enseguida. —Marcel dio una honda calada a la pipa. El aire se impregnó del olor aromático que tanto le gustaba a Peggy desde siempre.

Esta adoptó un aire pensativo.

—Lo recuerdo muy bien. Pero tú siempre estabas a mi disposición e incluso me ayudaste a organizar la primera exposición y a colgar los cuadros. Jean Cocteau. ¿Te acuerdas de que la aduana británica no quería dejar pasar las dos sábanas pintadas?

Marcel esbozó una sonrisita. Luego imitó la indolente voz de barítono del funcionario de aduanas:

—«Señora Guggenheim, el problema no son las personas desnudas que aparecen en estas sábanas. El problema es que... es que... tienen vello púbico. ¡Y eso no puede ser!»

Peggy soltó una sonora carcajada.

—Pobrecillo. Cómo le costó encontrar las palabras «vello púbico». Yo ya creía que no le iban a salir nunca. —Hizo una pausa—. Quién sabe. Sin esa galería tal vez no habría empezado nunca a coleccionar en serio. Al principio, sencillamente me hacía ilusión comprar un cuadro para mí de cada exposición que hacía. Y llegó un momento en que cada vez quería más.

—Fue una época apasionante. —Marcel sonrió meditabundo y dio un trago de whisky. Peggy miró por la ventana hacia el *skyline*. Era maravillosa la sensación de flotar por encima de todo, y más con un amigo con el que tenía tanta confianza. Pocos la conocían tan bien como Marcel.

—¿Sabes qué es lo que más echo de menos de aquella época? —preguntó ella de repente—. Las exposiciones itinerantes. Me resultaban increíblemente satisfactorias. Podía decidir yo sola lo que me gustaba, lo que quería enseñar a la gente. —Dio un trago de su gin-tonic—. Todavía recuerdo un día en que John Tunnard vino a mi galería. Llevaba una carpeta llena de pinturas al *gouache*, que eran muy ágiles y delicadas. Me preguntó muy desalentado si podía imaginarme exponiéndolas algún día y de inmediato fijé una fecha. No lo dudé ni un instante. Sus cuadros eran pura poesía y de mí dependía darlos a conocer al público. Una sensación grandiosa.

—Lo sé. —Marcel sonrió—. Más tarde, John Tunnard contó en una ocasión que le costaba trabajo creerse la suerte que había tenido. Estaba acostumbrado a que lo rechazaran.

—A eso me refiero —dijo Peggy en voz baja—. Estoy contentísima por inaugurar mi museo, pero al fin y al cabo es solo mi colección. —Se interrumpió—. En realidad, ¿por qué? Lo cierto es que tengo una sala entera a mi disposición. ¿Qué tal si la aprovechara para hacer exposiciones itinerantes?

Marcel la miró pensativo.

—¿Por qué no? —opinó al fin, pero su voz delataba ciertas dudas—. De todas maneras, sería mucho trabajo. Has de pensar lo que quieres exponer y entrar en contacto con los artistas, que deben dejar sus cuadros en tus manos. Pero eso lo sabes tú mejor que nadie. ¿Tendrás tiempo para eso?

Peggy lo pensó un momento. Marcel tenía razón. No obstante, notó una sensación de certidumbre, como si la idea llevara mucho tiempo madurando en su interior y ahora, por fin, saliera a la superficie. Enseñar su propia colección sería una maravilla, pero quería ir un paso más allá, no solo sentarse en el museo a ver cómo la gente contemplaba su colección. Quería ser un motor. Mover algo en la escena del arte neoyorquino. Y eso solo podía hacerlo con exposiciones itinerantes, eligiendo ella los temas y los artistas.

42

EL SOL DE julio entraba por la polvorienta ventana del tranvía elevado. La estructura de hierro sobre la que se movía el tren gemía bajo el peso de los vagones. Peggy iba mirando las tristes fachadas de las casas de color marrón oscuro. En algunas zonas, el tranvía pasaba tan pegado a ellas que a través de las ventanas abiertas podía ver las humildes habitaciones.

Buscó un sitio a la sombra, pero la Elevated Line con destino al Bronx iba abarrotada de gente. Miró el reloj. En menos de media hora tenía una cita con Frederick Kiesler en casa de un carpintero alemán. Kiesler lo había contratado para la reforma de su museo y llevaba ya varias semanas ocupándose de confeccionar los distintos elementos de la decoración interior. Para sorpresa de Peggy, Kiesler colaboraba en cada una de las piezas. Se implicaba por completo en su trabajo. Y ese día quería presentarle por primera vez a Peggy algunos objetos terminados.

Poco después, cuando ella se bajó del tranvía, Kiesler la esperaba en la salida. Hasta llegar a la casa del carpintero solo había unos pocos pasos. Si esperaba encontrarse con un taller, se iba a llevar un chasco.

—¿Es aquí? —preguntó con escepticismo cuando Kiesler tocó un timbre roñoso que había junto a la puerta de un garaje verde. Alguien, posiblemente el propio carpintero, había escrito encima con pintura blanca: «Dickwisch, trabajos en madera».

Antes de que Kiesler pudiera responderle, se abrió una ventana en la casa de al lado.

—*Komme* —dijo un hombre corpulento en alemán. Su cara desapareció. Poco después salió por la puerta y abrió el garaje.

Este resultó ser más espacioso de lo que parecía y, además, estaba equipado con todo lo necesario. Dentro el aire era sofocante. El carpintero le tendió a Peggy la mano y dijo algo en alemán. Ella lo miró sin comprender—. Ha dicho que se llama Guggenheim; eso es alemán, ¿no? —dijo el carpintero dirigiéndose a Kiesler, que se echó a reír.

—Es de la tercera generación. La señora Guggenheim ya no habla alemán.

—Ah, ya. —El hombre parecía decepcionado—. Yo también he nacido aquí. No obstante, casi siempre hablo en alemán —le explicó en inglés con un acento muy marcado.

Peggy miró a su alrededor. El carpintero abrió otra puerta. Pasaron a un patio trasero lleno de objetos de las formas y los tamaños más diversos, todos ellos cubiertos con lonas.

Kiesler se acercó a uno pequeño, quitó con cuidado la tela que lo protegía y apareció un delicado armazón. Constaba de varios puntales de metal primorosamente dispuestos. Peggy supo al instante de qué se trataba. Era un soporte para cuadros, una especie de caballete.

—¡Qué maravilla, cuánta filigrana! —Peggy lo contempló desde todos los ángulos. Unos meses atrás, cuando Howard le había dicho que Kiesler trabajaba con escenografías, había reconocido de inmediato el potencial. Quería presentar sus cuadros como si fueran actores en un escenario teatral. Nada que ver con el aburrido esquema del cuadro colgado de la pared y el visitante plantado muy formalito frente a él.

Kiesler retiró las lonas de varios objetos distintos. En algunos había puesto trozos de cartón que indicaban como irían fijados los cuadros. Algunos armazones sostenían un solo lienzo, en otros había dos o tres dispuestos de diversas maneras. En ninguna parte se veían líneas rectas. La propia disposición de los objetos les proporcionaba a estos un carácter escultural.

—¡Es fantástico, Frederick, realmente fantástico! Es justo lo que yo quería. Con estos armazones podemos colocar con libertad mis cuadros en el espacio tridimensional. —Los recorrió acariciándolos suavemente con la mano—. Los cuadros como parte del todo. Las personas y el arte compartirán el mismo espacio.

Los visitantes podrán rodear los cuadros o sentarse entre ellos, no solo verlos de frente. —Se volvió hacia Kiesler—. A propósito de sentarse, ¿son esas...? —Se acercó a un grupo de objetos grandes de apariencia maciza que aún seguían tapados. En uno de ellos estaba apoyado el carpintero, que entonces levantó la lona. Lo que apareció fue una butaca.

—¡Oh! —Peggy pasó la mano por la madera pulida. Por su forma ondulada, la butaca se asemejaba a una criatura orgánica—. ¡Parece salida de un cuadro de Kandinsky! —exclamó antes de sentarse en ella. La madera blanda se amoldó a su espalda. Peggy cruzó coqueta las piernas.

El carpintero había retirado las pesadas telas de algunos otros objetos colocados de forma aleatoria en el patio. En efecto, la función no guardaba ninguna relación con la impresión espacial. Solo una cosa tenían en común todos ellos: eran de una elegancia sencilla pero abrumadora.

—Y esto no es todo —dijo el carpintero—. No resulta fácil conseguir la madera, sobre todo para las paredes nuevas. —Dickwisch se pasó la mano por la calva y apuntó con la cabeza hacia el garaje—. Todo escasea por culpa de esa maldita guerra. Pero ya me las arreglaré.

Kiesler le dio una palmada en el hombro para darle ánimos.

43

—¡Tres, dos, uno!

Al coro de voces le siguió el silencio. Las manecillas del reloj de pared saltaron a medianoche y Peggy descorchó la botella con gran estruendo. Se alzaron gritos de ¡hurra! que le hicieron reír. Sirvió el champán. Al mismo tiempo, oyó el estallido de otros corchos. Para tantos invitados, una sola botella no era más que una gota en medio del océano. Peggy se había considerado siempre afortunada por cumplir años en agosto. Cuando era pequeña, en ese mes estaban siempre de veraneo. Todos tenían tiempo y no recordaba que hubiera llovido ni una sola vez.

Ese día también hacía un tiempo espléndido. Había hecho bastante calor, pero al final de la tarde, el aire era tibio y muy agradable. Paseó la mirada por sus invitados. El ambiente era distendido, pero ¿dónde se había metido Max? Hacía un rato lo había visto con el pintor Arshile Gorky, que en aquel momento se encontraba solo.

—Arshile, ¿has visto a Max? —Peggy rozó el brazo del hombre de los ojos oscuros y melancólicos y tez sombría. Este se volvió y la miró con una sonrisa radiante.

—No, lo siento. —Se encogió de hombros a modo de disculpa.

—Ya lo encontraré. —Peggy le apretó el brazo y siguió andando. Recorrió la gran sala de estar de la planta baja, la galería, la cocina y la terraza. No veía a Max por ninguna parte. Por último, subió a su estudio. Allí arriba el barullo de voces de la planta baja se oía mucho más amortiguado. A cambio, oyó con claridad dos voces. La luz que salía del estudio de Max por la puerta abierta iluminaba los últimos peldaños de la escalera. Peggy se detuvo sorprendida. Sobre la mesa de trabajo de Max había una botella de whisky con dos vasos. Aún seguían llenos, pues los dos hombres que tenía ahora delante estaban demasiado enfrascados en su trabajo. Max había extendido en el suelo una sábana grande. En la mano sostenía una cuerda atada a un bote de pintura azul. De rodillas ante él se hallaba Jackson Pollock. Peggy reconoció la brocheta que este tenía en la mano porque la usaba en la cocina para hacer espetos de carne. Pollock agujereó con ella la parte inferior del bote. Cuando terminó, se puso de pie y se apartó un poco. Max se colocó encima de la sábana, volcó el bote y, con la ayuda de la cuerda, lo fue llevando de acá para allá por toda la sábana, unas veces despacio y otras más aprisa. Las salpicaduras de pintura azul volaban por el aire e iban formando dibujos aleatorios sobre el fondo blanco. Algunas gotas pesaban mucho y llegaban a la sábana con gran fuerza; otras, más finas, solo dejaban unos puntitos tenues y delicados. El resultado eran unas formaciones cargadas de energía y llenas de dinamismo que eran fruto tanto de la casualidad como de la espontánea intuición del que movía la cuerda.

Max solo había trabajado la mitad de la sábana. Pescó el bote, le dio la vuelta y se lo pasó a Pollock.

—Ahora usted.

Peggy desvió la mirada. Ante la ventana de la terraza, en el otro extremo del estudio, había percibido un movimiento pese a estar a oscuras, porque la fiesta solo se celebraba abajo. Llevada por la curiosidad, entró en la habitación. Pollock, que le daba la espalda, no se dio cuenta de su presencia. Solo Max alzó sorprendido la vista.

Peggy se llevó un dedo a los labios para darle a entender que no se molestaran y siguieran a lo suyo. Max asintió mirando a Pollock y le guiñó un ojo a su mujer.

Peggy fue a todo correr hacia la puerta abierta de la terraza para no mancharse el vestido con la pintura azul. Cuando salió a la terraza, se quedó boquiabierta.

—¿Marcel? ¿Qué haces ahí a oscuras tu solo? —Estaba sentado en un pretil de escasa altura.

—Necesitaba un momento de tranquilidad. —Llenó la pipa de tabaco—. Además, no estoy tan solo. Estoy mirando cómo juegan esos dos ahí dentro.

Peggy sonrió y se sentó a su lado en el pretil. Marcel tenía delante una botella de vino tinto y un vaso.

—¿Puedo? —Dio un trago. Luego señaló con la cabeza hacia el estudio—. Da la impresión de que Max le está enseñando su técnica del goteo a nuestro joven amigo americano. ¿Tú lo conoces ya?

Marcel negó con la cabeza.

—De vuestros nuevos amigos americanos no conozco a casi nadie.

—Se llama Jackson Pollock. Llamarlo amigo es mucho decir. Ha estado ya aquí en una fiesta. Un tipo un poco raro, por cierto. Jimmy se reúne con regularidad con un grupo de pintores americanos que intentan encontrar juntos su propio camino.

—Ya veo. —Marcel se llevó la pipa a la boca y el aire tibio de la noche se impregnó al instante de su característico aroma. Desde la planta baja llegaban voces y risas hasta la terraza. El cielo estaba despejado y Peggy se quedó contemplando las estrellas.

—Su propio camino —repitió Marcel pensativo—. Eso me parece bien. Pero ¿podrán ayudarlo a encontrarlo los jóvenes americanos? No lo sé. Está rodeado de tantos artistas extraordinarios...

—Tiene que averiguarlo por sí mismo. —Peggy tomó otro trago—. Tampoco tú dejabas que nadie te dijera nada. Personalmente encontraba fantásticos tus cuadros cubistas, en especial tu *Desnudo bajando una escalera*. Ojalá lo tuviera en mi colección. Pero luego abandonaste la pintura para erigir los *readymades* en arte.

Marcel dejó flotar en el aire un par de aros de humo.

—Yo solo creo en el movimiento constante, en el cambio continuo. Nada permanece tal y como es. Nosotros mismos cambiamos y hacemos cosas nuevas.

—Y está bien que sea así. —Peggy se asustó un poco cuando de repente se quedaron a oscuras. En el estudio de Max habían apagado la luz. Evidentemente, Max había olvidado que aún estaban en la terraza. Durante un momento siguieron sentados en silencio sobre el pretil. Marcel terminó de fumar la pipa, dejó caer el resto de ceniza por encima de la barandilla y se quedó escuchando las voces de abajo. Peggy iba a proponerle marcharse de allí cuando, de un segundo para otro, el barullo de voces enmudeció.

—¿Qué habrá pasado? —dijo cuando de pronto sonó una potente voz de hombre que cantaba en una lengua extranjera. Era una canción armenia, y la voz grave y melancólica de Arshile Gorky ascendió hasta ellos atravesando la noche tibia. En una casa de la vecindad se abrió una ventana. Alguien se asomó a escuchar. De repente, Peggy se sintió débil y, al mismo tiempo, llena de vigor. Qué triste sonaba la melodía y, a la vez, cuánta energía encerraba. De repente deseó estar allí sentada con Max. Y se puso triste al pensar que hacía mucho tiempo que con él no se sentía tan segura y protegida como en ese momento, sentada en aquel balcón con Marcel.

La canción ya había terminado. Durante un rato se hizo de nuevo el silencio hasta que los invitados prorrumpieron en fuertes aplausos y vítores. Peggy iba a aplaudir también, pero en ese momento Marcel le cogió las manos y se las besó con suavidad. Luego acercó la cara a la suya. Ella se quedó muy sorprendida, pero no hizo nada por evitarlo. El beso que se dieron no era apasionado, sino suave como una pluma y lleno de ternura. Un instante íntimo entre dos personas que se conocían desde hacía tiempo.

Cuando se separaron, ella levantó el dedo índice y fingió un reproche:

—Llega usted con dos décadas de retraso, *monsieur* Duchamp.

Marcel soltó la risa. Luego se pusieron de pie. Pero antes de entrar por la puerta de la terraza abierta al estudio de Max, que seguía a oscuras, Peggy le dio un leve apretón con la mano.

44

Habían pasado varias semanas desde aquella fiesta. El calor húmedo de agosto cedió ante un septiembre templado y radiante. Peggy estaba ocupadísima con los preparativos para la inauguración de la galería. Continuas citas con Frederick Kiesler, las obras de la reforma en el taller de costura, la planificación de la fiesta con motivo de la inauguración... Había días en que Peggy no sabía dónde tenía la cabeza. De todos modos, por fin habían fijado una fecha para la inauguración. Su museo se abriría el 20 de octubre. No faltaban ni cuatro semanas.

Pero ese día, a título excepcional, la protagonista no era la galería. Había pasado otra cosa: Marcel se disponía a abandonar en pocos días Hale House. Había encontrado un piso en la Calle 56. Ya tenía unos pocos muebles; lo demás iban a comprarlo. Naturalmente de segunda mano, pues a él, al igual que a Max y Breton, le encantaban las curiosidades, de modo que por la tarde se dirigieron a una almoneda de grandes dimensiones. Estaban de buen humor, pero a Peggy le sobrevino un repentino sentimiento de melancolía mientras escogía cuchillos y tenedores de una caja grande de cubiertos. Por supuesto, siempre había sabido que la presencia de Marcel en Hale House iba a ser de corta duración. No obstante, le resultaba difícil hacerse a la idea de su mudanza. Y no por el beso que se habían dado en la terraza la noche de su cumpleaños, aunque desde luego le acudía una y otra vez a la memoria, sobre todo cuando surgían tensiones entre Max y ella.

Lo que le había confesado en broma a Marcel en el Empire State Building era verdad. Mucho tiempo atrás, en París, había sentido verdadera debilidad por él. Pero desde entonces habían pasado muchos años. Se habían hecho muy amigos, pero ella amaba a Max como no había amado a ningún otro hombre, aunque su relación no fuera sencilla. Max seguía con sus incursiones en solitario. A menudo desaparecía el día entero y, a veces, también de noche. De cuando en cuando, Peggy sabía que se iba de parranda con Leonora; otras veces, las respuestas a sus preguntas eran monosilábicas. Max era su marido. Y, sin embargo, Peggy tenía la sensación de que no estaba de verdad con ella por más que él lo negara.

—Voy a ir apartando las sillas que quiero llevarme —oyó que Marcel le decía al vendedor.

Este frunció el ceño.

—Eso no se puede hacer, señor. Estas dos sillas forman parte de un conjunto de cuatro sillas. ¿Por qué no se compra el conjunto, cuatro sillas iguales? ¿Por qué quiere cuatro sillas distintas?

—Quiero exactamente estas cuatro —se limitó a contestar Marcel, pero el vendedor no se dejaba convencer así como así.

—¿Quién me iba a comprar luego las que sobran? Todos quieren siempre cuatro sillas iguales. —Cogió las dos sillas en cuestión y las devolvió a su sitio.

Marcel se encogió de hombros.

—Bueno, entonces solo me llevo dos. ¿Quién dice que hay que tener cuatro sillas?

El dueño de la tienda meneó desesperado la cabeza. Nunca había tenido clientes como ellos.

Peggy se sentó junto a Max en un sofá a rayas verdes y rojas al que le faltaba un reposabrazos.

—Las rayas no le pegan a Marcel —dijo ella—. ¿Tú qué opinas?

—Las rayas quizá no, pero esto sí. —Max se tumbó con la cabeza en el regazo de Peggy y los pies estirados por el lado abierto—. Un tío tan larguirucho como Marcel puede estirar aquí perfectamente los pies sin la incomodidad de tener que ponerlos encima del reposabrazos. Una cosa te digo. —Sonrió con malicia—. Si Marcel no lo quiere, lo compramos nosotros. —Peggy se echó a reír, pero para sus adentros confiaba en que no fuera necesario.

—¡Venid a ver esto!

Max se incorporó y siguieron su voz, que procedía del cuarto de al lado.

—Mirad. ¿No es increíble? —Para ser un hombre tan tranquilo y sosegado como Marcel, en esa ocasión la voz le salió nerviosa. Señaló un taburete y una rueda de una bicicleta sin neumático que había en un rincón—. Los dos ingredientes de mi *Rueda de bicicleta*. ¿No es increíble?

Peggy se quedó boquiabierta. Sí, en verdad era una casualidad tremenda. Marcel llevaba unos años combinando objetos prefabricados o también convirtiéndolos por sí solos en arte. Él los llamaba *readymades*, curiosidades que por sí mismas —en su opinión— tenían derecho a ser calificadas de arte sin necesidad de cambiarles ni añadirles nada. Uno de sus primeros *readymades* había sido un taburete sobre el que había montado la rueda de una bicicleta. A esas alturas ya ni él mismo sabía cuál había sido el resultado.

—Un guiño del destino. —Marcel esbozó una sonrisa enigmática—. Está visto que he de crear otra rueda de bicicleta. —Cogió el taburete y la rueda, y los añadió al resto de las cosas, junto a la caja—. Creo que para empezar ya es suficiente. —Pagó. El dueño de la tienda acercó la furgoneta y cargaron las compras en ella.

Cuando descargaron todo en el piso nuevo de Marcel y se marchó el dueño de la tienda, se quedaron agotados entre cajas y paquetes desparramados de cualquier manera. Solo el sofá al que le faltaba el reposabrazos ocupó enseguida su sitio.

—Vayamos a casa. Tengo hambre —propuso finalmente Peggy.

—Yo también. —Marcel sacó la pipa del bolsillo de la chaqueta—. Pero comamos aquí mismo para inaugurar mi piso. Abajo hay un supermercado Deli.

—¿Con dos sillas y sin mesa? —objetó Max.

—Qué más da. —Peggy se rio—. Creo que Marcel tiene razón. Hacemos un pícnic y ya está. Las mesas y las sillas están sobrevaloradas. Max, haznos un poco de sitio en el suelo. Marcel y yo iremos a la compra. —A decir verdad, tenía ganas de estar un rato a solas con su amigo.

En el Deli de la esquina compraron queso, pan, atún, vino y toda clase de exquisiteces. A la vuelta, se detuvieron en el semáforo en rojo.

—Te echaré de menos, Marcel. Ha sido muy bonito tener un amigo en casa durante las últimas semanas. —Él le puso la mano en el hombro y se lo apretó un poco. Pero Peggy aún necesitaba desahogarse un poco más—. ¿Sabes una cosa? En cierto modo, envidio tu serenidad. Nada te saca de tus casillas. Yo en cambio soy mucho más...

—¿Impulsiva?

—Impulsiva es la palabra apropiada. —Peggy se echó a reír—. Y, como podrás comprender, ser impulsiva en mi relación con Max no es siempre lo más acertado. A menudo se muestra tan caprichoso, tan encerrado en sí mismo... Y a mí me resulta difícil aceptarlo. Pero las últimas semanas me han sentado muy bien. Tú nos has contagiado un poco. Y me ha gustado poder hablar contigo en cualquier momento.

El semáforo se puso en verde y la multitud que los rodeaba echó a andar, pero Peggy y Marcel siguieron parados. Marcel se volvió hacia ella.

—Max es Max —dijo él—. A ninguna de sus mujeres les resultó fácil la convivencia con él. Y no creas que Leonora fue una excepción. ¿Crees que no habría intentado reconquistar a Max si quisiera volver a estar con él? —La muchedumbre los empujaba para poder cruzar la calle con el semáforo en verde, pero Peggy y Marcel se mantenían firmes como rocas en la tempestad—. Max tiene una personalidad dominante —continuó Marcel—. Tal vez incluso desbordante. Y seguramente por eso tenéis continuos roces. Porque tú eres una mujer fuerte que no le toleras nada.

—Tienes razón. —Ella lo cogió del brazo y se colgó de él—. ¿Lo ves? Estas son las conversaciones que echaré de menos. Pero bueno, aún seguirás en este mundo.

Poco DESPUÉS, TERMINARON de comer. Tampoco sobró demasiado vino. Marcel se tumbó en su nuevo sofá; Peggy y Max seguían sentados en el suelo, apoyados en las estanterías todavía vacías. Fuera había anochecido. Como el piso aún no tenía conexión a la red eléctrica, Peggy encendió unas velas. La extraña mezcla de muebles desordenados, un perchero, el sofá, las sillas, el taburete y la rueda tenían algo de irreal a la luz parpadeante de las velas. Era como si estuvieran rodeados de extrañas criaturas que desde la oscuridad los contemplaran con curiosidad.

—¿Sabéis una cosa? —dijo de repente Marcel—. Esta noche me quedaré aquí.

—Pero si no tienes cama. Ni tampoco luz —observó Max—. ¿Por qué no esperas unos días hasta que esté todo listo? —Peggy miró a Max. Sabía cuánto apreciaba él también a su amigo. Pero ella conocía lo bastante bien a Marcel como para saber que había tomado una decisión. Su convivencia había terminado.

—Puedo dormir en el sofá —opinó Marcel enseguida—. De vez en cuando viene bien darse cuenta de lo poco que se necesita en realidad. ¡*Cheers*! —Levantó el vaso de vino tinto del suelo y brindó con ellos.

Peggy dio un trago. Había llegado el momento. Intentó ignorar el nudo que se le había formado en el estómago. Miró con disimulo a Max, que a su vez dio un trago de su copa. Peggy recordó su conversación con Marcel en la calle. Y de pronto le acudió otra vez la inexplicable sensación de que necesitaría más que nunca a un amigo como él.

45

PESE A LA tristeza inicial de Peggy por la mudanza de Marcel, en las siguientes semanas no tuvo tiempo de añorarlo, y menos aún para quedar con él. A Max y a Pegeen también los veía casi solo a la hora de la cena. Max hacía la compra y cocinaba. Él lo llamaba «su aportación a la inauguración de la galería». Una galería que todavía no había visto, pues Peggy se había propuesto darle una sorpresa.

Galería… Ya podía llamarla así. Las distintas salas ya no tenían nada en común con el antiguo taller de costura. En las últimas semanas habían ido transformándose poco a poco. Ya estaba todo terminado; solo faltaban cuatro días para el gran acontecimiento.

Peggy estaba sentada ella sola junto a su escritorio en el despachito que Kiesler le había instalado. Tenía delante una máquina de escribir con una hoja metida casi vacía; a su lado había varias páginas arrugadas y hechas una bola. Llevaba varias semanas intentando escribir una nota para la prensa. Sabía lo importante que era acompañar su museo de las palabras adecuadas. ¿Cómo podía transmitir a la gente lo que esa colección, esa galería, significaba para ella, los planes que tenía al respecto? Cuanto más aplazaba la escritura, más difícil se le hacía la tarea. Sin embargo, aquella mañana la había despertado el teléfono a las siete y media. Un periodista del *New York Times* le había dado a entender que necesitaban la nota de prensa. Y la necesitaban de inmediato para que se publicara antes de la inauguración de la galería. Dos horas más tarde había recibido otras tres llamadas de otros periódicos. Tenía que ponerse a ello.

Peggy miró a su alrededor. Su despacho era pequeño y carecía de ventana. Siete metros cuadrados que le habían robado al reino del arte para trabajos triviales de oficina. Su entusiasmo, sus planes y sus ideas chocaban contra las paredes desnudas.

—Aquí dentro me resulta imposible trabajar. —En un impulso, arrancó la hoja de la máquina de escribir—. Y dudo que alguna vez pueda pasar un minuto en esta ratonera.

Después de unos momentos de indecisión, tomó una resolución. Quería estar en la galería rodeada de sus cuadros y de todo lo que significaban para ella. Cada una de las obras narraba una historia distinta de su vida.

Dejó la máquina de escribir en el suelo y se puso a empujar la mesa para sacarla del despacho y llevarla hasta la habitación iluminada con luz natural, a la que llamaba Daylight Gallery. Se acercó a la ventana. Kiesler había cubierto la fachada acristalada con una fina tela de seda a través de la que entraba difusamente hasta el interior la luz del día, y aunque la delicada seda era de color mate, tras ella se reconocía el magnífico telón de fondo de la ciudad.

Miró el reloj de pulsera. En menos de dos horas llegaría Max. Quería enseñarle al fin la galería. Se sentó a la mesa y se acercó la máquina de escribir. Las paredes que la rodeaban aún estaban desnudas. La primera de las exposiciones itinerantes no se colgaría hasta principios de noviembre. Pero, a diferencia de las paredes desnudas de su pequeño despacho, ese espacio la inspiraba. Empezó a escribir: «Peggy Guggenheim inaugura la galería Arte de este siglo».

Después de detenerse un momento, siguió tamborileando las teclas con los dedos. Una vez hubo anotado algunos datos y catalogado unos cuantos cuadros, Peggy se puso las manos en el regazo y leyó. Pero aún le parecían un tanto insípidas las enumeraciones. Qué importaba el número de cuadros ni dónde colgaban estos en el museo. Lo principal era lo que ella esperaba alcanzar con su museo, las visiones que tenía. Puso los dedos sobre las teclas, se detuvo otro instante y escribió: «La señora Guggenheim confía en que Arte de este siglo se convierta en un centro en el que los artistas sean bienvenidos y tengan la sensación de colaborar en la creación de un laboratorio de nuevas ideas».

Leyó otra vez la frase. Sí, eso se ajustaba más a lo que pretendía. Pero faltaba algo. Comenzó un párrafo nuevo y sangró el texto varias veces. Lo que iba a decir ahora era más importante que todo lo demás. Tenía que destacar también en la página. De repente, las palabras le salieron solas: «Hacer que esta galería y su colección sean accesibles al público en una época en que la gente lucha por su vida y su libertad acarrea una gran responsabilidad de la que soy plenamente consciente. Este proyecto solo se verá coronado por el éxito si está al servicio del futuro, en lugar de limitarse a documentar el pasado».

Añadió la fecha de la inauguración y concluyó con las palabras: «Entrada libre a cualquier hora».

Luego extrajo la hoja de la máquina de escribir. No necesitaba leer el texto otra vez. Sabía que lo había dicho todo. Hasta entonces nunca había tenido tan claros sus deseos y sus aspiraciones como en ese momento, una vez trasladados al papel. Su colección era magnífica, sin duda. De todas maneras, no debía ser un fin en sí misma, sino el punto de partida hacia algo nuevo. «No detenerse nunca —pensó Peggy—. Seguir siempre adelante.»

En ese momento, llamaron a la puerta de la galería.

—¿Peggy? ¿Estás ahí? ¿Puedo entrar? —Era Max.

Ella se levantó de un salto.

—¡Ni hablar! ¡Espera, ya voy!

Para entonces había anochecido. Recorrió las restantes habitaciones a la carrera y fue encendiendo las luces. Luego abrió una rendija de la puerta de entrada y se coló hacia fuera. Le plantó a Max un beso en la boca, le tapó los ojos con las manos desde atrás y lo empujó por la puerta hacia el centro de la primera sala. Luego retiró las manos. Max no se movió. Parecía como si se hubiera olvidado de respirar. Por último, empezó a dar vueltas sobre sí mismo. Poco a poco fue adquiriendo consciencia de toda la sala. Se encontraban en la galería de los abstractos. El suelo era de color turquesa, las paredes constaban de una cortina azul marino que rodeaba la sala formando líneas onduladas como la carpa de un circo. De unos dispositivos de alambre, que adoptaban las formas más diversas, colgaban los cuadros sin marco. Max se acercó a una escultura. Entre los alambres, *Desarrollo de una superficie* de

Pevsner; parecía que flotaba en medio de la nada. La escultura resultaba tan ingrávida y elegante que incluso Max, que se la sabía de memoria, se quedó sin habla. Siguió andando sin decir una palabra hasta que llegó a la galería de los surrealistas. Allí las paredes las formaban unos paneles de madera cálidos y cóncavos que otorgaban al lugar un aire de intimidad. Todo invitaba a sentarse y pasar el rato entre las obras de arte, o bien a rodearlas y contemplarlas desde todos los ángulos. Max se sentó en un sillón.

—¿Qué me dices? Mi idea era que todo se comunicara con todo —le explicó Peggy, que se acercó a él—. Los cuadros, los dispositivos de sujeción, las paredes, las sillas… y los visitantes. Por cierto, no son sillas. Al menos, no las llames así delante de Frederick. Él las llama «instrumentos correalistas». Tienen nada menos que dieciocho posibilidades de uso. Mira… —Empezó a colocar el sillón en distintas posiciones. Max la miraba con atención.

—Frederick es un genio. —Meneó la cabeza en un gesto de reconocimiento.

Luego se puso de pie y fue a ver uno de sus propios cuadros. Se titulaba *El antipapa*. Lo había terminado hacía un par de meses. Una figura con cola de caballo y vestida de un rojo muy llamativo observaba a un grupo de figuras entrelazadas. Varias lanzas y flechas que asomaban por el suelo configuraban una atmósfera amenazadora que se veía reforzada por la vegetación en forma de conchas y corales que cubría el suelo. Las figuras parecían petrificadas y tenían algo de hostil. Sus miradas y sus gestos revelaban una amenaza incierta que parecía proceder tanto del entorno como de las propias figuras, y que provocaba escalofríos en el observador.

—Uno de tus mejores cuadros —dijo Peggy en voz baja agarrándolo de la mano.

—Que aquí encaja a la perfección. —Se volvió hacia ella y le retiró un mechón de pelo de la cara—. Estoy orgulloso de ti. Quiero que lo sepas. Esta galería es… —Hizo un movimiento amplio con la mano—. Es lo nunca visto. Un verdadero carrusel de las más diversas impresiones sensoriales. ¡Sencillamente increíble!

Peggy lo abrazó por la cintura.

—Y eso que todavía no te he enseñado los juguetes de Frederick. Las mirillas, las ruedas giratorias, los distintos mecanismos de visión y los elevadores. Eso sí que es todo un carrusel artístico. Pero antes vamos a tomar algo.

Peggy se separó de Max y llevó una botella de vino con los dos vasos que ya tenía preparados. Después de servir a los dos, se dirigió al fonógrafo, que se encontraba sobre uno de los objetos de Kiesler. Colocó la aguja con cuidado encima del disco. Sonó una *chanson* francesa. La había escuchado en el Café de la Paix mientras esperaba a Max en su primera cita. Peggy alzó la copa y brindaron.

—Por la mujer que no descansa hasta cumplir sus sueños y que deja a todos boquiabiertos. —Max brindó con ella y Peggy notó que se ruborizaba.

Durante los últimos meses, sus relaciones se habían distanciado cada vez más. Ella había combatido ese distanciamiento a base de mucho trabajo. Sin embargo, ese cumplido era sincero y procedía de un hombre al que no se le daban especialmente bien los cumplidos. Peggy dio un trago. Luego cogió el vaso de Max y lo dejó a un lado.

—Vamos a bailar —se limitó a decir atrayéndolo hacia sí.

Venecia, 1958

EN LA AZOTEA del palacio Venier dei Leoni, Frederick Kiesler miró preocupado la hora en su reloj de pulsera. ¡Solo faltaban cuarenta minutos! Desde arriba podía ver al gondolero, que esperaba en la pasarela junto a la góndola particular de Peggy. Los palacios del otro lado del Gran Canal lanzaban destellos de color rojo carmín a la luz del crepúsculo vespertino. Peggy había sacado entradas para la ópera y él ardía en deseos de ver el famoso edificio de la Fenice.

Fue a la puerta del dormitorio de Peggy y llamó enérgicamente con los nudillos.

—¿Peggy? ¿Estás ahí? ¡Tenemos que marcharnos!

—Pasa, Frederick. A lo mejor me puedes ayudar.

Kiesler abrió la puerta. Aliviado, comprobó que al menos había terminado de vestirse. Sentada delante del espejo, tenía ante ella diferentes pendientes.

—No me digas que todavía seguimos aquí porque no acabas de decidirte —dijo él simulando solo a medias la estupefacción.

—Pues sí, soy así —replicó ella obstinada—. Los pendientes marcan la diferencia. Los vestidos son sustituibles.

Kiesler suspiró con ostentación y se acercó al tocador.

—Ponte estos; son bonitos. Y vámonos.

Ella negó enérgicamente con la cabeza.

—Ya me los he probado. No pegan con el vestido. —En el espejo vio que Kiesler ponía los ojos en blanco.

Luego Frederick se acercó a la pared de la que colgaban docenas de pendientes. Su mirada recayó en tres piezas que conocía y que le hicieron remontarse de inmediato a octubre de 1942, en

Nueva York. Fue la noche en que Peggy inauguró la galería Arte de este siglo. De los tres pendientes, uno era un regalo del artista Alexander Calder; uno de sus móviles de filigrana de color cobre rojizo cuyo diseño recordaba a una peonza. Los otros pendientes eran de Yves Tanguy; dos medallones de vidrio engastados en cobre, en uno de los cuales el artista había pintado una imagen onírica rojiza y en el otro una azulada. Kiesler se inclinó un poco hacia delante. Para él las dos miniaturas tenían algo de paisajes lunares que ahora, por el efecto de la luz de la habitación, arrojaban destellos azules y rojos. Escogió el móvil y uno de los medallones.

—Ponte estos —dijo con resolución.

Peggy lo miró y lanzó un suspiro.

—No te lo vas a creer, pero desde aquella noche no me los he vuelto a poner. Llámame sentimental. Quería que me recordaran siempre a nuestra maravillosa fiesta de la inauguración.

Kiesler sonrió.

—Está bien que la llames «nuestra fiesta». Y justo por eso puedes ponértelos también esta noche. Hazlo por mí. —Le pasó los pendientes.

Después de dudarlo un instante, Peggy cogió las dos piezas.

46

LA PUERTA DEL dormitorio se abrió de par en par. Peggy, que estaba sentada ante el espejo del tocador probándose pendientes, miró a su alrededor y vio a Pegeen dentro de la habitación. Llevaba el vestido que le había comprado para la fiesta de la inauguración de su museo.

—¿Puedes subirme la cremallera? —Dio la espalda a su madre. Esta se levantó y le abrochó el vestido. Luego dio la vuelta a su hija y la contempló a un brazo de distancia.

—Qué orgullosa me siento de tener una hija tan preciosa.

A Pegeen se le enrojecieron las mejillas por el inesperado piropo.

—Tú tampoco tienes mal aspecto —dijo abochornada.

Peggy llevaba un vestido largo y ajustado de seda blanca que había encargado expresamente para la inauguración.

—Ven —le dijo a su hija—. Ayúdame a escoger los pendientes. No acabo de decidirme.

—No me extraña —dijo Pegeen con una sonrisita—. Es que tienes demasiados.

Se puso detrás de su madre, que había vuelto a sentarse junto al tocador.

—¿Qué te parece este? —Peggy alzó un pendiente que había hecho el artista Alexander Calder *ex profeso* para ella.

—¡Fantástico! —exclamó Pegeen—. Así llevas el arte incluso en tu propio cuerpo. ¿Dónde está entonces el problema?

—He aquí el problema. —Peggy le enseñó otros dos pendientes.

—Los pendientes que te regaló Yves Tanguy.

—El móvil de Alexander representa el arte abstracto. Los pendientes de Yves, el arte surrealista. Y no debe parecer que tengo preferencia por uno de los dos movimientos.

Pegeen puso los ojos en blanco.

—Oh, mamá. Vaya preocupaciones tienes. Pues no te pongas ninguno de esos.

Peggy paseó dubitativa la mirada por la larga pared en la que almacenaba sus joyas.

—O bien… —Cogió uno de Calder y otro de Tanguy, y se los acercó cada uno a una oreja.

—¿Cómo me quedan? ¿Qué te parece?

Pegeen se echó a reír.

—Un disparate.

—Perfecto. —Peggy sonrió satisfecha. Se puso los dos pendientes, se levantó y tomó a su hija de las manos.

—¿Estás preparada? Solo faltan dos horas. —Agarrada a su hija, giró despacio mientras los colgantes afiligranados del pendiente entrechocaban entre sí con suavidad.

—Mamá, eso suena como un carillón de viento. —Se pusieron a dar vueltas cada vez más aprisa. Parecía que los pendientes de Peggy volaban y de repente les entró a las dos un ataque de risa.

—¡Me mareo! —gritó Peggy sin hacer amago de quedarse quieta.

De pronto se oyó un ruido espantoso: ¡RAS!

Peggy se detuvo al instante y se miró hacia abajo. El borde de su vestido se había quedado enganchado al tirador de un cajón de la cómoda y estaba completamente desgarrado. Pegeen miró consternada a su madre.

—¿Y ahora qué hacemos? Lo siento —dijo al final al ver que Peggy seguía callada.

—No ha sido culpa tuya. —En los ojos de Peggy se agolparon las lágrimas. Se sentó en la cama y se llevó las manos a la cara. Pegeen vio rodar una lágrima por su mejilla. Se sentó a su lado y rodeó a su madre con el brazo. En ese momento se abrió la puerta.

—Bueno, ¿qué aspecto tengo? —Max entró. Llevaba un traje muy elegante. Cuando vio a las dos mujeres sentadas en el borde de la cama, se detuvo atónito.

—¿Qué es lo que...? —Se interrumpió al ver el vestido rasgado—. ¿Cómo ha podido pasar eso?

—No tengo otro vestido apropiado para la ocasión. —Peggy se retiró las manos de la cara. Tenía los ojos y las mejillas enrojecidos.

Max miró la hora.

—Pues entonces tendrás que comprarte uno —dijo con determinación—. Si vas enseguida a Macy's, todavía te da tiempo. —Intentó esbozar una sonrisa y puso la mano en el hombro de Peggy—. Vamos, mujer, un pequeño contratiempo como este no puede paralizar a una Peggy Guggenheim.

Ella sonrió con debilidad. Max tenía razón. Claro que aquello no podía paralizarla por mucha pena que le diera su bonito vestido.

—Hace poco vi uno muy parecido —dijo en voz baja. Se levantó y respiró hondo varias veces—. Está bien; cogeré un taxi.

—Te acompaño —dijo Pegeen—. Me cambio en un momento.

EL TAXI SE paró delante del Hotel Ritz.

—¡No me lo puedo creer! —Pegeen contaba con que iban en busca de un vestido nuevo a Macy's o a alguna otra tienda elegante. En cambio, su madre tenía previsto honrar con su visita la tienda de segunda mano del Hotel Ritz. Por supuesto, no era la típica tienda de artículos usados: los vestidos y las pieles de buena calidad que llevaba allí la alta sociedad neoyorquina eran más elegantes y exclusivos que casi todo lo que ofrecían los grandes almacenes más caros de la ciudad. No obstante, siempre había desaprobado la costumbre de su madre de comprarse allí trajes usados.

Después de apearse, Peggy se asomó al interior del vehículo.

—¿Vienes?

—No. —Pegeen puso cara de enfurruñada. Estuvo un instante sin moverse. Luego suspiró con ostentación y salió. Dio un portazo más fuerte de lo necesario. En la tienda, Peggy fue derecha hacia un vestido blanco y largo que lucía un maniquí.

—¿Y bien? ¿Qué te parece? —dijo volviéndose hacia Pegeen, que estaba dos metros por detrás de ella, como si tuviera miedo de que la descubrieran allí con su madre. Desde luego, el vestido no era menos elegante que el que se había hecho a medida. Pegeen se encogió de hombros.

—No está mal.

Al poco rato, cuando Peggy salió del probador con el vestido puesto, su hija se quedó sorprendida. Le quedaba que ni pintado. Peggy se dio la vuelta delante del espejo. Un camarero vestido de frac se le acercó. Con una mano hacía equilibrios con una bandeja pequeña y dos copitas de champán.

—Señora Guggenheim, perdone que la moleste. Una pequeña gentileza de la casa. —Peggy cogió las dos copas, le dio las gracias y se acercó a su hija. Se sentó con cuidado a su lado en un sofá tapizado de terciopelo rojo.

—Quiero que aprendas una cosa: en la vida no vas a contentar nunca a todos. Con independencia de cómo te vistas o de la generosidad con la que ayudes económicamente a otros, siempre habrá quien diga que vas mal vestida o que te equivocas porque das dinero a quien no lo necesita. Por supuesto, sé que algunos me consideran una rácana por haberme comprado aquí el abrigo de pieles.

—Y los zapatos en Kitty Kelly —le reprochó Pegeen.

—Sí, y los zapatos en Kitty Kelly. —A Peggy le dio la risa—. Pero esa gente olvida que yo pago por un cuadro lo que otras mujeres derrochan por un solo vestido. Es importante tener prioridades en la vida. La reforma de las salas del museo ha costado dinero. Los cuadros cuestan dinero y dirigir el museo y la galería también. Pero para mí esas cosas se merecen cada centavo que pago por ellas. Todo lo demás solo es pura apariencia. Los vestidos, los zapatos… A eso no le doy ninguna importancia; de ahí que pueda comprar tranquilamente en Kitty Kelly. —Entonces fue su hija la que se echó a reír. Peggy se sintió aliviada—. Solo quiero eso, Pegeen —añadió—. Que hagas en la vida lo que para ti sea importante. Vive con arreglo a lo que tú consideres apropiado y no hagas caso de lo que digan los demás de ti.

Peggy acarició con suavidad la mejilla de Pegeen.

—Está bien —dijo su hija—. ¿Y qué hay entonces de la escuela de actores a la que quería ir?

Peggy se golpeó la frente con la mano estirada.

—¡Buena la he hecho! —Su mirada recayó en el reloj de pulsera. Aterrorizada, se levantó de un salto—. Y yo echándote aquí un discurso… ¡Tenemos que irnos!

Pagó el vestido y mandó llamar un taxi.

CUANDO LLEGARON A Hale House, Max las esperaba ya impaciente. Peggy había prometido pasar a recoger a Frederick.

Poco después, el taxi se detuvo delante del edificio de Kiesler, que ya estaba en la calle. Su cara expresaba disgusto, y cuando Peggy le contó el percance con el vestido, se limitó a menear perplejo la cabeza. Su conversación con Pegeen y la copita de champán en el Ritz se las calló prudentemente. Llevaba meses deseando que llegara ese día y en el último momento se había olvidado de la hora que era.

Kiesler le pidió al taxista que se diera prisa, pero los esfuerzos del hombre fracasaron ante el tráfico intenso de la noche neoyorquina. Cuando se detuvieron delante de la galería, llegaban con un cuarto de hora de retraso.

—Podría haber sido peor. Venga, Frederick, no pongas esa cara.

Kiesler hizo una mueca, pero Peggy se dio cuenta de que no estaba enfadado de verdad. Saludó a Pegeen, que los había esperado delante de la entrada. Pero, para su sorpresa, su hija solo le devolvió brevemente el saludo y se metió dentro de casa. Cuando entraron Peggy y Frederick, el ascensor estaba subiendo.

—¿Por qué demonios no nos habrá esperado? —susurró Kiesler.

Una vez que llegaron arriba, Peggy se retocó el peinado. En ese momento sí que le hubiera venido bien un espejito de mano. Notó que estaba hecha un manojo de nervios. Pero de repente se quedó sorprendida.

—¿Oyes tú eso también?

Kiesler la miró extrañado.

—¿El qué?

—Pues eso. Nada de nada. Reina un silencio sepulcral. ¿No debería haber detrás de esa puerta docenas de invitados hablando y riéndose?

Se quedaron un rato quietos. Luego Peggy fue con paso decidido hacia la puerta, la abrió de golpe... y se quedó paralizada. Más de cien personas pegadas unas a otras ocupaban la gran sala. Sus delicados vestidos de noche centelleaban bajo la luz fluorescente. Todas las caras se habían vuelto hacia la puerta. Nadie hablaba. Kiesler se acercó a ella. Pasaron unos segundos que a Peggy le parecieron una eternidad. Enseguida fue reconociendo a amigos y conocidos. Max y Marcel estaban al lado de la puerta. Breton, Tanguy, Calder y varias de sus amigas también habían ido.

De repente, todos se pusieron a aplaudir al mismo tiempo. Y el aplauso iba dirigido a ella... a ella y a Kiesler, cuya mano tomó involuntariamente mientras los aplausos resonaban cada vez con más fuerza y se volvían más rítmicos. Kiesler le apretó la mano. Luego entraron. Peggy puso rumbo a Max y Pegeen, y los abrazó por la cintura.

—Gracias —dijo—. Gracias por haber venido todos. —Los aplausos bajaron de volumen—. Gracias por estar aquí para compartir conmigo este momento. —Hablaba con voz firme—. Esta noche está dedicada a lo mejor del ser humano: a su creatividad, a su deseo de belleza y expresión. Eso es lo que vamos a celebrar hoy juntos, precisamente ahora, cuando en Europa se está propagando lo peor del ser humano. —Aplausos breves pero más fuertes—. Bueno —continuó Peggy cuando callaron las ovaciones—. Y ahora rindamos homenaje a estas obras y a sus artistas, muchos de los cuales están aquí esta noche. Celebremos su presencia y la del arte de nuestro siglo. —Alzó la copa que le había pasado Max y dijo—: ¡Bienvenidos a Arte de este siglo!

47

Peggy se había desplomado en la cama de madrugada. No era de extrañar que no hubiera oído el despertador. Solo cuando Max se sentó a su lado en el borde de la cama y la meneó con suavidad abrió los ojos.

—¡Pero si ya estás vestido! ¿Qué hora es?

—Las nueve y media.

—¿Cómo? ¡No puede ser cierto! A las diez abre la galería. El primer día y ya llego tarde. —Peggy quiso levantarse, pero Max se lo impidió.

—No te preocupes. Jimmy va para allá. No pasa nada por que llegues un poco tarde. Sobre todo… —Esbozó una sonrisa enigmática—. Sobre todo porque antes tienes que ver esto.

Hasta ese momento, Peggy no había reparado en el montón de periódicos que Max había dejado encima del edredón.

—¿Qué es eso? ¿Ya se han producido las primeras reacciones ante la galería?

Peggy había contado con que la prensa diría algo, como muy pronto, al cabo de uno o dos días, pese a que varios periodistas habían sido invitados a visitar el museo antes de la inauguración y otros habían asistido a ella. Se notó acalorada. Enseguida se dispuso a coger el periódico de más arriba, pero Max no se lo permitió.

—Alto ahí. Tal vez deberías tomar antes un trago de café. —Tomó la humeante taza que había dejado en la mesilla y se la pasó. Peggy la cogió toda recelosa.

—¿Es que la galería no ha sido bien recibida? Venga, dímelo.

Max permaneció imperturbable.

—Bebe. Luego podrás leerlo tú misma.

Se apresuró a tomar varios tragos y luego dejó la taza con resolución. Sin decir una palabra, agarró el primer periódico. Tenía la frente fruncida y una expresión de obcecación en los ojos. Max tuvo que contenerse para no soltar una carcajada. Peggy hojeó el periódico a un ritmo frenético. No tuvo que buscar mucho.

—«Peggy Guggenheim y Frederick J. Kiesler... derriban la teoría de que los ojos fatigados, los pies desollados y el dolor de espalda son las consecuencias inevitables de una visita a un museo coronada por el éxito.» —A Peggy se le enrojecieron las mejillas. En su rostro se dibujó una sonrisa. Leyó a todo correr el resto del artículo. Luego echó mano del siguiente periódico—. «Admito que los ojos nunca se me han salido tanto de las órbitas como en esta exposición.» ¡Max, esto es maravilloso!

Él alcanzó otro periódico.

—Entonces deberías leer esto del tal Jewel, el periodista del *New York Times*: «El arte se rebela, sale al espacio abierto y queda liberado, lo que a veces le da cierto aire de amenaza, como si al final el observador pudiera ser colgado de la pared mientras el arte se pasea a su alrededor haciendo comentarios...».

—¡Eso es genial! Ha reconocido la intención que teníamos Frederick y yo. Queríamos provocar exactamente esas reacciones. Cuando lo lea Frederick... Uy, ¿qué estoy diciendo? Seguro que ya lo ha leído hace tiempo. Al fin y al cabo, no todos son tan dormilones como yo.

Hacía tiempo que Max no veía tan feliz y relajada a Peggy, y se alegraba por ella. Había trabajado muy duro para obtener ese éxito y se merecía poder disfrutarlo.

Llena de energía, salió de la cama.

—Bueno, ya va siendo hora de que me ponga en marcha. Al fin y al cabo, no está bien visto que la galerista brille por su ausencia desde el primer día.

AL CABO DE unos días, otros muchos se habían sumado a las primeras reacciones de entusiasmo de la prensa. Naturalmente, también hubo alguna que otra crítica de quien no entendía los cuadros ni el diseño de Kiesler. Pero solo eran excepciones. Los artículos se habían publicado en toda América. Los ojos de toda una nación se dirigían hacia la galería de Peggy y casi todos se mostraban de acuerdo en una cosa: En Arte de este siglo las esculturas, los cuadros y la galería formaban una unidad indisoluble. Tal y como lo habían deseado Peggy y Kiesler.

Pero no fueron solo las reseñas favorables las que hicieron sentirse a Peggy en el séptimo cielo. El ambiente que reinaba en la galería también superaba sus más osadas expectativas. Quería que fuera un punto de encuentro en el que los artistas intercambiaran ideas con los aficionados. Y ese deseo parecía haberse cumplido por completo. Todos los días la galería se llenaba de artistas y legos, grandes nombres europeos y jóvenes americanos. Marcel era cliente habitual, como también lo eran Tanguy, Mondrian, Breton y los jóvenes amigos de Jimmy. A Peggy las horas del día se le pasaban volando.

Habían transcurrido dos semanas. Fuera ya era de noche. En todo el día no había cesado una fría llovizna de noviembre. Cuando se marchó el último visitante, Peggy apagó las luces y cerró la puerta de la galería. Cuando fue a abrir la puerta del ascensor, no pudo hacerlo. Alguien lo había mandado llamar hacia abajo. Suspiró, apretó el botón y esperó. El letrero de la puerta se iluminó.

Cuando se abrió la puerta, Peggy alzó las cejas extrañada. A la mujer que salió del ascensor la había invitado a la inauguración, pero no había asistido. En realidad, Peggy ya no contaba con ella.

—¡Trish, qué sorpresa!

La camarera del bar Ruby's esbozó su fugaz sonrisa. Las pestañas y la negra melena leonina brillaban de la humedad. De un mechón de pelo le colgaba una gota aislada. No llevaba paraguas.

—Veo que ya ha cerrado. Perdón, mi turno no ha acabado hasta ahora.

—No importa. —Peggy se volvió, abrió la puerta y encendió otra vez la luz. Trish la siguió.

—¿No me dijo que libraba la noche de la inauguración? Creí que quería venir. —Peggy se sorprendió por su tono de reproche, pero Trish se limitó a encogerse de hombros.

—Esas veladas no están hechas para mí. Demasiada gente. Demasiados fracs y vestidos de noche.

Peggy no le contestó, sino que empezó a conducirla por el museo. Resultó ser una observadora atenta pero también silenciosa. Se detuvo delante de un cuadro de Max y leyó el letrero.

—Este es de su marido, ¿no? Está chachi.

Peggy se aguantó la risa. Seguro que el juicio de Trish no habría provocado gritos de júbilo en Max. Pero dicho por ella era sin duda un cumplido.

—¿Esto qué es?

Se paró delante de una gran espiral con radios que estaba sujeta a la pared como la rueda del timón de un barco.

—Tiene que mirar por ahí —dijo Peggy, y señaló una cajita con una mirilla. Trish obedeció y Peggy giró despacio la rueda.

—Qué gracia —dijo tan solo mientras una rueda oculta en el interior de la pared le iba mostrando las distintas obras de Marcel Duchamp.

—Venga por aquí, que aún hay más juguetes de ese tipo —dijo Peggy.

Le enseñó el ascensor paternóster, en el que subían y bajaban cuadros de Paul Klee, de modo que cada uno se le mostraba al observador durante unos diez segundos. Para terminar, fueron a la caja de las sombras. Trish accionó la palanca que había al lado de la caja. Una mirilla se abrió a la manera de un obturador y apareció un cuadro. En la parte exterior tenía pequeños espejitos que reproducían el interior de la galería. Todo parecía estar muy lejos y desfigurado. A través de los espejos, Trish lanzó una mirada a Peggy, que estaba a su espalda.

—Un museo curioso. No sé bien lo que me esperaba. Probablemente nada. Yo no sé nada de arte. Pero, desde luego, no es aburrido. —Hizo una pausa, apartó la mirada de los espejos de la caja de las sombras y siguió andando—. De todas maneras, son todos hombres —continuó—. ¿No hay mujeres que pinten? —Hizo un gesto hacia la sala.

—Sí, claro que las hay —contestó Peggy—. Pero son muchas menos.

—Mmm. —Trish había llegado a la Daylight Gallery. Como Peggy siempre la había visto detrás de la barra del Ruby's, no

había reparado en la agilidad de sus movimientos—. ¿Puedo?
—Trish abrió la puerta de esa sala y vio que estaba a oscuras.

—Ahí todavía no hay nada —le dijo Peggy desde atrás. No obstante, ella entró. Peggy la siguió; cuando llegó a la habitación a oscuras, vio a Trish delante del gran ventanal. A través de la fina tela de seda, el Manhattan nocturno emitía destellos desde sus rascacielos y desde las miles de ventanas amarillas. Aquello era como estar en medio de una galaxia de estrellas. La silueta de Trish se recortaba contra la ventana.

—Wow —dijo en voz baja—. Esto es lo mejor de toda la galería.
—Peggy asintió con la cabeza. En ese momento tenía que darle la razón.

—¿Y está vacía esta habitación?

—Todavía sí —dijo Peggy mientras cerraba la puerta y dejaba el cuarto a oscuras—. Aquí mostraré exposiciones itinerantes. Dentro de unas semanas presentaré objetos de un amigo y de mi exmarido Laurence.

—¿Y después?

Se encogió de hombros.

—Todavía lo estoy pensando.

Se hizo el silencio. La pregunta de Trish por el después inquietó a Peggy. Llevaba un tiempo cavilando sobre qué exposición podría organizar a continuación, pero con el jaleo de los preparativos de la inauguración no se le había ocurrido nada apropiado. Solo sabía una cosa: tenía que ser algo experimental. Algo tan nuevo e innovador como toda la galería. De repente le sobrevino una idea. Trish tenía razón. Los artistas varones eran mayoría en su colección, del mismo modo que también dominaban el mercado del arte. Y eso no significaba de ninguna manera que las artistas modernas no tuvieran nada que ofrecer. Leonora Carrington era el mejor ejemplo al respecto. Era buena, verdaderamente buena; tenía que reconocérselo a su rival.

—Quizá debería organizar una exposición de artistas femeninas.

Trish no contestó y Peggy empezó a darle vueltas a la idea. Su Daylight Gallery ofrecería una plataforma a las artistas modernas y a los visitantes les daría a conocer el mérito de sus obras. Por lo general se las dejaba fuera de juego; a menudo se las menospreciaba o incluso ridiculizaba. Injustamente. Y su exposición pondría de manifiesto aquella injusticia.

—Vaya, vaya. —La voz llegaba desde la ventana—. Nunca habría creído que en usted se escondiera una feminista.

La respuesta de Peggy, que había reflexionado a menudo sobre esa cuestión, no se hizo esperar.

—Yo siempre he hecho lo que me ha dado la gana. Para hacer eso no hace falta considerarse feminista. Debería ser lo normal. Al fin y al cabo, entre los hombres tampoco existe una palabra para decir que viven su vida como les parece.

—No es lo mismo —respondió Trish en un tono inesperadamente cortante—. Usted, al fin y al cabo, cuenta con los recursos necesarios para hacer lo que quiera. La mayoría de las mujeres no dispone de esos recursos. —Se alejó de la ventana y, pasando al lado de Peggy, se dirigió hacia a puerta.

—Me tengo que marchar. Gracias por la visita guiada.

Peggy la siguió, pero en el último momento se volvió y paseó de nuevo la mirada por la silueta translúcida de la ciudad. Luego cerró lentamente la puerta.

48

Era la víspera del día de Navidad y desde la noche anterior no había parado de nevar. En las calles cubiertas de nieve el tráfico neoyorquino solo avanzaba a paso de tortuga. Ante la entrada de las casas y de las tiendas, la gente sudaba al quitar la nieve con la pala. Esta se acumulaba en los alféizares de las ventanas de las casas *brownstone*, en los coches aparcados y en los gorros y los hombros de quienes se apresuraban a comprar algún regalo. En Central Park los niños paseaban en trineo y, en sus tenderetes, los vendedores de almendras y castañas asadas se calentaban las manos con las brasas.

Peggy miraba por la ventana de su sala de estar con un tazón de ponche caliente en la mano. Observó a una pareja de la vecindad que arrastraba un árbol de Navidad demasiado pesado que iba dejando un pasillo en la acera nevada.

Su propio árbol de Navidad llevaba ya unos días adornando el cuarto de estar. Peggy se volvió. En la gran mesa para comer estaban sentados Max, Jimmy, Breton, Marcel y Howard. A estos se añadían dos conocedores del arte que asimismo eran amigos: James Thrall Soby y James Johnson Sweeney. Formaban el jurado que Peggy había convocado para elegir a las artistas que en breve expondrían sus obras en la galería. La convocatoria había tenido una gran resonancia.

—Así que estamos todos de acuerdo. ¡Maravilloso! —Peggy tomó un trago de su ponche—. Ahora solo nos queda por resolver cómo vamos a llamar a la exposición. Quiero empezar con la publicidad en cuanto pasen las Navidades.

—¿Por qué no la llamamos «El arte de fuera de juego»? —propuso Howard—. Así dejamos claro que las obras de las mujeres artistas siempre se han considerado algo marginal.

—Mmm. —Peggy se frotó la barbilla—. No sé si me convence del todo. Podría dar la impresión de que el arte de las mujeres está fuera de juego porque es ahí donde le corresponde estar. —Algunos de la mesa se rieron—. Y ahí es justo donde no debe estar. —Howard asintió con la cabeza.

—¿Qué tal si la llamamos «El arte de las mujeres»? —intervino Breton.

—Vaya. —Peggy rio brevemente—. Entonces tendría razón Georgia O'Keeffe. Cuando le he hablado de la exposición, me ha dado calabazas. Decía que ella era un pintor. A secas. No un «pintor femenino».

Peggy se sentó a la mesa.

—Es indiscutible que la mayor parte de las artistas no tienen la misma visibilidad que los hombres. Y eso es exactamente lo que yo quiero crear para ellas, una plataforma para su despegue. Es una lástima que O'Keeffe no colabore. El primer cuadro abstracto que vi hace muchos años era obra suya. Yo apenas tenía veintitantos años y solo conocía a los antiguos maestros italianos. Entonces unos conocidos me pusieron delante un cuadro de O'Keeffe y yo le di vueltas en un sentido y en otro porque no sabía qué era arriba y qué era abajo. —Los otros se rieron.

Max miró la hora.

—¿Qué tal si la llamamos sencillamente «Exposición de 31 mujeres»?

Peggy se lo pensó un poco.

—Eso suena bien —dijo por último—. Destaca lo esencial sin encasillar el arte como «femenino». ¿Aceptado? —Miró a su alrededor. Todos asintieron de común acuerdo—. Bien. Entonces solo nos falta dejar clara una cuestión. Unas cuantas candidatas nos enviarán sus cuadros por correo postal. Pero a las que viven en Nueva York podríamos visitarlas y elegir nosotros mismos los cuadros. ¿Quién se encarga? —Todos se miraron, pero nadie tomó la iniciativa.

Peggy se volvió hacia Max.

—Tú que siempre estás buscando cosas nuevas, ¿qué tal si te encargas de eso?

Max suspiró audiblemente.

—Me robará mucho tiempo, pero bueno, de acuerdo.

—Gracias. —Peggy le guiñó un ojo—. Entonces ya hemos terminado.

Corrieron las sillas. De repente, todos tenían prisa por irse a su casa. Mientras se ponían los abrigos en el pasillo, Peggy se acercó a Marcel y Howard.

—Así que mañana nos vemos aquí para la comida de Navidad. —Le abrochó el botón de arriba a Howard y, juguetona, le colocó bien el sombrero a Marcel—. A la una. Sed puntuales. Y no os olvidéis de mis regalos.

Los dos hombres le dieron sendos besos en la mejilla.

Cuando ya estaban todos en la calle y Peggy se disponía a cerrar la puerta de casa, apareció Max y se lo impidió. Peggy lo miró sorprendida. Max iba con abrigo, sombrero y guantes.

—¿Vas a salir? ¿Adónde?

—A pasear un poco, quizá a ver a unos amigos. —Ya estaba al otro lado de la puerta.

—Pero... —Peggy no pudo ocultar el disgusto—. Creí que me ayudarías a preparar la comida de mañana al mediodía. Hay mucho que hacer y Pegeen está en casa de unos amigos. Quédate, por favor... —Se mordió los labios. Normalmente, suplicar a Max no era su estilo.

Él negó con la cabeza.

—No tardaré mucho —dijo evitando su mirada.

Luego se dio la vuelta y se fue. Peggy estuvo a punto de dar un portazo, pero en el último momento se contuvo. Durante unos segundos se quedó plantada en el pasillo; luego fue a toda velocidad a la cocina.

—Qué más da. ¡Al ataque! Hay que preparar la sopa. Tengo que marinar el asado, hacer el postre... —Hablaba en voz alta intentando hacerse la fuerte y enérgica. Pero de pronto se apoyó en la mesa. Dos lagrimones le rodaron por las mejillas—. Mierda —dijo en voz baja—. ¡Maldita sea, estamos en Navidad! ¿No te puedes quedar tranquilamente en casa y cocinar conmigo para nuestros amigos? —Cogió un trapo de la cocina y se sonó la nariz. Luego se limpió enérgicamente las lágrimas de la cara—. ¡Basta ya de lloriqueos!

Sacó la pieza del asado de la nevera.

Para cuando Peggy se asomó otra vez a la ventana, ya había anochecido. En algún momento debía de haber encendido la luz sin darse cuenta. Se había tirado horas removiendo, picando y macerando. La sopa ya estaba lista. Sabía bien, pero al día siguiente aún sabría mejor. También había terminado de hacer el postre, una *crème brûlée*. La carne del asado ya estaba marinada y la salsa preparada. Además, había recogido también la cocina. Peggy miró la hora. Llevaba trabajando más de cuatro horas sin haberse sentado ni una sola vez y sin pensar en Max. Pero de repente le dio un bajón y se sintió frustrada y agotada. Las semanas siguientes a la inauguración del museo habían sido de mucho trabajo; aunque la ayudaba Jimmy, ella no había tenido ni un día libre. Pero eso no era todo. Ella había confiado en que Max se interesara más por la galería, que se involucrara más o que al menos se pasara por allí de vez en cuando, como hacían sus amigos Breton, Tanguy y Marcel. Peggy sabía que la galería le gustaba. No obstante, nunca se dejaba ver por allí, no preguntaba nada cuando ella llegaba a casa por la noche y cada vez parecía más recluido en su concha de caracol. Su inesperada salida, el haberla dejado sola con todo el trabajo que había que hacer, era solo la gota que colmaba el vaso.

Peggy se levantó en un impulso y se quitó el delantal de un tirón. «No tardaré mucho», había dicho Max. ¡Y un cuerno! Pues ella no tenía intención de quedarse esperando a que volviera como una buena amita de casa. Resuelta, apagó la luz y salió a la calle. En la Primera Avenida hizo señas a un taxi.

Vio pasar a toda velocidad las calles engalanadas de fiesta. En las ventanas de las casas relucían los adornos navideños y las aceras aún seguían llenas de gente cargada de bolsas y paquetes. El viaje no duró mucho.

Cuando se cerraron las puertas del ascensor, a Peggy le entraron dudas. ¿Y si no encontraba a Marcel en casa?

No sabía por qué le temblaban los dedos cuando tocó el timbre. De repente, sintió un deseo irrefrenable de hablar con él. Ojalá estuviera en casa.

Y estaba.

—Marcel. —Peggy le dio un abrazo cuando él abrió la puerta.

—Peggy... —Parecía sorprendido—. ¿Ha pasado algo?

Enfiló hacia el sofá que solo tenía un reposabrazos y se sentó.

—Estás pálida. ¿Qué pasa? —Marcel tomó asiento a su lado.

Al salir de casa no tenía previsto desahogarse con él o utilizarlo como paño de lágrimas. Sencillamente buscaba compañía, pasar unas horas con un buen amigo y olvidarse de su enfado. Sin embargo, estalló en toda regla.

Apoyó los codos en las rodillas y enterró la frente en las manos.

—Es por Max. Es tan inaccesible, tan poco cariñoso... Esta tarde se ha marchado poco después de que os fuerais vosotros. Y eso que habíamos quedado en preparar juntos la comida de Navidad. Y hace un rato todavía no había vuelto.

—¿Adónde quería ir?

Peggy levantó la cabeza y se encogió de hombros.

—Ni idea. A pasear. A ver a unos amigos. La habitual información imprecisa.

—A lo mejor solo quiere desear feliz Navidad a unos cuantos.

—En tal caso, podría haberme preguntado si lo acompañaba.

—¿No lo crees?

Peggy lo miró. Luego meneó levemente la cabeza.

—La verdad es que no sé lo que debo creer. —Se retiró un mechón de pelo negro de la cara—. Si solo fuera lo de hoy... Pero eso sucede a todas horas. Vivimos en la misma casa y, sin embargo, para mí es como un extraño.

—¿A qué te refieres?

—Por las mañanas, por ejemplo. Nunca desayunamos juntos, ni cuando ya está despierto. Se queda en la cama hasta que he salido por la puerta de casa. Y si luego miro hacia las ventanas, veo que en la cocina se enciende la luz. —De repente se le agolparon las lágrimas y le tembló la voz—. Me evita, Marcel. No siempre, pero la mayor parte de las veces. Y cuando llego por la noche a casa y quiero contarle el día que he pasado en la galería, apenas me escucha. Me rehúye. Y no sé por qué.—Empezó a sollozar. De repente se había roto el dique y ya no podía parar. No podía ser siempre fuerte ni tampoco quería. En ese momento no. Durante unos minutos quería poder ser solo desdichada.

—Eh, eh, vamos, mujer. —Marcel le rodeó los hombros con el brazo y la atrajo hacia sí. Peggy lo abrazó. Puso la frente en su hombro y dio rienda suelta a las lágrimas. Marcel la mecía de acá para allá sin decir una palabra, pasándole la mano suavemente por el pelo. Al cabo de un rato, que le pareció una eternidad, poco a poco dejó de sollozar. Las lágrimas se secaron, la respiración recuperó su ritmo. Al fin, retiró la cabeza de su hombro. Durante unos segundos se miraron a los ojos. Peggy le acarició levemente la mejilla. Acercó la cara a la de Marcel. Durante un momento permanecieron inmóviles. Luego sus labios se encontraron. Y esa vez no fue un beso breve y tierno. Fue un beso en el que Peggy puso toda su apasionada desesperación.

49

Había encargado a Jimmy que cerrara el museo y se había marchado una hora antes para ver a Marcel. Se habían acostado. Por segunda vez. Fue bonito y, al mismo tiempo, extraño, pues lo que sentían el uno por el otro era amistad y respeto mutuo. Sus caricias no tenían la pasión propia de dos amantes, sino que respondían al deseo de ternura, de proximidad, y estaban llenas de melancolía, pues el hombre al que amaba era Max, a cuyo lado se sentía terriblemente sola. Incluso en ese instante, en la cama con Marcel, la cabeza apoyada en su pecho, los ojos cerrados, la mano sobre su brazo, se preguntaba por qué hacían eso.

—Somos amigos desde hace más de veinte años. Marcel, ¿qué hacemos aquí?

Él abrió los ojos.

—¿Importa eso mucho?

Peggy sonrió. Típica respuesta de Marcel. Nunca se formulaba preguntas que complicaran la vida de forma innecesaria.

—Disfruto de tu calor aquí tumbada, aunque sé que esto alguna vez tiene que terminar. Por Max, porque lo amo. Pero quizá también por ti. —Recordó que también Marcel tenía desde hacía años una relación y que su compañera se disponía a ir a Nueva York después de haber trabajado varios años en París en la Resistencia. Cuando llegara todo cambiaría, pero eso a Peggy no la inquietaba lo más mínimo.

—No te preocupes sin necesidad —dijo él acariciándole con los dedos el dorso de la mano—. Hemos sido amigos. Lo somos aquí y ahora en esta cama, y lo seguiremos siendo.

Peggy emitió un suave suspiro.

—Contigo es todo tan sencillo... En cambio, con Max... —Sintió un nudo en la garganta—. Sencillamente, no sé qué nos está pasando.

—Ya lo averiguarás.

—Lo sé. Y normalmente los problemas están ahí para ser resueltos. —Peggy se incorporó en la cama—. Pero con Max todo es distinto. Me rehúye. Todos los intentos que hago de hablar con él y acercarnos el uno al otro fracasan por la distancia que él mantiene conmigo.

—¿Te estás dando por vencida? —Marcel frunció el ceño.

—¡No, claro que no! —Peggy se levantó. El optimismo que había en su voz era engañoso, pues en las últimas semanas cada vez estaba más convencida de que su marido en realidad no la amaba. Daba igual lo que él le asegurara, pensaba mientras recogía su ropa. Durante todo el tiempo se había estado engañando a sí misma. Y después de la boda todo había empeorado aún más. Max se sentía atrapado; ese debía de ser el problema. Si ella fuera capaz de aceptarlo... Pero seguiría luchando, siempre adelante.

—¿Quieres beber algo? —Marcel también se había incorporado. Ya había anochecido, pero desde fuera entraba la luz de la ciudad y revestía el suelo, las paredes y los muebles con un juego de luces y sombras.

Peggy miró la hora.

—Me gustaría, pero tengo que irme. No quiero llegar tarde a casa. Esta tarde Max había quedado con Dorothea Tanning para escoger cuadros para la exposición de las 31 mujeres. Cuando vuelva a casa quiero estar ahí.

Marcel se limitó a asentir. Encendió la luz, cogió la pipa de la mesilla y se puso a llenarla. Peggy sonrió. No conocía a nadie que esperara tan poco de los demás y fuera tan autosuficiente. A veces deseaba poder ser así. Pero no lo era. Su vida consistía en interactuar. Proyectos, relaciones, intercambio, una continua reciprocidad. Resultaba agotador, pero al mismo tiempo también era el viento que movía sus velas. Era lo que la impulsaba hacia delante.

Cogió el bolso y le dio a Marcel un beso en la frente.

—Hasta pronto. —Él le apretó un poco la mano.

MEDIA HORA MÁS tarde, abrió la puerta. La casa estaba a oscuras; solo llegaba abajo un resplandor del segundo piso y el sonido de la música de la radio. Pegeen se encontraba en casa.

Peggy saludó a su hija, luego fue a la cocina, abrió una cerveza y dio un par de tragos a morro, una costumbre que a Max no le gustaba. Ya eran las nueve. ¿Dónde se habría metido? Hizo un par de sándwiches sin dejar de mirar la hora.

Poco antes de dar las diez oyó la llave en la cerradura. Luego a Max colgando el abrigo y el sombrero. No daba crédito a sus oídos. Max silbaba una melodía. Desde que lo conocía no lo había hecho nunca, y esa ligereza era la que ella echaba dolorosamente de menos en los últimos tiempos.

Cuando entró poco después en la cocina, tenía las mejillas enrojecidas y le brillaban los ojos. ¿Sería por el frío?

—Hombre, ya estás aquí —dijo Peggy sin el menor reproche en la voz.

—Sí, algo más tarde de lo esperado, pero Dorothea y yo hemos jugado una partida de ajedrez y ha sido tan generosa que me ha dejado ganar. —Bueno, al fin había encontrado una víctima. Ella no tenía paciencia para el ajedrez. Max se fue derecho a la mesa—. Mm. Tengo un hambre canina. —Cogió uno de los sándwiches. Peggy se quedó boquiabierta. Hacía siglos que no lo veía de tan buen humor.

—¿Qué tal con sus cuadros? —preguntó mientras cogía otro sándwich para ella—. ¿Has encontrado alguno bonito?

—¿Bonito? ¡Es absolutamente fantástico! Hace un par de meses, cuando vimos por primera vez a Dorothea en la galería de Julien Levy, no tenía ni idea de lo increíblemente buena que era. Verás: he tocado el timbre, me ha abierto la puerta; yo estaba helado, con los zapatos llenos de nieve. Pero ya desde la puerta he visto el cuadro que estaba en el caballete. Era como si me llamara a gritos. —Peggy alzó las cejas asombrada, pero no dijo nada, y Max siguió hablando—: Ni siquiera me he quitado los zapatos, he dejado todo el suelo lleno de nieve. Sencillamente, he ido derecho hacia el cuadro. Tenía algo de místico, no sé cómo describirlo.

—A lo mejor puedes describirlo diciéndome qué se veía —bromeó Peggy, aunque no estaba para muchas bromas.

—Es un autorretrato. Lleva un vestido de seda con los pechos al aire, y de la cintura le crecen unas ramas parecidas al muérdago. Ante ella está sentado un pequeño dragón con las alas de un águila y a su alrededor se ven varias puertas abiertas. Desde una habitación se ve la siguiente, pero tiene algo de inquietante. Es como si nada más cruzar una de las puertas, uno saliera a otro mundo. —Hizo una breve pausa, comió un poco y volvió a dejar el sándwich en el plato. Tenía la mirada absorta—. No sé cuánto tiempo me he quedado ahí mirándolo. El cuadro ha desencadenado algo en mí. Cómo lo diría yo... Tenía elementos de mis propios sueños, como si hubiera brotado de mi propio subconsciente. O como si Dorothea, al pintarlo, hubiera visto mi interior. Como si su subconsciente y el mío estuvieran, de alguna manera, vinculados o emparentados. Nunca me había pasado nada igual. —Algo se encogió en la boca del estómago de Peggy. Le vinieron imágenes no deseadas del pasado. Max pintando con Leonora en el hospital de Lisboa o en su estudio de Hale House. El vínculo afectuoso entre dos personas que crean lo mismo—. Le he preguntado por el título. —Max no podía dejar de hablar. Parecía recordar la tarde con pelos y señales—. Pero todavía no le había puesto un nombre. Entonces le he propuesto uno. Lo he llamado *Cumpleaños*, pues la mujer que aparece en el cuadro, Dorothea, se halla en el umbral hacia algo nuevo, exactamente igual que el observador que entra en su mundo. Eso es lo que yo he percibido.

—Ya tengo ganas de conocer el cuadro —dijo Peggy controlándose.

De repente, Max giró la cabeza hacia ella como si acabara de darse cuenta de que estaba sentada a su lado, de que había hablado todo el rato con ella. El brillo de sus ojos se extinguió y Peggy creyó poder palpar el muro que se alzaba entre ellos.

—Pues sí, como te digo, es un cuadro bonito. —Max desvió la mirada y volvió a coger el sándwich.

50

Peggy había quedado para comer al mediodía con Howard, pero había dejado la galería a cargo de Jimmy un poco antes, para poder ir andando a la cafetería. Desde media mañana había empezado a nevar de nuevo. La nieve reciente se posaba sobre la antigua. Hacía un frío glacial. Peggy se ajustó el chal alrededor del cuello y la boca, y se puso a andar a enérgicas zancadas para combatir el frío.

Cuando pasó por el Hotel Plaza en dirección a la Calle 59, se encontró de frente con Central Park. Rara vez lucía tan bonito como en invierno. La nieve de los caminos estaba llena de pisadas. Peggy se dirigió hacia el lago, al que los neoyorquinos llamaban cariñosamente estanque. En esa estación del año se encontraba helado. Los patos se reunían en torno a la gente que les echaba migas de pan. Una pareja de cisnes había buscado refugio del frío bajo un sauce. Se detuvo un momento, se retiró el chal de la boca y aspiró el aire fresco del invierno hasta lo más hondo de los pulmones. Qué raro se hacía que en medio de Manhattan, rodeado de rascacielos, uno se encontrara de repente en plena naturaleza. Alguien había retirado la nieve de un banco y Peggy se sentó en él. La mañana había sido, como casi siempre, un tanto movidita en el museo. No había ninguna galería en Manhattan que atrajera a más personas. Y no solo a entusiastas del arte o a intelectuales. Entre los visitantes figuraban estudiosos, vendedoras, pinches y colegiales. Peggy les daba a todos una cordial bienvenida. El arte era para todos, tenía que serlo porque era humano. Sus pensamientos derivaron hacia Max. Últimamente había estado menos inaccesible. Aunque siempre que podía callejeaba por Manhattan, sin embargo, cuando estaba en casa, pasaba más tiempo con ella y Pegeen en el cuarto de estar, contaba cosas y parecía de mejor humor que nunca. Quizá ella daba demasiada importancia a las fases buenas y malas de un artista. Tal vez no debería atribuirse a sí misma lo que no tenía nada que ver con ella. Se puso a tiritar; hacía demasiado frío para estar sentada. Peggy se levantó con la intención de tomar algo caliente. En cuanto se puso en movimiento, se volvió a quedar parada de repente. A menos de veinte metros vio a Max. Iba de la mano de una joven de ojos oscuros cuyo pelo largo y ondulado le llegaba hasta los hombros. Peggy la reconoció de inmediato.

—Dorothea Tanning. —Susurró el nombre y se sintió acalorada. En ese momento los dos se desviaron del camino para dirigirse hacia el lago. Peggy se quedó petrificada. Así que por eso estaba Max últimamente de tan buen humor. Del entusiasmo por el cuadro de Dorothea había surgido una aventura amorosa. Resopló. Desde luego, esos dos no habían perdido el tiempo.

Incrédula, observó cómo Max y la joven artista se detenían junto a la orilla del lago helado. Se miraban el uno al otro. Max le rodeó cariñosamente la cintura con los brazos y la atrajo hacia sí. Luego se besaron. Un beso largo y tierno. A Peggy se le agolparon las lágrimas en los ojos. Se las enjugó furiosa y se dirigió hacia los dos. Una voz interior le decía que antes debía tranquilizarse, pero no hizo caso.

—Hola, Max. No sabía que hoy tuvieras una cita. —A Peggy le salió una voz jadeante, pero al mismo tiempo cortante. Dorothea y Max se separaron. Entonces se dirigió a la joven—. Hola, Dorothea; por lo que veo, está esforzándose por ahondar en la impresión que le ha causado recientemente a mi marido.

Aunque el cinismo del tono de Peggy era evidente, Dorothea se limitó a encogerse de hombros. Su timidez inicial parecía haberse desvanecido, pues miró tranquilamente a Peggy a los ojos.

—Hola —dijo en un tono más bien indiferente. Luego se volvió hacia Max—. Os dejo solos. —Delante de Peggy le dio a Max un apretón de manos y se fue.

Peggy y Max se quedaron un rato callados, el uno frente al otro.

—No contabas conmigo aquí en el parque, ¿eh? —dijo por último Peggy en un tono glacial—. Qué valor tienes. Paseando como tortolitos a tan solo dos manzanas de mi museo. ¿Por qué no venís directamente a la galería y os calentáis un poco el uno al otro? No me importaría dejaros mi antiguo despacho. Allí no os molestaría nadie.

Irritado, Max puso los ojos en blanco. Pero luego dijo con una voz tranquila y sosegada:

—Haz el favor de no montar aquí un numerito. Yo en tu lugar cerraría el pico. ¿O crees que no me he enterado de que entre Marcel y tú hay algo?

A Peggy le flaquearon las rodillas. De golpe y porrazo, su estado de ánimo dio un vuelco y otra vez tuvo que luchar contra las lágrimas. ¡Max estaba al tanto de su aventura con Marcel! ¿Habría empezado por eso la suya con Dorothea Tanning? Una tremenda rabia se apoderó de ella. Amaba a Max. ¿En qué estaría ella pensando al actuar de ese modo? ¿Hasta qué punto lo había herido con su conducta?

—Ay, Max. —Se llevó las manos a la boca—. Tienes toda la razón. Lo siento. Te he herido. Todo ha sido por mi culpa. No sé cómo explicártelo. Últimamente me he sentido tan sola a tu lado... Pero Marcel y yo... Ya nos conoces. No significa nada. Te prometo que se acabó si tú terminas con Doro...

—¡Peggy! —dijo Max con dureza—. Cállate de una vez. Lo que hagas con Marcel me da igual. Lo mío con Dorothea no es por venganza. —Soltó una breve risotada—. Sencillamente no has entendido nada.

—¿Qué demonios tengo que entender? —dijo ella en voz más alta de lo previsto. Algunos transeúntes volvieron la cabeza hacia ellos—. ¿Tengo que entender que vayas a escoger cuadros para mi exposición y te enrolles con la primera jovencita que adore al gran Max Ernst? Incluso pinta con tu mismo estilo. Y te recibe con un autorretrato con el pecho al descubierto. —Peggy rio amargamente—. Eso es tan vulgar, Max, ¿o es que no lo ves? Revela muy mal gusto y mucha desconsideración al arrojarse a tus brazos... Pero está bien, disfrútalo un par de semanas. Quizá lo necesites...

Peggy había intentado deliberadamente herir a Max y esperaba una respuesta cortante que no se produjo. En su lugar, él dijo:

—Más te vale ir haciéndote a la idea de que van a ser más de un par de semanas. Es posible que efectivamente necesite unas cuantas cosas que encuentro en ella.

Peggy se quedó sin habla. En su cabeza los pensamientos daban vueltas como un tiovivo. Luego se cristalizaron en una pregunta:

—¿No estarás insinuando que esto es algo serio? ¡Anda ya, Max! Si apenas os conocéis. ¿Y qué significa eso de que en ella encuentras cosas que necesitas?

Enmudeció. Por más que le doliera el inesperado descubrimiento de aquella aventura, la idea de que pudiera tratarse de algo más serio no se le había pasado hasta el momento ni un segundo por la cabeza. Y le sentó como un bombazo.

Max aprovechó su confusión.

—Seguiremos hablando en otra ocasión. En casa, cuando te hayas calmado —dijo con brevedad, y se marchó.

Peggy lo vio alejarse. Un grito ahogado le retumbó en la cabeza, en el corazón. ¿Era ese el momento que una parte de ella siempre había temido, que una parte de ella siempre había esperado? Sintió como si se le hundiera el mundo a los pies. Al mismo tiempo, no podía hacer nada por evitarlo. Se había quedado petrificada.

51

Desde aquel mediodía habían pasado varias semanas. Días de hablar, discutir y de súbitos silencios. Los temores y la tristeza alternaban con días de tranquilidad y de aparente indiferencia.

Así seguían también las cosas esa mañana, cuando hacia las nueve y media Peggy salió por la puerta de Hale House para ir a la galería. Una vez más, Max se había quedado durmiendo o, al menos, haciendo como que dormía cuando ella se había levantado. Una tostada, un café bien cargado. Agradecía la nueva rutina, que le impedía estar siempre preocupada por algo. En la calle se enfrentó a un frío húmedo. La nieve se había derretido. Calles, edificios, árboles pelados, todo tenía un brillo húmedo y oscuro a la luz grisácea de la mañana.

—¡Señora Guggenheim!

Peggy se volvió y vio que el cartero se dirigía hacia ella.

—Tengo correo para usted. ¿Quiere llevárselo ahora?

Peggy echó un vistazo al montoncito de cartas.

—Sí, muchas gracias.

Poco después, colgó el abrigo en el perchero de la galería. Jimmy y ella habían acordado que por las mañanas él iría más tarde, pero luego se quedaría en la pausa del mediodía. A Peggy no le desagradaba estar sola durante las primeras horas. Le gustaba abrir la puerta con toda tranquilidad y encender las luces. Las habitaciones estaban caldeadas y el aire se hallaba impregnado de un leve olor a madera y a pintura al óleo. La mayoría de las veces iba primero a la Daylight Gallery. La luz que entraba a través de la tela de seda de las ventanas nunca era la misma. Los reflejos producían cada día un efecto diferente y provocaban que los cuadros colgados de las paredes cambiaran de luz.

Peggy encendió la máquina del café y recorrió lentamente la Daylight Gallery. Todavía reinaba el silencio. Era el momento en que los cuadros solo le hablaban a ella. Las artistas que había escogido su comité procedían de dieciséis países diferentes de Europa, Sudamérica y los Estados Unidos. La variedad de sus estilos sorprendía tanto como la diversidad de sus orígenes.

«Las mujeres somos distintas de los hombres —pensó Peggy mientras contemplaba un cuadro de Hedda Sterne—. Si no respondemos a lo que normalmente se espera de nosotras, sino que emprendemos nuestro propio camino, tenemos que esforzarnos mucho más que ellos. Y eso hace que demos más rodeos y vueltas un tanto peculiares. En eso no soy ninguna excepción, aunque no tenga problemas económicos.»

Se sentó junto a su escritorio. Hacía ya un par de semanas que habían celebrado la fiesta de inauguración de la exposición de las «31 mujeres», que había sido todo un éxito. Había asistido mucha gente y la prensa había elogiado la calidad de los cuadros. Al menos, de la mayor parte de ellos. Como cabía esperar, también hubo algunos comentarios chovinistas, y un periodista del *Time Magazine* incluso se había negado a comentar la exposición porque, en su opinión, no había ninguna obra digna de mención. Pero ese tipo de actitud espoleaba aún más a Peggy, pues las reacciones de mal gusto, que no concernían al arte sino a las que lo habían creado, eran precisamente la razón por la que tenía que haber exposiciones como esa.

Desde el escritorio Peggy podía ver también el cuadro de Dorothea Tanning. No le resultaba fácil mirarlo y había ocasiones en que le hubiera gustado descolgarlo. Pero se resistía a la tentación. El cuadro era bueno, eso tenía que reconocerlo, aunque en todo momento le recordara que ahora era la pareja de Max. Sí, era su pareja, tal y como sonaba. De todos modos, él seguía casado con ella. Sin embargo, no cabía duda de que la aventura amorosa continuaba, por más que durante la inauguración los dos hubieran adoptado una actitud llamativamente indiferente. Peggy ponía en duda que lo hubieran hecho por respeto a ella, porque Dorothea también estaba casada. Su marido combatía en ese momento en la guerra. ¿Y ella? Ella tenía una aventura con un alemán. «Ese no es problema mío», pensó Peggy, y sacó del bolso el fajo de cartas. Miró por encima los remitentes.

—¿Dorothea Tanning? —susurró y dejó las otras cartas aparte—. Mira tú por dónde.

La misiva iba dirigida a Max. De repente, le resultó desagradable tener la carta en la mano. Casi con repugnancia, la dejó caer sobre el escritorio, se levantó y fue a la máquina del café. Se sirvió una taza y miró hacia el lechoso ventanal con el telón de fondo débilmente esbozado de Manhattan.

Naturalmente, no tenía derecho a leer la carta. Pero ¿acaso era justo cómo la trataba Max? Utilizaba Hale House como un hotel en el que dormía y trabajaba, mientras que las diversiones se las buscaba por otro lado. ¿Cuántas veces la había humillado durante las últimas semanas con esa conducta? Además, a lo mejor la carta le proporcionaba información sobre el estado de su matrimonio. Sin preocuparse por abrirla con cuidado, directamente rasgó el sobre. El papel de carta doblado estaba envuelto en un trozo de seda azul. Peggy la leyó.

Dorothea se había esforzado por escribir en francés, aunque a duras penas lo dominaba. Sin duda lo habría hecho por Max, para quien el francés era desde hacía años como una lengua materna. Leyó la carta varias veces. Dorothea se encontraba en algún lugar del Medio Oeste y confiaba en que Max la echara tanto de menos como ella a él. Era todo muy cursi, pero ¿acaso el amor no resultaba siempre cursi? Peggy contempló la seda azul. Dorothea escribía que la seda era su cabello. Todo muy poético y, quizá por eso, tan hiriente. No, aquello era una desvergüenza. Cogió el trozo de tela y lo tiró por ahí, pero no voló muy lejos. Cuando rompió a llorar, oyó pasos. Rápidamente se limpió las mejillas con el dorso de la mano. No podía ser que, a plena luz del día, se desmoronara de ese modo en su galería, abierta a cualquiera.

—¿Hola? ¿Peggy? —Era la voz de Howard.

—¡Estoy aquí!

Su cara apareció en el marco de la puerta. Sostenía una bolsa en lo alto.

—Servicio de desayuno. He traído rosquillas y en toda la galería huele a café.

Peggy sonrió.

—Gracias, Howard. Ven, te haré sitio en el escritorio. —Se esforzó por parecer contenta, pero él la conocía demasiado bien.

—¿Has llorado?

Peggy hizo una mueca.

—Por lo de siempre. No merece la pena hablar de ello.

—¿Y eso qué es? —Howard había visto la carta que ella tenía delante—. Letra de mujer. Y no va dirigida a ti, sino a *Cher Max*. Peggy, ¿has abierto una carta que no te pertenece?

Ella suspiró.

—Tienes razón.

Howard la miró meneando la cabeza.

—Y veo que lo único que has conseguido es más dolor. Por otra parte, no te entiendo. Tú también te sigues viendo con Marcel, ¿o no?

—Sí, de vez en cuando. —Peggy se levantó y recogió del suelo el trozo de seda azul—. Pero a estas alturas mis encuentros con él son como sesiones de terapia.

—¿Y qué, ahora te apetece una pequeña sesión conmigo? —Howard sonrió con malicia.

—De ningún modo. —Peggy meneó enérgicamente la cabeza—. Me paso el día hablando. Eso no cambia nada las cosas. ¿Sabes lo que de verdad necesito? Algo que me distraiga. Que me devuelva a mí misma, a las cosas que me fortalecen, y que me aparte de las que me debilitan.

—Eso ya me suena más a mi Peggy —se rio Howard—. Pero se diría que aquí, en tu museo, hace tiempo que estás rodeada de todo eso.

—Por un lado, sí. —Paseó la mirada a lo largo de las paredes—. Por otro, aquí tengo también mucho tiempo para pensar. A eso se añaden los numerosos cuadros que nos unen a Max y a mí, cuadros de nuestros amigos en común. A veces me gustaría largarme y dejarlo todo plantado. Buscar nuevas metas. Pero ojalá supiera dónde están.

—Una exposición solo de mujeres me parece ya un buen comienzo —objetó Howard.

Peggy asintió despacio.

—Sí, tienes razón. Pero llevo unos días en que me ronda por la cabeza un proyecto diferente. ¿Recuerdas el Salón de Primavera que quise organizar en mi galería de Londres?

—¿Te refieres a la exposición a la que debían presentarse sobre todo artistas jóvenes y desconocidos? ¿Con un jurado para las mejores obras?

—Exacto. He estado pensando si no podría ponerlo aquí en práctica de una vez, ahora en primavera. Caras nuevas, un soplo de aire fresco.

—¡Eso sería genial! —A Howard se le enrojeció la cara. Empezó a limpiarse las gafas, como hacía siempre que se exaltaba—. ¿Has pensado ya a quién te gustaría convocar?

—No mucho —suspiró—. A jóvenes artistas, desde luego. Si acaso, había pensado en los jóvenes neoyorquinos. No estoy segura de la opinión que me merecen sus obras, de lo poco que he visto. Pero ¿por qué no?

—¡Sí, por qué no!

Pero Peggy no llegó a oírlo. Tenía la mirada orientada hacia un punto indefinido. Luego siguió hablando y a Howard le dio la vaga sensación de que sobre todo hablaba para sí misma:

—Simplemente creo que todo artista tiene sus inicios. Más a menudo malos que buenos. A las grandes figuras les ha pasado lo mismo, ¿o no? Y al fin y al cabo, dependen de nosotros, los galeristas. Somos los que tomamos la decisión de exponerlos o no exponerlos. Somos los que damos a conocer las novedades. Independientemente de lo que pase entre Max y yo, quiero emprender nuevos caminos. Con la galería. En el arte en general. Mis propios caminos. Quiero salirme de los consabidos círculos surrealistas. Independizarme del surrealismo. ¿Qué tal te suena? ¿Puedo contar contigo?

Howard volvió a ponerse las gafas y la obsequió con una cálida sonrisa.

—Claro que sí. Ya sabes que siempre estoy a tu disposición.

52

La llave giró en la cerradura y Peggy abrió la puerta de Hale House con el pie. En la mano llevaba dos grandes bolsas de la compra. La nevera llevaba varias semanas casi vacía. La aventura amorosa de Max y la atmósfera tensa que se respiraba en la casa los habían paralizado a todos. Quería traspasar el muro del silencio. Una cena todos juntos, una buena conversación, a ser posible, sin tocar los temas más delicados... Quién sabe, a lo mejor así mejoraban por fin las cosas y se creaba un ambiente más distendido.

En casa dejó las bolsas con la comida encima de la mesa de la cocina y fue para arriba. En el dormitorio encontró a Max delante del espejo abrochándose una camisa limpia.

—Me alegro de que estés en casa. He hecho la compra. He pensado que podríamos guisar un curri. Hace años que no lo hacemos.

Max la miró en el espejo. Bajó las manos y sonrió con brevedad.

—Otra vez será. Esta noche voy a una de nuestras reuniones surrealistas. La ha organizado Breton.

—Vaya. —Peggy se quedó perpleja. No había oído hablar de esa reunión. Probablemente Breton había supuesto que Max se lo contaría.

Sonrió.

—Bueno, me parece bien. ¿A qué hora tenemos que salir?

—Peggy... —La miró de nuevo a través del espejo. Tenía el ceño muy fruncido—. Esta noche me gustaría ir solo.

Lo miró sin comprender.

—¡No puedes hacer eso! Tus amigos son también los míos. No puedes prohibirme que vaya.

Max se volvió hacia ella.

—Prohibírtelo no puedo, pero te lo pido por favor.

—¿Por qué, Max? —Peggy dio un paso hacia él, pero luego se detuvo—. ¿No crees que deberíamos darnos otra oportunidad? Quizá convenga que volvamos a hacer algo juntos, ver a nuestros amigos y disfrutar de una noche sin tensiones. ¿Cómo vamos a superar esta era glacial si cada vez nos alejamos más el uno del otro?

Max desvió un momento la vista y suspiró. Luego volvió a mirarla.

—Peggy, yo no sé si puedo superar la era glacial, como tú la llamas.

Peggy fue presa del pánico y de la ira.

—¿Si puedes o si quieres superarla? —Max puso los ojos en blanco, pero no llegó a decir nada porque ella siguió hablando—. ¿O se trata de otra cosa? ¿Va a ir Dorothea esta noche?

Max se encogió de hombros.

Peggy soltó una breve risotada. Luego meneó la cabeza.

—Eres un cobarde, Max. Dices que por una vez quieres ir solo y luego resulta que es por ir con ella. Pues ¿sabes una cosa? Breton y los demás son amigos míos, no suyos. Y si quiero verlos, no necesito permiso. No te preocupes, no os montaré una escenita. No me hace falta.

—No te hace falta. —Max rio cínicamente—. Pero los dos sabemos que no siempre sabes controlarte. Peggy, te lo pido por favor. Ahórranoslo esta noche, ¿de acuerdo? —Dicho lo cual, pasó a su lado y salió del dormitorio.

Se quedó un rato petrificada. ¿Qué podía hacer? En realidad no le hacía ni pizca de gracia ver a Max y Dorothea toda la noche amartelados; por otra parte, se sentía humillada. Dio media vuelta y bajó las escaleras. En el pasillo Max ya se había puesto el abrigo. En la mano sostenía la llave de casa.

—Si te vas así, ya puedes ir dejando la llave en casa —saltó Peggy en un impulso—. ¿Entendido? En ese caso, no es necesario que vuelvas esta noche.

Durante un momento se clavaron hostilmente la mirada. Luego Max dejó la llave en el aparador, se puso el sombrero y abandonó la casa sin decir una palabra. Peggy se quedó helada. Hasta un rato más tarde no fue consciente de lo que acababa de hacer.

—¡Maldita sea! ¿Por qué no te paras un momento a pensar antes de hablar? —se dijo a sí misma. ¿Por qué demonios tenía que ser siempre tan impulsiva? Hasta el momento Max no había pasado ninguna noche en casa de Dorothea. Pero con su acción prácticamente lo había lanzado a sus brazos. Y quizá ese fuera el principio del fin. Por otra parte, tampoco le daba la gana aceptar la conducta tan desconsiderada de Max. Se apoyó en la pared del pasillo—. ¿Y ahora qué? —se preguntó en voz alta. Tenía toda una noche por delante. La primera noche que Max no dormiría en casa. Pero correr tras él y darle otra vez la llave quedaba descartado por completo. Respiró hondo. Luego se dirigió a la cocina con resolución. Se le habían pasado las ganas de cocinar. Llena de energía, guardó todas las cosas en el frigorífico. ¿Y si llamaba a Marcel y le preguntaba si tenía tiempo? Pero de eso Max solo sacaría la conclusión de que quería pagarle con la misma moneda. Y eso que su relación con Marcel no tenía absolutamente nada en común con la aventura amorosa de Max. Hacía varias semanas que se habían acostado. Cuando se veían, casi siempre hablaban de los problemas de Peggy. Él era su paño de lágrimas. Aparte de eso, la compañera de Marcel había llegado entretanto a Nueva York.

En ese momento sonó el teléfono. Era Howard, que le proponía que fueran a un concierto de John Cage en el MoMA. Peggy aceptó de inmediato.

En el Museo de Arte Moderno había muchísimo ambiente. El concierto de John Cage había atraído al público más diverso. Los más modernos se mezclaban con los más elegantes; los artistas y los intelectuales con la alta sociedad. Howard y Peggy se abrieron paso hasta llegar a la sala en la que Cage estaba sentado al piano. Peggy conocía bien al músico, pues tanto él como su mujer habían pasado varias semanas del verano anterior con ella y Max en Hale House.

El público guardaba completo silencio en torno al piano de concierto. Sus etéreos sonidos resonaban por toda la sala y, junto con los cuadros que colgaban de las paredes, creaban una atmósfera ensoñadora. Los movimientos de la gente que entraba y salía se le hicieron más lentos a Peggy, y también las palabras ocasionalmente susurradas. El aire parecía impregnado de una especie de sonambulismo. Se quedaron un rato escuchando el concierto. Luego Peggy decidió ir en busca de Alfred Barr. Solo se acordaba de Max muy de vez en cuando, mientras recorría las salas saludando a algún que otro conocido. La música de Cage, que resonaba al fondo por las salas, tenía algo ajeno a la realidad, y así era como se sentía ella también.

En una sala poco visitada se detuvo ante un cuadro de André Masson. Cerca había varios objetos surrealistas sobre unas peanas. Antes de que pudiera concentrarse en el cuadro, oyó pasos a su espalda y se volvió.

—¡Alfred! Te estaba buscando.

—Eso me han dicho. —Se acercó sonriente y se puso a su lado. Juntos contemplaron el cuadro.

—En los últimos años has añadido a vuestra colección una buena cantidad de obras surrealistas. ¡Te felicito! —opinó Peggy en tono de elogio.

Barr asintió con la cabeza.

—Pues sí. Y a menudo oponiéndome a la resistencia que ofrecen los demás. No todos ven arte en los cuadros surrealistas. Pero ya sabes que siento una debilidad por las vanguardias europeas. —Se rio y Peggy se sumó a la risa. Pero de pronto se puso seria.

—A propósito. ¿Qué opinión te merecen los jóvenes americanos? —Señaló hacia las paredes circundantes—. No veo casi nada suyo aquí.

—Tenemos a un par de ellos. Alexander Calder y Edward Hopper. ¿En quién estabas pensando?

—Pues, en fin, en Jackson Pollock, Joseph Cornell, en el grupo que se congrega en torno a Roberto Matta aquí en Nueva York.

Barr se encogió de hombros.

—No estoy seguro de que hayan encontrado ya su estilo.

—En eso quizá tengas razón. De todas maneras... —Peggy meció pensativa la cabeza—. El verano pasado vi cómo Max le enseñaba al joven Pollock su técnica del goteo. Para él y los otros sería facilísimo limitarse a copiar a los surrealistas, pero no lo hacen. Quieren ir más allá de lo que ya existe.

—Solo que todavía no han llegado allí o aún no saben cómo. —Barr sonrió divertido, pero Peggy permaneció seria.

—¿Y si eso fuera precisamente una ventaja?

—No entiendo.

Peggy se paró un momento a pensar.

—Me refiero a que esa libertad absoluta también puede ser buena. Saben que las galerías y los museos no se interesan por ellos. Su arte no se vende. Pero eso también significa que no están obligados a agradar a nadie. Son libres, pueden probar de aquí y de allá. Y quién sabe si en algún momento no acabará saliendo de ahí algo sorprendente.

—No sabía que fueras tan idealista.

Peggy se rio de buena gana.

—¿Yo una idealista? Soy la persona más pragmática que conozco. No, solo intento escudriñar qué podría depararnos el futuro. Bueno, vamos a buscar a Howard.

La noche había sido bonita y cuando el taxi de Peggy llegó pasada la una de la madrugada a Hale House, se sentía contenta y relajada. Cerró la puerta tras ella, se quitó los zapatos y el abrigo, y fue a la habitación de su hija, que dormía profundamente. Cómo pasaba el tiempo. Pegeen se había convertido en una joven dama que para entonces llevaba su propia vida con sus amigas. Le pasó cariñosamente la mano por el pelo y subió las escaleras hacia su dormitorio. A oscuras se desvistió y se metió bajo el edredón. Y de repente se le vino todo encima. Esa noche no tendría a nadie a su lado respirando con regularidad. Nadie se daría de vez en cuando la vuelta. Echó de menos el olor del cuerpo de Max. Pese a los problemas que habían tenido en los últimos meses, le quedaban esas cosas. Durante el día Max podía pasar un tiempo con Dorothea, pero de noche dormía a su lado. Hasta aquel momento no se había dado cuenta de lo mucho que eso significaba para ella. Y había sido ella misma la que le había quitado la llave dejándolo prácticamente en la calle. El paso ya estaba dado. ¿Podría dar marcha atrás? De repente se le acumularon las imágenes más dolorosas: Max atrayendo hacia sí a Dorothea en la oscuridad, los dos durmiendo muy abrazaditos en el dormitorio de ella... Cada imagen era peor que la anterior.

Peggy daba vueltas y más vueltas en la cama. De pronto supo que aquella noche no iba a pegar ojo. Las horas pasaban con una lentitud exasperante. Dieron las cinco, las seis, las siete. Hacia las ocho se levantó y se preparó un café. Estaba hecha polvo. Cuando por fin se puso el abrigo para ir al museo, llamaron al timbre.

—¡Max! —Peggy abrió la puerta, pero la mirada petrificada de Max le impidió abrazarlo—. Lo siento. —Dio un paso atrás para dejarle entrar—. De verdad, lo de la llave de anoche... Creo que reaccioné de forma exagerada.

—No hace ninguna falta que te disculpes. No le des más vueltas.

Peggy cogió la llave de Max del aparador. Él se la quitó sin decir una palabra.

—¿Podemos hablar?

Max dijo que no con la cabeza.

—Tengo que trabajar —se limitó a decir, y se puso en movimiento hacia la escalera.

—¿Es que vamos a vivir juntos de esta manera? —dijo Peggy a su espalda—. ¿Piensas seguir pasando las noches con ella y volver aquí por la mañana a trabajar? —Él se encogió de hombros sin darse la vuelta—. Pues entonces haz lo que te dé la gana —bramó Peggy, y dio tras ella un portazo que debió de oírse en toda la calle. Las lágrimas se le agolparon en los ojos, pero no se detuvo. Cruzó la calle casi a la carrera. Un coche se detuvo a menos de dos metros de ella dando un frenazo; a pesar del fuerte chirrido de las ruedas, Peggy no se volvió.

Venecia, 1958

CUANDO LLEGARON AL mediodía a la isla del cementerio San Michele todavía lucía el sol. Con el calor que hacía a esa hora, la isla se había quedado desierta. Peggy y Kiesler pasearon entre las tumbas leyendo nombres y fechas de personas desconocidas. Las lápidas de mármol emitían un brillo blanco bajo el sol y los altos y esbeltos cipreses permanecían inmóviles como oscuros guardianes al borde del muro de piedra.

De regreso al embarcadero, Kiesler señaló al cielo. En ese mismo momento se ocultó el sol.

—Se está preparando una buena.

Peggy asintió. Mientras el cielo de Venecia todavía estaba azul, por el otro lado se fue acercando una pared negra que portaba las primeras ráfagas de viento. En el muelle de los Fondamente Nove vieron cómo zarpaba el autobús acuático. La lancha puso rumbo a la isla del cementerio. Poco a poco se iba agrandando hasta que pudieron reconocer a las personas que iban a bordo y oír el ruido del motor.

Cuando se subieron a la lancha, empezaron a caer los primeros goterones. Poco después, el agua azul verdosa de la laguna formaba espuma bajo la lluvia, que ya arreciaba. En el muelle de los Fondamente Nove, Peggy y Kiesler corrieron bajo la chaqueta de él en busca de un taxi acuático. De todos modos, ambos estaban empapados cuando tomaron asiento bajo la cubierta de plástico del barco. El tamborileo del agua en el techo y el fragor con el que, a su alrededor, caía la lluvia sobre el agua tenían algo inquietante. Las casas de color rojizo anaranjado parecían haberse replegado sobre sí mismas y, en el Gran Canal, los botes amarrados se balanceaban con una fuerza inusitada.

—A Pegeen le encanta Venecia cuando llueve —le gritó Peggy a Kiesler por encima del nivel de ruido. Vio que él le contestaba algo, pero una ráfaga de viento se llevó sus palabras antes de que llegaran a ella. Luego recorrieron los últimos pasos desde el embarcadero de su palacio hasta la puerta. Una vez dentro, los dos se apoyaron en la pared del vestíbulo. Se lanzaron una miradita y Peggy soltó una carcajada. Tenía el pelo empapado. A Kiesler apenas se le veían los ojos tras los cristales de las gafas. Cuando Peggy se descalzó, le chirriaron los zapatos.

Poco después se sentaron ya secos en el cuarto de estar. Peggy volvió a levantarse enseguida y salió de la habitación para regresar con dos cuadros de formato alargado.

—Mira, Frederick. Estos dos de Pegeen todavía no los conoces. —Puso los cuadros de su hija, que también pintaba desde hacía unos años, en la mesa bajita, delante de Kiesler. Representaban el Gran Canal y, detrás, el palacio Venier dei Leoni. Uno parecía plasmar la atmósfera nocturna, pero en el otro también dominaban los colores apagados.

—¿Qué tal le va? —preguntó Kiesler.

Peggy se puso uno de los cuadros sobre el regazo y lo contempló con detenimiento.

—Pues muy bien, la verdad. Como te ponía en una carta, se divorció de Jean Hélion y se casó con Ralph Rumney.

—El pintor inglés. Sí, eso me lo contaste. Y también que tiene otro hijo con él. ¿Cómo se conocieron?

A Peggy le dio la risa.

—En la inauguración de una exposición de Francis Bacon en la galería Hannover de Londres. Yo siempre le tomo el pelo diciendo que, en caso de apuro, vaya a alguna inauguración: donde otros encuentran cuadros, ella encuentra un marido nuevo.

Kiesler sonrió y cogió el vaso de vino blanco que tenía delante.

—Es verdad. Todavía recuerdo a Pegeen y a Jean juntos en tu galería. Era la inauguración de la exposición del propio Jean, pero él solo tenía ojos para tu hija.

—Pues sí. —Peggy suspiró—. Qué joven era todavía.

—¿Qué hacen ahora? —se interesó Kiesler.

—Ella y Ralph se van a vivir a París con los niños. Pero ella viene a verme con regularidad. —Peggy se interrumpió. De pronto se le ensombreció la cara.

—¿Qué pasa?

—Bah, nada. —Hizo un movimiento de rechazo con la mano—. Es solo que a menudo está melancólica. Su nuevo marido es un buen tipo y ella tiene a los niños. No obstante, a menudo me da la sensación de que le resulta difícil ser feliz. Y me pregunto si realmente he sido una buena madre para ella. Mi vida ha estado siempre tan llena… Los años de la guerra, luego la galería de Nueva York, las exposiciones, los artistas.

—Sin embargo, siempre has estado a su disposición. Y sigues estándolo. Ya sé que, como no tengo hijos, no soy quién para hablar. Pero me parece que en algún momento hay que dejarlos volar.

Peggy asintió pensativa.

—Sí, en eso puede que tengas razón. Y a Pegeen ese momento le llegó antes de lo esperado. Solo tenía dieciocho años cuando le presenté a Jean. Y se casaron al poco tiempo. —Contempló otra vez el cuadro. Luego se puso de pie—. Venga, vamos a comer algo por ahí. Me muero de hambre.

1943

53

Cuando Peggy dobló la esquina hacia la Calle 59, apretó el paso. Llegaba tarde. ¿Estaría Max ya en la galería? Por la tarde se iba a inaugurar la exposición del pintor francés Jean Hélion y todavía no estaban colgados todos los cuadros.

Cogió el ascensor al quinto piso y abrió la puerta. Jimmy charlaba con un visitante delante de una de las obras. Peggy saludó y fue hacia la Daylight Gallery, donde en ese momento Pegeen colocaba los dispositivos para colgar los últimos cuadros.

Le dio a su hija un beso fugaz.

—¿No ha llegado todavía Max?

Pegeen la miró extrañada.

—¿Es que tenía que venir?

Naturalmente, no había podido evitar que Pegeen fuera testigo en las últimas semanas de todos los dramas que habían protagonizado Max y ella.

—Sí, claro. En eso quedamos hace ya bastante tiempo. —Peggy miró la hora y frunció el ceño. ¿Era posible que Max lo hubiera olvidado? O peor aún: ¿Y si, tras los más recientes sucesos, sencillamente ya no quería ir? Pero, en ese caso, podría haber dicho algo, aunque últimamente solo se veían de pasada. Se disponía a decirle algo a Pegeen cuando oyeron pasos—. Será él.

Peggy entró en la sala de los surrealistas. Ante ella apareció Jean Hélion, el artista de la noche, con una cara radiante de alegría.

—Oh —dijo solo Peggy.

—¿Va todo bien? —Hélion se acercó sonriendo a ella y le dio un breve abrazo—. Por la cara que has puesto, parece como si yo fuera el último al que deseas ver.

—No, no es eso. Es que estoy esperando a Max. —Sonrió a modo de disculpa—. Por desgracia, como verás, todavía no está todo colgado. —Pegeen se acercó a ellos. Hélion la miró y luego lanzó una mirada esperanzada a Peggy—. Esta es Pegeen, mi hija. También ella está arrimando el hombro.

Jean Hélion le dio la mano. Pero, en lugar de soltársela, se la llevó a los labios y la besó levemente.

—Su madre me ha ocultado lo guapa que es usted. —Peggy se rio divertida, pero se calló de inmediato, en cuanto vio que Pegeen se había puesto como un tomate. Durante un momento, se miraron a los ojos.

Luego Pegeen bajó la mirada y dijo:

—Yo, en cambio, lo sé todo sobre usted. Mi madre me ha contado muchas cosas. —Hélion la miró desconcertado—. Me refiero a cómo se conocieron hace un par de años, cuando mi madre quiso comprar un cuadro suyo en París.

El pintor parecía aliviado.

—¡Ah, eso! Sí, yo estaba establecido por allí cerca con el ejército y fui expresamente a la ciudad en mi día libre. Y después, durante horas, fuimos a casa de todos los amigos y conocidos que tenían algún cuadro mío guardado.

Entonces intervino también Peggy.

—Y al final compré *El deshollinador*. Y luego fuimos a cenar a un pequeño restaurante de la Gare de Montparnasse.

—Pasamos un día bonito. El último que iba a tener libre en mucho tiempo. —Se pasó la mano por el pelo, como si quisiera deshacerse del recuerdo, y preguntó—: ¿Qué os parece si colgamos los cuadros sin Max? Yo os ayudo.

Ambas asintieron. Jimmy también se unió a ellos. En ese momento, Max entró por la puerta.

Peggy le lanzó una mirada impenetrable.

—Ya creíamos que no ibas a venir.

—Desde casa de Dorothea hay un buen trecho —respondió él tan tranquilo.

A Peggy se le subió la sangre a las mejillas.

—Nadie te obliga a no pasar la noche en casa.

—En casa… —murmuró él.

Al verlos discutir, Jimmy y Pegeen se habían apresurado a desviar la mirada mientras que Hélion, que todavía no sabía nada de las desavenencias de los dos, se quedó mirándolos asustado.

Max empezó a echar una mano en silencio, pero se palpaba la atmósfera tensa que se había creado entre ellos. La pausa del mediodía también la pasaron cada uno por su cuenta.

EL INICIO DE la inauguración estaba previsto para las seis de la tarde, pero media hora después seguía llegando gente a la galería. Cuando se redujo la afluencia, Peggy contó más de cien visitantes cuyas caras no había visto nunca y que, evidentemente, habían ido para escuchar la charla que iba a dar Hélion sobre los acontecimientos europeos y su huida de la prisión alemana. Peggy renunció a ocupar un asiento y se colocó junto a los que estaban apoyados en la pared entre los cuadros.

Hélion habló más tiempo del previsto. Tenía la cara enrojecida y se le notaba que, al contar lo que acababa de experimentar, lo estaba reviviendo una vez más. Los oyentes no decían ni una palabra. Peggy se alegraba de que su galería fuera una plataforma también para ese tipo de cosas, de que estuviera abierta a todo lo que sucedía en la época. De ahí que esa noche cobrara también una tarifa de entrada. El dinero iría a parar a una organización que, en la Francia sacudida por la guerra, aliviaba las necesidades de los indefensos.

Peggy recorrió con la mirada a los oyentes. No solo reconoció a los amigos y artistas con los que se codeaba habitualmente, y cerca de ella vio también a tres jóvenes artistas americanos: William y Ethel Baziotes, y Robert Motherwell.

Cuando Hélion terminó de hablar, los invitados se distribuyeron por las distintas salas. Peggy hizo la ronda saludando a unos y hablando con otros. Cuando desde la sala de los surrealistas fue a la Daylight Gallery, vio a William Baziotes y Robert Motherwell contemplando un cuadro de Hélion. Junto a ellos había un hombre al que Peggy no había visto antes entre los oyentes, pero al que reconoció sin dificultad por su figura y el pelo ralo: Jackson Pollock.

—Me alegro de que hayan venido. —Los tres se volvieron y la saludaron. Se hizo el silencio—. ¿Les gustan los cuadros de Hélion? —quiso saber Peggy.

—Mucho —dijo Motherwell, y Baziotes lo secundó.

—Solo que las formas son algo estáticas —intervino de repente Pollock. Señaló un cuadro con unas formas geométricas de distintos colores—. Aquí, por ejemplo —continuó—. Esta disposición de las formas irradia una gran paz. Un equilibrio. Pero personalmente echo de menos el dinamismo, lo espontáneo. La ira.

—Tal vez la intención del cuadro no fuera expresar la ira —defendió Peggy a Hélion.

—Seguro que no —opinó Pollock, que de repente parecía frustrado—. Pero ¿cómo se puede pintar sin ira? —Motherwell, riéndose, le dio un manotazo en el hombro.

—La ira me interesa siempre —dijo Peggy pensativa—. Con ella se consiguen algunas cosas. Terribles, pero también de otro tipo. —Durante un instante titubeó; luego dijo con resolución—: Señores, dentro de unas semanas quiero hacer aquí en la galería una exposición de *collages*. La temática y la elección de los materiales son completamente libres. Los invito a ustedes en persona a que realicen obras para esa exposición. Muéstrenme lo que saben.

—Los tres jóvenes la miraron perplejos. Peggy sonrió con picardía—. Entonces, ¿puedo contar con ello?

—¿Por qué no? —gruñó Pollock. Los otros dos asintieron con la cabeza.

—En tal caso, señores, ya nos veremos. —Peggy rozó ligeramente el brazo de Motherwell y se dirigió hacia otro grupo.

54

—¿Cómo consigue escuchar todos los días las historias y los problemas de sus clientes? Seguro que no soy la única que se desahoga con usted aquí en el bar.

Sentada en el Ruby's, ese día Peggy solo había pedido un café. Trish fregaba unos cuantos vasos. Su característica sonrisa fugaz afloró a su rostro.

—Se me da muy bien hacer como que escucho, aunque esté pensando en algo completamente distinto.

Peggy rio divertida.

—Me temo que esa respuesta la tenemos bien merecida. Yo... y los demás.

—No se preocupe. —Trish alzó la mirada—. Sus historias son más interesantes que la mayoría. —Hizo un gesto con el pulgar y el índice—. Un poquito más.

Peggy esbozó una sonrisa.

—Vaya, entonces he tenido suerte.

—¿Qué tal va el museo? —preguntó Trish, que volvió a concentrarse en los vasos.

—Yo diría que bien. El museo es mi vida. El trabajo que hago ahí me mantiene la cabeza a flote. Dentro de poco hay planeada una exposición de *collages* y, a continuación, un Salón de Primavera solo para artistas jóvenes. Cada uno podrá aportar un cuadro; al final se premiará una obra. Según parece, sobre todo se presentarán jóvenes artistas americanos. Una pequeña revolución.

—¿Revolución? —Trish dejó el vaso y miró a Peggy. En sus labios se dibujó una sonrisa irónica y su voz sonó a guasa cuando dijo—: ¿Mostrar artistas americanos en América causará una gran sensación?

Peggy rio de buena gana.

—Dicho así, resulta un tanto ridículo. —Se puso seria—. Pero no es tan sencillo. Créame, es una pequeña revolución. Y quién sabe, tal vez surja de ahí algún día una más grande. —Miró su reloj de pulsera. Iban a dar las diez—. Tengo una entrada para la ópera. Voy a ver *Don Giovanni* en la sesión matinal. En realidad iba a ir con mi amigo Howard, pero me ha dado plantón. —Tomó el último sorbo de café—. Y usted no puede venir. Así que tendré que arreglármelas yo sola.

—Que se divierta —dijo Trish—. La ópera no me llama demasiado, la verdad sea dicha. Pero a sus americanos revolucionarios sí me gustaría verlos. Ya me avisará. —Dicho lo cual, se dirigió a otro cliente que acababa de llegar a la barra y Peggy abandonó el bar.

Lloviznaba. El cielo estaba nublado. Una mañana de domingo gris, la última de febrero. Y seguramente fuera también el tiempo la razón por la que Peggy llevaba un cuarto de hora intentando sin éxito coger un taxi. Todos estaban ocupados. Maldijo para sus adentros. Tendría que haber contado con eso.

Cuando al fin abrió de un empujón la puerta de cristal de la Metropolitan Opera, el vestíbulo ya se había vaciado. De un momento a otro comenzaría *Don Giovanni*. Peggy encontró su fila en el patio de butacas y se abrió camino a través de las rodillas encogidas de los otros espectadores. De repente, su pie tropezó con algo y estuvo a punto de caer de bruces.

—¡Cuánto lo siento! —Dos manos la sujetaron por los brazos e impidieron hábilmente que se cayera. A continuación, Peggy encontró enseguida el equilibrio.

—No he visto su pie. —La voz de Peggy oscilaba entre la irritación y la disculpa.

—No pasa nada, señora Guggenheim. —Sorprendida, miró al hombre—. ¿Se acuerda de mí? Nos vimos en una ocasión. —Sonrió.

—¡Claro que sí! —De repente, cayó en la cuenta—. Kenneth McPherson.

Le soltó los brazos. Peggy se sentó en la butaca libre que había a su lado y se volvió hacia él.

—Vino a vernos porque mi marido quería darle las gracias por haber intercedido en su favor para que obtuviera el visado de entrada en los Estados Unidos.

McPherson sonrió. Solo era unos años más joven que Peggy, pero su cara de rasgos acusados se conservaba muy juvenil. La melena ondulada de color rubio oscuro le caía por un lado.

—¿Espera también a su marido? —Señaló con la cabeza hacia el asiento libre que había al lado de Peggy.

—El asiento era para un amigo, pero no ha podido venir. En cuanto a Max y a mí... En fin, es una larga historia.

En ese momento se abrió el pesado telón. Comenzó la obertura. Peggy se volvió hacia delante. ¿Por qué habría hecho esa alusión delante de McPherson? Apenas lo conocía. Este le puso la mano en el brazo y lo apretó levemente.

—Entonces disfrutemos los dos juntos de la música —dijo él en voz baja.

LA ÓPERA HABÍA sido maravillosa y, en el descanso, habían tomado una copa de champán. McPherson era un hombre entretenido, instruido y leído. Había fundado una revista de cine y había rodado varias películas. Escribía, viajaba, fotografiaba, amaba la música. A Peggy le pareció refrescante no tener que hablar de arte para variar.

—Ha parado de llover —dijo Kenneth cuando al final de la ópera salieron por las grandes puertas acristaladas—. ¿Qué le parece si damos un paseo por ese parquecito de ahí? —Le ofreció el brazo. Peggy no pudo aguantarse una risita y meneó la cabeza—. ¿Significa eso que no? —En la frente de Kenneth apareció una arruga.

Ella se agarró del brazo.

—No, claro que no. Solo me preguntaba cómo he ido a dar con un caballero así. Que un hombre vestido de frac y pajarita blanca me ofrezca cortésmente el brazo no me pasaba desde que tenía que salir con todos esos jóvenes pálidos y esmirriados para pescar a un marido potencial de buena familia. —Se echó a reír—. O sea, hará cien años. Y, como usted sabe, luego renuncié a mi carrera de esposa de un caballero. Pero ¿sabe lo que le digo? Estoy en un momento de mi vida en el que realmente puedo necesitar uno.

McPherson la miró sin comprender, pero ella se limitó a sonreír de forma enigmática.

Acababan de llegar al parque cuando les cayeron las primeras gotas. Peggy, como siempre, no llevaba paraguas. McPherson abrió el suyo y la tapó. Pero no pudo hacer nada frente a lo que vino después. En cuestión de segundos, las gotas se convirtieron en un aguacero. El viento rasgó la fina tela del paraguas.

—Necesitamos un taxi —gritó Peggy en medio del vendaval. Muy juntitos corrieron bajo el inservible paraguas hasta llegar a la calle. La lluvia formaba una pared blanca. Cuando vieron la cola, cada vez más corta, que había en la parada de taxis, el agua ya les había calado los pies. Sin darse cuenta se detuvieron y se miraron. De pronto, prorrumpieron en una carcajada—. ¡El último taxi! ¡Y detrás viene otro! ¡Deprisa! —Echaron a correr. Una ráfaga de viento le arrebató a Kenneth el paraguas de la mano, pero no se quedó parado. Alcanzaron la puerta de atrás del taxi. Sin dejar de reírse, se lanzaron a los asientos traseros.

—Hasta aquí llega mi prometedora carrera como caballero —dijo Kenneth inclinándose hacia delante—. Vaya usted a Hale House, en la calle Beekman. —El taxista asintió. Luego Kenneth se volvió hacia Peggy—. Lástima que no pueda ofrecerme entrar a tomar un café. Tal y como estoy de empapado, lo aguaría directamente. Sin embargo… —La cara se le puso seria—. Espero que volvamos a vernos pronto. Me debe una historia. —Peggy le lanzó una mirada interrogativa—. La historia de por qué tiene necesidad de un caballero.

Peggy esbozó una triste sonrisa.

—Eso está hecho. Pero solo si dejamos de hablarnos de usted. Me llamo Peggy.

55

Max había salido de casa por la tarde y desde entonces no había vuelto. No es que Peggy contara con él. Aquello ya se había convertido en una lamentable costumbre. Pero esa noche no le importaba porque Peggy iba camino de una fiesta de cumpleaños. Para variar, le sentaba bien ver pasar desde el taxi las luces y los anuncios luminosos de la ciudad en lugar de quedarse como siempre a solas con Pegeen en una casa que resultaba demasiado grande.

Cuando llegó, la fiesta ya había empezado. Debía de haber más de cien personas. Una vez que Peggy se hubo abierto paso entre los festejantes para felicitar al homenajeado, se quedó al borde de la gran sala de estar mirando a los que bailaban en la superficie despejada del centro de la habitación.

—¿Me concede este baile? —Peggy miró sorprendida hacia un lado. John Cage, cuyo concierto había oído hacía poco con Howard, se le acercó sonriente y le tendió la mano. Pero antes de que pudiera responder, tras ella oyó otra voz.

—Lo siento, pero este baile lo tiene ya reservado. Al menos, eso espero.

Peggy se dio la vuelta.

—¡Kenneth!

Se rio mirando a uno y a otro, mientras este último ya la había agarrado de la mano.

—Veo que no me queda otra opción. —John Cage rio también e hizo una reverencia exagerada—. Quizá más tarde, señora.

Peggy se dejó llevar por Kenneth hasta la pista de baile. En ese momento alguien estaba cambiando de disco. Unos segundos después sonaron los primeros acordes de *In the Mood*, de Glen Miller.

Un murmullo recorrió toda la sala. A Peggy le encantaba el *lindy hop*. Unos pasos de baile llenos de energía que podía seguir cualquiera. Kenneth resultó ser un buen bailarín. Aunque se había dejado el esmoquin en casa, lucía elegante con su pantalón oscuro, los zapatos de piel blancos y negros y la camisa blanca. Sus movimientos eran rítmicos y enérgicos, y la estrecha corbata negra se bamboleaba de un lado a otro. Una y otra vez alejaba a Peggy de su lado y la atraía de nuevo hacia sí. Cuando terminó la canción, Peggy resolló audiblemente. Kenneth se apoyó con las manos en las rodillas.

—Buf, cómo se nota que ya no soy tan joven.

—No exageres. Ven, sé lo que necesitamos. —Peggy tiró de él hacia el bufé, donde se aglomeraba la gente. Cuando consiguió llegar hasta las bebidas, otro bailarín le sirvió a su pareja el último chorrito de champán. Sus ojos volaron por el gran número de verdes botellas panzudas. Todas estaban vacías.

Ken suspiró.

—Tendremos que esperar a que repongan provisiones. O beber agua.

—¿Estás loco? —Peggy lo taladró con la mirada. Luego lo cogió de la mano—. Ven —susurró—, ya sé dónde tenemos que ir. —Tiró de él.

En la cocina, varios empleados se ocupaban de llenar las bandejas de comida. Peggy miró a su alrededor. Puso rumbo a la puerta del fondo.

—¡Magnífico! —Se encontraban en una espaciosa despensa con dos grandes neveras. En el centro, encima de una mesa, había una tarta de cumpleaños de varios pisos. Peggy abrió primero un frigorífico y luego el otro—. ¡Lo encontré! —Cogió una botella que todavía no estaba abierta. La descorchó con un estallido y Kenneth miró preocupado al cuarto de al lado. Pero los empleados no habían notado su presencia ni oído el ruido.

Peggy sacó dos copas de un aparador y sirvió.

—¡Me muero de sed! —Brindaron y Peggy se bebió la delgada copa de champán de un trago.

—Espera. —Kenneth regresó a la nevera, la abrió y sacó un tarro de cebolletas en vinagre y unas galletitas—. Ya puestos a ello... —Se echó a reír y abrió el tarro. Volvieron a servirse bebida, comieron y se rieron de lo lindo. Peggy tenía la blusa llena de migas de galleta. De vez en cuando, miraban con disimulo hacia la cocina. Seguían sin percatarse de su presencia.

—A saber de qué es esa tarta —dijo Peggy con un movimiento de cabeza.

Kenneth se encogió de hombros.

—De chocolate desde luego no es.

—¿Has comido alguna vez tarta de cebolla?

—¿Tarta de cebolla? —Kenneth se quedó un rato mirándola sin comprender. Solo cuando Peggy sacó del tarro una cebolla en vinagre y la sostuvo ostensiblemente en el aire cayó en la cuenta.

—¿No lo dirás en serio? —susurró Kenneth, pero se le puso cara de diablillo. Se quedaron un rato mirándose desafiantes. Luego Peggy le pasó la cebolleta—. Estás completamente loca —siseó Kenneth. Luego cogió la cebolla y, con cuidado, la metió dentro de la blanda crema de la tarta de cumpleaños.

Entonces Peggy cogió otra cebolleta, la enterró en la tarta y alisó luego la crema. Kenneth ya iba por la tercera.

—Se van a quedar con los ojos como platos.

De repente oyeron pasos en la cocina. Alguien se acercaba. A la velocidad del rayo, Peggy abrió una segunda puerta que daba a un pasillo. A la carrera cogieron la botella y las dos copas, y a continuación Kenneth cerró bien la puerta tras ellos. Recorrieron el pasillo haciendo el menor ruido posible. En el rellano se detuvieron y estallaron en una carcajada. Peggy se sentó y llenó las copas. Luego carraspeó y dijo en un tono simuladamente neutral:

—Adoro la tarta de cebolla. ¿Tú no?

La fiesta era una de esas que no terminan nunca. A Peggy y a Kenneth les habría encantado ver las caras estupefactas de los invitados que, al comer la tarta, mordieran inesperadamente una cebolleta en vinagre. Pero, en algún momento, Kenneth había propuesto ir a casa de ella. Quería terminar la noche con tranquilidad. A Peggy le pareció buena idea.

Cuando el taxi se detuvo ante Hale House, reinaba la oscuridad. Peggy condujo a Kenneth a la sala de estar y corrió escaleras arriba.

Tal y como esperaba, su dormitorio estaba vacío. Sin embargo, ese día la punzada en la boca del estómago apenas la percibió. Peggy echó un vistazo a su hija. Dormía.

Desde abajo llegaba una música suave. Kenneth había puesto un disco de música clásica. Cuando Peggy entró en el cuarto de estar, él se hallaba sentado en el sofá con las piernas estiradas y dos vasos de whisky en la mano.

—La espuela. —Le dio a ella un vaso y se dispuso a retirar las piernas del sofá para hacerle sitio, pero ella se lo impidió.

—Quédate así. —Se sentó entre sus piernas, estiró también las suyas y se recostó en su pecho.

Luego bebió un trago. El alcohol le calentó la garganta. Se sentía tranquila y relajada, y cerró los ojos. Se quedaron escuchando la música sin decir una palabra. Kenneth le cogió la mano y jugó con sus dedos, cosa que a Peggy le agradó. De repente, él dijo:

—Creo que debería decirte una cosa.

Ella tardó un poco en responderle. Sin abrir los ojos, dijo:

—No te preocupes, Kenneth. Ya lo sé.

Él le apretó los dedos.

—¿Qué es lo que sabes?

—Pues lo que me vas a decir.

—¿Y qué es? —Kenneth se incorporó y Peggy se dio la vuelta.

—No me mires con esa cara de asustado. —Una sonrisa pícara iluminó su rostro antes de añadir—: Te gustan los hombres, ¿no?

—¿Por qué lo sabes? ¿Por radio macuto y...? —Kenneth se interrumpió.

—No me ha hecho falta —dijo Peggy a la ligera—. He caído yo sola en la cuenta. —Sonrió con melancolía—. Además, los hombres como tú son unos ejemplares sensibles, abiertos y bien educados a los que es difícil echarles el gancho. O ya están comprometidos o sus intereses van en otra dirección. —Lo miró fijamente a los ojos. Parecía asombrado por sus palabras. Peggy le pellizcó la mejilla riéndose—. ¿Sigues con la cara seria? No te preocupes; no me había hecho falsas expectativas. Al contrario. Eso me ha permitido contarte mi situación con Max. —Le retiró un mechón rubio de la frente—. Lo que quiero en este momento no son nuevos romances ni una nueva relación. Lo único que necesito es amistad. Una amistad cálida y verdadera. Y, si te parece bien, me voy a apoyar otra vez en ti para seguir escuchando la música.

Ken sonrió aliviado. Peggy se volvió y suspiró a gusto. Por primera vez desde hacía tiempo tuvo la sensación de que todo iba bien.

56

—¿DÓNDE ESTÁ LA batidora? —Kenneth buscó por la cocina. Peggy se levantó de la mesa del desayuno puesta, abrió un armario y le pasó a Kenneth la batidora. Había ido a desayunar y había llevado una bolsa con los ingredientes para hacer huevos Benedict. A Peggy le encantaban los huevos escalfados sobre un *muffin* inglés tostado con salsa holandesa, pero la preparación era tan laboriosa que nunca sacaba tiempo para hacerlos.

Kenneth puso en el vaso de la batidora yema de huevo, sal y zumo de limón, lo batió todo y luego añadió mantequilla derretida.

—Bueno, de momento todo va viento en popa. —Se volvió. Peggy había vuelto a sentarse en la silla de la cocina. Él alzó las cejas y esbozó una sonrisita—. Reconozco que los huevos han sido idea mía, pero los *muffins* podrías ir tostándolos tú. ¿Crees que lo conseguirás en esta bonita mañana de domingo?

Peggy le sacó la lengua, se puso de pie y metió las mitades de los *muffins* en la tostadora. Al poco tiempo todo estaba listo.

—Qué desayuno más bueno. —Ken cogió la taza de café, bebió y se quedó observando a Peggy, que se hallaba sentada frente a él—. ¿Y bien? ¿Te gustan?

—¿El qué?

Ken dejó los cubiertos junto al plato.

—¿Qué pasa?

Ella no lo miró.

—¿Qué va a pasar?

—Desde que he llegado no has cruzado ni dos palabras conmigo. Es como si no estuvieras aquí. Vamos, desembucha. ¿Qué ha pasado?

Peggy lo miró. En sus ojos había tanto dolor que Kenneth le tomó instintivamente la mano.

—Ay, Ken. —Suspiró—. Sé que todo esto ya no debería importarme, pero maldita sea. Anoche fui a una fiesta y de repente llegaron Max y Dorothea. —Vio abrir la boca a Kenneth y se apresuró a seguir hablando—. No es que me doliera que se presentaran. A eso ya estoy más o menos acostumbrada. Pero Dorothea... —Liberó la mano de Kenneth y se reclinó en la silla—. Tenía todo el vestido lleno de agujeritos en los que había puesto fotos. ¡Fotos de Max! ¿Te lo imaginas? Es tan... tan... —Buscó la palabra adecuada.

—Tan de mal gusto —la ayudó Ken.

—¡Exacto, de mal gusto! Al principio me quedé petrificada. Luego me puse como un tomate. Fue tan humillante... Todos hicieron como que no habían visto nada, pero en realidad no dejaban de mirarnos a Dorothea y a mí.

—¿Y tú?

—Yo me marché. Huí, se podría decir. Fue demasiado. ¿Cómo puede Max hacerme eso? Al fin y al cabo, seguimos casados.

—También está casada Dorothea; concretamente con un soldado que ahora mismo está luchando contra los alemanes en Europa. —Meneó la cabeza—. Increíble. —Volvió a coger la mano de Peggy—. Lo siento mucho.

En ese momento se oyó que una llave giraba en la puerta de la casa. Kenneth la miró sin comprender.

Peggy señaló con la cabeza hacia el pasillo.

—Es él. Ya te he contado que duerme en casa de Dorothea, pero luego por las mañanas viene aquí a pintar arriba, a su estudio. Por la tarde vuelve a marcharse. —Se interrumpió cuando se abrió la puerta de casa y unos pasos se acercaron a la cocina. Cuando al pasar Max vio a la visita, se detuvo. Una sonrisa le apareció en el rostro.

—¿Señor McPherson? Cuánto tiempo sin vernos. —Entró en la cocina y le tendió la mano. Kenneth se levantó y se la estrechó, pero con una falsa sonrisa. Peggy se puso a trajinar en el fregadero—. ¿Cómo le va? —preguntó Max.

—Muy bien, ¿y a usted?

Max asintió con la cabeza mirando al vacío. Parecía estar calculando cuánto le habría contado Peggy al hombre que, en otro tiempo, lo había ayudado a obtener el visado de entrada en los Estados Unidos. Hasta ese momento ni siquiera sabía que los dos se vieran. Por fin dijo:

—Muy bien también. No me puedo quejar. —Hizo un movimiento de cabeza hacia la mesa del desayuno—. Pero no quiero molestar. Eso tiene muy buena pinta. —Una breve mirada a la espalda de Peggy—. Buenos días, Peggy.

—Buenos días. —Ella logró dar a su voz un tono de ligereza y se volvió lo justo para que sus ojos no se cruzaran.

Max miró a Kenneth, se llevó un momento la mano al sombrero y dio media vuelta.

—Buen provecho. —No obtuvo respuesta alguna.

Cuando oyeron que se cerraba la puerta del estudio, Kenneth se acercó por detrás a Peggy, junto al fregadero, y le echó el brazo por los hombros. Sintió la tensión que había en su cuerpo.

—¿Qué ha sido eso? —preguntó en voz baja.

Ella se limitó a encogerse de hombros.

—Así están las cosas ahora entre nosotros. Apenas nos hablamos y, desde luego, ni nos miramos. Llega, trabaja hasta que se aburre y luego se vuelve a marchar. Por suerte, entre semana estoy casi siempre en el museo.

Ken la agarró por los brazos y le dio poco a poco la vuelta. Luego dijo en voz baja, pero con resolución:

—Esto es completamente absurdo. Así no podéis... así no puedes seguir viviendo.

Peggy bajó la mirada.

—Lo sé. He estado pensando en vender Hale House. Pero me resulta tan difícil... Es que ha sido nuestro hogar compartido. Pero también sé que no lo volverá a ser nunca más.

Kenneth la miró con tristeza. Luego le soltó los brazos.

—Venga, vamos a terminar de desayunar y luego nos largamos y hacemos algo que te distraiga. Tengo una idea.

Una hora más tarde, cuando el taxi se paró delante del Rockefeller Center, Peggy se mostró escéptica.

—No me habrás traído a patinar sobre hielo, ¿no?

Ken sonrió de oreja a oreja.

—¿Por qué no? Van a cerrar dentro de pocos días y he pensado en aprovechar la oportunidad.

—Oh, Ken. —Peggy puso los ojos en blanco—. Tú a lo mejor eres un buen patinador, pero yo dejo mucho que desear. Ven… —Lo agarró del brazo—. Vayamos a alguna sesión matinal o a un concierto o al museo.

—¿Para que puedas seguir dándole vueltas al asunto? Ni hablar. —La cogió de la mano y tiró enérgicamente de ella. Peggy se dio por vencida.

Hacía mucho que no iba a patinar sobre hielo, de modo que los primeros pasos los dio tambaleándose. Pero Ken impidió que se cayera y a las pocas vueltas Peggy le soltó la mano.

—¿Ves qué bien? —dijo él sonriente. Luego giró con habilidad y se puso a patinar marcha atrás delante de ella—. Avísame si me voy a chocar con alguien. Me fío de ti al cien por cien —bromeó.

—¡Ni se te ocurra! —gritó Peggy, pero Kenneth se puso serio.

—Lo digo de verdad. Sé que nuestra amistad es todavía reciente, pero creo que no nos hemos conocido en vano en este momento. Somos un apoyo el uno para el otro, y por eso te voy a hacer una propuesta. —Peggy frunció el ceño—. Que mires de vez en cuando si hay alguien delante de nosotros —bromeó Ken, y luego siguió hablando—: Ya sabes que estoy buscando un piso más grande. Podríamos juntarnos…

Del susto que se llevó, Peggy aminoró la marcha. Un hombre joven chocó contra ella por detrás. Kenneth se detuvo, le dio la mano y la puso de nuevo en movimiento.

—No sabemos si nos las arreglaremos juntos en una casa.

—Podríamos buscar un dúplex con dos entradas separadas. Con acceso el uno al otro y, sin embargo, cada uno con su zona privada.

Peggy rio fugazmente.

—Veo que lo tienes todo pensado.

Él sonrió.

—Me lo he planteado, solo eso. —Con esas palabras dio la vuelta y se alejó de ella. Sus movimientos eran ágiles y elegantes. Peggy suspiró. ¿Buscarse algo juntos? ¿No era ir demasiado deprisa, incluso como amigos?

De nuevo se unió a ella desde atrás.

—Bueno, ¿qué te parece? Nos hacemos compañía mutuamente, pero cuando recibas visitas de hombres, yo desaparezco, te lo prometo.

—¿Visitas de hombres? —Peggy resopló—. Me temo que tú tendrás visitas de esas antes que yo. De momento estoy hasta el gorro de hombres.

Ken rio, dio media vuelta y se alejó esprintando. Cuando la alcanzó de nuevo, ella dijo:

—¿Y si nos peleamos?

—Pues me das un portazo en las narices. —Y desapareció de nuevo.

Cuando volvió a aparecer, ella lo agarró del brazo.

—¿Es eso un «sí»? —Ken tenía la cara enrojecida y le brillaban los ojos.

Peggy le guiñó un ojo.

—Es un «me lo pensaré». —Luego lo soltó y cogió velocidad—. ¡A ver quién llega antes a la salida! Necesito un chocolate caliente.

57

En las últimas semanas, Peggy había tenido menos tiempo del esperado para pensar en la oferta de Ken. La situación entre Max y ella se había vuelto insostenible, pues él no tenía la intención de separarse de su nuevo amor. Su vida en común había llegado a un final inesperadamente rápido. A esas alturas, Max vivía en casa de Dorothea y Peggy había alquilado con Kenneth un dúplex con dos apartamentos independientes.

Había llegado el día. Peggy ya había enviado a Pegeen a la nueva casa mientras ella y Max vigilaban en Hale House a los hombres de la mudanza. Cuando se marchó el último capitoné, se quedaron un momento indecisos. Entonces Peggy dijo:

—Enseguida llega mi taxi. Voy un momento a la terraza para disfrutar por última vez de las vistas al East River. —Como Max no contestaba, añadió—: ¿Te vienes?

No era una oferta de reconciliación; él la siguió escaleras arriba. Se sentaron en el pretil y contemplaron el río en silencio.

—¿Qué tipo de casa es la que habéis encontrado? —preguntó por último Max. No había comentado la decisión de Peggy de compartir una casa con Kenneth McPherson y ella no le había contado casi nada.

—No está lejos de aquí. En el 155 de la Calle 61 Este. Puedo ir andando al museo. Son dos casas *brownstone* de cinco pisos. Yo viviré en el cuarto y Ken en el quinto. —Le habría gustado añadir que los dos apartamentos estaban unidos por una escalera, de modo que cada uno tenía su esfera privada, pero podían hacerse compañía siempre que quisieran. Pero en el último momento se contuvo. Eso a Max ya no le incumbía.

—¿Y vosotros? —Era la primera vez que Peggy se refería tanto a él como a Dorothea. Notó una leve punzada, pero fue soportable.

—Primero vamos a vivir en casa de Dorothea. Algún día nos buscaremos quizá algo más grande o nos iremos lejos de Nueva York.

Peggy no preguntó adónde o cuándo pensaban irse. La idea de no tener que encontrarse ya a todas horas con Max en Nueva York no le resultaba desagradable. Era duro tener los mismos amigos y moverse en los mismos círculos. La separación había sido dolorosa, al menos para ella.

—Que me hayas cambiado de un día para otro por otra mujer me sigue haciendo daño. Sé que hemos tenido nuestras dificultades, pero siempre he confiado en que acabaríamos acercándonos de nuevo.

La frase se le había escapado sin darse cuenta. No tenía previsto hablar otra vez con Max sobre sus sentimientos heridos. Pero al menos lo había dicho en un tono firme y sosegado.

Max asintió lentamente con la cabeza.

—Nos enamoramos hace dos años en unas condiciones muy extremas, durante la huida de Europa. Pero somos demasiado distintos. De todas maneras, que de repente me enamorara de Dorothea… —dijo haciendo una breve pausa—, con eso tampoco había contado.

No era una disculpa, pero Peggy tampoco la esperaba. Abrió el bolso y sacó un manojo de llaves, del que extrajo dos que entregó a Max.

—¿Te importa hacer la liquidación con el agente inmobiliario y devolverle las llaves? Yo me tengo que ir enseguida. Hoy se reúne el comité que va a elegir los cuadros para la siguiente exposición.

—¿De qué trata y quién está en el comité?

La pregunta sorprendió a Peggy y, al mismo tiempo, le dejó claro lo poco que habían hablado entre ellos durante las últimas semanas.

—Trata de *collages*. He invitado a Alfred Barr para que forme parte del comité, y también a Marcel, a Howard, a Mondrian y a los dos críticos Soby y Sweeney.

—Contratando a gente nueva, ¿eh? —opinó Max. Una sonrisa fugaz apareció en su cara, pero no se reconocía si era nostalgia lo que sentía por no participar él; tampoco Breton formaría parte del comité.

—Sí, poco a poco —dijo solo Peggy—. También en lo que se refiere a los artistas. He pedido a unos jóvenes americanos que contribuyan con sus aportaciones.

—¿Ah, sí? ¿A quién? —Se reconocía perfectamente el asombro en el rostro de Max.

—A William Baziotes, a Robert Motherwell y a Jackson Pollock. A ver qué me traen y cómo va la cosa. —Hablaba como sin dar importancia a lo que decía para ocultar su nerviosismo. Sabía que la mayoría de los galeristas y conocedores del arte no esperaban gran cosa de los americanos, y la iniciativa de Peggy en esa dirección la consideraban una pérdida de tiempo. De todas maneras, dar ese paso era un riesgo. Exposiciones ridiculizadas y malas críticas podían perjudicar al prestigio de su galería, destruir lo que había creado con tanto esfuerzo al basarse en sus propias visiones. Pero ¿para qué estaba la galería sino para experimentar y descubrir? En esos últimos meses se habían terminado muchas cosas. Su matrimonio con Max, su vida en la maravillosa casa junto al East River. Pero también se habían abierto nuevas puertas. Había conocido a Kenneth, tenía una casa nueva y la galería, que le permitía hacer cosas emocionantes e inesperadas. ¿Qué más quería?

En ese momento dobló la esquina el taxi que había pedido Peggy. Esta se levantó. También Max se puso de pie. Se miraron un momento, inseguros, y luego, casi al mismo tiempo, se tocaron el brazo.

—Bueno, que te vaya bien. Seguiremos en contacto; hablaremos también del divorcio. —Peggy titubeó un momento, pero no añadió nada, sino que dio media vuelta y abandonó la terraza. Le dio al taxista la dirección de la galería y el taxi se puso en marcha. Volvió la cabeza. Max seguía de pie en la terraza. Su mirada recorrió la casa y notó que se le humedecían los ojos, pero parpadeó para evitar el llanto. Luego se volvió y miró hacia delante.

58

Sentada a su mesa de la galería, miró hacia Marcel, que se balanceaba en uno de los sillones multifuncionales de madera creados por Kiesler y daba caladas a la pipa. En ese momento se sacó la pipa de la boca.

—¿Y qué tal va la exposición de los *collages*? Esta mañana no es que haya venido mucha gente.

—Es lunes por la mañana. —Peggy se encogió de hombros—. Es completamente normal. No olvides que hay gente que tiene un trabajo con un horario regular.

Marcel abrió espantado los ojos.

—He oído rumores, sí. ¿Y crees que será verdad? —Peggy se rio, pero Marcel insistió—. En la prensa, en cualquier caso, han calificado los *collages* más bien de mediocres.

Peggy se encogió otra vez de hombros.

—Lo suponía. Unos cuantos de esos críticos no habían visto nunca antes nada parecido. Cuando hace dos años hice una exposición de *collages* en mi galería de Londres fue otra cosa. Esa técnica es una tradición europea.

—Francesa —la interrumpió Marcel.

Peggy suspiró con paciencia.

—Como quieras. Una tradición francesa. En todo caso, mi exposición aquí es la primera de ese tipo en América.

—Eso explica por qué algunos críticos han tenido que explicar primero a los lectores lo que son los *collages*. —Marcel esbozó una sonrisa.

—Pues eso ya es algo, ¿no crees? Damos a conocer a la gente una forma de arte de la que hasta ahora no sabían nada.

—Y de paso también a unos artistas de los que tampoco sabía nadie nada —añadió Marcel con algo de mordacidad.

—Tal y como lo dices... —En la frente de Peggy apareció una arruga beligerante—. ¿Me aconsejas que me quede donde estoy, sin avanzar lo más mínimo?

Marcel se dejó caer en el sillón, miró al techo y lanzó un par de aros de humo hacia arriba.

—No te enfades. Seguro que es porque me estoy volviendo viejo. A mí esos jóvenes americanos no me dicen nada.

—Pues como castigo por tu maldad te pido que hagas café. Pronto recibiremos una visita.

—¿Una visita?

—Sí, Saidie May viene expresamente desde Baltimore para ver mi mediocre exposición de *collages*.

Marcel puso los ojos como platos.

—¿Saidie May? ¿La coleccionista de arte que ayudó a André Masson a venir a los Estados Unidos?

—La misma. —Peggy no pudo evitar cierto aire triunfal.

—¡PEGGY, QUÉ ALEGRÍA! —sonó la voz cantarina de Saidie May al cabo de media hora.

—¡Bienvenida! ¿Cuánto hace que no nos vemos? —Peggy se levantó de un salto, se acercó a la mujer, delgada y con una melena oscura que le llegaba hasta los hombros, y la abrazó.

—La última vez que estuve fue cuando inauguraste esta galería. No tengo perdón. —Lanzó una mirada a su alrededor—. ¿Dónde has escondido los *collages*? Estoy impaciente por verlos. —Se puso a recorrer la sala—. Tienes unas obras magníficas. Para mí el arte es lo único por lo que merece la pena vivir. Como madre y como esposa, por desgracia, he sido más bien un desastre. —Se rio de su propio comentario.

Con Saidie era fácil olvidarse de su relación fracasada con Max. Se había divorciado dos veces y había preferido llevar una vida independiente antes que estar infelizmente casada. En muchas cosas se parecían bastante. Las dos habían elegido el arte como el centro de su vida, al que supeditaban todo lo demás. No había muchas mujeres que se permitieran tener sus propios puntos de vista y sus propios objetivos y que, además, los llevaran a cabo. Ni siquiera entre las que se lo podían permitir económicamente. Tal vez por eso Peggy se alegraba cada vez que la veía. La cogió del brazo y la llevó a la Daylight Gallery.

Durante unos minutos se desplazaron en silencio de un *collage* a otro. Marcel las había seguido.

—Son maravillosos —dijo al fin Saidie—. Es emocionante cómo combinan los materiales más diversos para crear nuevas composiciones. —Se detuvo ante uno de Robert Motherwell—. Ya sabes que antes compraba obras más bien conservadoras, pero desde que murió mi hermana Blanche, hace casi dos años, ya solo quiero cosas modernas. Ha de ser algo nuevo y apasionante, como este de aquí. —Señaló el *collage* de Motherwell *La alegría de vivir*. Luego, su mirada recayó en la obra que colgaba a su lado—. ¡Increíble! ¿Qué es esto? ¿Y quién es el artista?

—William Baziotes, un joven neoyorquino, como también lo es Motherwell. —Quiso seguir hablando, pero Saidie se había acercado a la obra, que mezclaba planetas recortados y otros objetos científicos con alas de insectos, una hélice metálica y colores libremente arremolinados.

—Asombroso —susurró Saidie—. Esta tridimensionalidad. Es como asomarse a una ventana del tiempo y mirar hacia una galaxia desconocida.

Peggy se limitó a asentir con la cabeza. Nadie había descrito tan bien como Saidie el *collage* de Baziotes. Marcel, que se había acercado a las dos mujeres, también contempló la obra con más detenimiento.

Saidie dio media vuelta.

—Peggy, hace poco he visto un par de obras de artistas conocidos que costaban más de dos mil dólares. Pero ninguna tan impresionante como esta. ¿Sabes lo que te digo? Que la voy a comprar. Y la de al lado también. ¿Cómo decías que se llamaban los artistas?

—Robert Motherwell y William Baziotes —dijo Peggy—. Me alegro de que te gusten. A mí me parece que de verdad tienen algo que decir que hasta ahora no habíamos oído.

—Tú siempre has tenido buen olfato. —Saidie se la quedó mirando pensativa—. Y apostaría a que dentro de poco estos jóvenes darán que hablar.

59

La compra de los dos *collages* por parte de Saidie May había sido un pequeño triunfo para Peggy. De todos modos, Marcel tenía razón: los críticos no habían prestado demasiada atención a aquellas obras. La exposición había contribuido a reforzar su fama como galerista vanguardista aficionada a experimentar, pero eso solo no bastaba.

«Lo que me importa no es la fama o mis principios. Lo que quiero es mover algo en el mundo del arte.» Entre estos pensamientos y otros similares se debatía Peggy unos días después, mientras miraba por el ventanal de la Daylight Gallery. Faltaban pocas semanas para la inauguración del Salón de Primavera y todavía no tenía un lema por el que regirse. ¿Qué artistas podían participar? ¿Debería proponer un tema? ¿Sería necesario limitarse a la pintura y la escultura? Esa exposición sería la última antes de que la galería, como todas las de Nueva York, cerrara por vacaciones en verano. Era importante terminar ese año con un golpe de timbal que marcara la pauta para la próxima temporada.

Peggy sabía que estaba en una encrucijada. ¿Quería seguir por el camino que intuitivamente había emprendido en las últimas semanas? ¿Alejarse de lo conocido, de lo establecido, y abordar lo nuevo? Cuando decidió organizar un Salón de Primavera, la idea original había sido ponerse nuevas metas. Pero tenía sus dudas. ¿No sería más prudente asegurarse el prestigio con artistas de renombre y, poco antes de las vacaciones de verano, contar con unas críticas excelentes?

Peggy suspiró y paseó la mirada por el *skyline* del otro lado de la ventana. De repente sintió un poco de claustrofobia. Desde que había abandonado Hale House, ni siquiera había estado cerca del agua. Un deseo irrefrenable de salir se apoderó de ella. Pero no solo eso. Necesitaba amplitud, extensión. Alejarse del gentío de las calles abarrotadas. Miró la hora. Era casi mediodía. Toda resuelta, le dijo a Jimmy que se marchaba y abandonó la galería.

Al llegar a la calle, se detuvo. ¿Y si iba al parque? Pero a esa hora del día estaría muy concurrido. Cualquiera que trabajara más o menos cerca del parque se iba allí durante la pausa del mediodía. Por último, tomó el camino que llevaba a Columbus Circle. Desde allí podría ir con el tranvía elevado hasta el extremo meridional de Manhattan. Quería ver el agua, oír a las gaviotas.

En el Battery Park se buscó un banco cercano al agua. Ante ella resplandecía la bahía de Manhattan al sol todavía fresco de abril. Peggy aspiró ávidamente el aromático aire. Olía a sal, a algas marinas y a petróleo. Numerosos buques de carga grandes y pequeños hacían su travesía. A lo lejos se distinguían la isla de Ellis y la estatua de la Libertad. Unos gorriones se posaron a su lado y la observaron con curiosidad.

—No tengo nada —dijo Peggy riéndose, a modo de disculpa.

De nuevo dejó vagar la vista hacia la lejanía. Si en algún sitio conseguía dejar de pensar, era allí. Así estuvo varios minutos hasta que sus pensamientos encontraron el camino de vuelta a la galería.

—Qué bonito tiene que ser pilotar un transbordador —les dijo a los gorriones que tenía a los pies—. Un capitán de transbordador sabe exactamente adónde tiene que ir. No necesita estar todo el rato tomando decisiones a favor o en contra de algo. No corre ningún riesgo; hace lo que le han dicho que tiene que hacer, y todos tan felices.

Se paró a pensar. ¿Era su cometido como galerista hacer felices a todos, en especial, a los críticos? ¿Estaba obligada a mostrarles a los visitantes de su museo, con variantes siempre nuevas, lo que ya conocían y apreciaban? De repente se acordó del comunicado de prensa que había publicado con motivo de la inauguración de la galería. En él anunciaba que la galería sería «un laboratorio de investigación de nuevas ideas». Y no solo eso. También decía que estaría «al servicio del futuro, en lugar de limitarse a documentar el pasado».

—Ya está decidido —dijo en voz alta—. No hay vuelta de hoja.

Sacó del bolso un cuaderno y un lápiz y escribió: *Salón de Primavera para artistas jóvenes.* Durante un instante se planteó si debía añadir algo más. No, nada de restricciones. Pero si realmente quería dirigirse a todos los jóvenes talentos, tenía que hacer pública la convocatoria. No bastaba con decírselo a los que ya conocía. Tenía que poner un anuncio en el periódico e imprimir folletos. Peggy escribió:

> Todos los artistas menores de treinta y cinco años están invitados a presentar cuadros y esculturas abstractos y fantasiosos antes del 11 de mayo en la galería de Peggy Guggenheim, Arte de este siglo. Un jurado decidirá acerca de la participación en el Salón de Primavera para artistas jóvenes. La mejor obra será premiada.

Peggy volvió a leer los renglones, luego guardó el cuaderno y se levantó. Cuanto antes se publicara el anuncio, mejor.

60

HABÍA TRANSCURRIDO MÁS de una semana desde que Peggy había puesto el anuncio para el Salón de Primavera. Hasta el momento, sin la menor resonancia. Por supuesto, no se podía descartar que algunos interesados estuvieran haciendo algo expresamente para el Salón, pero ¿por qué no se apuntaba nadie?

Peggy se sorprendió mirando hacia el ascensor más a menudo de lo habitual. Cada vez que lo oía traquetear, esperaba a algún joven con un cuadro debajo del brazo. Pero una y otra vez se llevaba un chasco. Subían y bajaban visitantes, o el cartero, o el mensajero, o gente que se equivocaba de piso. Poco a poco empezó a preocuparse. ¿Sería posible que a nadie le interesara esa oportunidad?

Luego sucedió algo que la distrajo durante un breve período de tiempo. Su hijo Sindbad llamó por teléfono a la galería. Quería invitarlos a ella y a Laurence a cenar la noche siguiente; tenía novedades que contarles. Desde entonces Peggy estaba en ascuas, pues tenía un mal presentimiento. ¿Querría interrumpir sus estudios en el Columbia College? ¿Habría dejado embarazada a su novia? ¿O sencillamente necesitaba dinero para hacer un viaje?

A última hora de la tarde del día siguiente, Laurence se pasó por la galería. Peggy llevaba semanas sin verlo y, como siempre, le llamó la atención lo joven que se conservaba. Su rostro delgado lo enmarcaba una mata de pelo rubio despeinado, como si acabara de levantarse. Tenía unos ojos despiertos, aunque en esa ocasión también revelaban cierta inquietud.

—Ya viene —dijo Peggy, que había estado mirando por la ventana de la Daylight Gallery. Sindbad aparcó su Buick de color gris.

Laurence ya se había puesto el abrigo. Las puertas del ascensor se abrieron y Sindbad abrazó a sus padres.

—¿Podemos irnos ya? He reservado una mesa en Enrico & Paglieri's.

—¿En tu restaurante favorito? Vaya, entonces tiene que ser por un motivo verdaderamente especial.

Peggy colgó en la puerta un letrero con la información de dónde podían encontrarla.

EL RESTAURANTE ITALIANO, que muchos consideraban el mejor de Nueva York, se hallaba en el número 64 de la Calle 11 Oeste. Uno de los dueños, Enrico Fasani, salió al encuentro de su joven cliente habitual y de sus padres. Había reservado una de las mesas más bonitas. Las velas sobre los manteles blancos se encargaban de crear una atmósfera íntima.

Peggy y Laurence tuvieron que armarse de paciencia. Sindbad no quería decirles nada hasta que hubieran terminado de cenar. Mientras disfrutaban del *risotto*, la pasta y el vino tinto, los ánimos fueron relajándose. Hablaron sobre el Columbia College, el largo invierno en Connecticut y la galería de Peggy. Cuando el camarero iba a llevarles el postre, ella hizo un gesto de rechazo.

—Ya hemos esperado bastante tiempo, Sindbad. Se acabó la tortura. ¿Qué quieres contarnos?

Durante un momento reinó un silencio sepulcral, pero luego Sindbad los miró y dijo:

—Sé que no os va a gustar, pero he sido llamado a filas.

Peggy se quedó petrificada y de reojo vio que a Laurence le había pasado lo mismo.

—¿Cómo que te han llamado a filas? —consiguió al fin articular con una voz chillona. Su hijo asintió con la cabeza.

—Pero yo creía que te habían concedido una prórroga —intervino Laurence quitándose impulsivamente del cuello la servilleta blanca que, sin darse cuenta, arrojó sobre la mesa—. Llamado a filas, ¿dónde? —La preocupación hizo que su voz sonara como si estuviera enfadado.

—En el regimiento número 106. Estaré establecido en Atlantic City.

A Peggy se le ocurrían muchas preguntas, pero el nudo que se le había formado en la garganta le impedía hablar. Intentó tranquilizarse.

—Cuando nos has invitado aquí, creíamos que tenías algo bonito que contarnos —se lamentó Laurence. Luego añadió dirigiéndose a Peggy—: Tenemos que hacer algo. ¿Tu familia no podría…?

Sindbad agarró con fuerza el brazo de su padre.

—Papá, no. No quiero eso. Lo creáis o no, me he alistado voluntariamente y espero que lo aceptéis. Yo estoy orgulloso de haberlo hecho. Me parece lo correcto apoyar al país en estos tiempos.

Laurence miró a su hijo con cara de incredulidad. Luego meneó la cabeza en un gesto de incomprensión.

—¡No sabes lo que estás diciendo! Con la cantidad de gente que a diario intenta huir de ese infierno y venir a los Estados Unidos, ¿y tú quieres que te manden allí?

—De entrada solo estoy establecido aquí —dijo Sindbad para aplacar los ánimos. Laurence resopló y Peggy le puso la mano en el brazo.

—Tienes que entendernos, Sindbad. Estamos tan preocupados… —A Peggy le temblaba la voz. Su hijo la agarró de la mano.

—No tenéis por qué. Todo irá bien. Ya lo verás.

Tras una breve pausa, Laurence y Peggy cedieron, pero les costó un gran esfuerzo. Se quedaron otro rato hablando. Luego Sindbad se despidió porque había quedado con su novia. Entonces llegó el camarero a su mesa.

—¿Señora Guggenheim?

—Sí, ¿qué desea?

—La ha llamado un tal señor Baziotes. Me pide que le comunique que se encuentra delante de su galería con un coche alquilado y pregunta si podría enviar a alguien que le abra la puerta. Lo siente muchísimo, pero dice que solo dispone hoy del vehículo y…

—¡Pues claro que sí! —Peggy se levantó de un salto—. Dígale, por favor, que ahora vamos. —Pagaron y se pusieron en camino.

Cuando llegaron a la galería, no daban crédito a sus ojos: William y Ethel Baziotes estaban delante de una pequeña camioneta. En la superficie de carga había más de una docena de cuadros bien empaquetados de todos los tamaños.

—Hemos pensado en alquilar un coche y traer todas las obras juntas. Así no tiene que ir cada uno con su cuadro debajo del brazo o viajar en metro. —William Baziotes sonrió como disculpándose—. Pero supongo que tendría que haber llamado antes.

—¿Cada uno? —preguntó Peggy asombrada.

—Motherwell, Pollock, Perle Fine, Gerome Kamrowski y otros muchos. Tengo una lista.

Peggy rebuscó las llaves en el bolso. No pudo ocultar su emoción cuando dijo:

—¡Manos a la obra! ¡Subamos esos cuadros!

61

—¿Cómo puede alguien llamar a un perro *Imperator*? —Pegeen dejó caer un trozo de embutido para el bóxer de Kenneth, que se lo zampó con avidez.

—Es verdad —opinó también Peggy—. ¿En qué estarías pensando?

El sol de finales de abril entraba por la ventana del apartamento y llegaba hasta la mesa del desayuno. Kenneth se echó a reír. Sabía cuánto querían Peggy y Pegeen a su perro. Y el amor era recíproco. En cuanto llegaban las dos a casa, *Imperator* bajaba a todo correr las escaleras hasta su apartamento. Peggy incluso se lo llevaba a menudo a la galería, donde se dormía manso como un cordero junto a su escritorio. De ahí que una amiga llamara ya al perro «Señor Guggenheim».

Peggy tiró también al suelo un trocito de embutido y se comió la rosquilla. Luego miró la hora.

—Pegeen, tienes que irte, y por desgracia yo también —opinó—. Hoy se reúne el comité que elige las obras para el Salón de Primavera.

—¿Tenéis suficientes cuadros?

—¿Suficientes? —A Peggy le dio la risa—. ¡No cabe un alfiler! —Se levantó y se puso a recoger la vajilla del desayuno mientras se acordaba de la camioneta llena de William Baziotes. Ese había sido el pistoletazo de salida. Después de aquella noche no había pasado un día sin que llegaran nuevas aportaciones al museo. Su anuncio había causado tanto impacto como una bomba.

Peggy echó mano de su abrigo beis de primavera. Ken también cogió su chaqueta.

—*Imperator* y yo te acompañamos a la galería —dijo este sonriente.

Bajaron juntos en el ascensor hasta la planta baja. El vestíbulo les pertenecía solo a ellos. De camino a la puerta de la casa, Peggy se detuvo a contemplar la larga pared.

—Qué pared más sosa, tan vacía y gris. Lo pienso cada vez que paso por aquí. Y además es un auténtico desperdicio. Tanto sitio sin utilizar, ¿no crees?

—Mmm —dijo solo Ken—. Habla la galerista. —Peggy se echó a reír y lo agarró del brazo.

Fuera los esperaba una cálida mañana de abril. Recorrieron sin prisa la Calle 61 en dirección a Central Park. Durante esas semanas, allí podía verse cada día el avance de la primavera en los altos árboles que bordeaban el parque. Hasta hacía poco, los troncos oscuros estaban todavía casi pelados y el tiempo fresco solo invitaba a pasear a los más atrevidos. Pero desde la semana anterior hacía más calor y ahora las poderosas ramas resplandecían con sus suaves tonos verde pálido.

Cuando Peggy llegó a la galería, ya estaban allí los otros miembros del comité. Las aportaciones de los artistas estaban apoyadas en las paredes. El crítico de arte Soby fue el primero que la vio entrar.

—Peggy —exclamó—, creo que nos debes una explicación.

—¿Y eso por qué?

Entonces los otros dejaron de hablar y Soby dijo dirigiéndose a todos:

—No sé lo que pensaréis vosotros, pero yo les he echado un vistazo a estos nombres y me gustaría saber con qué arte de magia ha conseguido reunir nuestra Peggy a todos estos artistas. —Todos se rieron.

—En eso estoy de acuerdo con James —dijo con una sonrisa su colega Sweeney—. Yo creía conocer a la denominada escena del arte neoyorquino, pero dos tercios de estos nombres no los había oído nunca. —Risas de nuevo.

—Yo tampoco —dijo jovialmente Peggy—. Pero, decidme, ¿no es maravilloso? Y quién sabe, quizá dentro de poco podamos hablar de la «escena del arte neoyorquino», no de la «denominada escena del arte neoyorquino». —Le hizo un guiño a Soby—. El arte no se queda quieto, siempre sigue avanzando. Y nosotros hemos de ir tras él. Pero vayamos al grano. —Se apoyó en su mesa—. Ya sabéis cómo va la cosa. No hay nada rígido ni tampoco límites. Podemos dejar que participen en la exposición tantos candidatos como queramos. Lo único que cuenta es la calidad. Podéis puntuar cada cuadro del uno al diez. Al final, todos los cuadros que hayan obtenido al menos treinta puntos podrán participar. —Continuó un poco más en serio—: Como veis, la mayoría de las obras aportadas trabajan con técnicas y temas que todavía no conocemos. Algunas presentan más madurez, otras quizá sean más propias de aficionados. Pero no os dejéis guiar por nombres conocidos o desconocidos. Solo cuenta que el cuadro nos diga algo. ¡Instinto, señores!

—Vaya, vaya —dijo Mondrian sonriendo, y se acercó a ella, un poco apartada de los demás—. ¿No tendrás por casualidad una botellita de vino blanco escondida? El que trabaja debería ser agasajado.

—Allí al fondo hay café —dijo ella, y Mondrian meneó consternado la cabeza.

—Peggy, Peggy, me decepcionas.

—Bueno, está bien. —Se acercó a un armario, sacó una botella de vino blanco y unos vasos, y los puso encima de su mesa.

—Que no la vean muchos —susurró Mondrian—. Si no, se termina enseguida.

Peggy puso los ojos en blanco fingiendo estar indignada. Luego dejó solo a Mondrian y se acercó a los cuadros. Para gran alegría suya, también habían respondido a su convocatoria muchas mujeres jóvenes. Irene Rice Pereira ya tenía un nombre y a Peggy le encantaban los cuadros de Sonja Sekula, con la que ya había contado en la exposición de las 31 mujeres. Los cuadros de Sonja tenían algo propio del mundo de las esferas. Era como si, a través de una finísima membrana, se pudiera echar un vistazo a una realidad completamente ajena. Anotó en su bloc los puntos al lado del nombre de los cuadros y siguió andando. Se quedó parada delante de un lienzo de William Baziotes. Llevaba el sugerente título de *El espejo a medianoche II* y ofrecía una atmósfera lóbrega.

—Como si uno pudiera ver lo que ocurre dentro de la cabeza de alguien que está soñando —dijo Peggy en voz baja. El cuadro la atraía con su magia. Anotó la puntuación y siguió andando. Un Pollock. Miró el letrero que estaba al lado para leer el título.

—¿Cuadro? —Se echó a reír. Muy propio de Pollock.

—Yo también me he quedado mirándolo antes —llegó una voz desde atrás. Piet Mondrian se le acercó.

—¿Qué? ¿Has terminado la botella? —bromeó Peggy.

—Y la he disfrutado —dio por respuesta Mondrian.

Peggy se puso en cuclillas delante del cuadro. Mondrian se agachó a su lado. Juntos lo contemplaron con detenimiento durante un rato largo. A diferencia de *El espejo a medianoche II* de Baziotes, el cuadro de Pollock era un baile de formas y colores dinámicos. Azul, amarillo, rojo, todos ellos arremolinados. La superficie entera la ocupaban unas líneas gráciles y delicadas que recordaban los garabatos de un niño. Como esas líneas destacaban de las superficies cromáticas más anchas, el espacio pictórico resultante parecía tridimensional.

Mondrian siguió con el dedo unas cuantas líneas curvas.

—Perecen vibraciones del aire que han adquirido visibilidad. ¿Tú qué opinas?

—Mmm…

—¿Eso es todo? —preguntó Mondrian.

Peggy negó con la cabeza.

—No lo sé. Es tan poco habitual… La técnica, la dinámica. Todo me dice algo, pero no sabría decirte qué.

Mondrian sonrió.

—¿No sabes lo que está diciendo el cuadro?

—Exacto. —Peggy se rio.

—A mí me pasa algo parecido. —Mondrian siguió de nuevo una línea con el dedo—. Pero ¿sabes una cosa? Si me lo preguntas, te diré que es lo más emocionante que he visto desde hace mucho tiempo.

Peggy lo miró sorprendida, pero Mondrian se limitó a sacar el bloc y el lápiz, y escribió: «Pollock, *Cuadro*, diez puntos».

62

Nueva York nunca estaba tan bonito como a finales de mayo. El verdor de Central Park todavía era reciente, y hacía calor, pero no bochorno. No obstante, Peggy se sintió melancólica cuando una tarde de domingo esperaba a Howard en la terraza del zoológico de Central Park. En un día igual de luminoso que ese, de hacía casi exactamente tres años, había estado en casa de Max en Marsella y se había enamorado de él. Le parecía increíble que hubieran pasado ya tres años.

Oyó pasos a su espalda y se volvió. Era Howard, que se sentó, le tomó de forma juguetona la mano y se la besó.

—Me alegro de verte —dijo con una sonrisa—. Así no me siento tan reemplazado.

—¿Reemplazado? ¿Te refieres a Ken?

—¿A quién si no?

—Oh, Howard. —Le apretó la mano—. Lo que tú y yo hemos vivido juntos no se puede sustituir por nada.

Howard resopló, pero ella notó que se había tomado en serio el cumplido.

—¿Qué tal va tu Salón de Primavera? —preguntó rápidamente.

Peggy se ruborizó de pura alegría.

—No te lo vas a creer, pero la semana pasada vendí los dos cuadros de Baziotes a un coleccionista de Chicago.

—¡Enhorabuena! —Howard silbó con aprobación entre dientes—. Y las reseñas tampoco han estado mal, ¿no?

Peggy rebuscó en el bolso el cuaderno en el que había pegado las reseñas de sus exposiciones. Desplegó uno de los artículos y leyó:

—«Una buena exposición que, excepcionalmente, es esperanzadora. Todos los artistas son prometedores y algunos más que eso.» —Siguió hojeando—. Y mira, esto es de *Art News*: «Hemos descubierto que nuestra ciudad tiene muchos talentos jóvenes y aún desconocidos de los que todavía no hemos oído la última palabra. Sin duda se han sentido alentados por la exposición que ha organizado una fantástica galería».

—En eso tiene toda la razón —intervino Howard—. ¿Y ha dicho alguien algo sobre Pollock?

—Sí, una reseña lo describe como un auténtico descubrimiento. Pero entre los visitantes y los coleccionistas está claro que tiene menos amigos. Al menos, hasta ahora. —Peggy cerró el cuaderno y continuó pensativa—: Breton y otros cuantos me tienen por loca porque me inclino hacia los jóvenes americanos, a los que consideran unos aficionados inmaduros.

—¡Ja! —Howard soltó una risotada—. No te dejes confundir. Breton está frustrado porque se siente a disgusto en esta ciudad y porque ya no mantiene bajo control a su círculo surrealista. Demasiadas influencias nuevas; todo está cambiando. Y Nueva York no es París.

—Lo sé. —Peggy meció la cabeza—. Echan de menos Francia y la vida que llevaban allí…

—Una vida que nunca más volverá a ser la misma —la interrumpió enérgicamente Howard.

—¿Tú crees? —Peggy formuló la pregunta aun a sabiendas de la respuesta. No obstante, le sorprendió la firmeza de sus palabras.

—¡Peggy! —exclamó—. No solo no volverá a ser nunca la misma la vida que llevábamos en Europa. Me temo que la guerra lo ha cambiado todo de forma radical. Los vanguardistas europeos que pudieron expatriarse han venido aquí. Algunos se quedarán cuando termine la guerra; otros se irán quién sabe adónde. Pero ya no serán los mismos. Y tampoco París seguirá siendo la misma. —Hizo una pausa para reflexionar—. Si quieres saber lo que pienso, a corto o breve plazo, Nueva York sustituirá a París como metrópoli del arte.

Peggy asintió despacio.

—Tienes razón. En esta ciudad se está cociendo algo. El viento sopla en una nueva dirección. —Se encogió de hombros—. Solo que Breton y otros no quieren darse cuenta. Y desprecia a los jóvenes americanos porque no se dejan apabullar por él.

—¿Por qué habrían de hacerlo? —dijo sonriente Howard—. No se han criado con el arte ni con la arquitectura europeos. Al contrario; se han criado con los anuncios luminosos, las cafeterías, las bombas de petróleo, los depósitos de agua y los amplios horizontes. Su arte ha de reflejar forzosamente una realidad distinta.

—Una realidad diferente —dijo Peggy en voz baja—. Sí, a veces creo poder verla. En Pollock, por ejemplo. Pero, si he de ser sincera, todavía conozco muy poco de él.

—Ya irás conociendo más. —Howard tomó el último trago de café—. Siento tener que interrumpir nuestra bonita conversación. Ya sabes que tengo otra cita.

Howard la besó en las dos mejillas y Peggy se quedó sola. Pensativa, daba sorbitos al café, que hasta entonces apenas había probado. Pensó en las palabras de Howard, en esa otra realidad de la que hablaba. «No podría haberlo expresado mejor —pensó—. Una realidad diferente en los cuadros de los americanos. Otra realidad que pretende decirnos algo. ¿Y nosotros? No tenemos otra opción. O bien nos apropiamos de ella o nos quedamos al margen.»

Bebió otro trago. Luego se puso de pie y entró en el café. De la pared, junto a la barra, colgaba un teléfono; debajo, sobre un aparador, había una guía telefónica manoseada. Peggy la hojeó. Siguió con los dedos las largas columnas de nombres.

Echó una moneda en el aparato y marcó un número. Sonó un timbre, dos timbres, tres timbres. Entonces contestaron. Una voz de hombre seca gruñó algo al auricular.

—¿Hola? ¿Estoy hablando con Jackson Pollock? Soy Peggy Guggenheim. Quisiera…

EL TAXI DE Peggy se detuvo delante de un complejo de apartamentos poco acogedor; subió los desgastados escalones. Cuando llegó arriba, vio en la puerta a la compañera de Pollock, Lee Krasner.

Llevaba unos vaqueros de color azul oscuro subidos hasta las rodillas y un jersey de lana fino. La abundante melena oscura le llegaba hasta los hombros. Sonrió con amabilidad.

—Señora Guggenheim. Su visita nos pilla de sorpresa. —Se apartó a un lado—. Pase usted.

Lee Krasner la condujo a la sala de estar. De pie junto a la mesa, Pollock llevaba un pantalón con unas perneras demasiado anchas llenas de salpicaduras secas de pintura, pero en ese momento estaba abrochándose una camisa limpia. Como tenía los ojos un pelín vidriosos cuando saludó a Peggy, esta supuso que ya se había concedido algún trago.

—¿Quiere ver mis cuadros? —Pollock fue directo al grano—. Están ahí al fondo.

Peggy vio un montón de ellos apoyados en la pared, todos de pequeño y mediano tamaño.

—¿Puedo echar una ojeada?

Pollock asintió con la cabeza. Peggy colocó los lienzos uno al lado de otro y los estuvo contemplando. Al llegar a los dos últimos, se puso en cuclillas.

—¿Cómo se llama este?

—*Masculino y femenino.*

Peggy entornó los ojos. Reconoció dos figuras de perfil. El cuerpo masculino se asemejaba a un poste y se hallaba cubierto de números y otros signos. El cuerpo femenino que tenía enfrente permitía distinguir las características redondeces de una mujer. Se notaba la influencia de Picasso y Miró tanto en los colores fuertes como en el lenguaje formal y, sin embargo, el cuadro tenía algo que era completamente peculiar, igual que el de al lado.

—*Mujer luna* —dijo Pollock espontáneamente cuando vio que Peggy dirigía la atención al último cuadro. Una figura abstracta pero de apariencia fluida asomaba la cabeza negra y en forma de elipse por una impenetrable noche de color granate. Estaba rodeada de símbolos místicos.

—Estos colores, esta energía. El cuadro tiene fuerza —susurró Peggy para sus adentros. En voz más alta dijo—: ¿Está a la venta?

Pollock se echó a reír.

—Aquí se vende todo. Ponga usted misma el precio.

—Eso voy a hacer. —Peggy se levantó—. Solo veo formatos pequeños. ¿Ha probado a hacer también otros más grandes?

Pollock se encogió de hombros.

—Hasta ahora no. Y de momento me falta tiempo. He tenido que aceptar un empleo y ahora trabajo para Hilla Rebay en el museo de su tío como una especie de vigilante nocturno y conserje. Por una miseria de sueldo. Pero necesito el dinero.

—¿Hilla Rebay lo ha contratado como conserje? ¿En el museo de mi tío? —La voz de Peggy sonaba un tanto incrédula y tuvo que contenerse para no soltar una carcajada.

Pollock se encogió otra vez de hombros.

—Eso parece.

Ella meneó lentamente la cabeza.

—Tendrá noticias mías por *Mujer luna* —dijo. Se despidieron.

Pollock y Krasner la acompañaron a la puerta. Peggy bajó pensativa los crujientes peldaños de la escalera. Mientras esperaba a un taxi en la acera, los pensamientos se le agolparon en la cabeza. Un coche se detuvo y Peggy fue a abrir la puerta, pero de repente retiró la mano.

—Continúe usted; todavía no le necesito —le explicó al desconcertado taxista por la ventanilla abierta del copiloto. Luego dio media vuelta y volvió a subir los escalones hacia el apartamento de Pollock. El timbre de la puerta no parecía funcionar. Llamó enérgicamente con los nudillos. Oyó pasos en el interior. Esa vez abrió el propio Pollock. Cuando vio a Peggy levantó extrañado las cejas.

—Señor Pollock. —Su voz sonó un poco jadeante—. Me gustaría proponerle un trato.

63

La luz de última hora de la tarde atravesaba las hojas. Altos árboles flanqueaban la carretera. Ken, que iba en el asiento del copiloto, había bajado la ventanilla del todo y llevaba el brazo colgando por fuera. Soplaba un viento cálido en contra. Peggy conducía despacio. No tenían prisa. Una hora antes habían quedado con el propietario de una casita junto al lago y habían firmado un contrato de alquiler por dos meses. Ya lo tenían decidido. Pasarían un largo verano holgazaneando en Connecticut y darían la espalda al calor sofocante por el que Nueva York era tan conocida como por su gélido invierno.

—Me hace muchísima ilusión —dijo Peggy disfrutando ya por adelantado—. Dos meses bañándonos, leyendo, haciendo barbacoas y dando paseos. Al fin fuera de la ciudad. No soporto más el cemento y el asfalto recalentados. Pegeen a lo mejor quiere llevarse a una amiga.

—Tampoco se está tan mal en Nueva York —sonrió Ken repantigándose en el asiento.

—Todavía no, pero dentro de poco no habrá quien aguante. Además, necesito un descanso. Han pasado tantas cosas durante el último invierno… Poner un poco de distancia me sentará bien. Simplemente desconectar.

—Los galeristas os pegáis la gran vida. Durante el verano entero está todo parado.

—Quién fue a hablar. Tú también trabajas a tu aire. ¿Por qué iban a abrir las galerías en verano? La mayor parte de los neoyorquinos están de todos modos en Nueva Inglaterra o en Long Island.

—Un éxodo de todo el verano —dijo Ken con una sonrisita—. ¿Y tus parientes? ¿Dónde están?

—Probablemente en Nueva Jersey. En cualquier caso, el tío Solomon estará con frecuencia en la ciudad. Ayer me encontré con él. Figúrate; quiere construir un auténtico museo para su colección. Incluso ha encontrado ya un arquitecto.

—¿Quién es el afortunado?

Peggy le lanzó una mirada picarona de reojo. Luego se concentró de nuevo en la carretera.

—La pregunta es más bien quién es al final el afortunado: el arquitecto o mi tío. Ha contratado a Frank Lloyd Wright.

Ken silbó en forma de aprobación entre dientes.

—Cuando tu familia hace algo lo hace a lo grande.

Peggy se rio.

—Pues claro, ¿qué te creías? Anoche vi los planos. Son realmente increíbles. Fíjate; el museo tendrá una forma cilíndrica, arriba más ancha que abajo. Con ese edificio, Wright se erigirá a sí mismo un monumento. Y mi tío tendrá un museo que será lo nunca visto.

—¿Me parece percibir un poco de envidia? —preguntó Ken con una sonrisa enigmática.

—¿Envidia? No, qué va. —Peggy giró rápida e inesperadamente hacia una carretera estrecha y sin asfaltar que llevaba al bosque. Ken salió despedido contra la puerta.

—¡Peggy! ¿Estás loca? ¿Adónde quieres ir? —Por la voz parecía enfadado cuando se volvió a sentar erguido.

—Espera y verás. A la ida he visto que más adelante hay un pequeño lago con una pasarela donde podemos bañarnos.

—Pero si no hemos traído trajes de baño. —Seguía pareciendo irritado.

Peggy lo miró de reojo con simulada indignación.

—¡Cómo se puede ser tan aburrido! Además, ¿quién necesita traje de baño? Apuesto a que en ese pequeño lago no hay absolutamente nadie.

En efecto, ante ellos apareció una superficie verde de agua que lanzaba destellos bajo el sol vespertino. Al poco rato, Peggy aparcó el coche en un claro que había junto a una vieja pasarela de madera.

—¡Vamos, ven! —Peggy se bajó del coche riéndose y enseguida empezó a quitarse ropa. Ken la siguió despacio y se desató los cordones de los zapatos. Pero luego se sentó.

—No sé...

—¡Aburrido!

Desnuda por completo, recorrió la pasarela y se tiró de cabeza al agua. Un par de metros más allá emergió y dio unas cuantas vigorosas brazadas. El agua presentaba un color verde tan aterciopelado como solo puede serlo el de los lagos. Luego se puso bocarriba y se dejó llevar. Sobre ella, el cielo estaba completamente despejado.

—¡Venga!, ¿qué pasa? ¿No estarás pensando en serio en dejarme aquí sola? —Peggy dio una palmada y Ken se puso de pie. Durante un momento, siguió titubeando; luego se desnudó.

—¡Bien! —gritó Peggy.

Ken se acercó a la pasarela. De nuevo negó con la cabeza, pero esa vez lo hizo sonriendo. Luego saltó al agua y nadó a crol hacia ella.

—¿Y bien? ¿Qué me dices? Sin traje de baño es como más a gusto se baña uno. —No esperó una respuesta, sino que le hizo una aguadilla. Fingiendo estar desesperado, Ken remó con los brazos hasta que salió a la superficie muerto de risa. Sin embargo, el rostro de Peggy había adoptado una expresión seria.

—¿Te pasa algo? —Preocupado, se volvió hacia la pasarela—. ¿Viene alguien?

—No, claro que no. Estaba pensando que tengo que contarte una cosa. ¿Y dónde mejor que aquí y ahora?

Ken la miró con preocupación.

—¿Quieres mudarte de casa y dejarme solo en el dúplex?

Peggy soltó una carcajada.

—Qué cosas se te ocurren. No, se trata de algo muy distinto. Antes me has preguntado si me daba envidia que al tío Solomon le vaya a construir un museo Frank Lloyd Wright.

—¿Y qué, te da envidia?

—No, no me la da. Aparte de que yo figuro entre los Guggenheim pobres. —Ken puso los ojos en blanco y Peggy le hizo otra aguadilla—. No, de verdad —continuó cuando Ken salió del agua—. Un proyecto como ese no podría permitírmelo. Pero a cambio tengo el Arte de este siglo y me encanta mi galería. De todos modos, no he estado del todo inactiva. Imagínate, he contratado a Jackson Pollock. A partir de ahora trabajará en exclusiva para mí.

Ken se la quedó mirando un rato sin entender nada. Luego preguntó:

—¿A Jackson Pollock? ¿Como secretario? —Rio brevemente—. No sé si él es la opción ideal para ese puesto.

Peggy también se rio.

—Desde luego que no. Acabaría teniendo que cerrar la galería. No, Jackson Pollock hará lo que mejor sabe hacer, o sea, pintar. Lo he contratado como pintor.

Los ojos de Ken seguían sin expresar nada.

—Sigo sin entender.

Peggy soltó una risita divertida.

—Reconozco que no es muy corriente. Pero durante un año pagaré a Pollock todos los meses ciento cincuenta dólares. A cambio se dedicará por completo a la pintura y yo me quedaré con sus cuadros para venderlos en la galería. Además de eso, en otoño hará una exposición individual.

Peggy miró en tensión a Ken, pero su cara solo expresaba incomprensión.

—¿Le pagas un sueldo para que pinte? Peggy, que yo sepa, eso no lo ha hecho nunca nadie. Y menos con una hoja en blanco. Pollock es un don nadie. Y, si quieres que te sea sincero, no es precisamente conocido por su formalidad o su sentido de la responsabilidad. ¿Estás segura de que se merece eso? ¿Y si de ahí no sale nada en absoluto?

—Pues habré tenido mala suerte. —Peggy lo miró tan contenta—. Y ya sabes lo poco que me gusta desperdiciar el dinero. Pero algo me dice que eso no pasará. Sencillamente, quiero ver lo que hace Pollock si no tiene que pasar los días como ayudante mal pagado en el museo de mi tío, sino que puede dedicarse por completo al arte. Si me lo preguntas, te diré que hay algo en él que, para salir a la luz, solo necesita tranquilidad y aire para respirar. O quizá me equivoque. Es una especie de apuesta conmigo misma.

—Y Pollock es el caballo por el que apuestas. —Ken meneó la cabeza, pero en su rostro se dibujó una sonrisa—. Un contrato y una exposición individual en tu galería. Espero que sepa apreciar la oportunidad que le brindas. Peggy, desde luego, eres una caja de sorpresas.

—¿Sorpresas? —Peggy sonrió con malicia—. Pues todavía no te he contado nada de la verdadera sorpresa. —Ken abrió la boca para decir algo, pero ella le hizo una seña—. ¿Recuerdas lo que te dije de la pared vacía del vestíbulo de nuestro dúplex, sobre el aspecto tan soso que tenía? —Ken se limitó a asentir con la cabeza—. Le he encargado a Pollock un cuadro que ocupará casi toda la pared. Unas dimensiones en las que todavía no se ha puesto nunca a prueba. Yo ya estoy impaciente por ver el resultado.

—¿Y lo has hecho sin consultarme? —Ken la miró boquiabierto. Luego intentó salpicarla echándole agua. Pero antes de que esta la alcanzara, Peggy ya se había sumergido en el verde silencio inundado de luz.

64

OTRO MARTILLAZO MÁS. Los trozos de argamasa y el revoque caían al suelo. Envuelto en polvo blanco, Pollock tosía mientras seguía derribando los últimos restos del tabique que el dueño del piso había levantado hacía pocos años. Ya casi no quedaba nada. Un par de golpes más. El aire de la habitación casi no se podía respirar, pero no había abierto la ventana. Ya había causado bastante ruido la demolición de la pared con la ventana cerrada. Solo podía confiar en que los otros inquilinos de la casa no informaran al casero, que lo echaría sin contemplaciones. «Daños materiales» era una manera suave de expresar la demolición de una pared, pero necesitaba ese espacio.

De repente apareció en la habitación la compañera de Pollock.

—¡Jackson! ¿Qué demonios estás haciendo? ¿Te has vuelto loco?

—En algún sitio tendré que colocar el lienzo gigantesco para Peggy Guggenheim. Ya va siendo hora de que empiece con el monstruo.

Lee Krasner dejó encima de la mesa cubierta de polvo blanco una bolsa de la compra marrón.

—¡Ni que hubieras estado haciendo el vago los últimos meses! ¡Si solo has trabajado! Piensa en la cantidad de cuadros que has pintado para tu exposición individual.

—Sí, sí. —Pollock hizo una mueca y se rascó la cabeza—. Pero ese dichoso formato grande… Es que no tengo ninguna experiencia con cuadros de esas dimensiones. El asunto me quita el sueño. —Lee Krasner iba a decir algo, pero él se le adelantó. Señaló con la cabeza los escombros repartidos por todo el suelo—. ¿Me ayudas a sacar todo eso?

Lee miró la hora.

—Antes vamos a cenar algo. Todavía es demasiado pronto. Antes de medianoche hay demasiada gente por la calle y no creo que debamos pregonar esto a los cuatro vientos. —Pollock esbozó una sonrisa de medio lado.

Pocas horas más tarde metieron los escombros con una pala en sacos y cajas. Las viejas tablas de madera de la escalera crujían a cada paso por mucho cuidado que pusieran al pisarlas. La farola más próxima de la calle, de noche un tanto solitaria, estaba rota. Por primera vez, Lee lo percibió como un buen presagio. Hasta entonces siempre le irritaba la falta de luz en una calle que ya de por sí era bastante lóbrega. Allí abajo, en el Bajo Manhattan, vivían los que no podían permitirse las mejores zonas. Muchas de las casas, incluida la suya, estaban en mal estado; casi ningún apartamento tenía agua caliente ni calefacción.

Cuando cargaron el último saco, arrancaron. No lejos de allí había un sitio en el que pudieron descargar los escombros. Era la una y media de la madrugada, y las calles estaban casi desiertas. Solo de vez en cuando las luces de una cafetería o una tienda de comestibles que no cerraban en toda la noche se reflejaba en la resquebrajada acerca. La mayor parte de los locales estaban cerrados con persianas de hierro o con rejas. Los letreros de las calles colgaban medio torcidos.

—¿Por qué te estresa tanto ese cuadro? —volvió a preguntarle Lee.

—Mmm —gruñó Pollock, y parecía que no quería contestar, pero luego dijo—: Mi exposición se inaugura el ocho de noviembre y Peggy Guggenheim quiere que el cuadro grande cuelgue ese día de su vestíbulo.

—Pero entonces todavía tienes tiempo. —Lee hizo un movimiento de mano desenfadado—. Estamos a primeros de octubre.

Pollock golpeó el volante con la mano plana.

—Lo sé, pero sencillamente estoy bloqueado. El chisme mide casi dos metros y medio por seis metros. Ni siquiera sé cómo lo voy a pintar. ¿En el suelo o apoyado en la pared? ¡Ni idea!

—Ya se te ocurrirá algo —dijo Lee. Pollock resopló.

Al cabo de una hora ya estaban otra vez en casa. Lee barrió el polvo mientras Jackson, en la cocina, dejó caer cubitos de hielo en un vaso. Luego ella oyó que abría una botella. Desde la breve conversación en el coche no había vuelto a abrir la boca; seguía dándole vueltas a lo del cuadro. Y cada vez se pondría peor. Lee solo podía confiar en que le viniera pronto la inspiración. Cuando no le salía un cuadro, Jackson podía pasarse días o incluso semanas meditabundo y oscilar entre el mal humor y la depresión. Bueno, por lo menos el suelo había quedado más o menos limpio.

Pollock llegó a la sala de estar con un vaso lleno de whisky y un pedazo de pan. Iba masticando. Luego dejó la copa en la mesa, se metió el pan entre los dientes y empezó a desprender con cuidado la lámina de plástico protectora del enorme lienzo, que estaba apoyado en la pared larga de la habitación. Hizo una bola con el plástico y se sentó a lo sastre con el vaso delante del lienzo. Lee se acomodó a su lado. Transcurrieron unos minutos de absoluto silencio.

—¿Qué ves cuando miras la superficie blanca? —se interesó Lee.

Durante unos segundos no se oyó nada. Luego, la repentina respuesta:

—Mustangs. No sé por qué, pero siempre pienso en una estampida que vi de niño.

—¿Una manada de caballos salvajes huyendo? ¿Te propones pintar algo figurativo?

Pollock se rascó la cabeza casi calva y dio un trago de whisky. Luego dijo:

—Una superficie tan grande lo pide casi a gritos. El problema es que no creo que sea capaz de hacerlo. No quiero nada superficial ni aparente. No quiero mirar el lienzo y ver caballos que corren. Quiero penetrar en el núcleo de las cosas. En su quintaesencia. En lo que en realidad es una manada huyendo. Y también quiero reflejar cómo lo viví yo, qué fue para mí. El que contemple el cuadro ha de poder sentir lo mismo.

A Lee le entró la risa.

—Lo que dices me suena un poco a André Breton y su pandilla de surrealistas.

Pollock sonrió.

—No todo lo que dicen está mal. Es solo que se consideran dioses que nos aportan la llama de la sabiduría a los pobres americanos.

Lee se rio de nuevo. Pasaron unos minutos sin que ninguno dijera nada y ella notó que Jackson estaba profundamente sumido en sus pensamientos. Por fin se levantó. Eran casi las tres y estaba muerta de sueño. Jackson seguía absorto en la superficie blanca del lienzo, como tantas veces en las últimas semanas. Lee reprimió un bostezo y se fue al dormitorio.

CUÁNTO TIEMPO HABÍA permanecido Pollock delante del lienzo ni siquiera él lo sabía. Había ido otras dos veces a la cocina para llenar el vaso de cubitos de hielo y echarse whisky. Sabía que debería irse a la cama para dormir un poco. Tal vez así al día siguiente estaría en disposición de encontrar al fin una manera de comenzar. No obstante, siguió allí sentado. Tenía la cabeza agradablemente vacía. Tampoco le llegaba ningún ruido desde la oscuridad del otro lado de la ventana. Y de pronto aparecieron de nuevo los mustangs que había visto de niño, muchos años atrás. Uno de ellos, espantado por un ruido, acababa de encabritarse y había salido corriendo. Unos segundos más tarde cundió el pánico y toda la manada se puso a galopar por la pradera. Brillantes cuerpos alazanes, blancos y negros con los ojos abiertos de espanto. Pollock creyó sentir el suelo de arena que vibraba bajo sus pies, el retumbar de los cascos no solo en el aire, sino en todo su cuerpo. Una vez más, creyó fundirse con ellos. Sintió miedo, pero también una fuerza indomable que lo arrastraba hacia la nada. Velocidad y dinamismo. Puro éxtasis. Se levantó. Mientras los cascos aún le resonaban en la cabeza, se acercó a un bote de pintura negra que llevaba semanas sin ser utilizado, junto al lienzo. Arrancó la tapa, sumergió un pincel ancho y… arrojó la pintura al lienzo.

65

PEGGY RETIRÓ LAS manos de las teclas de la máquina de escribir y se levantó de la mesa que tenía en la galería. Cogió la taza de café y dio unos cuantos pasos. De la pared colgaban obras tempranas de Chirico, la primera exposición que se había celebrado en Arte de este siglo después de las vacaciones de verano, pero no reparó en los cuadros. Era mediados de octubre. El ocho de noviembre se inauguraría la primera exposición individual de Jackson Pollock. Fue hasta el otro extremo de la habitación y volvió, dio un sorbo al café y cogió el auricular del teléfono, pero no marcó ningún número. No, era mejor escribir a su amiga y colega de San Francisco. Llevaba unos meses dándole vueltas a cómo podría dar a conocer al público la exposición de Pollock y lo que esta significaba para ella. Tenía que llamar la atención del mundo del arte, prepararlo para ese joven talento. El artista era Pollock. Su cometido consistía en pintar. Y de la calidad de sus cuadros dependían muchas cosas. Pero no todo. La responsable del resto del éxito, si es que lo alcanzaba, era ella. Se había tomado muchas molestias con el catálogo de la exposición; su amigo, el crítico de arte James Johnson Sweeney, había escrito un prólogo cuya pasión la había sorprendido incluso a ella. Había puesto anuncios por toda la ciudad, en todos los periódicos y revistas de arte. Y, además de todo eso, quería dirigirse a Grace Morley, del Museo de Arte Moderno de San Francisco. Si Morley compartía con ella su entusiasmo por Pollock, juntas podrían conseguir que durante los meses siguientes el artista fuera exponiendo en otros museos de toda América.

—Una sola exposición no es suficiente —dijo Peggy para sus adentros mientras regresaba al escritorio.

Leyó los renglones que ya le había escrito a Grace. La carta estaba bien. Concluía diciendo que en breve le enviaría más fotos de los cuadros de Pollock y en ella expresaba su deseo de organizar el próximo verano exposiciones en la Costa Oeste. Leyó la carta por segunda vez. Le faltaba algo. Colocó los dedos en las teclas y escribió: «Estoy entusiasmada por este nuevo descubrimiento y creo que estarás de acuerdo conmigo». Eso era. Su propia opinión. Dicha brevemente, pero con firmeza y claridad. Dobló la carta y la metió en un sobre. Cuando se disponía a escribir la dirección, fuera se abrió la puerta del ascensor. Unos segundos más tarde entraron en la galería Pollock y su compañera, Lee Krasner. Los dos llevaban cajas con varios lienzos enrollados.

—He pensado en ir trayendo unas cuantas cosas que ya he terminado —dijo Pollock en lugar de saludar.

Peggy se levantó, pero él desapareció con la caja en la habitación de al lado, que ella utilizaba como cuarto trastero. Peggy miró a Lee con un gesto interrogativo. Esta se encogió de hombros.

—Cada vez está más nervioso por la exposición. No duerme, solo pinta. —Sonrió apenada—. Ya tengo ganas de que pase la inauguración. Cada día se vuelve más insoportable. —Peggy la miró con compasión.

En ese momento Pollock regresó. Mientras Lee llevaba su caja al cuarto trastero, Peggy dijo:

—Jackson, me alegro de que haya venido. Quería enseñarle el prólogo que ha escrito James Johnson Sweeney para su catálogo. —Buscó en el escritorio la copia que había guardado expresamente para él.

—Mmm —fue todo lo que dijo este.

—Aquí está. —Peggy había encontrado las tres páginas.

—No me gustan demasiado los críticos. O mejor dicho, yo no les gusto demasiado a ellos. Prefiero esperar a la exposición. —Se volvió hacia la puerta.

—¡Eso no viene a cuento!

Lee Krasner había vuelto y lanzó a Peggy una mirada que más o menos significaba: «¿No se lo decía yo? ¡Insoportable!». Peggy sonrió con complicidad y le entregó a ella las páginas.

Horas después, Jackson Pollock seguía sin haber leído el prólogo de su catálogo. Ya habían recogido la cena y, para asombro de Lee, Jackson incluso la había ayudado a fregar. Luego se sirvió una copa de whisky y dejó que los cubitos de hielo se impregnaran del líquido marrón dorado.

Lee sacó las hojas y se sentó a la mesa.

—Si tú no quieres leerlo, déjame al menos que lo lea yo.

—Pues léelo, pero en voz baja —gruñó Pollock; dio un sorbo del vaso y se fue a la habitación de al lado, donde tenía montado el caballete.

Lee Krasner leyó el prólogo. Una vez, dos veces, tres veces. Desde la habitación contigua podía oír el movimiento del pincel en el lienzo. En efecto, Jackson se había puesto otra vez a pintar. «Pero esto no puede dejar de oírlo», pensó Lee. Sin levantarse, empezó a leer en voz alta:

—«Tal y como le escribió George Sand a Flaubert, el talento, la voluntad y el genio son fenómenos naturales como el lago, el volcán, la montaña, el viento, las estrellas y las nubes. El talento de Pollock es volcánico.» —Se interrumpió un momento y aguzó el oído. En la habitación de al lado habían cesado los ruidos—. «Volcánico» —repitió—. «Tiene fuego. Es imprevisible. Es indisciplinado. Surge a borbotones con una exuberancia mineral aún no cristalizada. Es desbordante, explosivo, desordenado.» Jackson, ¿estás oyendo? Es increíble, ¿no? Es...

Pollock salió precipitadamente del cuarto contiguo.

—¿Indisciplinado? ¿El tipo ese me llama indisciplinado? —Le arrebató a Lee las páginas de la mano.

—Jackson, cálmate. Ese prólogo es fantástico. Todavía no has oído lo mejor. —La voz de Lee sonaba enfadada, pero Pollock no le hizo ni caso. Arrugó las páginas, abrió la puertita de la estufa de leña del rincón de la cocina y arrojó dentro la bola de papel. Cuando se dio la vuelta, oyó que se cerraba la puerta del dormitorio. La mesa de la cocina estaba vacía. Pollock se quedó un instante sin saber qué hacer.

—¿Lee?

Ninguna respuesta. Durante unos segundos sopesó la idea de ir a verla. A lo mejor había reaccionado de manera un poco exagerada. Y, si era sincero consigo mismo, quería saber cómo seguía el prólogo. Volcánico… Mmm… Sin la menor esperanza, abrió la puerta de la estufa. De la bola de papel no quedaba nada.

—¡Mierda! —soltó, y de nuevo le sobrevino la indignación—. Indisciplinado. ¡Bah! Y eso lo dicen unos escritorzuelos que en su vida han pintado un cuadro ni siquiera con rotulador. —Regresó a su caballete—. ¡Sweeney, ricura, algún día te daré una lección de disciplina al estilo Jackson Pollock!

66

PEGGY INSPECCIONÓ LAS cajas con las bebidas para la inminente fiesta de la inauguración. Fuera, la lluvia azotaba con tanta fuerza las ventanas de la Daylight Gallery que el ruido llegaba hasta el cuarto trastero.

—Whisky, champán, Coca-Cola, ginebra, soda. —Fue marcando los distintos puntos de su lista. A esas alturas tenía ya mucha práctica con la organización de las inauguraciones, pero, no obstante, estaba nerviosa. Creía en lo que veía en los cuadros de Jackson Pollock y sabía que no era la única que opinaba de ese modo. Piet Mondrian, Howard Putzel, Roberto Matta: todos ellos la habían reafirmado en su instinto. De todas maneras, era una osadía dedicar una exposición individual a un pintor que hasta entonces había pasado desapercibido por completo. ¿Acudirían los críticos a los que había invitado? Sonó el teléfono.

—Arte de este siglo. Guggenheim al aparato. —Le llegó una confusa verborrea.

—Jackson, espere, no entiendo una palabra. —Pollock ladró de nuevo una larga explicación al teléfono. Jimmy se había acercado atraído por la curiosidad, pero no pudo comprender nada—. Sí, le he oído. Bueno, pues inténtelo de nuevo. Esperemos, sí, está bien... —Peggy se quedó mirando el auricular estupefacta—. Ha colgado. —Luego se volvió hacia Jimmy—. Pollock está en el vestíbulo de mi apartamento. Algo va mal con las medidas del cuadro que va a poner en la pared. Está completamente fuera de sí. —Jimmy se rio meneando la cabeza—. ¿Han llegado ya las patatas fritas y el queso? —Jimmy iba a decir algo cuando sonó otra vez el teléfono. Peggy lo cogió. En esa ocasión, la voz habló más alto y más aprisa todavía. Sostuvo el auricular entre ella y Jimmy y lo miró desde abajo. Luego se lo llevó otra vez al oído y dijo con voz potente—: ¿Jackson? ¿Hola? Oiga, le voy a enviar a Marcel Duchamp y a un carpintero. Quizá se resuelva el problema con un marco. ¿Me oye? No se mueva de ahí, ¿de acuerdo? —De nuevo le colgaron.

Peggy resopló.

—Lo que faltaba. Está completamente histérico. Espero que Marcel pueda ayudarlo. —Descolgó de nuevo el auricular—. ¿Marcel? Menos mal que estás ahí. Oye, ¿podrías…?

Así había transcurrido la tarde entre los nervios de los preparativos. Más tarde, Peggy se había pasado un momento por casa para refrescarse. La pintura mural ya estaba colgada de la pared; Marcel lo había conseguido. Pero Peggy solo pudo dedicarle una breve ojeada. A las seis empezaba la inauguración. Como había dejado de llover, decidió ir a pie a la galería. Cuando salió del ascensor llegó a sus oídos un barullo de voces. Se detuvo. Los primeros visitantes ya habían llegado, aunque no parecían ser muchos. Abrió la puerta y el alma se le cayó a los pies. Apenas diez invitados, la mayoría amigos y conocidos. ¡Ni siquiera estaba el propio Pollock! Esbozó una sonrisa forzada e hizo la ronda cuando a su espalda oyó una voz.

—¿Peggy?

—¡Max! —Se volvió hacia él. Llevaban semanas sin verse—. Me alegro de que hayas venido —dijo por último con una sonrisa—. No contaba contigo.

—Quería ver qué se trae últimamente Pollock entre manos —respondió Max—. Por lo que dicen, has hecho con él un trato muy poco habitual. Toda la ciudad habla de ello.

—¿Y bien? ¿Eso es bueno o malo?

Max abrió la boca, pero alguien respondió por él detrás de Peggy:

—¡Es extraordinario!

Peggy se volvió.

—¡James! Cómo me alegro de verte.

James Johnson Sweeney sonrió y le tendió la mano a Max.

—De todas maneras, yo tampoco es que sea muy imparcial; al fin y al cabo, he escrito el prólogo del catálogo. Pero ¿qué me dices de este cuadro de aquí? —Señaló la obra de Pollock titulada *Loba*, que estaba colgada cerca de ellos. Como el cuadro era medio abstracto, el animal solo se reconocía vagamente. Max lo contempló un rato largo.

—Tiene algo de mitológico —dijo al final—. Quién sabe si con ello alude a la loba que amamantó a los gemelos Rómulo y Remo.

—Ahora mismo está haciendo lo que siempre ha rechazado que se haga con sus propios cuadros. —Max, Peggy y Sweeney se dieron la vuelta. Tras ellos estaba Jackson Pollock. En la mano sostenía un lienzo. Tenía la frente perlada de sudor y llevaba la corbata torcida—. No sé por qué pinté la loba. Un buen día, sencillamente, estaba ahí. Lo inexplicable es algo que no se puede explicar. —Miró a Max. De repente, su mirada tenía un aire irónico—. Si hay algo que hemos aprendido de vosotros, los surrealistas, es precisamente eso. —Dicho lo cual, dio media vuelta y se dirigió a la mesa en la que se habían colocado las bebidas.

Peggy lo vio alejarse. Era evidente que Pollock estaba nervioso por más que intentara ocultarlo bajo su habitual rudeza. Pero ¿cómo no iba a estarlo? Ella misma lo estaba. Peggy miró a su alrededor. Algunos de los primeros invitados se habían marchado, otros habían llegado; sin embargo, el número de visitantes no era elevado. Y, sobre todo, faltaba uno cuya aparición anhelaba Peggy: Clement Greenberg, probablemente el crítico de arte más significativo de Nueva York. Le había enviado una invitación personal, pero seguro que tenía algo mejor que hacer antes que asistir a la exposición de un pintor completamente desconocido, con independencia de la galería en la que se celebrara la inauguración.

Así pasaron las horas. Pollock bebió como siempre más de la cuenta. Su compañera Lee, en cambio, charló con los invitados mientras él casi parecía que sobraba en su propia inauguración. Llegó un momento en que simplemente se largó.

Hacia las once, Peggy despidió al último invitado. Recogió un par de vasos y luego se dispuso a marcharse. La limpieza a fondo se podía dejar tranquilamente para el día siguiente. Cansada y no muy segura de qué pensar de la inauguración, apagó la luz.

—¿Hola? ¿Qué pasa aquí?

Era una voz de hombre que llegaba de una de las habitaciones colindantes. Peggy volvió a encender la luz enseguida. ¿No se habría dado cuenta de que aún quedaba un invitado? Siguiendo la dirección de la voz, se encontró con un hombre elegantemente vestido con una robusta nariz. Las cejas oscuras y bien arqueadas resaltaban aún más su completa calvicie.

—¿Clement? —Peggy le clavó la mirada sin dar crédito a sus ojos—. ¿Desde cuándo estás aquí? No te he visto llegar. —Una sonrisa le iluminó la cara y se acercó a Greenberg con los brazos abiertos.

—Desde hace unos veinte minutos. Como estabas ocupada, he pensado en echar un vistazo a los cuadros.

—¿Y bien? ¿Cuál es tu primera impresión?

Greenberg se pasó la mano por la calva.

—Yo diría que no está mal. Nada mal. Ven, vamos a hacer la ronda juntos.

Al cabo de una hora, Greenberg ya lo había visto todo. No era un crítico muy locuaz, al menos mientras contemplaba los cuadros. Peggy tuvo que contenerse para no preguntarle continuamente por su opinión.

—Como te he dicho, no está nada mal. Es muy interesante, incluso. Me pregunto qué podríamos esperar de este hombre si trabajara el gran formato. Y también si consiguiera dar el salto completo hacia la abstracción. Pero tal vez haya que esperar un tiempo.

Peggy lo miró asombrada.

—Pero si ya lo ha hecho. Ha pintado un mural de gran formato. Puramente abstracto. Cuelga del vestíbulo de mi casa.

—¿De verdad? —Entonces fue Greenberg el que la miró desconcertado. Luego sonrió divertido—. Peggy, ¿no quería ir hace un rato a su casa? ¿Qué me dice si la acompaño?

A ella se le puso una cara radiante de alegría.

—Pues encantada de que venga, Clement.

AL CABO DE media hora, el taxi se paró delante de la casa de Peggy. Entraron en el vestíbulo y encendió las lámparas que habían sido expresamente instaladas sobre la pintura de Pollock. El cuadro ocupaba casi por completo la gran pared.

Greenberg silbó entre dientes y se dirigió al lado opuesto del vestíbulo para obtener la distancia necesaria. Se quedó mucho tiempo mirándolo sin decir una sola palabra. Peggy notó que iba poniéndose nerviosa. ¿Qué veía Greenberg? Pollock había hablado de la estampida de una manada de mustang. Los animales no se reconocían, salvo si se quería ver un ojo aquí, un cuello o una cola allá. Todo era velocidad, dinamismo y fuerza indomable en una explosión de colores solo contrarrestada por la enérgica negrura ascendente.

—¿Se lo ha encargado usted? —preguntó al fin Greenberg.

—Sí, y hasta hoy no se ha instalado.

Clement Greenberg asintió con la cabeza.

—Me tengo que marchar. ¿Me acompaña un poco? —Peggy apagó la luz. Fuera, en la calle, brillaba el asfalto mojado—. Escribiré una crítica esta misma noche. Y creo que le gustará. Pero, como sabrá, los críticos al principio sobre el papel somos un poco precavidos. Por eso le voy a decir ahora lo que realmente pienso, de una forma muy espontánea. —Se detuvo y esbozó una sonrisa enigmática. Junto a él parpadeaba el letrero azul y rojo de una cafetería. Una pareja pasó a su lado riéndose animada. Y aún la tenía en vilo. Peggy estaba ansiosa por conocer su opinión.

—Querida —dijo por fin—. Tiene usted el don de estar en el lugar apropiado en el momento adecuado y de hacer intuitivamente lo correcto. Ese cuadro de su vestíbulo… —Señaló con la cabeza en la dirección de la que procedían—. Ese cuadro me ha impactado como un *big bang*. No sé exactamente lo que veo, pero es el principio de algo nuevo, de un mundo completamente nuevo. —Rio brevemente—. Creo que nos encaminamos hacia una época fantástica y algo me dice que usted es su catalizador. —Le ofreció el brazo y Peggy se agarró a él enseguida. No quería que Greenberg se diera cuenta de lo mucho que le habían emocionado sus palabras.

—*Big bang* —dijo con gran resolución—. Hay que ver las cosas que se les ocurren a los críticos.

Se puso a andar vigorosamente al lado de Greenberg. Le habría gustado lanzar un grito de júbilo en medio de ese frío y centelleante universo al que llamaban Nueva York.

Venecia, 1958

La góndola se deslizaba silenciosamente sobre la superficie negra. Tan solo se oía el suave chapoteo del agua surcada por la embarcación al chocar contra las paredes de las casas. Reinaba el silencio absoluto de última hora de la tarde que Peggy tanto amaba de Venecia. En los estrechos canales laterales, lejos del Gran Canal, uno se encontraba como en otro mundo. Solo de vez en cuando llegaban las voces de las ventanas abiertas, cuya luz arrojaba manchas amarillas sobre el agua oscura.

Pasaron por los postes de rico colorido a los que se amarraban otros botes y por las jardineras con sus geranios de un rojo intenso. La oscuridad se tendía como un manto que cubría y aliviaba la decadencia de las paredes desconchadas de las casas. Las gaviotas se balanceaban soñolientas sobre el agua. Los gatos se posaban negros e inmóviles en las arqueadas balaustradas de los puentes de escasa altura.

Por último, los primeros ruidos de las lanchas de motor. Ante ellos la luz se volvió más intensa, y el agua del canal, más agitada. El gondolero remó con más fuerza. Se hallaban ante el Gran Canal. Pronto estarían en casa.

—Qué pena que tengas que marcharte mañana —rompió Peggy el silencio cuando surgió a la vista el palacio Venier dei Leoni—. Me ha gustado tanto tenerte aquí… Contigo se va también una parte de mí.

Kiesler asintió. Compartía la melancolía de su amiga. Poco después, cuando se sentaron en el salón a tomar una copa, repitió la pregunta que ya le había formulado a su llegada:

—Dime, Peggy, ¿eres feliz?

Esa vez ella no contestó de inmediato, pero cuando respondió lo hizo con énfasis.

—Seguramente nunca me confunda nadie con una auténtica veneciana o ni siquiera italiana —opinó sonriendo—. No obstante, a estas alturas tengo la sensación de pertenecer a esta ciudad. Cuando hago la compra en el bote que vende verdura o salgo a pasear con los perros por Dorsoduro, todos me saludan ya desde lejos. Tengo mis lugares preferidos, mis noches en el Harry's Bar, y todos los días descubro una nueva belleza, tanto si voy andando como en góndola. Los reflejos de la luz del agua bajo los puentes. Niños que juegan en el Canal. La ciudad está llena de poesía y vida.

Kiesler asintió prudente.

—Eso es verdad. Pero ¿qué tal andas de amigos?

Peggy hizo un gesto de rechazo.

—No me puedo quejar. En Venecia hay bastantes bichos raros como yo. A eso se añaden las visitas continuas. —Le guiñó pícaramente el ojo. Luego se levantó y cogió un libro que Kiesler ya había visto en el vestíbulo, pero nunca había abierto.

—Mi libro de invitados. Tú también tendrás que escribir algo mañana.

Kiesler lo hojeó, alzó asombrado las cejas y leyó:

—Jean Cocteau, Giacometti, Chagall, Miró, Truman Capote, Henry Moore, Tennessee Williams, Igor Stravinsky, Kenneth McPherson. Y todos han estado aquí más tiempo que yo. Tienes razón: la soledad es otra cosa.

Peggy sonrió. Se sentó a su lado y hojeó el libro hasta dar con una página en concreto.

—También ha estado aquí Max —dijo en voz baja—. Hemos firmado la paz. Ahora es cuando puede curarse al fin la herida. —Pasó el dedo por los renglones y leyó—: «Ha vuelto un verdadero amigo, para siempre, mi queridísima Peggy».

Kiesler le apretó un poco el brazo.

—Eso es bonito. Sé cuánto te importaba pese a todo.

—De todos modos, algo de razón sí tienes —dijo ella de repente, dejando el gin-tonic en la mesita—. Aquí el invierno es más bien desapacible. Entonces soy yo la que hace las visitas a amigos y a la familia, en Londres o en París. Y a veces me siento un poco melancólica. Sobre todo ahora, después de tu visita. Ya no me gustaría vivir en Nueva York, pero tampoco puedo negar que los años que pasé allí fueron, quizá, los más emocionantes de mi vida. —Le sonrió—. También tú formabas parte de ella. Pasaron tantas cosas…

Kiesler dio un sorbito de su vaso.

—Yo más bien diría que tú provocaste que pasaran. Todo lo que pasó entonces fue gracias a ti. Incluido eso de ahí… —Se levantó y se acercó a un cuadro de Pollock que colgaba de la pared de enfrente—. *Mujer luna* —dijo—. El primer cuadro que compraste de Pollock. —Peggy lo había seguido—. Cuando pienso en aquellos años… —continuó Kiesler—. Podría decirse que tú contribuiste a que naciera el expresionismo abstracto. Y todo empezó con Jackson Pollock —añadió señalando el cuadro.

Peggy asintió.

—Sí, de alguna manera, sí. Y eso que, tras exponer en mi galería, el enorme éxito que llegó a tener se hizo esperar varios años más. A veces me reprocho haber abandonado Nueva York tan rápido después de la guerra y haber dejado su carrera en manos de otros.

—¿En manos de otros? Que yo sepa, hace un par de años le organizaste su primera exposición individual europea aquí en Venecia. Lo apoyaste cuando nadie lo conocía, cuando nadie habría dado un duro por él.

—En cualquier caso, tarde o temprano, su talento le hubiera proporcionado el éxito.

—Sí, pero ¿cuándo? —replicó enseguida Kiesler—. Era alcohólico. Vivió su vida como si no hubiera un mañana. Por supuesto, nadie fue capaz de prever que muriera tan joven, pero gracias a tu ayuda pudo comprarse una casa. Una con mucho espacio para dedicarse a la pintura. Y que en los últimos años previos a su muerte pudiera concentrarse en exclusiva en su arte también te lo debe a ti.

Peggy asintió lentamente con la cabeza.

—Qué lástima que no haya podido ver qué precios han alcanzado sus obras.

Se quedaron un rato en silencio delante del cuadro. Luego Peggy dijo:

—Mañana te acompañaré a la estación con la góndola, como te mereces.

—Me lo merezco, ¿por qué? —preguntó Kiesler con una sonrisa pícara.

—Por ser un verdadero amigo al que quizá no vuelva a ver en mucho tiempo. —Le puso la mano en el brazo.

—Mi querida *dogaressa* —dijo súbita e impulsivamente Kiesler, y la atrajo con ternura hacia sí—. El desenlace de nuestra historia aún no está escrito.

Epílogo

NUEVA YORK A principios de los años veinte. Contra viento y marea, una mujer joven de la alta sociedad opta por no llevar la vida que le corresponde a una chica bien educada de una familia adinerada: casarse con un joven de buena cuna, tener hijos, organizar *tea parties*, dar recepciones en el Ritz y veranear en Nueva Jersey o en Long Island.

Peggy entonces no sabía todavía lo que realmente esperaba de la vida. Era joven y aventurera, una mujer que siempre quería más. Y eso significaba sobre todo una cosa: ser libre, encontrar su propio camino más allá de las presiones sociales.

Que Peggy contara con una seguridad económica la ayudó mucho; sin embargo, eso no explica el camino tan poco convencional que eligió para sí misma. Sobre Peggy Guggenheim se han escrito ríos de tinta mientras vivía y también después. A la prensa de entonces le venía a las mil maravillas la vida de las ricas herederas americanas, y el inusual estilo de vida de Peggy tenía particularmente embelesados a los articulistas especializados en cotilleos. Se le atribuía un carácter excéntrico y una vida desenfrenada; la llamaron la Princesa de los dólares y la Barbara Hutton de la bohemia. Y es posible que algo de cierto hubiera en ello. La vida de la mayoría de los artistas e intelectuales de la primera mitad del siglo XX era de todo menos burguesa. No obstante, sería erróneo definir a Peggy por sus fiestas o por sus numerosos hombres: en los círculos en los que se movía, eso era, simplemente, «de buen tono».

Para acercarme a Peggy como persona he leído las numerosas biografías, todas ellas muy buenas sin excepción, que se han escrito sobre ella. Entre otras, las de Jacqueline Bograd Weld, *The*

Wayward Guggenheim; Francine Prose, *Peggy Guggenheim: El escándalo de la modernidad*; Anton Gill, *Peggy Guggenheim: Confesiones de una adicta al arte*; y Mary Dearborn, *Peggy Guggenheim, Mistress of Modernism*. Pero especialmente reveladora resultó la autobiografía de Peggy, *Out of This Century*. Esta se publicó por primera vez en 1946 y enseguida recibió críticas acerbas por su indiscreción y su despiadada franqueza. En efecto, así era Peggy. Abierta y sincera. Y tras ese lenguaje claro y, al mismo tiempo, irónico asoma una y otra vez su personalidad: la de una mujer fuerte y con capacidad para imponerse, pero también muy vulnerable. Había dos cosas que la acomplejaban: por una parte, su nariz, que en su opinión era demasiado grande, y, por otra, el hecho de tener más dinero que la mayor parte de la gente. La búsqueda de los auténticos amigos y del amor verdadero —más allá de todo oportunismo— marcó su vida tanto como la búsqueda de la incesante novedad y de lo insólito en el arte.

El mundo del arte, a cuya revolución contribuyó de forma considerable, le brindó la realización personal con la que ya soñaba desde niña. Su vida estuvo también poblada de amistades profundas. Solo le faltó hallar ese amor verdadero que no paró de buscar durante toda la vida. Estar muy cerca de la felicidad y luego volver a perderla es una experiencia que Peggy atravesó en más de una ocasión. Ella misma nos cuenta que eso la hizo sufrir. Y, sin embargo, dista mucho de ser una figura trágica, pues nos demuestra que la auténtica fuerza de una mujer reside en ella misma, y que incluso tras padecer amargas decepciones merece la pena volver a levantarse y reemprender el camino.

No es fácil para una autora hacer justicia a una personalidad tan compleja y heterogénea. Por suerte, la propia Peggy me proporcionó una consigna para este cometido cuando dice que siente fascinación por lo difícil e imposible, mientras que ante las cosas sencillas se acobarda.

El resultado es este libro, que acompaña a Peggy en los años más interesantes de su vida, como ella misma dijo más tarde. Para mí era importante escribir la historia de la manera más realista posible. Sin embargo, por razones narrativas, a veces ha sido necesario introducir pequeños cambios. Asimismo, he tenido que insuflar vida, a base de detalles escénicos, a los hechos biográficos puros y duros. Y me he esforzado por hacerlo de una manera acorde con mis conocimientos acerca de los protagonistas y sus circunstancias. Pido, pues, indulgencia a mis lectoras y lectores por haberme permitido alguna que otra libertad.

Cómo fue la continuación

Peggy Guggenheim (1898-1979). Después de divorciarse de Max Ernst en 1946, Peggy se quedó otro año en Nueva York hasta que al final prevaleció su añoranza por Europa. En 1947 cerró la galería Arte de este siglo y se trasladó a Venecia. En 1948 expuso su colección en la Bienal de dicha ciudad. Un año después se compró el palacio Venier dei Leoni, junto al Gran Canal. Allí colgó los cuadros repartidos por las distintas habitaciones, que en determinados días eran accesibles al público. En los años sesenta, la colección de Peggy se expuso en diversas ocasiones en los museos europeos. A una edad más avanzada, ella misma se encargó de la permanencia y el futuro de su significativa colección. Al final, puso sus cuadros en manos de la Solomon R. Guggenheim Foundation con la condición de que, en lo sucesivo, pudieran ser contemplados en su palacio de Venecia, que puede visitarse en la actualidad. Peggy murió en 1979 tras sufrir un derrame cerebral y fue enterrada al lado de sus queridos perros en el jardín del palacio Venier dei Leoni, en Venecia. Aunque su última patria adoptiva brindó a Peggy la paz que buscaba, dejó clara constancia de que los años que había pasado en Nueva York habían sido los más emocionantes de su vida.

Max Ernst (1891-1976). Después de divorciarse de Peggy, Max se casó con su amante Dorothea Tanning. Los dos se fueron a vivir a Arizona. Los extraños paisajes del desierto casi despoblado inspiraron a Max y allí fue donde surgió su obra maestra *Capricornio*. En 1953 se marchó con Dorothea a París. En 1954 obtuvo el gran premio de pintura en la Bienal de Venecia y fue expulsado del grupo de los surrealistas. Durante su visita a Peggy llegaron por fin a una reconciliación que significó mucho para ella.

Pegeen Vail Guggenheim (1925-1967). En 1946 Pegeen se casó con el pintor francés Jean Hélion, al que había conocido en 1943 a través de su madre. Ese mismo año se fueron a vivir a París. Tras su divorcio en el año 1956, Pegeen vivió durante una temporada en casa de su madre, en Venecia. En sus propios cuadros mezclaba elementos surrealistas con el estilo naíf que la caracterizaba. Ya a comienzos de 1943 había participado en la exposición de «31 mujeres» en la galería de su madre.

Jimmy Ernst (1920-1984). A finales de los años cuarenta, Jimmy se hizo miembro de Los 18 Irascibles en Nueva York. Los jóvenes pintores, entre los que también figuraban Willem de Kooning, Hedda Sterne, William Baziotes, Jackson Pollock y Robert Motherwell, protestaron en una carta abierta contra la actitud de rechazo que adoptaba el Metropolitan Museum of Art con respecto a los artistas americanos de la época. En 1951, Jimmy entró a trabajar como profesor de Diseño en el Brooklyn College. En su libro, publicado en 1984, *Naturaleza no tan muerta*, Jimmy describe, entre otras cosas, los intensos años que vivió en Nueva York con su padre y con Peggy. A su madre, Lou Straus, que murió en 1944 en el campo de concentración de Auschwitz, no volvió a verla nunca.

André Breton (1896-1966). Durante su exilio en Nueva York, Breton se separó de su mujer, Jacqueline Lamba, y, en 1945, se casó con la chilena Edith Bindhoff. En 1946 regresó a París, donde siguió esforzándose por la conservación de su círculo surrealista.

Howard Putzel (1898-1945). En marzo de 1943, Howard Putzel se convirtió en el nuevo secretario de Peggy, pero ya en 1944 abrió su propia galería, la 67 Gallery. Putzel había apoyado desde un principio a Peggy en su promoción de los artistas americanos y mantuvo también esta línea en su propia galería.

La exposición seguramente más importante la colgaron en el año 1945 Charles Seliger y Jackson Pollock; en ella se comparaba a los nuevos artistas americanos con figuras veteranas de la talla de Picasso, Miró y Arp.

Frederick Kiesler (1890-1965). Kiesler siguió trabajando como arquitecto, diseñador y escenógrafo. Aunque en 1952 fue elegido por el Museo de Arte Moderno de Nueva York como uno de los «quince artistas principales de mediados del siglo xx», muchos de sus colegas contemporáneos se mofaban de sus teorías.

Marcel Duchamp (1887-1968). Tras una pausa creativa de más de veinte años, Marcel Duchamp sorprendió en 1966 al mundo artístico con un cuadro que llevaba años pintando de forma clandestina en su estudio de Greenwich Village. Duchamp es considerado en la actualidad por muchos críticos como uno de los principales artistas del siglo xx. Él y Peggy siguieron estando muy unidos por la amistad.

Leonora Carrington (1917-2011). Leonora siguió a su marido mexicano Renato Leduc a México, pero en 1943 la pareja se divorció. Durante el resto de su vida, Leonora regresó una y otra vez a México, donde veía reforzada su fascinación por los animales, la mitología y el simbolismo.

Jackson Pollock (1912-1956). Aunque el éxito definitivo de Pollock no se produjo hasta años después de su exposición en Arte de este siglo, los críticos coinciden en que su carrera comenzó gracias a la promoción de Peggy. A partir de 1946, Pollock trabajó durante algunos años con su característica técnica del *dripping* o chorreo, que consistía en salpicar, gotear o derramar la pintura desde arriba sobre el lienzo. Un detallado informe publicado en 1949 en la revista *Life* dio al fin a conocer a Pollock en toda América. En 1950, Peggy organizó una exposición individual para Pollock en el Museo Correr de la plaza de San Marcos, en Venecia. En los años siguientes fue trabajando cada vez menos debido a problemas psíquicos. En 1956, Jackson Pollock murió en un accidente de tráfico por conducir bajo los efectos del alcohol. Pese a su temprana muerte, su Action Painting lo convirtió en uno de los artistas más conocidos del siglo xx. A él y a otros expresionistas americanos, como Robert Motherwell y William Baziotes, se debe que la pintura americana pudiera emanciparse del arte europeo en la segunda mitad del siglo xx.

Keneth McPherson (1902-1971). Kenneth trabajó como fotógrafo, crítico y director de cine. En 1947, el mismo año en que Peggy abandonó América, Kenneth dio también la espalda a los Estados Unidos. Murió en 1971 en la Toscana.

Agradecimientos

Quiero expresar mi gratitud sobre todo a mi fantástico agente Uwe Neumahr, de la agencia Hoffman. Quisiera también agradecer de todo corazón a mis lectoras Stefanie Werk y Constanze Bichlmaier, de la editorial Aufbau, que hayan enriquecido esta novela con mucha crítica constructiva y con sugerencias muy acertadas. Además, doy las gracias a mi madre y a mi compañero por su afectuoso respaldo, sin el cual no habría podido dedicarme a esta novela con la intensidad necesaria.

MUJERES ICONO
QUE DEJARON HUELLA

ENTRE EL ARTE Y EL AMOR

Michelle Marly

MADEMOISELLE
COCO
Y LA PASIÓN POR EL NÚMERO 5

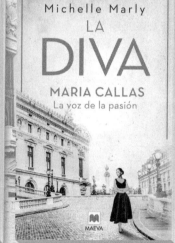

Michelle Marly

LA
DIVA

MARIA CALLAS
La voz de la pasión

Leah Hayden

MISS
GUGGENHEIM

Peggy Guggenheim, la galerista
que cambió el mundo del arte

REFERENTES FEMENINOS
QUE HAN PASADO A LA HISTORIA